图书在版编目（CIP）数据

小镇情缘 / 叶非夜著. — 重庆：重庆出版社，2020.1
ISBN 978-7-229-11015-4

Ⅰ.①小… Ⅱ.①叶… Ⅲ.①长篇小说—中国—当代 Ⅳ.①I247.5

中国版本图书馆CIP数据核字(2016)第036990号

小镇情缘
XIAOZHEN QINGYUAN
叶非夜 著

责任编辑：李　雯
责任校对：刘小燕

重庆出版集团
重庆出版社　出版

重庆市南岸区南滨路162号1幢　邮政编码：400061　http://www.cqph.com
重庆一诺印务有限公司印刷
重庆出版集团图书发行有限公司发行
E-MAIL：fxchu@cqph.com　邮购电话：023-61520646
全国新华书店经销

开本：880mm×1230mm　1/32　印张：20　字数：600千
2020年1月第1版　2020年1月第1次印刷
ISBN 978-7-229-11015-4
定价：69.80元

如有印装质量问题，请向本集团图书发行公司调换：023-61520678

版权所有　侵权必究

未经腾讯与阅文授权，不得擅自制作、销售、复制或伪造本作品。腾讯与阅文保留对任何侵权采取法律措施的所有权利。

目录
CONTENTS

第一章	1
第二章	44
第三章	102
第四章	149
第五章	261
第六章	313
第七章	418
第八章	515
第九章	577

第一章

　　小镇刚下过一场细雨，放眼望去，雨水洗礼过的天空中，飘着几朵白云，几只鸟儿在树杈上叽叽喳喳叫个不停，这些景象合起来，仿佛是一幅巨大的油彩画儿，透露着美好宁静的模样。

　　古老而神秘的农庄内，小师妹正歪头想着什么。

　　昨天晚上听爷爷说，小镇上的花都开了，爷爷这么说的时候，她心里就想着，今天正好喊小志一起出去踏青。

　　算算，从上次父母走后，她和小志已经很久都没有见过面了，不知道他最近在忙些什么，都不来看看她。

　　她心里其实是有一点不高兴的，她喜欢的男人，竟然这么不把她放在心上，但她随即又在心里为小志找着借口。

　　也许是因为他忙，所以才没有来找她呢？

　　想到这里，小师妹的脸上又有了笑容，既然他忙得没有时间来找她，那么她就找个机会去约他好了。

　　今天早上一直在下着细雨，她心里可着急了，想着今天约小志的借口又要泡汤了，心里特别沮丧。不想，过了会儿居然雨停了。

　　细雨刚停，空气特别清新，连外面的花朵儿都变得更加明艳了，仿佛是为了她约会而准备的浪漫场景。

　　小师妹跑到窗口看了一眼外面的景色，随即飞奔回屋里，开心地低头拨起电话来。

　　一连拨了两个电话，小志都没有接听，小师妹心里有点焦急。

1

"怎么还不接电话啊，死小志，你到底去哪儿了？"小师妹气愤地看了眼手机，开始想小志不接她电话的原因。

她习惯性地咬了咬自己的手指，固执地再一次拨了那个熟悉的号码。

"我数一二三，你要是再不接电话，我就再也不理你了。"小师妹说。

手机里传来手机未接听的嘟嘟声……

时间一分一秒地过去，电话还是没人接，小师妹的心里一凉，小志不接她的电话，不会是出什么事情了吧。

想到这里，小师妹再也坐不住了，她迅速地挂断电话，把手机塞进衣兜里，外套都没拿，便跑出了农庄。

她要去小志家找他……

小志的房间打理得干净而整洁，桌子上除了电脑，手机，便是一个相框了。

相框上的女子梳着双丸子头，一身粉红色的衣服透露着少女的青春气息，明媚的眼神里透露着一股傲娇劲儿。

小志的视线逐渐定格，忍不住地沉思，直到桌子上的手机再次发出强烈的振动声，小志被打断了思路，伸手拿起手机，却在看到手机上的来电显示还是小师妹后，心跳迅速快起来。

手指在滑动接听上犹豫了很久，最终还是握拳，无力地垂了下来。

手机振动很快停止，屏幕也重新暗淡下去，小志拿起手机，顺手划开了手机，上面有八个未接来电，他一一查阅，发现竟都是小师妹的。

小志的心有瞬间的刺痛，却被他硬生生地给压了下去。

小志用力握了握手机，将手机屏幕锁定，随手扔在了床上，做好这一切后，小志整个人无力地往后仰，倒在了床上。

小志盯着天花板，回想起小师妹生日的那个夜晚，如果可以，他真的希望自己那晚没有去过农庄……

如果自己那晚没有去农庄，那一切可能又是另外一番景象了……

那天小师妹的生日宴会结束后,小师妹的妈妈将小师妹哄去睡觉,然后示意他到院子里走走,聊聊天。

他本来以为只是普通的拉家常,便跟着去了。

他永远也忘不了,在农庄的后院里,那晚的风是多么的冰凉入骨,可是晚风再凉,也不及他那晚的心。

"小志,今天谢谢你,这么晚了,还来参加小师妹的生日宴会。"小师妹的妈妈嘴里说着感谢的话,眼睛却一刻也没有离开小志的脸,她默默地打量着小志的表情。

"伯母,这是我应该的。"小志嘴上挂着温和的笑容,他从心里没有把小师妹当作外人,小师妹过生日,他当然得来了。

小师妹的妈妈看见小志的样子,心里一沉,但脸上还是极力镇定,她故作温和道:"你知道吗?就在刚才,我们所有人都让她吹生日蜡烛许愿的时候,那傻丫头居然说什么也不肯,非说要等你来了才能吹。你说这丫头,是不是很傻。"

小师妹的妈妈嘴上这么轻松地说着,眼睛却在快速地打量着小志的表情,当她看到小志一脸柔和的表情时,心里的答案似乎更加清晰了。

小志的脸上有一闪而逝的温柔,他不自觉地弯起唇角,他可以想到小师妹违背众人意愿,只是要等他一个人的样子,心情不由得大好。

想到这里,他轻笑出声,不由自主道:"傻吗?我反而觉得是一种可爱。"

小师妹的妈妈见小志这番模样,心里自然是着急的,她约小志出来谈心的初衷并不是要做他们两个人的红娘,而是要来阻止他们。

想到这里,小师妹的妈妈微微仰头,直起了身子,态度温和却让人有一种疏离感。

她看着小师妹房间窗口的方向,眼神慈祥,既像是温和地对小志说,又像是喃喃自语:"我们家啊,虽然不算顶尖的富裕人家,但是我们从小就把她当作宝一样地捧在手心里,真的是捧在手里怕摔了,含在嘴里怕化了的。"

"嗯，小师妹总是有一种让人想要去保护她的欲望。"小志点头表示赞同。

小师妹的妈妈没有理会小志的话，只是自顾自地说着自己的计划："我们总是想着，为了她的前程，让她出国去念书。"

"出国？"小志本来是一直沉浸在小师妹今晚只等他一个人的甜蜜中的，当听见小师妹妈妈说小师妹要出国的事情时，被猛然地拉回了思绪。

他心头一紧，疑问凸显在脸上。

小师妹的妈妈见小志这么紧张的样子，心里的想法已经得到了七八成的肯定，她的心也因此迅速地沉了下去。

但她毕竟比小志还长一辈，自然很好地把内心的滔天巨浪都硬生生地压了下去，她耐着性子对小志解释：

"是啊，那丫头总是百般地找借口，说要留下来陪爷爷。"

"小师妹一直都很孝顺的。"小志的心稍微地放了下来，原来出国只是小师妹父母一厢情愿的想法，和小师妹无关。

如果是小师妹自己想要去，小志不敢往下想……

小师妹的妈妈稳了稳心神，继续道："是的，起初我们也这么认为，可是最近和她相处几天，我发现，她留在小镇是另有原因的。"

她这次回来是想要带小师妹出国去念书的，可是前天她和小师妹提起这件事的时候，却被小师妹找借口打断了。

她一直不明白小师妹究竟为什么不跟他们走，直到今天在她的生日宴会上，她看见小师妹看小志的眼神时，才恍然大悟。

她也年轻过，岂会不知道小师妹对小志是存了怎样的心思？可是，作为小师妹的母亲，她又怎么能够允许小师妹在这个小镇上蹉跎青春？

她的女儿，是要去大城市的，那里有更加广阔的天空，那里才能让她大展拳脚。

"另有原因？"小志抬头，心里对小师妹不肯离开小镇的原因充满了希冀。

其实他心里是知道小师妹的心思的，只是他还没有十分的肯定，此刻，他只是想从小师妹妈妈的话中，肯定自己心中的想法。

小师妹妈妈的话中带着一丝无奈："那个原因，你也很明白，不是吗？我知道，你们彼此都喜欢对方，只是互相都还没有对对方表白心迹。"

小师妹妈妈停顿了一下，复而看着小志，一字一句道："说老实话，我不是很赞同你们在一起，在我和她父亲的心里，将来她嫁的人，我们并不一定要求他有多么的富有，却一定要有自己的一技之长，有能力让她衣食无忧。"

"……"小志抬头，看着小师妹妈妈并没有说话，但是眼神中已经透露出了一丝哀伤。

小师妹的妈妈看着这样的小志，有一刻的心软，但是一想到女儿的前程，这一丝丝的心软也被她硬生生地给压了下去。

她一字一句，没有感情地对小志说道："也许我这么说，你会觉得我很自私，但是，为了她的前程，我必须这么说。我希望你和她保持一点距离，除了普通朋友，我希望你们不要有别的任何关系，至于她的感情，我希望你能够保持无视。"

小志的心开始下沉，小师妹真的很幸福，还有父母为她这般地打算着，可是他呢？自从父母死后，他已经很久没有如此地心情起伏过了。

听着小师妹妈妈的这番话，他的心口像是被人划开了一道伤口，鲜血淋漓却早已痛得麻木。

而小师妹妈妈继续说着自己的想法："只有这样，她才能对你彻底死心，也只有这样，她才能答应我和她父亲，出国念书。"

"伯母……"小志想挣扎，为自己和小师妹争取一下，可发现自己竟是这样的无力，而她妈妈的话是说得那样的对。

5

是啊，现在的自己，能够给小师妹什么？

难道只是单纯地用爱情，就妄想将小师妹套牢在这个小镇上一辈子吗？

小师妹还没有见过小镇外面的世界，万一哪天，她见识过比小镇更好的天空，后悔和自己留在小镇了呢？

到时候，他能承受得住小师妹责备的眼神吗？

不，他不能！

所以，他只能选择放弃，也许这样，才是对他和对小师妹最好的选择！

小师妹妈妈见小志的面部表情有些许动摇，连忙再接再厉道："我知道，你也喜欢她，要不然你也不会为了她的生日这么大费周章地连夜从别的地方赶回来。我也知道，我这样拆散你们，对你们来说很残忍，但是，作为她的母亲，我必须为她的前程着想，希望你能理解，也希望你能明白一个母亲处处都为了孩子着想的心情。"

小志闭上眼睛深吸一口气，没有说话。

过了好长时间，甚至小师妹妈妈都觉得可能谈判失败了的时候，小志终于睁开了眼睛，而他的眼神中早已经失去了那一片光彩，变得一片死灰。

他无力地看着小师妹妈妈，一字一句地说道："伯母，我知道你的想法，我也很明白你的心情。你放心，我会按照你说的，和小师妹保持距离的。"

听见这句话，小师妹妈妈心里既开心又心疼，其实，小志这孩子的身世，她也是听父亲提起过的，还是挺让人心疼的，如果不是为了女儿的前程，她也不想贸然地来伤害他。

她心里有些内疚，语气更加温和了："孩子，真的很感谢你，我和她父亲，一辈子都会感谢你的，其实有的时候，放弃也是一种爱。"

"伯母，没什么别的事情的话，我就先走了。"从农庄出来后，小志在镇上一路狂奔，可心里的憋闷却怎么也出不去，像是有一块大石头压在胸口,呼吸怎么也顺畅不起来。

小志深吸了一口气,从回忆中回到现实,他眨了眨自己干涩的眼皮,努力让自己的心情恢复平静。

小志打开电脑,看着电脑上逐渐成型的游戏策划案,嘴角微微弯起。他正在努力,努力做一个能配得上小师妹的男人。

砰砰砰……外面传来敲门的声音。

小志整理了下跑乱的衣衫,然后便走到门口去开门。

小师妹正倚着门,通过门的缝隙往里看,小志不期然地把门打开,小师妹整个人站不稳,便倒在了小志的怀里。

当身体接触到的时候,两人的内心都有一瞬间的波涛翻涌。

小师妹的脸色绯红,整个人看上去越发地可爱动人,小志完全错不开眼神,只有眼神灼热地看着小师妹。

小师妹被小志这么看着,脸上越发地红了起来,但是想到自己来找小志的目的,立马闪进小志的房间,问着小志:"你看到我给你打的电话了吗?你为什么不接我的电话啊?"

明明是质问的话,可是话出口后,却更像是撒娇般。

小志想到小师妹妈妈的话,蓦然地清醒了过来。他像是想到了什么,跟着小师妹来到了房间,看着脸色绯红的小师妹,强压住内心的冲动,冷声道:"你怎么来了?"

小师妹觉得有点不对劲,小志从来没有对她这么冷冰冰地说过话,他今天是怎么了?

她疑惑地抬起头看向小志,却看到小志的眼神冰冷而疏离。

小志表面平静如水,其实内心也是翻江倒海的,他有很多话想对小师妹说,这么多天没有见面了,他也想告诉小师妹他很想念她。

可是一想到小师妹妈妈的话,小志心里所有的话都咽了下去,所有的情绪也都压了下去。

小师妹刻意忽略小志脸上的疏离,担忧地追问道:"小志,你为什么不接我的电话,你知道不知道,我以为你出了什么事情,都担心死了。"

小师妹抖了抖肩膀，好冷啊。刚才出来得太急，她都忘记穿外套了，这会儿才感觉到有些冷。

"哦，我没事。"小志趁小师妹不注意的时候，把桌子上的照片收了起来。

"你没事，那你看见我给你打的电话没有？"小师妹疑惑地抬头，忍不住追问。

"看见了。"小志淡淡地回话，眼神波澜不惊。

小师妹听见小志这样回答，心里极其郁闷。

她心里其实是希望他说没看见的，然后找一堆借口跟她解释为什么没接到她的电话，可是现在，他居然直接回答她"看见了"，那不就等于说，他是故意不接她电话的？

这样想着，小师妹竟然一时之间不知道说什么好，气氛一下子陷入了尴尬。小师妹有一种进退两难的感觉。

这个死小志，他就不能撒个谎吗？

但是随即想到小志居然是故意不接她电话的，她的心里又十分不是滋味儿起来，她咬牙切齿地对小志嚷道："看见了？看见了你为什么不接我电话？"

"我在忙，所以就没有接。"相对于小师妹的咬牙切齿，小志的表情倒显得十分平静，连借口都没有找一个，就直接说出了自己不接电话的原因。

小师妹听见小志这么说，心里更是气得要命，他居然连借口都懒得找，这是多么无所谓的态度啊，她恨恨地大声责备着小志："你也太过分了，我好心给你打电话，你却不接，害我以为你出什么事情了。"

"哦，谢谢你的关心。"简单的道谢显得客套而疏离。小师妹的怒火像是一拳打在了棉花上，没有一点点回力。

看见这样淡漠的小志，小师妹的心里倒是有点害怕起来，说话也不再那么趾高气扬，竟变得温和起来。

她故作随意地摆摆手,想用其他事情来转移两人的注意力,于是道:"哎呀算了,本姑娘不跟你计较。现在既然我来找你了,你总应该陪我出去玩了吧,我最近又学了几个新的摄影技术,拿你练练手啊。"

小师妹说这句话的时候始终是盯着小志的眼睛的,却发现他的情绪是那样的纹丝不动。果然,小志听完小师妹的话,也没多作思考,便冷硬地拒绝了她的提议。

"对不起,我没空。"小志说完便不再看小师妹,自顾自地坐到了电脑跟前,像是在忙碌着什么。

见到小志这么无视她的存在,小师妹终于忍耐不住,生气地跳了起来:"小志,你不要太过分啊,我都亲自来找你了,你就不能陪我出去走走?干吗摆出一副拒人于千里之外的表情啊?"

比起生气,小师妹其实是伤心更多一点的,她本来觉得小志对她挺好的,甚至,好到她以为,小志也是喜欢她的,可是现在,看见小志这副样子,她反倒没有把握了起来。

想到这里,小师妹狠狠地咬住了自己的下嘴唇,使劲地咬着,咬得出血了,还浑然未觉。

小志看见小师妹这样伤害自己,心里怒火滔天,他恨不得冲过去掰开小师妹的嘴,好让她别再那样伤害自己。

可是他向来沉稳,自然不会在小师妹面前表现出来自己的担心,那样,之前的努力就都功亏一篑了,他狠下心来沉声道:"小师妹,你是镇长家的姑娘,每天不用干活拿着手机到处拍拍玩玩,就可以过完一整天。我不行,我是孤儿,我需要赚钱来养活自己的。"

"你这话什么意思,你的意思是说我游手好闲了?"

小志本意只是想让小师妹赶快离开,并不是真的要说她是游手好闲的人,可说者无心听者有意,她小师妹向来性格高傲,别人这样地说她,她都无法接受,何况是她心心念念的小志?小师妹听见小志这样的说辞,心里的火噌一下子就冒了上来。

小镇情缘 上

"我可没有这么说,这是你自己说的。"小志本能地想要向小师妹解释,可是话到嘴边却打了个弯儿,咽了下去。

"好啊,那你说,你是什么意思?"小师妹心里生气得紧,但私心里还是希望小志能够跟她好好解释,最好能有个合适的理由。

谁知道小志只是平静地看了小师妹一眼,随即便低下头继续在电脑上忙着,嘴里淡淡地说道:"没什么意思,如果你没有别的什么事情的话,就请回去吧,我还有事情没有做。"

"你,你赶我走?"小师妹不可置信地睁大了眼睛看着小志。

以往的小志对她总是一脸温和,即使生气也没有对她这么冷过,更别说,直接下逐客令,让她走人了。

小师妹心里一阵委屈,眼泪在眼眶中打转,她仰仰头,努力地将自己的眼睛睁大,好将眼泪逼回去,可眼泪还是不受控制地掉落了一滴,她连忙快速地将眼泪擦去。

她才不会让自己的眼泪被小志看见,即使哭,她也不要在他的面前哭,那样她会觉得自己的自尊都没了。

"……"小志表面装作漫不经心的样子,其实内心早已被小师妹的那滴眼泪给揪成了一团。

他真的很想冲上去替小师妹擦干眼泪,告诉她,自己不是故意不接她电话,不是故意和她疏远的,可是,他不能。

想到小师妹妈妈的话,想到他们模糊的未来,他就硬生生地把自己的想法给埋藏了起来。

小师妹妈妈说得对,他不能用小师妹的一生来赌一个连他自己都不能确定的未来。

"小志,你不要后悔。"忧伤中的小师妹并没有发现小志的异常,她只是踌躇着不想离开,她多么想小志能在此刻拉住她,让她不要走啊。

小师妹再一次出声提醒:"我走了,就再也不会理你了。"

"你,你别后悔……"

10

踌躇了片刻，小志还是坐在那里，没有半点要挽留她的意思，小师妹再也没有留下来的理由了，她狠狠地一跺脚，转身跑开……

"傻丫头，这么冷的天跑出来，居然连个外套都不穿，冻感冒了可怎么办？"小志强忍着追出去的冲动，待小师妹走了许久后，才抬起头，看着小师妹离开的方向，担忧地说道。

小镇农庄内，小师妹越想越气，心里别提多恼火了，她在农庄内走来走去，拿手当扇子在面前呼呼地扇着。

嘴里还不停地絮絮叨叨，发泄着心中的不满："小志你个混蛋，你居然敢这么对我。"

"死小志，我以后再也不要理你了。我恨死你了，啊啊啊……"

小师妹跺了跺脚，继续在屋子里走来走去，压根儿没注意到从楼上下来的镇长爷爷。

"是谁惹我的宝贝孙女儿生气了？"镇长爷爷慈祥地问道，他从楼上下来，准备到镇上去办点事情，刚下楼梯就看见自己的宝贝孙女在屋子里走来走去，眼眶都红了，显然是刚哭过的样子。

"爷爷，还能有谁，还不是你收养的好小志。"看见爷爷从楼上下来，小师妹越发觉得自己委屈了，她撒娇似的黏了上去。

"小志？他怎么惹你了？上次你过生日，人家不是千里迢迢地跑来给你过生日？人家这样子做了，你还不喜欢人家呀？"

镇长爷爷似乎有点意外，小志那孩子挺稳重的，怎么会和小师妹发生矛盾，还将小师妹气成了这样？

要说是小师妹欺负小志了，他还相信。

"哎呀爷爷，你不懂，你根本不知道，那个臭小志，今天有多过分。"小师妹气愤地一跺脚，想到今天小志那么对待她，她就气不打一处来。

也不知道这个小志，今天是吃错什么药了。

镇长爷爷看见小师妹如此纠结，心疼得连忙安慰她，连忙拉住暴走的她，坐到了沙发上。

11

看来，他的乖孙女遇到麻烦了，那他这个做爷爷的怎么能够袖手旁观呢，镇上的事情也只有先等一下了："好好好，爷爷不明白，乖孙女，快别哭了，快告诉爷爷，小志怎么欺负你了？"

小师妹一听爷爷问她话，立马就精神来了，她正憋得难受呢，于是她一股脑儿地把今天遭遇的事情全部吐了出来："他居然故意不接我电话，害我还担心他是不是出事了，我好心好意地跑过去找他，他居然赶我走，你说他是不是很坏。"

"嗯，那是挺坏的。"镇长爷爷煞有介事地点了点头。

"是吧爷爷，你也觉得他很过分很坏吧？哼，死小志，我以后再也不要理他了！"小师妹见爷爷附和她，立马觉得自己真的很委屈，心里更加难受了。

镇长爷爷摸了摸自己的胡子，他双眼炯炯有神地看着小师妹，促狭地笑着："乖孙女，这可不像你的风格啊，怎么，这么一点小小的挫折，你就要打退堂鼓了？"

"爷爷，你说什么呢？"小师妹看到镇长爷爷一脸促狭的笑容，立马意识到爷爷可能知道自己喜欢小志的事情，脸立刻就红了。

她拿眼睛余光偷偷地打量爷爷，却发现爷爷正看着她笑着。

小师妹的脸色越发地红了起来。

见小师妹这副样子，镇长爷爷更是乐呵呵地摸着自己的胡子笑道："傻孙女，你当爷爷老糊涂了？你别当爷爷不知道，你喜欢小志，对不对？"

"爷爷，你胡说什么啊！"小师妹害羞地把脸转向了一边，她表现得有那么明显吗？居然连爷爷都看出来她对小志的心思。

如果连爷爷都知道她的心思，为什么小志看不出来呢？

"哎哟哟，你看你，还害羞了。"爷爷继续取笑着小师妹，眼睛里却是满满的爱怜。

"爷爷！"小师妹看着镇长爷爷有些嗔怪。

"好好好，爷爷不说，爷爷不说，但是爷爷相信，爷爷的乖孙女儿不是个轻易就退缩的人，你可一定不能让爷爷失望啊。"

"爷爷……"

"好了，爷爷还要去镇上办事，乖孙女，你可要加油啊。"见小师妹心情也平复得差不多了，镇长爷爷终于放心地站起身，镇上还有事情等着他处理呢。

爷爷走后，小师妹打开窗子深吸了一口气，狠狠地平复了一把心情……

爷爷说得对，她可不是轻易放弃的性格，怎么能够因为一次小小的挫折，就轻易地放弃了一段感情呢？

小师妹在心里暗暗下定决心：小志，不管你对我怎样，我都不会放弃你的，你给本姑娘等着……

午后，宁静的小镇，被青山绿水包围着，花儿迎着太阳微笑，一切是那么的惬意美好，突然，一道高分贝声音划破天际，宁静瞬间被打破。

"小志，你给我站住！"

听见这道女声，小志心底忍不住地张扬，表面上却做出一副忍受不住的样子。他以为那天后，她再也不会主动来找他呢。

他转过身皱起眉头，硬摆出一副烦闷至极的样子对小师妹道："你到底要干什么啊？"

见小志一副厌烦的样子，小师妹心里一凉，但也只是一会儿，她便调整好心情，假装强悍地挡在了小志的面前。

小师妹双手叉腰，霸道地拦着小志问道："你说，你为什么不理我，我回去想了想，总感觉哪里不对，你以前可不是这样的。你今天要是不给我一个合适的理由，我就跟着你，你走到哪儿，我就跟到哪儿。"

没错，她小师妹就是要用死缠烂打的招数，至于为什么，她自己却是什么也说不清楚的，管她呢，反正她喜欢跟着他，那就找个理由跟着他咯。

正好，有她在，她还可以挡住那些喜欢和小志搭讪的女人，真是一石二鸟啊……

"要是喜欢跟，那你就跟着吧。"小志冷淡地说道。

小志转身，嘴角不可抑止地上扬，却小心翼翼地不让小师妹看见，就算是这种短暂的幸福，也让他悸动不已。

小志本来到镇上来是通知所有人参加明天晚上的舞会的，小镇为了促进繁荣和交流，每年都会举办小镇舞会，作为小镇的书记官，通知小镇居民参加舞会的任务就落在了小志的身上。

于是乎，小师妹跟着小志几乎走遍了小镇上居民的家，等到晚上回家的时候，小师妹的脚后跟都磨出了血泡，但是为了能顺利地跟着小志，她愣是没有喊一声疼。

"天色已经晚了，你不要再跟着我了，回去吧。"小志看见小师妹的后脚跟已经磨出了血，心里顿时气得很。

而小师妹心里却为能跟了小志大半天而暗自偷乐着，她冲着小志愉快地摆着小手，卖萌道："哦，那我们明天见？"

"嗯。"小志面无表情地答应，随即看着小师妹转过身……

小师妹一瘸一拐地往回走着，眉头因为脚后跟传来的疼痛不时皱起……

刚才跟着小志，大部分的精力都在他身上，根本没有太在意脚后跟的疼痛感，这会儿意识回笼了，真的感觉好痛啊。

又走了一步，小师妹倒抽一口凉气，她停下来想歇一会儿再走，却发现自己整个人腾空而起。

"啊……"小师妹吓得尖叫，下一秒就落入了一个熟悉的怀抱。

小师妹有点呆呆地看着面前的小志，惊愕地问道："小志，你怎么又回来了？"

"你是傻子吗？你都不知道疼的？"小志没有理会小师妹的话，而是生气地盯着怀里的小师妹。

"你为什么这么生气啊？"小师妹不知道自己哪里又做错了，委

14

屈地低下头，不敢直视小志的眼睛。

她真的不知道小志又怎么了，刚才明明分开的时候还好好的，这会儿就已经看着他怒火冲天了。

"……"小志一时语塞。

是啊，他这是怎么了，怎么好好地又发起火来了？

他本来也不想发火的，可是在看到小师妹鲜血淋漓的脚后跟的时候，心里的火就噌地一下子冒了出来。

"对不起，我……"小师妹扁扁嘴，但是又不知道说什么，只能道歉。

"你应该对你自己说对不起。"小志抱紧了怀里的小师妹，动作霸道而温柔。

"哦。"小师妹小心翼翼地缩了缩头，她还是没明白自己到底哪里又错了，但是看到小志怒火冲天的表情，她还是默默地选择认错，以免小志更加地恼火。

小师妹有些讪讪地问道："小志，你为什么又回来啊？"

是啊，我为什么又回来啊？

他能说，是因为他看见她脚后跟流血了，他心疼吗？

他能说，是因为怕她的伤势再度恶化吗？

不能！

小志摇摇头，甩去脑中的想法，他不能心软，不能妥协，否则之前所做的一切就都前功尽弃了。

"我想起来，所有居民都通知过了，还有镇长家没有通知，所以我和你顺路。"小志找了个连他自己都说服不了的理由。

"那你为什么……"抱着我，后面的话，小师妹没有好意思说出口，可是脸还是不可抑制地红了起来。

这还是小志第一次抱她，她现在的心就像小鹿似的怦怦地乱跳着，感觉都快从嘴里跳出来了般。

她感觉自己的身边围满了粉红色的气泡，那感觉，真是爽极了。

她觉得，今天死缠烂打这一招对小志已经起了作用，心里美美的。

小志看着小师妹的花痴样，摇摇头道："我怕你回家告状，说是因为跟着我，才磨坏了脚后跟。我可不想镇长怪我没有照顾好他的小孙女。"

"哦！"小师妹现在心里只有一个念头，那就是值！

原来是因为自己脚后跟磨出血了，小志才来抱着她的，她怎么不早点磨坏自己的脚后跟啊，那样小志就能早一点抱着她了。

小师妹偷偷打量着小志：他的小志，从哪个角度看，都是那样的好看。小师妹暗自乐着，要是小志知道自己现在心里的想法，想必会骂死她的吧。

很快，小志抱着小师妹到了农庄，他将小师妹放在了客厅的沙发上，便站起了身。

"你不坐坐吗？"小师妹着急地想喊住小志，她想小志能陪陪她。

"镇长不在家吗？"小志并没有走，而是往沙发旁边的柜子走去。

"爷爷可能去镇上办事还没有回来。"

小师妹看着小志打开沙发旁的柜子门，从里面取出家里的药箱，随后，拎着药箱来到了她的跟前。

"哦，把脚抬起来，我帮你上药。"

小志手法娴熟地拿出消毒水和棉棒，用棉棒蘸上消毒水后，小心翼翼地将小师妹的脚给抬了起来，放在了他的腿上，手法轻柔地给小师妹搽起药水来。

"你怎么知道，我们家的药箱在那边？"小志捏着小师妹的脚，小师妹有点不好意思，脸红了大半，故意转移话题道。

"小时候，你受伤的次数还少吗？"小志没好气地白了小师妹一眼。从小到大，小师妹都是个让人不省心的人。

"原来你还记得啊。"小师妹不好意思地吐了吐舌头，心里涌起一股甜蜜，看来小志的心里，也不是全然没有她的。

"……"看见小师妹的样子，小志的心情也大好。他看着小师妹

16

眼神中不自觉地流出深情，但也只是两秒，脑海中便陡然浮现出小师妹妈妈说的话来。

小志脸色微变，蓦然地站起身，对着沙发上的小师妹淡淡地道："我该回去了。"

"啊？哦！"小师妹显然还没有反应过来，刚才，她都一再认为自己和小志又回到了从前了，可是才一转眼的工夫，他怎么又转变了态度？

"镇长回来，你记得告诉他，参加明天晚上的小镇舞会。"小志走到门口，转身对小师妹交代道。

"哦，知道了。"小师妹对小志的情绪变化有点反应不过来，只一味地麻木点头。

当她回过神来，小志已经走到了玄关门口，她顾不得脚上的疼痛，赤着脚便站到了地上。

她着急地对着小志的背影喊道："我送送你。"

小志本来都走到门口了，听见小师妹喊他的声音，他习惯性地转身，却看到小师妹缠着纱布的脚站在了地上，心里下意识地生起气来。

这地板上多冷啊，她居然就那么赤着脚站在了地上。

他看着小师妹，眼神快速地朝小师妹站在地上的脚扫了一眼，然后强压着心中的怒火道："不用，你给我老实地待好，别下地乱走。"

"哦！"小师妹讷讷地点头，心里有些许失望。刚才，她明明从他的眼中看到了一些不一样的东西，怎么突然之间，他又恢复成了一副冷漠疏离的样子。

难道是她看错了吗？

小师妹摇摇头，挥去了心里的那一丝不痛快。

"那我们明天晚上舞会见！"小师妹看着小志的背影喊道，也不管他有没有听见。

小志却是一刻也没有停留，只保持匀速的步伐，出了农庄的大门。

小师妹紧握了一下拳头，眼睛里发出坚毅的光芒。

小镇情缘 上

不管怎么样，明天是小镇一年一度的舞会，小志是负责人，怎么说，她也要穿得美美地去。她一定要艳压群芳，使小志发现她的另一面美，她一定要在明天的舞会上，夺取他的所有注意与目光。

次日清晨，太阳刚冉冉升起，小师妹便在自己的农庄内忙乎开了。

"这件不行，太老气了，都过时了……"小师妹看着手中的一件黑色小洋装，嫌弃地摇摇头，随即这件可怜的黑色小洋装便被抛到了床边。

"这件也不行，全身上下都包裹得很严实，这是要当木乃伊吗？"另一件白色小洋装也可怜地被扔到了沙发上。

而此时，小师妹的房间里已经乱七八糟地堆满了衣服，她此刻也正趴在衣柜里，到处翻找着，她就不信了，自己就找不到一件合适的衣服。

当从衣柜搬来的衣服快要把她的房间给淹没的时候，小师妹终于看着一件衣服，眼中露出亮闪闪的光芒来。

晚上，小镇灯火通明，记者也都在会场外严阵以待，小镇向来没有什么大的事情发生，也就只有这一年一度的小镇舞会，才会把所有人聚在一起。

也正是因为如此，小镇上的女人们，都在这一天狠狠地打扮自己，都想让自己成为这一晚的焦点。

小师妹却是不同的，小镇焦点什么的，她根本不在乎。她在乎的从来就只有一个，那就是小志的目光，只要他的目光一直追随她，那么她便感觉自己拥有了整个世界。

小镇舞会设定在小镇的中心位置，小镇内视野最广阔的地方，站在这里，可以将整个小镇尽收眼底。时辰还未到，小镇的人们便从各个地方赶了过来，大家一时之间聚在一起，倒也热闹异常。

小志作为此次晚会的负责人，倒也尽心尽力，一直站在门口，迎接着所有来参加舞会的人。大概到晚上八点了，大家都陆陆续续地进入了会场，而小志却还是站在舞会门口东张西望着，像是在等着什么。

已经到了小志做开场白的时间，助手找了半天，却见小志站在舞会门口不知道在张望着什么。

他连忙走了过去，对小志道："书记官，舞会已经快开始了，大家都在等着你做舞会致辞。"

"知道了，我这就过去。"小志点了点头，又看了下马路方向，在确定没有人来后，才低下头，掩住眼底的失望，跟着助手往会场内走了过去。

她，是不来了吗？

小志回到会场的时候，镇长已经致辞完毕了。他整理了下衣衫，从容不迫地上台，只是简简单单地说了几句话，便获得了大家的掌声，更是让镇上的女人们爱慕到了极点。

大家也才知道，这镇上的好男人真不少，她们的这个书记官，可一点也不比火锅店老板陈杰瑞差。

小志致完辞后，便走下台来，舞会正式开始了。

既然是舞会，那肯定是要有开场舞的，作为此次舞会的负责人，小志自然是开场舞的不二人选，只是这挑选舞伴儿的事情……

太多女人想要做小志的舞伴，拒绝了谁都不好，小志一时有点犯难，却突然瞥见一个熟悉的身影。

他高兴地将对方的名字脱口而出。

"莎莎姐！"小志此时看见邻居莎莎姐，顿时心里像是得到了解放般，连忙喊住差点就要擦身而过的莎莎。

莎莎本来是要去吧台取点酒水的，见有人喊住自己，便下意识地停住了脚步，等到回过头看到喊她的人是小志的时候，更是开心地笑了起来。

"小志，刚才你的致辞我已经听见了，很不错哦。"莎莎还是一如既往的打扮，穿着深V领的包臀长裙，戴着粉色的花朵耳环，扎着同色系的发带，整个人看上去完全不像三十岁的样子，显得年轻而时尚。

"谢谢莎莎姐的夸奖，只是现在，我想要莎莎姐帮个忙了。"小志看了看后面的一帮女人，随即转过头苦笑着看着莎莎。

莎莎明了地笑笑，小志这是被美女们围追堵截了啊。

"莎莎姐，我能否请你共跳一支舞？"小志对着莎莎做了个邀请的手势，动作绅士。

"当然。"莎莎冲着小志灿烂地笑着，她愉快地伸出了自己的手。

她向来对男人不太相信，除了她的小狗，她任何人都是不相信的，而她对于小志却是有一种莫名的信任，仿佛这个男孩子身上有一种能让人安定的因素。

小志接过莎莎的手，拥着她便步入了舞池，因为化妆而姗姗来迟的小师妹，看见的便是这一幕。

本来今天一大早她就开始挑选礼服了，可是一想到这晚会的重要性，硬是对每个细节都确定万无一失了之后，才匆忙地往会场赶了过来。她想着，这个时间点，她应该能勉强赶上这场舞会的开场舞。

谁知道，自己准备了一天，高高兴兴地来，却看到了眼前的这一幕。

小师妹看着小志拥着莎莎翩翩起舞的模样，她的眸色沉了沉，心里嫉妒到了极点。她狠狠地咬着自己的手指，侍应来到她身边的时候，她拿过侍应盘子里的鸡尾酒，一仰头，一饮而尽，随后，像是意犹未尽般，又拿起一杯，狠狠地喝了下去。

小师妹向来酒量不好，此时，鸡尾酒迅速地在她的身体里发生了作用，她看着舞池中翩翩起舞的小志和莎莎，心里越发地气了起来，整个人借着几分醉意，便单枪匹马地杀入了舞池中。

我不开心，那大家都别想开心了。小师妹本来是抱着这样的心理杀入舞池的，却在进入舞池后，随着醉意加浓而发生了变化。

她站在舞池中间，一束光圈正好打在了她的身上。全场的目光瞬间都集中到了她的身上，奇怪的是，这个突然出现在舞台中间的女子，一点都不会让人觉得有突兀感。

人们好奇地看着小师妹，期待她下一秒的动作。

要是平时，这么多人注视着自己，小师妹定然是胆怯的，但是现在，她借着几分醉意，注意力又一直被小志和莎莎紧握的手牵引着，整个人都变得无法无天了起来。

音乐响起，小师妹抬起脚，手臂优雅地举起，整个人随着音乐的节奏，动了起来。

小师妹的身体柔软，舞姿让人有一种眼花缭乱的感觉。

她今天的打扮，更是为她现在的舞增添了一丝妩媚。那些男人，便是看见小师妹穿着的收身V领礼服，便已经血脉偾张，再加上她精心打理过的长卷发，毫无瑕疵的妆容，更是为她今天的肆无忌惮买了单。

小师妹根本不知道，此刻的自己已经成了全场的焦点，所有人的视线都被吸引在她的身上，诱惑至极。

她忘我地扭动着自己的腰肢，双手沿着臀部一路经过腰肢，胸部，最后在头顶停下，每一个动作，都做得浑然忘我，甚至到了最后，每一个动作都变得放肆了起来。

在场的不光是男人，就连女人，都被她的每一个动作，狠狠地吸引了注意力，眼神根本不想挪开。

场上已经有人不可抑止地尖叫起来，像是得到默许般，越来越多的人发出了尖叫，一瞬间，舞会的气氛到达了高潮。

此时的小志和莎莎，早已经停了下来。莎莎微笑地看着舞台中央放肆起舞的小师妹，再转过身看了看身边的小志，打趣道："小志，看来，你邀请我跳舞，让某些人狂性大发了，呵呵。"

一边的小志，脸色早已经难看到了极点，全身上下散发着凌厉得让人无法靠近的气息。

是谁准许她穿成这样就来了？现在，还胆敢在这么多人面前，跳着这样让人脸红心跳的热舞。他心里恨不得捏碎她。

其实，他一早便发现小师妹进来了，他心里其实是高兴的，却在看见小师妹穿着的深V领时，怒火一下子便从心底冒了出来。

小师妹进入会场,看见他和莎莎跳舞时,他心里是莫名心痛的,当看到她狠狠地咬着自己的手指,甚至手指都被她咬出血的时候,他心里更是担心的。

　　直到看到她喝了侍应的两杯鸡尾酒,他心中的疼痛感才稍稍减轻,心里想着,醉了也好,至少不会狠狠地咬自己的手指了。谁承想,他的心还没有放下,她便滑入了舞池,还跳起了这么让人欲罢不能的舞蹈。

　　这边的小志还陷在自己的思绪中无法自拔,那边的小师妹却瞅准了机会,一个转圈便横在了莎莎和小志中间,她咬牙切齿地对着莎莎道:"小志是我家的小志,谁都不可以偷走。"

　　随即也不管莎莎的反应,便自顾自地伸出手,狠狠地用力一拉,便把小志拽到了舞台中央。

　　这样的情况下,小志自然是不会拒绝的。小师妹再怎么说也是镇长的孙女,而他又是小镇的书记官,这么敏感的身份,自然不容许他有拒绝的机会。再说了,打从心底里,他也是不想拒绝的。

　　小志的身体,在碰到小师妹手的那一刻就变得僵硬,他本能地想拥住她,却又顾虑到小师妹的妈妈,站在那里进退不能,整个人就呈现出了一种很僵硬的奇怪姿势。

　　小师妹却不管那么多,她带着小志在舞池中央旋转、扭动,忘我地摇摆,甚至随着音乐,带着小志一起沉浸……

　　小志从小和小师妹一起长大,他自然是清楚她长得极其漂亮,却从来都没有敢想过!

　　在他印象中,小师妹一直是个娇小姐,整天梳着双丸子头,穿着属于少女色的粉色系衣裙,今天这样性感的小师妹,他以往是想也不敢想的。

　　他竟然不知道,他的小师妹打扮起来,居然可以美到了这样惊艳的地步。他承认,他是极度不喜欢她穿成这样给别人看的,但是他也承认,这样的她,让他理智崩溃,欲罢不能。

舞曲已经接近尾声，所有人都在看着场中的两人，没有人敢说他们不配。他们随着音乐的每个乐符跳动着，起舞着。

此时，小师妹先前喝下去的鸡尾酒已经开始变得浓烈，醉意更浓。她的脸整个酡红着，眼神也开始迷离起来，醉酒后的失态本该狼狈不堪的，可她却硬是变得更加的妩媚。

随着最后一个音符的戛然而止，小师妹和小志深情对望，视线一触即发。就在小志快要缴械投降的时候，小师妹却像是释放了所有的热情后虚脱了一般，整个人都挂在了小志的身上。对于小师妹这样的动作，众人也没有表现出多大的吃惊。大家都还震惊在刚才的舞蹈中不能自拔，就连小志和小师妹离场，竟然都没有发觉。

小志见小师妹似乎挂在他的身上睡着了，他眼神放缓，无奈地将小师妹打横抱起，往会场外走去。他不知道自己怎么了，他不想让别的男人再多看一眼这样的小师妹。

小志将小师妹抱上了车，将自己的西装外套脱了下来，盖在了她的身上。随即自己也上了车。

一切就绪后，小志也不把车开走，只是那样任性地看着小师妹，眼神里竟是温柔。这里没有任何人，小师妹也睡着了，小志终于可以放开心扉，甩开负担，狠狠地一次将小师妹看个够。

他的视线首先落在了小师妹的脚上，那里有昨天磨破脚后，他给她包扎的纱布。那么严重的伤口，她居然今天就穿着这么高的高跟鞋来参加舞会，还拼命地在舞会上跳那么诱惑的舞蹈。

他小心地抬起她的脚，给她查看伤势，发现她的脚又有点磨出血。

视线往上移动，手指上，那里有刚才她咬过的痕迹，他伸手又拿起小师妹的手仔细查看伤势，小心翼翼地生怕弄疼了她，见没什么大碍后，又小心翼翼地放下。

最后他的视线平移，在小师妹的脸上定格，她总是那么单纯，今天这么急匆匆地赶来，又是为了他吗？只是，他根本不能回应她的热情，想到这里，小志的心又开始疼了起来。

小师妹像是受了极大的委屈般，嘴里嘟嘟囔囔地开始说着醉话："小志是我的，是我的，你们想都不要想。"

"嗯，我是你的。"小志嘴角含笑，轻声安慰，像是对自己已经被贴上了所有权标签而感到万分的高兴。

随即，小师妹像是又想到了什么似的，嘴扁了扁，眼泪顺着眼角流了下来："小志，小志你为什么不理我啊，呜呜呜……你为什么总是不理我，我哪里做错了，呜呜……"

小志的内心又是一痛，他本能地伸手抚摸小师妹的头，抹平她紧皱的眉头，温柔地低头吻去她眼角的泪滴。要是可以，他也不想小师妹这么难受，可是……

小志低头，想亲吻小师妹的额头，却发现小师妹不知道什么时候醒了，正睁大她那双迷惑的眼睛看着他。

小志一惊，豁然抬头……

小志慌乱地想解释："我只是……"话未说完，却发现小师妹只是翻了个身，又继续蒙蒙懂懂地睡了过去。

小志暗暗松了一口气，整理好情绪，便发动了车子。

小志稳稳地将车停在了小镇农庄内的停车位内，随即打开正驾驶的门，绕了个圈，来到后排座位上，将车门打开，然后把小师妹打横抱了起来。

他驾轻就熟地将小师妹抱入了她的房间，温柔地替她盖好被子，然后便转身想走，却在起身的那一刹那，被小师妹抓住了手腕。

他转身，看见小师妹闭着眼睛并没有醒过来，只是皱着眉头喊着难受。

小志皱皱眉头，转身出了房门，等到他回来的时候，手里多了一杯开水，一条湿毛巾和一个药箱。

他先是将小师妹抱在怀里喂她喝了水，随即小心翼翼地将她平放在床上，拿药箱给她处理了脚上和手上的伤口，最后拿湿毛巾给她擦了擦酡红的脸。

冰冷的毛巾使得她舒服了许多，皱着的眉也跟着放开了，像是极为享受一般，轻轻地低吟了两声，声调娇娇软软。

小志将被子再次给她盖好，温柔地替她压了压被角，他的动作很轻缓，仿佛怕弄疼了她一般。

迅速地整理好了一切，他再一次站起身来，静静地看了她许久许久，最后深深地吸了一口气，这才转身离开。

有些事情，不可以就是不可以，他不应该再如此眷恋。

次日，小师妹昏昏沉沉地从床上醒来。她皱着眉头，用力地拍了拍自己的头，那里疼得很，突然地，她像是想到了什么似的，整个人从床上跳了起来。

脑海中，她昨天好像干了什么了不得的事情啊，那不是真的，那肯定不是真的！

小师妹一股脑儿地从床上跳下来，鞋子都忘了穿，脚上的疼痛感让她差点摔倒，但是她也顾不了那么多了，整个人便疯疯癫癫地往房门外跑去。

她快速地从楼梯上下来，来到了客厅里，爷爷正坐在桌边吃着早饭，看见她下来，慈祥地招呼着她一起吃。

"睡醒啦？昨天的酒醒了吗？头疼不疼？我还准备了醒酒汤，怕你头疼来着，你呀，昨天真的不应该喝那么多酒。"

一提到酒，小师妹昨天晚上的记忆瞬间都回笼了，当然，也包括她昨天大闹舞会，大跳特跳舞蹈的事情。

她恨不得甩自己一个耳光，她不死心地睁大眼睛小心翼翼地问着爷爷："爷爷，您是说，昨天发生的一切，都是真的？我真的跳了？"

爷爷想到昨天晚上小师妹跳舞的事情，那瞬间也真是把他吓了一跳：他这孙女，什么时候这么豪放了，居然穿着那样的衣服，跳起了那样的舞蹈。

"嗯，爷爷活这么大，还真不知道，自己的孙女原来跳舞那么好呢。爷爷算是开了眼界了，咳咳，只是孩子，咱以后能不能不要穿得那么暴露啊？"

他是镇长，孙女能带动舞会气氛，他自然是觉得极好的，可是一想到自己孙女只穿了那么一点衣服，他就觉得亏得慌。

"爷爷……"小师妹听见自己的爷爷都确认了，整个人都不好了起来，她可怜兮兮地看着自己的爷爷。

完了，这次的舞会她算是丢人了。昨天被小志气得够呛，都忘记了自己不能喝酒的事情了，她闹成这样，怎么有脸出去见人啊？尤其是小志，他昨天一定看到她狼狈的样子了吧。

怎么办？怎么办？

小师妹有一种人生毁了的感觉。

爷爷像是知道小师妹心里的想法，接着说："昨天多亏了小志啊，要不是小志那孩子，爷爷这一把老骨头还真的不知道怎么把烂醉如泥的你带回家呢。"

"哐当"……小师妹的心碎了。

"小志？你是说，小志送我回家的？"她不可置信地看着自己的爷爷，整个人有一种被雷劈中了的感觉。

昨天晚上，是小志送她回来的吗？她怎么什么都不知道？

她昨天有没有说什么胡话？有没有吐小志一身？

或者，她嫉妒心爆发了，有没有对小志干出什么出格的事情来啊？

小师妹站在客厅里足足一分钟都没有说话，心里早已经天人大战了几百个回合了。她现在已经被自己撼动得说不出话来，要是此刻她能够说出话来，怕也是语无伦次的吧。

爷爷不知道小师妹心中的想法，边吃早饭边继续补刀："对，要不然，你还以为是爷爷送你回家的吗？爷爷可没有那么大本事，爷爷老了。"

想到昨天小志温柔地抱起他家孙女往外走，他心里既是安慰又是高兴。

他家孙女的心思，他这个老头子可是明白的。小志也算是小镇上的青年才俊，把孙女交给这样的孩子，他自然是放心的。只是前段时间，两个孩子似乎闹矛盾，他还担心来着，现在，能看见他们好好的，他自然高兴。

"啊……我不要活了。"小师妹跟见鬼了似的，丢下吃早饭的爷爷，急匆匆地跑上楼，冲入了自己的房间，把房门关得死死的。

"你不吃了？"爷爷对着小师妹的背影喊着，半天没有回应后，无奈地摇了摇头，"这孩子……"

房间内，小师妹整个人闷在了被窝里，深深地忏悔着。

天啊，不是这样的，绝对不是这样的，她本来是想要完美登场，完美退场的啊，为什么事情会演变成后来的样子？

她居然烂醉如泥地被小志给背回来，那昨天那么精心的挑选衣服，梳妆打扮，是为了什么？

她以后还有什么脸面去见小志啊？

小师妹从被窝中探出头，一脸苦瓜相，以后到底该怎么办啊？

小志会不会嫌弃她，以后都不再搭理她了？呜呜呜……

夜色降临。

小志这一天都显得非常烦躁，他不知道怎么了，或许是小师妹没有来找他的缘故吗？

他暗自笑自己太傻，她不来不是更好吗？他为什么要期盼她来找他？

如果她一直跑来找他，他真的能狠下心不接受她的心意吗？

如果他接受她的心意，那么她的妈妈……

小志苦笑，小志啊小志，你还是放不下啊！

此时，小镇农庄内，小师妹乖巧地窝在院子里的秋千上。她今天换了一身雪白色的长裙，微风徐徐吹来，她惬意地抬起头。路灯下，她看见院子里的桃花花瓣扑扑簌簌地落了下来，桃红色的桃花在灯光的照耀下，显得更加美丽动人。

月光皎洁，照在人身上显得温温凉凉的。她眯着眼睛，坐在秋千上抱着靠枕，脑子里思绪万千。

今天，她已经想了一天了，可还是不知道该怎么面对小志。想到最后，她竟然就在秋千上睡着了，半夜气温下降，一阵凉风吹来，才把熟睡中的她给吹醒。

她揉着眼睛，没有开灯，摸索着走进自己的房间，却看见手机屏幕亮着，难道是小志给她打电话了？

她顿时来了精神，整个人扑了上去，划开手机屏幕却发现，只是一条垃圾短信，瞬间整个人蔫了下去。她真是自作多情，昨天自己都那么折腾小志了，他怎么还会给她打电话？

突然，小师妹的心中闪过了一个念头，她对着自己的脑袋用力一拍，却浑然忘记了疼痛般，高兴得跳了起来。

她怎么这么笨，小志不给她打电话，她为什么不能给他打电话？至少，先打个电话过去，看看小志怎么想的嘛。

她像个孩子般，摸索着上了床，激动地在手机上按了那个熟悉的号码。

嘟嘟嘟……手机忙音一直持续，却无人接听！

现在是半夜，小志一定是睡着了吧？那明天再打好了，小师妹这么想着，便将手机放在床头，安心地准备睡觉，翻来覆去地怎么也睡不着。

满心满脑子都是小志……

此时的小志，看着渐渐黑掉的屏幕，心里揪痛着。

本来今天因为小师妹没有来找他，他的心情已经渐渐平复一点了，他以为自己不想念，以为自己没事，可就在小师妹电话打来的那一刻，他的内心就按捺不住地激动，差点就忍不住，接了小师妹的电话。

最终，他还是忍住了。黑暗中，他只能无力地看着屏幕渐渐黑下去，然后，再也无法入睡……

艳阳高照的午后，闷热的空气让心烦意乱的小师妹情绪更是低落到了极点，昨天晚上的好心情也荡然无存。

她把一切都想得太美好了。

臭小志!

居然不接她的电话,也不回她的信息,这不是逼着她亲自去找他吗?

只是,前天舞会的事情,她都还没确定他心里到底有没有嫌弃她,她就冒冒失失地跑过去找他,这样真的好吗?

可是,她昨天一天都没有见到他了,她真的很想他。

他以为他不接她电话,不回她短信,她就会放弃了吗?

才不要!

想到这里,小师妹快速地换好衣服,刚出农庄门口就深深地吸了一口气,她已经两天没有出门了,她真的都快憋死了。

小师妹在小镇的大街小巷上寻找着那个熟悉的身影,暗暗发誓,今天一定要找到他。

才这么想着,那极力搜寻的身影恰巧就入了眼,只是惊喜来不及表达,就被接下来的一幕惊得瞠目结舌,心脏瞬间揪痛成一团,心乱如麻。

她的小志,此刻居然跟个女人光天化日在大街上抱成了一团?

小师妹心底的火一下就冒了上来,死小志,不接她的电话,还敢在大街上和别的女人搂搂抱抱,她真的很想捏死他。

小师妹的眼神像一支支箭,朝着小志怀中的女人射了过去,手指也习惯性地伸到了嘴里,泄愤似的咬着,咬得出了血,都没有感觉到疼痛。

小师妹,淡定,你一定要淡定,小师妹心里安慰着自己。

她的小志明明不是这样的,所以,一定是那个女人主动黏上他的!

对,一定是!

就在小师妹胡思乱想,大脑运转之际,她的双脚下却有意识似的一步冲上前,毫不犹豫地一把推开了小志怀中的女人。

嘴里还大声嚷嚷着:"你、你抱着我的女人做什么?"

被小师妹推得连连倒退，险些摔倒的女人，让眼明手快的小志拉了一把，这才避免了和大地的亲密接触。她伸出手拍拍自己的胸口，随即疑惑地抬起头，看着刚才突然冲出来的小师妹，一脸愕然。

"你的女人？"她看着眼前的小师妹，一脸问号！

急切到结巴的小师妹，弱弱的样子根本就没有一点儿气势，甚至是直到女人愕然的话说出口，她才后知后觉地发现自己说了什么。

小师妹瞬间憋红了一张脸，不行，她不能在这个女人面前示弱！想到这里，她狠狠地跺了一下脚，急匆匆地再次解释。

"不，不是，他是我的女人。"话一出口，她马上发现自己又说错了，于是急忙又改口道，"不，不对，是，是我是他的男人……也、也不对……"

小师妹着急地摇摇头，眉头皱成了一团。她越是着急，就越是说错话，憋红着的脸涨成猪肝色，此时，她恨不得挖个地洞，把自己给藏起来。

怯怯的目光，偷偷望向小志。

她怎么每次都在小志面前丢脸呢？

尤其，在看到小志皱起眉头时，她都快急哭了。

"呵呵……"

突然的笑声，拉回小师妹飘远的思绪。她拉回目光，只见那女人此刻正望着自己，掩嘴一脸笑若春花的模样。

甚至在对上她目光时，笑语嫣然地对她道："你真可爱！"

可爱？看着她那张灿烂的笑脸，小师妹只觉得，她这话的意思，是在向她示威，只有小女孩才能被人家说可爱吧？她现在当着小志的面说她可爱，难道不是在对小志嘲讽她不是个女人，充其量就只是个女孩而已？

想到这里，小师妹抬起头，看见女人笑若春花的脸，更加地肯定了自己心里的想法。

她轻咬着红唇，暗暗瞪着那个女人不说话，才不要接受她虚伪的赞美。

　　一旁，小志看着小师妹咬破的手指，心里一阵气。他不自觉地便对着小师妹拧起了眉头，她怎么还是改不掉这个坏毛病，一嫉妒就咬手指？手指被咬破了都不自知，难道她就不知道疼吗？

　　小师妹不知道小志心里是在心疼她，一见到小志对她拧眉，心里顿时一阵不舒服，脑子里又开始胡思乱想起来：他是不高兴自己对那个女人瞪眼吗？

　　他就这么地舍不得那个女人？

　　小志不知道小师妹心中的想法，只一味地转身对那个女人歉然道："抱歉，小师妹不是故意的，希望你不要怪她。"

　　"我、我才不要向她道歉！"小师妹闻言，气呼呼地反驳，她才不要对那个女人道歉呢，明明是她先对她的小志不怀好意。

　　然而，小志却只顾着和那个女人道歉，看都不看她一眼。

　　小师妹心里一阵抽痛，她黯然地垂下小脸，轻咬着红唇红了眼眶。

　　他果然还是不在乎她的。

　　女人的目光，在小师妹和小志之间来回搜寻，而后若有所悟地浅笑颔首道："没关系！我才是应该要谢谢你，连着两次，要不是你伸出援手扶了我一把，我肯定跌惨了。"

　　什么两次？哪里来的两次？

　　难道刚才，小志不是抱着那个女人，而是扶了那个女人一把，然后自己误会了吗？

　　心里似乎有个想法一闪而过，若有所悟的小师妹抬头，愕然的目光下，就见那女人对她微笑颔首，而后转身飘然离去。

　　看着那远去的背影，小师妹羞愧到了极点。她这是，误会小志了吗？

　　她张嘴想要解释："我……"

　　她抬头，小志却只是若有所思地望了她一眼，然后皱着眉头转身离开，一副好像对她的解释无所谓的样子，让她瞬间慌了手脚。

"小志……"

小师妹着急地追上前去，慌慌张张解释。

"我刚才真的不是故意的！"她难过地嘟囔着。

"我只是以为她对你有所企图，而你刚才还抱着她……"小师妹的声音越说越小，到了后来甚至都听不见了。

回想起刚才小志抱着那个女人的画面，她心中就忍不住心里一阵气闷，直冒酸水。

虽然那只是一场误会，可她心里还是会嫉妒得要命，她不希望有任何女人，碰到小志，哪怕是小志的衣脚，也不可以。

小师妹嘀嘀咕咕着，紧跟在小志的身后，哀怨的目光盯着小志的侧脸，一如既往地打算黏着他，缠着他到底。

走在前头的小志，蓦然停下脚步，让来不及反应的小师妹撞进他怀里，撞痛了鼻子。

"哎呀，要停下来怎么也不说一声？"她抱怨地一手揉着鼻头，却不愿退出他的怀抱。

嘻，小师妹心中暗喜，难得能够跟小志这么靠近……

她才这样暗自欣喜着，下一刻就被小志意志坚定地扳着双肩拉开了距离。

看着她撞红的鼻子，小志强压下心中忍不住要伸手搭上她鼻子，给予她怜惜的冲动，故作冷漠道："小师妹，我还要工作，你别再跟着我了！"

顿了顿，犹豫着最后还是冷下心肠又继续道："还有，就算别人对我有企图，你也不应该去动手推人家，而且，我也不是你的所有物，你也没有权利干涉，下次不要再这样了，免得大家都很难堪！"

闻言，小师妹受到的打击自然是不小。然而，她却不得不忍耐下心中的痛楚。

她睁着水润的双眼，倔强地与他对望上。

"我不会放弃的！就算是没有权利，也不会放弃！你就是我的，你从小就是我的，谁也抢不走。"

虽然无力，但小师妹还是用力地反驳着小志的话。

她的声音中带着丝丝嘶哑，为了掩饰自己如同示弱般懦弱的泪腺，她黯然地垂下头，不再与他目光相对，却始终不愿妥协地喃语："难堪就难堪吧，反正我不在乎！"

除了他的爱，其他的，管她是面子还是里子。为了他的爱，她统统都不需要！

看着那黯然落寞的脸，小志就算有再多的不忍，也还是不得不压抑下那揪心的怜惜之情，强压下伸手轻拍她头给予安慰的冲动。此时此刻，哪怕是这样的动作，对她来说也是伤害。

最终，只会让她以为希望越大，然后失望越大。

想到这里，小志咬紧牙关，插在口袋中的手，悄然握拳，他沉下声故作冷漠道："随便你！"然后，像是无视小师妹似的，利落地转身离开。

小师妹看见小志转身，心里的苦便开始蔓延开来，心里的责怪和委屈，悉数都跑了出来，但她却显出比哭还要难看的笑脸，径自自我安慰着。

"没关系！他就是一时气愤，过过就好了，我一定不能放弃，不能放弃。总有一天，我的感情和我的人，他迟早是要一并接受的。"

小师妹抬起头，泪眼蒙眬中看着小志自巷子里已经转弯走远，她感到脸上有凉凉的东西，伸手去摸，却发现满手的泪水。

小师妹的手下意识地攥紧，她觉得心底像是有一根针，在拼命地扎着，密密麻麻地叫嚣着到底有多疼。

小师妹一连受了两次挫折，心情很是糟糕，回到农庄，就连经过爷爷身边的时候也没有打一声招呼，甚至在门口连拖鞋都没有换，就顺着楼梯向着楼上走去。

小师妹来到自己的卧室门口，用力地推开自己的房门，脚向着空中一甩，鞋子便从她的脚上飞了出去，鞋子在空中划了个弧度后，狠狠地摔在了地上,可怜兮兮的东一只西一只地遥遥相望。

她像是想到了什么似的,赤着脚跑到门口一脚将房门狠狠地踹上,再从里面反锁上,然后便向前一扑,整个人倒在了卧室床上。

心口还在绞痛,她用力地深呼吸着,想以此来减轻内心的疼痛,却发现徒劳无功。她闭上眼睛,在心里努力地宽慰自己平息下来,安静地想,接下来,她该怎么办!

过了好半响,她无力地垮下双肩。她真的是越想越胸闷,无论如何,她都不能对这两次的事情释怀。

俗话说得好,越是喜欢才越是在乎。她现在就是太在乎小志了,在乎到一看到别的女人靠近小志,她就嫉妒得要命。

可是无论如何,她都是不会放弃的,那些女的都算什么,她干吗要为了那些女的如此伤神?她就不信,那些女的能抵得过她和小志的青梅竹马?她的小志终归是她的,任何女人都别想拐走他。

从马路边的第一次相遇,到十几年来的朝夕相处,她都点点滴滴记录在心,她就不信小志对她是没有感觉的。

她总感觉自己的感觉没有错,也就是这一份自以为是的感觉,才让她对小志越挫越勇,不能放弃。

她不知道小志为什么突然变了!

尤其是这些日子以来小志对她的态度和以前简直是判若两人!

小志向来性格温和,无论是谁跟他说话,他都会微笑回应,却只对她一个表现得异常冷淡。

这些日子以来,她对他说话,他要么随口应付她两句,要么淡淡地别过脸,总是一副淡淡的无所谓的样子,而他这样对待她,让她的心里着实慌乱不已。

她每每回想,也不知道自己到底做错了什么,使得他的态度这样变化无端。

他这样的冷漠和拒绝,她也私下里觉得自己是不是无意之间哪里得罪了他,回忆无果后,她就选择等待。

她以为过个几天,等他气过了,她就又可以缠着他耍赖了。

只是,时间一天天过去,直到今天,他对她还是那副冷冷淡淡的样子,甚至对她说出了那样残忍的话,她感觉自己真的快坚持不住了。

他的温暖,不应该是给另外的女人的,应该是给她的,明知道如果这样下去,自己真的可能被伤得遍体鳞伤。

但是她还是固执地觉得,自己如果现在就放手,以后肯定会后悔一辈子,因为她实在无法想象,如果小志的身边站着别的女人,她会不会内心嫉妒得怄死。

而且,那个宠物店的老板莎莎,住在小志的隔壁,她真的无法再忍耐下去,她有一种浓浓的危机感。

所以,她一定要和小志说清楚,问问他到底为什么,突然之间会对她如此的冷淡。

想到这里,小师妹心情抑郁地把床上的被子一把扯了下来,穿上散落在角落的鞋子,猛地打开房间,往外跑去。

小师妹一口气跑到了小志的屋外,嘴里喘着,胸口因为剧烈地喘气而上下起伏着,待气息稍微平复时,她这才直起身子,看着小志屋子里透出的亮光。

她站在门口,深吸了几口气,才开始敲门。

咚咚咚地敲了好久,小志才来开门,小师妹看见穿着居家服的小志,心情大好,刚想说话,却听见一道女声从屋内传来。

"小志,谁在敲门啊?"

小师妹的心跳停拍一秒,耳朵里一阵轰鸣。她疑惑地转头,朝着声音的来源看去,却发现莎莎正站在客厅的方向,手里拿着苹果派。

这个女人,居然在小志的家里!还穿得这么随意!

他们到底是什么关系?

不,不会的,小师妹在心底摇头拒绝自己眼前所看到的信息。

可是,她又怎么解释现在眼前看到的一切?小志以前从来不会带任何一个女人到自己的家里来,可今天为什么要对这个女人例外?

小镇情缘 上

小师妹的心中，有一种不安开始慢慢发酵……

她颤抖着声音问道："小志，她和你什么关系？"

"你怎么来了？"对于小师妹的提问，小志并没有直接地回答，而是皱着眉头看着小师妹反问了这么一句。

他以为，经过下午那一番决绝的话后，小师妹一定会好久都不来找他，却没想到，她的自我调节能力这么强，居然当晚就来到他家门口找他了。

其实小志皱眉是因为现在已经很晚了，小师妹居然一个人从农庄跑到了他这里，路上不安全不说，她还只穿了这么一件薄外衫，晚上的天气又这么凉，万一感冒了怎么办？

可小师妹却把他的皱眉想象成了他的不耐烦。

他现在是在厌烦她，怪她坏了他的约会吗？

小师妹只感觉嘴里发苦，心脏一下子疼痛加剧，她抬头，眼神忧伤地看着小志，用尽力气，嘶哑着声音问道："我问你，她和你是什么关系？"

"……"小志脸上淡然，旁人从外表看不出一丝情绪，可是他的内心却是翻江倒海般的。

他看到小师妹痛苦的样子，心里像被传染了般也跟着剧烈地疼痛了起来，他知道，小师妹一定是误会了他和莎莎姐了。

可是，他也只是站在那里，并不解释，有些事情本来就不该固执坚持，他又何必多此一举去解释？

也许让她误会了也好，大家都趁早放手，省得都彼此陷在痛苦中。

小师妹期待地看着小志，现在，不管小志说什么，怎么解释，她都会相信。可是此刻的小志却一句话也不说，只淡淡地看着她，让她看不透他的情绪。

小师妹狠狠地咬着下嘴唇，就在气氛陷入僵局的时候，一道女声从客厅再次传来。

"是小师妹啊？既然来了，为什么不进来？"莎莎并不知道小志和小师妹两人之间的事情，只从上次的舞会隐隐约约地知道这两人之间似乎存在什么误会。

"你闭嘴，你凭什么在小志的家里像女主人一样，你凭什么？"小师妹像只发怒的小狮子般，张牙舞爪地对着莎莎一阵叫嚷。

她都不能在小志的家里这样随意，这个女人凭什么？

"对不起，我只是……"莎莎被小师妹这一叫嚷搞得有点愕然。

她今天是来感谢小志的，作为邻居，小志对于她这样一个单身女人给予了很多帮助，像一个邻家弟弟一样的亲切。

所以，她在家里准备了苹果派，想拿来让小志一起尝尝，可是刚来到小志家，还没坐下来，小志家的门铃就响了。

小志跑去开门，她在客厅等了半天也不见他回来，所以才性子急地多嘴问了一句，却没想到，让小师妹反感到了这样的程度。

"是我让她这样的，我授权的，怎么了？"一直站在一旁默不作声的小志，却突然对着小师妹，这般淡淡地道。

"小志！"小师妹显然没有料到小志会帮莎莎说话，一下子便愣在了那里，不知道该说什么，她只感觉到世界崩塌，心里有裂开的声响。

小志自然是明白自己的话是什么意思的，他也深刻地体会到小师妹现在心里有多痛苦，因为他的心也同样痛着。他每说一句话，心里就痛得无法呼吸，可是他还是用尽力气，用这把双刃剑刺着小师妹和自己。

他深吸一口气，忍住心口剧烈的疼痛，转身走到客厅拉着莎莎的手，低头用只有莎莎和他两人听见的声音说道："莎莎姐，帮我。"

莎莎抬头，愕然地看着小志，随即像是明白了什么，微笑着点了点头，她还是被莫名其妙地卷进这两孩子的爱情里了。

他们此刻的会意笑容，被小师妹尽收眼底：此时的他们，在她面前就像是一对恩爱多年的情侣，彼此凝望，彼此疼惜，彼此了解。

小师妹脸色苍白，突然就有一些站不稳了，她用力地抓住门框，以防自己承受不住跌倒……

小志看着脸色苍白的小师妹，内心难过到了极点，却还是极力忍耐住想上前怜惜她的举动，搂着怀里的莎莎继续残忍地道："她，不是你想吵就吵，想闹就闹的人，尤其，是在我的屋子里，你更加无权这么做。"

残忍的话一旦说出口，便无法挽回，小师妹在听见小志这句话的时候，脸上的最后一丝血色也终于消失。

她的内心一下子就怕了起来……

小志，你怎么可以这样，你怎么能对她这么温柔，你怎么能够对她这么体贴，你怎么能这么去维护一个女人？她的心里有无数个委屈的泡泡在翻腾，这一次，她真的是伤到了。

小志，你可知道，我喜欢了你这么多年有多辛苦？你现在却告诉我，你喜欢上了别的女人吗？

小师妹将自己的手指放在唇边，用力地咬了起来。对于小师妹的小动作，小志再了解不过，小师妹这样的动作是在嫉妒、不安。

果然小师妹放下唇边的手指，伸手拖着他的衣袖，看着他，声音近乎乞求："小志，你不要这样，你不要这样好不好？有什么话我们好好说，你告诉我，是不是我哪里做错了，你开始嫌弃我了？抑或者，你是在和我开玩笑？"

小志，你这样子，我真的很害怕！

她真的很害怕自己多年来的相思成疾，到头来却只是一场一厢情愿的梦。

她真的很害怕，往后的岁月里，那个站在他身旁的人，不是她！

可是对于她近乎乞求的态度，小志居然一点动容的意思都没有，只淡淡地看着她，嘴角微微地勾起，像是在嘲讽她的低三下四般。

他伤人的态度，让她的心失落得一阵抽痛。

"你没有惹我不高兴，我也没有心思和你开玩笑，如果没有什么事情的话，你先回去吧。"小志的话语中，逐客的意思相当明显。小师妹抬头看他的神情，那淡淡的感觉，显然是不想再和她纠缠下去。

小师妹忍不住地又唤了一声："小、小志。"

"你明明知道、知道……"知道我喜欢你！小师妹的话差点脱口而出。

"好了！"小志打断小师妹没有说完的话，决然道，"很晚了，我要去休息了。"然后，丢下话，他转身丢下她，关门，将她摒弃在门外。

小师妹的眼泪在小志把门关上的那一刻就流了下来，他居然就这样把她关在了门外。

小师妹倔强地站在门外，看着小志房间的窗户。她多么希望小志能再一次打开门对她说，刚才那一切都只是个玩笑啊。

可是，房间的灯却在下一刻熄灭了……

小志和莎莎深夜居然共处一室……

小师妹的心疼痛得要命，她转身，拼命地往回跑。鞋子跑丢了都没发现，石子将她的脚板刺穿，鲜血淋漓，她像不知道疼痛般，竟连一刻都没有停下。

她没有发现，漆黑的房间窗户里，有一双眼睛一直在注视着她，眼神同样深情而忧伤。

小志站在窗户口，看见小师妹跑远的身影，身体紧绷，紧握成拳的手，指甲陷入手心，他极力隐忍着痛苦的情绪，挣扎着……

当门关上的刹那，抵着门板的他，也在同一时间，颓然地滑坐在地，再也无法掩饰内心的痛楚。

随后又像发了疯般地跑到窗户边，贪婪地看着小师妹在月光下的身影。

"对不起……"

他喃语着，只是再多的歉疚、不忍和心疼，隔着的门板却仿佛隔上了千山万水。他的痛苦，她不会知道，他也不能让她知道。

"小志，你还好吧？"莎莎一直默默地看着两人的举动，有点不明白这两人，明明彼此相爱，却为何要相互伤害。

小志抬头看着眼前的莎莎,这才想起来,家里还有别人的存在,他歉意地对莎莎道:"莎莎姐,刚刚真的很对不起,我不是故意的,希望你不要放在心上。"

刚才自己就那么随随便便地拿莎莎姐做了挡箭牌,一点也没有在意莎莎姐的想法。他知道自己很不对,却在那样紧急的关头,没有别的办法。现在想起来,确实有点过意不去。

"不用道歉,我明白,只是我不明白的是,你们明明彼此都关心着对方,又为何要彼此伤害呢?"莎莎脸上挂着灿烂的笑容,花形耳环随着她的语气而晃动,她好奇地问出了自己心中的疑惑。

"莎莎姐,你不会明白的,我累了,想休息了。"他现在真的没有心情说那么多话,他感觉身体的每个部位都在疼,疼得他都快要死过去一般。

"好吧,我先回去了,你好好休息,我帮你把苹果派放在冰箱里,记着吃。"莎莎也不再勉强,她微笑着转身去把苹果派放到了小志家的冰箱里,随即来到小志跟前说道。

"嗯!"

莎莎冲着小志笑了笑,随即打开门离开……

随着关门的声音,屋子里又重新陷入一片黑暗……

小志连灯都没开,只摸黑来到自己的房间,拿起放在床头的相框,他深情地抚摸过照片中人的脸庞,然后狠狠地抱着相框,整个人摔在了自己的床上。

自从上次后,小师妹便再也没有来找过小志了,两人都各自过着各自的生活,仿佛生活中从来都没有出现过对方一样。

只是,时间一久,伤痛难免有些遗忘,小师妹发现自己,居然又无可抑制地想念起小志来。

她总觉得,小志和莎莎并不是真的在一起,那晚,也许只是小志的另一个拒绝她的借口。

这么多天没有见到小志了,她疯狂地想要见上小志一面,可却找不到任何见面的借口。

小志每天似乎都很忙，每天有做不完的事情，批不完的公文，恨不得把自己一个变成十个用，也许，他是想用忙碌充实自己，使自己不去想乱七八糟的事情。

小镇似乎变得格外平静，除却小师妹和小志的细微隔阂外，小镇和往昔没有任何区别，依旧宛如世外桃源一般，安静美好地存在着，直到金灿灿的到来……

这一天深夜，三辆限量版的劳斯莱斯同时停在了小镇外的制高点，从这里，可以一览小镇的所有景色。

在这寂静的深夜里，三辆车子同时刹车的声音锐利至极，划破夜空，让人有一种突兀的感觉。

车子停稳后，中间一辆车子的驾驶员突然下车，绕过车子一周打开后排座位的车门，恭恭敬敬地对里面的人道。

"金总，到了，请下车。"说完便垂首待立在一旁。

"嗯！"车子上的人懒懒地应了一声，声音不大，却透露出一股强大的压力，在场的人都更加挺直了腰杆，毕恭毕敬的。

这是一个全身上下穿着高档名牌的女人，脖子上戴的钻石项链异常闪耀，外人一看便知道这个女人非富即贵。她就是晟世地产公司的总裁金灿灿。

金灿灿从车子里下来，让助理都站在车旁边等着，自己则一个人走上了小镇的制高点；她看着灯火辉煌的小镇，深深地吸了一口气。

她终于来到了这块生她养她的土地，可是她却对这里爱不起来，只因为这里，有她最难堪的回忆。

金灿灿看着小镇家的方向，眸色深沉，整个人陷入了回忆中。

她金灿灿从小到大，都在住宿学校念书，所谓的父母，永远在忙，永远不会想到还有她的存在。

她永远忘不了到了暑假，别的孩子都回家了，她却依然一个人留在学校的痛苦。

同学们嘲笑她是没有家的孩子，她也不能反驳，为了摆脱同学们的歧视与排挤，她发奋读书，成绩永远是第一。

渐渐地她为了保护自己，学会了用言语来令别人难受。用冷漠来武装自己。

她以为这样自己就不会再受到伤害。

她也渐渐地发现，自己的这个方法是对的，起码，她的心不会再那么痛了。

她从小到大都很孤独。可她依旧活得很好。

长大后，她甚至觉得，只有金钱才是一切，只有金钱才能让自己得到片刻的满足。

所以她不断地往上爬，不断地往上爬，直到现在，到了所有人都要仰望她的地步。

而她也从来没有觉得，这样有什么不好。

金灿灿收起回忆，收拾好心情，她摸了摸身上的皮草，冷笑出声。

现在，她终于再一次回到小镇，也是该她回报那些伤害过她的人的时候了，只是不知道，那些人还能不能承受得住。

她对着助理打了个手势，助理会意，连忙小跑着来到金灿灿的身边，毕恭毕敬地道："金总。"

金灿灿轻启红唇，对站在一旁的助理吩咐道："回去让策划部准备好一份收购策划案，再让财务部准备一笔收购备用金，我明天就要用。明天早上上班前，我希望这些资料都已经放在了我的办公桌上。"

"是的，金总。"助理默记着金灿灿吩咐的事情，立刻便用手机将事情分发给了各部门的负责人。

金总向来喜欢效率高的下属，作为她的助理，他自然具备了执行能力强这一优点。

金灿灿转头看向小镇方向，似乎是在问着助理："你说，这个小镇，漂亮吗？"

助理早就耳闻这个小镇是金灿灿的家乡，对于家乡，每个人都肯定是喜欢的，于是自然不多作考虑，立马就顺着金灿灿的话道："这里是金总的家乡，自然是漂亮的。"

金灿灿听完助理的话，只莞尔一笑，随即转过头来与助理的眼神平视，她慢声细语地对助理道："是吗？可我怎么看都不觉得它漂亮，反而一点喜欢的感觉都没有呢？"

听了金灿灿的话，助理一时之间有些无语。

早就知道金总性格阴晴不定，令人拿捏不稳，他一直小心翼翼地伺候着，可就是这么认真，还是马屁拍在了马蹄上，看着金灿灿锐利的眼神，助理惊出了一身冷汗。

他不知道接下来的话，该怎么接。

就在助理万般纠结，不知道该如何应对时，金灿灿突然地就叹了一口气，看着助理像是大发慈悲的样子，淡然道："好了，我们走吧，明天就要开始忙了。"

"是的，金总。"助理如临大赦，连忙跟在金灿灿的后面走着，等走到车子前时，又殷勤地给金灿灿开了车门。

车子齐齐发动，很快就调头绝尘而去。小镇又恢复了平静，像是这三辆车从未来过一样。

第二章

　　小镇的天空格外晴朗，小镇的人们都开心地享受着小镇带给他们的美好，惬意而满足。

　　他们不知，这里的宁静即将要被一个叫金灿灿的女人打破。

　　晟世地产公司大厦内，金灿灿的助理正召集着各部门的经理开着会。

　　"这块地皮，我势在必得，大家有没有什么别的意见？"金灿灿站在会议桌前端，大手一挥，气势磅礴。

　　金灿灿虽然这么问着，可下面的人却没有一个敢吱声的。一般情况下，只要金总决定的事情，他们都是没有什么好反驳的，唯有认真地去执行。

　　金灿灿见大家都没有异议，便收起笔记本准备结束会议，却有人在这时候不怕死地提出了自己的意见。

　　他是新来的部门经理，并不明白公司的规矩，见没有人提出反对意见，便自告奋勇地站了出来。

　　"金总，恕我直言，我认为这样的小镇全国有很多，我们没有必要这么大费力气地去收购这块地皮。"

　　金灿灿似乎很意外有人提出相反意见，明显一阵错愕，但也只是一会儿工夫，便恢复了正常。她用涂着金色指甲油的手摸了摸自己新买的皮草，然后才抬起头，瞧着眼前的张经理，慢条斯理地说："哦？张经理这话的意思我不大明白，能给我一个理由吗？"

其余的人都倒抽了一口凉气，金总这个样子，是生气了呢！

平时金总下达任务的时候，他们都是不敢吱声的，因为金总比较女王范儿，什么都喜欢自己主张，并不喜欢别人提出什么相反的意见。在她眼里，只要她下达的命令，下属能够配合完成，就是她满意的下属了，因为她认为自己永远是对的。

可现在这个张经理，却是在对着金总说反对的意见，他真的是不怕死啊！所有人都为张经理捏了一把冷汗。

张经理看众人都一副他完了的表情，却并不知道自己究竟是怎么了，只能硬着头皮说下去："这个小镇我打听过，很多人都是原住民，他们根本不会答应转卖小镇的地皮的，毕竟那里有他们美好的童年和回忆。"

金灿灿像是听到了什么国际笑话般，夸张地笑了起来。张经理见金灿灿这个模样，一时之间有点尴尬，站在原地，大气都不敢出一下。气氛一瞬间有点凝结。

就在金灿灿笑得所有人的脸色有点难看的时候，她却停了下来，只是抬头瞅着比她高出一个头的张经理，眼神锐利。

张经理虽然比金灿灿高出一个头，但还是被她的气势压得喘不过气来。他从来不知道，一个女人的压迫力也会如此之强。

金灿灿收回视线，张经理这才感到内心一松，整个人有些许站不稳。还好前面有会议桌扶着，否则他一定会就这么摔下去。这个女人太可怕了。

金灿灿见张经理这样，只淡淡地瞥了他一眼，然后一字一句地对他说道："我还真不知道，新招来的张经理还是一个如此念感情的人。只是张经理，难道你在高位多年过得太安逸了，早已经忘了在商言商这句话了？"

张经理被呛得面红耳赤。他只是提出意见而已，这个女人未免太得理不饶人了。

他终于明白为什么那些人都不提意见了，敢情就欺负他是个新来的，什么都不知道啊。"

　　金灿灿见张经理无言以对了，便坐在座位上想了想继续道："不过，张经理刚才那番话，倒是提醒我了，应把小镇的收购价格放得高一点。有钱能使鬼推磨，我觉得这个世界上没有什么事情是金钱不能办到的。我就不相信，那些人不松口。"

　　"金总，我冒昧地想问一句，我们大费力气地收购小镇，是为了什么？"张经理还是有些不死心，他纵横商场多年，何时被一个女人如此戏弄过？

　　这个女人又凭什么在他面前这么张狂，也不过是靠夫家，才爬上了这么高的位置。他最看不上的便是裙带关系了。

　　金灿灿自然是一眼就看穿了张经理内心的想法。她看着张经理嘲讽地笑着，随即示意助理展开了一幅她早就准备好的小镇周边地图。

　　"大家看看小镇的地理位置，四面八方都是经济区域，小镇在中间就起到了一个经济枢纽的作用。如果，我在这里做一个大型生态旅游区，那未来前景自然是不可估量的，大家觉得呢？"

　　大家一时间都无语起来。

　　要说刚才，他们是因为惧怕金灿灿的压迫力而不敢吱声的话，那么现在，他们是真的佩服金灿灿的实力。

　　金灿灿的眼光独到，每次都能抓到商业的中心点，掐准经济命脉，也正是因为她的实力，晟世房地产公司才会越来越好，从而变成今天这个辉煌的样子。

　　站在一旁的张经理终于被金灿灿的眼光和实力折服，默默地坐了下来，不再言语。他为自己刚才的想法而感到羞愧，他不应该因为对方是个女人，就轻易地给对方下了评判。

　　会议结束后，金灿灿回到自己的办公室，她先取下外套挂在衣架上，然后便坐在了自己的真皮座椅上，随后对助理说道："把明天的事情都安排到今天，明天我们去小镇实地考察。"

　　"知道了，金总！"助理应声退下。

金灿灿揉了揉自己的太阳穴，随意地翻开文件，随即又像是想到了什么般，她站起身，到衣服口袋里掏出自己的手机，拨通了电话。

金灿灿的嘴角难得地挂着温和的笑意，待那头的电话接通后，整个人都越发地温暖了起来，她轻声轻语地道："儿子，在哪儿呢？"

电话那头的人，像是在外面游玩，传来很嘈杂的声音……

金灿灿却不以为意，她耐心地听了一会儿电话那头的动静，然后自顾自地说了起来，"阿闲，明天有没有空啊？陪妈妈去一个地方。"

"去哪里？"电话那头的阿闲此时正叼着棒棒糖，在游戏厅里玩得不亦乐乎。

"当然是去好玩的地方了。"金灿灿深知儿子的习性，故意顺着他的话说道。

不知道为什么，自己那么想带着儿子阿闲去小镇，也许是想让他看看自己生活的地方，也许，是为了看看那个人。

金灿灿想着，自嘲地笑了起来。金灿灿啊金灿灿，你还是放不下吗？

那个人在你小的时候那样子对待你，难道你还没有清醒吗？

想到这里，金灿灿的嘴角冷了下来，不待儿子答话，径直说道："阿闲，不去也没关系的，你自己玩吧。"

阿闲一听到好玩的地方，哪里还会有不去的道理，连忙一手拿下嘴里的棒棒糖，对着电话那头喊道："妈，妈，妈，我去，你别丢下我，我去，明天我去你办公室找你。"

金灿灿听完笑着说："傻儿子，妈妈怎么会丢下你？那好，我明天在办公室等你。"

她从小就深知被人丢下的滋味儿，又怎么会让自己的儿子再重新体会一次？

金灿灿挂了电话，整理好自己的思绪后，继续低下头看文件。两天的事情都聚在了一起，她一定要快速解决才行。

第二天，阿闲一早便来到了金灿灿的办公室。他嘴里叼着一根棒棒糖，头上戴着棒球帽，棒球帽外面还罩着连帽衫，一身非主流的打扮。

阿闲来到晟世房地产公司的前台，并没有和前台小姐打招呼，便一个转身闪进了总裁专梯内，前台小姐知道那是他们公司的小少爷，倒也没有阻拦。

电梯在顶层停稳，阿闲手插在裤兜里，嘴里含着棒棒糖，从电梯里走了出来，直接奔总裁办公室而去。

"小少爷。"总裁秘书室的人看见阿闲进来，都连忙站了起来跟阿闲打招呼，阿闲微微一笑，也不理会众人，径直敲开了总裁办公室的门。

阿闲进去总裁办公室的时候，金灿灿正在跟助理盼咐着什么，阿闲也没有打扰她，径自在办公室的真皮沙发上坐了下来。

金灿灿并没有注意到阿闲的到来，她自顾自地安排着后续的事情："这个，还有这个，待会儿都要一起带上，以防万一。"

"是的，金总。"助理点头，牢牢记下。

"对了，待会儿我们就要出发了，阿闲来了没有？"金灿灿像是想到了什么，她拿下鼻梁上的金框眼镜揉了揉自己的眉心，询问着助理。

"尊敬的金女士，我早就来了，只是看你一直在忙，所以没有打扰你。"阿闲见金灿灿主动提起了自己，便在沙发上转了个身，索性跪在沙发上和金灿灿打着招呼。

"阿闲，你什么时候来的，我怎么都不知道？"金灿灿看见突然从沙发上冒出来的阿闲，颇为意外，但嘴角的弧度显示出她现在的心情很好。

"嗯，我也刚来一会儿，金女士，你昨天说今天带我去好玩的地方，是什么地方？"阿闲歪着头问道。

他本来和一帮朋友在游戏厅玩得不亦乐乎，看见老妈的电话还以为她想让他回来帮她管理家族企业呢，谁知道老妈居然是要带他去好玩的地方。

老妈很少主动带他去什么好玩的地方，他自然是兴奋的，只是，他玩遍了大江南北，不知道这次老妈口中所谓的好玩的地方，能不能合他的意。

"等会儿你就知道了。"金灿灿冲着阿闲神秘地一笑。

"还搞得那么神秘，那我们什么时候出发？"阿闲心里着急，他现在被老妈吊足了胃口，已经迫不及待地想看看老妈口中的好玩的地方是哪里了。

母子之间难得有这种温馨的互动，金灿灿心情好地调笑道："现在！"

"太棒了。"阿闲高兴地从沙发上弹跳了起来，跑到金灿灿跟前，拉着她的手就要走。

"臭小子，别急，等我把外套拿着。"金灿灿点了一下阿闲的脑袋，随即拿起挂在一旁衣架上的皮草外套，拉着阿闲的手，往门外走去。

金灿灿和阿闲坐在豪华房车内，很快便来到了小镇。阿闲像个好奇宝宝般，激动地到处张望着。

妈妈果然没有骗他，这里的确很有意思，山清水秀的，还有很多奇珍异玩，果然是个好地方。

只是，如果跟着妈妈走，自己定然不能玩得畅快淋漓，如果自己过会儿趁妈妈不注意，偷偷地开溜。

嘿嘿嘿……

阿闲的心里打着如意小算盘，而金灿灿完全被蒙在鼓里。她的脑海中正计算着，如果收购了小镇，开发了大型生态旅游区，能为她赚来多少钱。

到达了目的地，助理为金灿灿和阿闲打开了车门，金灿灿带着阿闲走入了小镇。小镇内，来旅游的外地人很多，忙碌的小镇人们，根本没有注意到金灿灿这一行人。金灿灿打量四周，用她的商业眼光给一切估算着价格，并且估算着自己从哪里入手，才能很容易地打开收

小镇情缘 上

购小镇地皮的入口。

等她把一切都估算得差不多的时候,却发现一直跟在她后面的阿闲不知道什么时候,竟然不见了。

"阿闲呢?"金灿灿询问一旁的助理。

"小少爷,刚才还在这里的。"助理小心翼翼地回答,他只顾着跟金灿灿一起评估价格,也没有注意到小少爷什么时候离开的。

金灿灿的眼神沉了下去,随即喃喃自语道:"这个臭小子,一定是又跑哪里疯去了。"

跟随了金灿灿多年的助理立刻识趣地对金灿灿说道:"金总,要不要我派人去把小少爷给找回来?"

"不用了,让他疯去吧,他也不是小孩子了,丢不了。不过记住,时刻安排人盯着他,不要让他出现了什么危险和受了委屈。"金灿灿摆了摆手,将手中刚统计完的资料随手扔给了助理,然后迈着优雅的步子继续往前走。

走了一段后,金灿灿又对助理道:"正事要紧,我们先把今天实地考察的资料整理一下,把各块地皮的主人和价格,都搞清楚。三天后,我们开始来小镇实施收购计划,今天就先回去吧。"

"好的,金总。"助理恭敬地回答。

金灿灿点了点头,随即抬起头,用充满野心的眼神扫视了一下小镇全貌,然后便毫不留恋地转身离开。

阿闲在小镇东逛西逛,看见什么都觉得新鲜,再加上他一看就是人傻钱多的样子,小镇的商贩们都变着法儿地让他买东西。

什么纪念品、首饰、当地特产一个都不落下,很快,阿闲的怀里就抱了一堆东西。阿闲抱着这些东西实在走不动了,他歪歪扭扭地到处看着,寻找着落脚点。

因为东西多,挡着路,阿闲根本没有看见对面的小师妹便撞了过去:"哎哟!"

小师妹整个人摔在了地上。

阿闲听见女孩子的喊声，吓得一惊，怀中抱着的东西便零零碎碎，悉数都掉在了小师妹的身上。

小师妹最近郁闷得很，她很想念小志，却又不敢去见他。今天好不容易鼓起勇气，找小志陪她出来玩，仍被小志拒绝了，她到现在都记得小志那冷冰冰的面孔："我没空，你找别人吧。"

什么嘛，书记官有那么忙吗？居然告诉她没空，他这不是明摆着敷衍吗？

小志这么回了她，她自然不好死皮赖脸地硬是强迫小志和她出来玩，所以只能偷偷地跟在小志的后面，看看他到底在忙些什么。

谁知道刚跟了没两步，便被对面这堆不明物体给撞了个实在，还被这些东西打得晕头转向的，感觉这些东西都快把她埋起来了。

当她稍微回过神来的时候，便看见了站在她面前，一脸惊吓的阿闲。

小师妹本身心情就不好，现在看见阿闲撞了她居然也不道歉，就那么傻愣愣地站在那里，心里的气就不打一处来。

她从地上站起来，冲着对面石化的阿闲喊着。

"你走路不看着的啊，你撞到我了知道不知道？"

小师妹见对面的阿闲只是看着她，并不说话，心里气急了，她恨恨地用手指戳了戳阿闲的肩膀继续说道："你别以为你不说话就可以逃避责任。我告诉你，不可能。"

"还有，你这什么表情啊，现在是我被砸到了，受到惊吓的应该是我好不好。你以为你在这里装可怜，我就会放过你吗？不可能，我告诉你，你完了，你摊上大事儿了。"

小师妹说完，一脸气愤的表情。她其实也并不是要把阿闲怎么样，她只是心里太气了。这么多天来，小志一直对她不理不睬的，她心里早就憋着一团火。这会儿阿闲正好就撞到她的枪口上来了，还不许她发泄一下心中的怒火了？

"你干吗不说话，嘿，看这样子，你是要抵赖啊？"小师妹抬头，

51

看见阿闲看着她，一脸呆愣的表情，有点语塞。

这人怎么这个样子，只会看着她傻笑，他是看她上蹿下跳的很好玩，所以在嘲笑她吗？想到这里，小师妹心里的火更大了。

她看着阿闲，咬牙切齿地道："你笑什么？"

"你好可爱啊。"阿闲没来由地就说了这么一句话，小师妹以为自己听错了。

这小子刚才说什么，她没有听错吧，小师妹不确定地又问了一遍："什么？"

"我是说，你好可爱啊。"阿闲直愣愣地又把刚才的话给重复了一遍。

眼前的这个女孩子，是他从来没有看见过的那种类型。以前围绕在他身边的那群女孩子，各个都表现得自己很柔弱很需要人保护，可眼前这个女孩子，居然对他这么大声地嚷嚷，一点都不做作。他从来不知道，原来当一个女生对自己这么嚷嚷的时候，居然也会这么的可爱。

小师妹被阿闲这突如其来的赞美弄得有点无语。

这家伙，不会是个神经病吧，我都把他骂成那样了，他竟然还会觉得我可爱？

"你叫什么名字啊？"阿闲并不知道小师妹心里在想什么，只一味地想知道眼前这个女孩的名字。

"我告诉你啊，你别给我装傻充愣的，我小师妹可不吃你这一套。"小师妹傲娇地把头扭向一旁，她才不会被这家伙轻易的一句话给弄昏头脑。

阿闲却不理会小师妹的无礼态度，却为知道了小师妹的名字而欢呼雀跃："你叫小师妹啊？好好听的名字啊。"

"……你这个人，脑子有毛病吧。"小师妹终于忍无可忍地对着阿闲吼了起来。都怪她多嘴，居然不经意间就说出了自己的名字，好郁闷。

"你别生气啊，我是刚来到这里的，刚才撞到你实在不好意思，这样吧，我请你吃糖，你当我的导游好不好？"阿闲从口袋里拿出一根棒棒糖递给小师妹。

"……姐没兴趣，我也不要你对刚才撞我的事情负责了。我还有更重要的事情要做，你走开。"

小师妹这下真的确定了，这家伙肯定是智障，要不然哪有人这么大了，还吃棒棒糖的，而且，他居然还把棒棒糖当成了贿赂她的工具。

她的气也撒得差不多了，她才不要跟这样的笨蛋纠缠不休，她还要找小志呢。

想到这里，小师妹推开挡在她面前的阿闲，从一堆纪念品中抽身而出，抬脚就要往前走。

好不容易在一个陌生的地方，找到了一个自己喜欢的人，阿闲怎么可能轻易地就放走小师妹？他追上小师妹，连刚买的纪念品都不要了。

"小师妹，你陪陪我嘛，当我的一日导游怎么样？"阿闲挡在小师妹面前央求道。

"走开，我和你不熟啊。"小师妹拒绝，埋头想继续往前走，可对面的阿闲就是不让道，一脸委屈的小表情，嘴里喃喃道："小师妹……"

"你别跟着我啊！"小师妹用手指指着一直跟在她后面的阿闲，警告道。

"小师妹！"阿闲一脸可怜相。

小师妹叹气，真是见了鬼了。她真是倒霉，发泄一下，这都能碰到一个大麻烦，像橡皮糖似的，甩都甩不掉。

突然小师妹大叫一声："你瞧，后面是什么？"

阿闲顺着小师妹的手指往身后看，没发现什么，转身。却看见小师妹像见鬼了似的，拼命地跑着。

阿闲追着小师妹，只是拐了个弯儿，就发现跟丢了。他东看看西看看，在确定自己真的跟丢了的时候，无奈地转身离去。

反正这小镇就这么大，他也知道小师妹的名字，回去动用老妈的人脉调查一下，不就知道她家在哪儿了？

阿闲想到这里，心里高兴极了。

一直躲在拐角的小师妹见自己终于甩掉了阿闲，心里舒畅极了。她还是第一次遇到这么难缠的人，哪有第一次见面就追着别人不放的？

太可怕了，还是她家小志好，稳重帅气，说到小志，不知道他现在在干吗呢。

小师妹想到这里，转身去找小志了……

跟丢了小师妹后，阿闲继续在小镇上乱逛着，刚才的纪念品因为小师妹全部被他搞丢了，他得去重新补一份。

商贩们看见阿闲，像是看见了大财主，各个都眉开眼笑的。

"这个，这个，这个，还有这个，都给我包起来。"阿闲也没有让这些商贩们失望，一出手依旧还是这么的豪爽。

"好咧。"商贩们高兴地答应着，双手迅速地将东西给阿闲包好递了过来。

就在阿闲准备付账的时候，一道声音突兀地响起："笨蛋！"

阿闲疑惑地抬头，随即看见一个戴着一副黑框眼镜的小男孩，正用一种看白痴的眼神看着他。

阿闲左右看了看，发现左右都没人后，才伸出手指，疑惑地指了指自己的鼻子问道："你是，在说我吗？"

"这里难道还有别人吗？"小小文严肃地摇摇头，这个人实在是太蠢了。

"小家伙，你为什么好好地骂我？"阿闲有点不服气，这么小的家伙，居然敢来挑衅他，他看上去有那么好欺负吗？

"我是为了你好。"小小文不温不火地说道。

阿闲觉得好笑，今天怎么什么事情都被他遇到了。面前的这个小

54

家伙，让他怎么看怎么别扭，他怎么就感觉这小家伙看上去那么的成熟呢？

不知道他是在搞什么鬼。

想到这里，阿闲故意叉腰，对着面前的小小文道："你这小家伙倒是挺有趣的，你骂我笨蛋，还说是为我好，我怎么就不明白呢？你倒是给我解释解释。"

"所以才说你笨蛋。"小小文看了一眼阿闲，只一眼便收回了视线，随即淡定地又骂了阿闲一句。

阿闲有点晕。

"这些东西，根本不值那么多钱，你用了将近十倍的价格买回去，不是笨蛋是什么？"

小小文眼神锐利地扫过商贩手里的东西，随即对处在暴走边缘的阿闲说道。

"小小文，不要破坏我们做生意啊。"旁边的商贩一听小小文的话，心里有点生气，但当着阿闲的面又不好说得太明显，都着急得不得了。

小小文并不理会商贩们的话，抬了抬自己的黑框眼镜，随即慢条斯理地说："大叔，有些事情适可而止，差不多就行了，别做得太过了。如果太过了，我会考虑告诉书记官的。"

"呵呵，小小文，咱们都是住在小镇的人，哪儿能为了个外人伤了和气啊，我不卖给他了还不成吗？今天的事儿，你可别告诉书记官了。"商贩一听小小文要告诉小志今天发生的事情，立马就变了脸色。

他们的书记官可是出了名的秉公办事，特别是在管制物品标价上面，更是严苛。如果让他知道他们故意抬高价格哄骗外来游客，一定会对他们严肃处理的。

面前的小小文，可是书记官的智囊团，和书记官的关系可不一般，而且他智商超高，别看他只是个七八岁的小孩子，一般人动脑子可不是他的对手。

今天也算他们倒霉，怎么在这个节骨眼上，就遇上了小小文。

商贩们迅速地将递给阿闲的东西又收了回来，心里深深地肉痛着，到手的肥羊飞了……

"哎？"看着商贩们这个样子，阿闲明了，自己这是差点当了冤大头了。

小小文见商贩们这个样子，也不再纠缠，转身就走。

阿闲也不管商贩们的脸色有多么难看，径直追上已经走了一段距离的小小文道："喂，你站住，你别走啊，你好厉害啊，你叫小小文是吧，我们交个朋友啊。"

"没兴趣。"小小文的表情很是冷淡。

"不要这样嘛，多个朋友多条路啊。我们交个朋友，将来有需要了，也可以互相帮助嘛，来，我请你吃糖。"阿闲见小小文如此冷淡，倒是没有退缩，反而更加来了兴趣。

他最喜欢有挑战性的事情了，他从口袋里掏出一根棒棒糖，对着小小文便递了过去。

能得到他棒棒糖的人可不多哦。

"不需要。"小小文依旧表情冷淡。他毫不客气地就推开了阿闲递过来的棒棒糖，看起来是真的对和阿闲做朋友这件事情感到毫无兴趣。

面对表情冷淡的小小文，阿闲更加觉得有趣，他将棒棒糖重新放进自己的衣兜里，随即拦住了小小文的去路。

"你别走嘛，那你说，你要怎么样才能和我做朋友？"

小小文实在是被阿闲纠缠得有点烦，他转了转眼珠子想了想道："好，那你回答我一个问题，回答上来，我就和你做朋友。"

"什么问题？"阿闲见小小文这么说，高兴得立马两只耳朵都竖了起来。

这小家伙，能提出什么高难度的问题呢，他肯定能答得出来，到时候，他就可以和这个小可爱做朋友了，哈哈哈……

阿闲心里美美地想着,却在听见小小文提出的问题时,傻了眼。

"我们是谁,从哪里来,到哪里去?"小小文说完自己的问题后,便抬起眼睛看向面前的阿闲,仿佛想要听到他的答案般。

"……这个,太深奥了吧。"阿闲有种脑袋卡壳的感觉,这小鬼提出的是什么破问题啊,他怎么从来都没有遇见过……

小小文见阿闲这个样子,似乎早有预料,他慢慢地推了推自己的黑框眼镜对阿闲说道:"你如果能回答上来,我们就做朋友。"

"我们从哪儿来……"阿闲从衣兜里拿出棒棒糖,放在嘴边,眼睛往上翻,脑子飞速地转着。

他在脑袋里快速地搜寻着曾经看过的书,却发现一无所获。

待他准备低头询问小小文有没有什么提示的时候,却发现面前早已空无一人。

咦,小小文呢,怎么不见了?

他问的问题真的太深奥了,他居然一点头绪都没有。

不过,这个小镇上的人都太好玩了,一切都充满着神秘,每一个他遇到的人,似乎身上都有一股魔力,在不断地吸引着他。

也正因为如此,他决定了,暂时不离开小镇,他要在小镇长期住下来。这里的一切,他都喜欢得不得了,等他玩够了,再考虑离开的事情。

三天后,金灿灿看着助理递上来的资料,满意地点了点头,今天就是她要收购小镇地皮的开始。

那么,就先从这个宠物店的地皮开始吧。金灿灿看着小镇地图,在地图上标注宠物店的地方画了个圈。

小镇宠物店。

中午,莎莎正抱着自己的宠物狗汪汪,悠闲地在店里喝着咖啡,宠物店外却突然来了一位不速之客。

听见门铃声,莎莎抬头微笑着看着进来的人说道:"欢迎光临,请问有什么可以帮到您的吗?"

"您的宠物是？"莎莎奇怪地看着面前的女人，这个女人全身上下包裹着名牌，脖子上的钻石足足有十克拉，嘴唇烈焰如火，经过精心修剪的指甲，正有意无意地抚摸着自己身上的名贵皮草。

而且这个女人最奇怪的地方是，她居然没有带宠物来。

要知道，她这里是宠物店，每一个进来的人，身边都会带着宠物，可是这个女人，却是空手而来的。

金灿灿做事雷厉风行惯了，自然是不喜欢拖泥带水的，她进店后，打量了一下四周，随即便开门见山地对莎莎道："你就是宠物店的老板莎莎？"

莎莎微笑着点头："是的。"

金灿灿打量莎莎，莎莎一向是很性感的打扮，穿着低胸的深V领衣服，修长的美腿露在外面，耳朵上的花朵耳环随着她点头的动作左右摇晃着。

这样的女人用金钱很好打发，金灿灿在心里为莎莎下了评论。

金灿灿也不再拖泥带水，直接自报家门，对着莎莎说明了来意："你好，我是晟世房地产公司的总裁金灿灿。我到这里来，只有一件事，那就是宠物店地皮的收购，莎莎小姐，你开个价吧。"

莎莎显然没有料到会有这样的大人物来到她的宠物店，而开口便是收购的计划，一时间有点语塞。

"怎么，莎莎小姐不能给自己的宠物店估算出价格吗？既然这样，那么我来出个价格如何？"金灿灿见莎莎没有说话，勾了勾自己的红唇，递上了之前自己估算的价格。

莎莎这才会意过来，她看着面前的金灿灿，心里有一点不痛快，但是脸上还是尽量地维持着浅笑，对金灿灿坚决道：

"我不知道金总怎么会看上我这样的小店，但是我想明确地告诉金总，我没有打算转卖我的宠物店。所以金总，你还是回去吧。"

金灿灿听了莎莎的拒绝，倒没有什么大的表情，只是再次摸了摸自己身上的皮草，随即伸出手指，欣赏着自己新抹的指甲油颜色，心里却在飞速地转着。

就知道，这些人会漫天要价，怎么可能一下子就同意收购地皮？

没关系，谈判一向是她的强项，她不怕。用再多的钱，她也要拿下这块土地。

想到这里，金灿灿看着面前的莎莎缓缓道："怎么，你不满意这个价格？"

莎莎的脸上还是维持着淡淡的浅笑，只是说出口的话却透露出一股坚决，她坚定地对金灿灿道："金总，我想你还是不太明白，这个宠物店对我来说，并不是个小店这么简单。这里有我太多的美好回忆，对我的意义很大，所以，我根本不会把它转卖出去的。"

她从小被亲生父母丢弃，养父母一开始对她还好，可最后也还是让她自生自灭，要不是养父母家的狗将她养大，恐怕她早已经饿死了。

所以严格意义上说，她从来都没有过家，而这个宠物店，是第一个能让她安稳生活的地方，也是她真正意义上的第一个家。

哪有人会把自己的家卖了？

她是四处飘泊过的人，她怎么能够让自己和汪汪再一次地居无定所，四处飘零？

金灿灿并不知道莎莎心里的想法，只一味不紧不慢地说道，"莎莎小姐，何必呢？你也是穷苦人家出身，这么一大笔钱，足够保证你下辈子的生活安逸，最起码，不会再被亲生父母卖掉，养父母遗弃。莎莎小姐，你又何必要把这样好的机会往外推？"

莎莎抱着汪汪的手一下子收紧，惹得怀中的汪汪不满地叫了两声。

此时的莎莎有点愤怒，她看着眼前的金灿灿，半天才从嘴里挤出来一句话："你怎么知道我的事情？"

"钱，这个世界上没有金钱办不到的事情，只要我肯花钱，大把的人愿意为我办事，我金灿灿想办的事情，还没有办不成的。"

金灿灿的视线终于从自己的指甲上移开，她一点也没有感觉自己用这种不正规的手段有什么不光彩的。

莎莎最讨厌别人打探她的私事，尤其是小时候的事情，而金灿灿所做的事情让她非常不舒服，她再也控制不住自己心里的愤怒，对金灿灿语气也开始不稳了起来："你太过分了。"

面对莎莎的愤怒，金灿灿一点也没有感觉到不舒服，反而脸上的笑容越发地灿烂了起来，甚至于她的声音，也跟着柔和了许多："莎莎小姐，不要那么激动，以后等拿了这笔钱，你会感谢我的。"

"你请走吧，这个宠物店我是不会卖的。"莎莎深吸了一口气，努力让自己的语气变得平稳，对着金灿灿下了逐客令。

金灿灿也不恼，只慢慢地站起身，微笑始终挂在嘴边，她对着莎莎递了张自己的名片，然后说道："既然这样，那我就先走了。这是我的名片，莎莎小姐如果有兴趣，可以给我打电话，价格什么的，我们都好商量。"

反正价格她一开始就没有给到位，她就知道，这些人，是要漫天要价的，但是，那也要看她金灿灿允许不允许。

面对金灿灿的提议，莎莎并没有表现出多心动的样子，而是选择了无视。

金灿灿见莎莎这样，并没有气馁，只是抬起脚仰起头，高傲地走出了宠物店。宠物店外，助理早已经等候多时，见金灿灿出来了，便殷勤地迎了上去。

"金总，下一个地方，我们去哪里？"

"果园，听说果园的地皮在小镇算是比较大的，不是只有祖孙俩相依为命吗？这样的，最容易攻破了吧。"

"是的，金总。"助理给金灿灿打开车门，然后吩咐司机往果园方向开去。

小镇果园内哈尼奶奶正在检查每一棵果树的生长状态,治虫情况。她并不知道，金灿灿此时已经领着助理走入了果园。

金灿灿站在果园里东张西望，四处寻找着，最后找不到人，索性就坐在了果园内的长凳上等着。

哈尼奶奶从果园忙完出来的时候，就见到自己的长凳上坐了两个陌生的人。

"请问两位是？"哈尼奶奶疑惑地走上前询问着这两个不请自来的客人，她的记忆中似乎并没有这两个人的存在啊。

"你是果园的负责人？"金灿灿等了半天正不耐烦地想起身，却见一个人从果园内走了出来。

她熟记了下属送上来的小镇资料，自然一眼便认出了此人便是小镇果园的负责人，哈尼奶奶。

"是的，请问你是？"哈尼奶奶点头，但还是对金灿灿的身份表示好奇。

不知道他们来到她的果园，是为了什么事情。

"你好，我是晟世房地产公司的总裁金灿灿。"金灿灿微笑示意，先对着哈尼奶奶做了个自我介绍。

"晟世房地产公司？请问，你找我有什么事情吗？"哈尼奶奶有点错愕，她知道，晟世房地产公司是个很大的公司，饶是她在小镇孤陋寡闻，也都听过这个公司的名字。

只是，这么大的房地产公司，来找她一个普通的果农有什么事？

金灿灿看着哈尼奶奶困惑的样子，不紧不慢道："我来这里是想要和您谈一笔生意。"

对于年纪大点的人，金灿灿还是比较知道分寸的，说话间自然不会像对莎莎那样般无礼。

"生意？你是要来买水果的？"哈尼奶奶明了地点头，原来是来买水果的。

只是，那么大的房地产公司，什么时候也开始稀罕卖水果这么小的买卖了？

哈尼奶奶疑惑地抬起头，正好看见金灿灿摇着头，顿时明白自己理解错了金灿灿的意思了。

既然金灿灿不是来买水果的，那么她是来做什么的呢？

哈尼奶奶这样想着，便忍不住问出了口："那你来是？"

"我要你的果园。"金灿灿挺了挺腰板，终于说出了自己此次来的目的。

"你要我的果园？"哈尼奶奶有点错愕地抬起头看着金灿灿。

金灿灿有一种势在必得的感觉，她自信地对哈尼奶奶说道："没错，实不相瞒，我来就是想收购你果园的地皮，将来做大型生态旅游区。我一定会把这里打造得非常完美，我想你……"她在脑子里勾画着小镇将来的伟大蓝图，完全没有注意到哈尼奶奶已经完全沉下来的脸色。

"你别说了，这是不可能的。"哈尼奶奶出声打断了金灿灿的构想。

"哦？"金灿灿低头看着哈尼奶奶，眼神里满是疑惑。

"你请回吧，这个果园，我是不会转卖的。"哈尼奶奶胸口剧烈地起伏着，似乎因为金灿灿提出的收购计划很是不满。

"哈尼奶奶，你是有什么顾虑吗？或者你先看看我们给出的价格？"金灿灿以为哈尼奶奶是因为价格的问题才拒绝了她，所以想从钱这一方面下手作为此次谈判的突破口。

哈尼奶奶摆了摆手，对金灿灿提出的建议充耳不闻，语气坚定地道："不看了，就算你给再高的价格，我都不会卖掉这个果园。你请回吧。"

"哈尼奶奶，您先别着急，你先看看这个收购计划书，还有，这是我的名片，你先考虑考虑，我们改天再来。"金灿灿说着便示意助理递上了自己的名片，还有早就准备好的地皮收购书。

果园的价格，她给得很高，她就不信，这个老太太不动心。

谁知道哈尼奶奶看都没看金灿灿，冷漠地转身避开了金灿灿递过来的收购书和名片。

随即语气冷硬地对着金灿灿下了逐客令："你们别来了，这个收购计划书我也不会签字的，总之一句话，这个果园，我是绝对不会卖的。"

金灿灿也不恼火，只微笑着将收购计划书和名片放在了果园内的长凳上。在她眼里，哈尼奶奶此时的表情，只不过是她哄抬价格的一种手段，她不必放在心上，迟早，她会乖乖把字签了的。

"哈尼奶奶，我先回去，下次再来拜访你。"金灿灿丢下东西后，便对身边的助理道，"我们走！"

"是的，金总。"助理点头，殷勤地跟在金灿灿后面走出了果园。

一连两次收购失利，金灿灿难免有些火大，周遭的空气冷到了极点，一旁的助理根本不敢靠近她，只小心翼翼地陪坐在旁边一声不吭。

待金灿灿和助理离开果园后，哈尼奶奶便来到了果园中一块隐蔽的地方，那里有一座墓，乍然看去并不明显。

哈尼奶奶对着墓碑轻轻地说着话，语气中尽是温柔："老头子，你放心，我一定会守住我们的果园，守住你。你安心地在这里住着，等到小哈尼长大，我百年归土，我就下来陪你。"

此时已经是晚饭时间，金灿灿却无心用餐。回想起今天的两次收购失败，她就觉得心里堵得慌，她从来没有想到收购小镇地皮会是这么棘手的事情。不过，无论如何，她都是不会放弃的。她金灿灿想要做成的事情，还从来都没有失败过。

金灿灿想到这里，对着一边的助理道："现在这个点，最热闹的莫过于餐饮业了吧，那个陈氏餐饮业的地皮，也是时候去谈一下了。"

"金总，我之前调查过，陈氏餐饮的老板一般都喜欢待在火锅店，这个点，他应该是在火锅店内忙着做点心呢。"

助理连忙向金灿灿汇报之前自己调查到的资料。

"很好，那你便带着收购计划书去那里找他吧。"金灿灿满意地点点头，随即习惯性地对助理命令道。

"金总，您不过去了吗？"助理有点好奇，今天头两个收购案，金总都亲自去了，怎么到了陈氏餐饮的收购案，金总就不去了呢？

"我还有些重要的事情，陈氏餐饮的事情就交给你。"金灿灿看着车窗外小镇的风景，目光柔和。

"知道了金总。"助理点头,把任务接了下来。

金灿灿看着车窗外的路灯,眼神里尽是复杂的情绪,回来这么多天,也是时候带着阿闲去见见她了,不是吗?

将金灿灿送回去后,助理自己开车来到了陈氏餐饮的火锅店外。

他看了一眼先前调查到的资料,资料上面清楚地记录着陈杰瑞的身份背景。

陈杰瑞,男,四十岁,陈氏连锁餐饮业的老板,旗下餐饮业有火锅店、法国餐厅、酒吧和咖啡馆,更是美食专栏的特约作家。

原本家族从事旅游业,作为次子的陈杰瑞很小就已经走遍了世界各地,家业则是由大姐陈杰希(杰西卡·陈)管理。

陈杰瑞的生活很潇洒,去世界各地旅行、摄影,关键是能吃到全球美食。他心中认为人活着的每一天都很珍贵,心不要被外物所羁绊,活一天就要快乐一天。

那些他吃过的美食,他都记下了做法,有时候为了拿到一个秘传食谱,他会住在当地直到弄清楚美食怎么做为止。

这样美好的生活一直延续着,直到快四十岁。父母亲以及姐姐姐夫乘坐的飞机不幸失事,侄儿小小文成为了孤儿。

陈杰瑞突然意识到,前半生都是为了自己而活,没有照顾过家人,也没有分担过姐姐的责任。

他想到要安定下来,于是回到了小镇。他想把世界通过美食带给这里的所有人,更希望把对家人所有的亏欠都补偿给小小文。所以一直未婚。

背景资料十分详细,助理闭了闭眼睛,将刚才看到的关于陈杰瑞的资料都默记在了心里。

他在心里默默地分析着谈判的突破口,这个也是他跟在金灿灿后面学的……

他永远也忘不了自己刚入职时,金灿灿对他说的那句话,每场谈判都有一个筹码,而那个筹码就是打开那场谈判的突破口。

他，现在正在从陈杰瑞的资料中，努力地寻找着突破口。

助理沉默了一会儿后，眼睛睁开，已经是一种势在必得。跟着金灿灿久了，似乎连那种谈判前的气势，都跟着像了起来。

助理拿起一旁早就准备好的收购合同和名片，抬头刚准备推开车门去火锅店，却发现了一个熟悉的身影。

助理皱眉，他怎么会在这里？

助理停下手中的动作，又重新坐回了车里，随后拨了个电话给金灿灿。

金灿灿累了一天，此刻的她正坐在别墅客厅内，脚上的拖鞋被她随意地脱在一边，手里端着用人刚递上来的红酒杯，轻轻摇晃着。

这么多年没见，不知道那个人，是不是还和以前一样，脸上总是一副解救劳苦大众的样子。

金灿灿冷笑一声，视线冷冷地看向茶几上的资料，随即伸出手，拿起助理调查的小镇资料查看了一下，然后视线在一个地方定格。

这个地方，生活着她又恨又爱的人。

金灿灿的视线有些转冷，她心里恨恨地想着，这就是你想要的生活吗？当初丢下我，就为了在这里这样平凡无奇地活着？

金灿灿又想起了小时候那种孤独无助的时刻，她的眼神越发地冷了下去，周遭散发出生人勿近的气息。

一旁的用人看见金灿灿这个模样，都大气不敢出地站在一旁，空气似乎一瞬间有些凝固。

金灿灿握着红酒杯的手有些用力，仿佛陷入自己的思绪中无法自拔的样子，直到放在一旁的手机屏幕亮起。

金灿灿仿佛一下子从回忆中解脱，整个人也越发地冷了起来，她看了一眼屏幕的来电显示，发现是自己助理的电话。

她优雅地放下手中的红酒杯，伸手拿起自己的手机，按下接听键，慢条斯理地开口：“陈氏餐饮的地皮，谈判得怎么样了？”

"金总，陈氏餐饮的地皮，我还没有来得及谈判，只是，我在这里看见了一个人。"对面的助理如实地向金灿灿汇报着自己的工作进度。

金灿灿听了助理的话,显然不满意他的办事效率,她的眉头微微皱起,声音似乎有些拔高:"谁?"

助理看着在火锅店里和小小文打闹的阿闲,继续对电话里的金灿灿汇报道:"我看见了小少爷,而且看样子,小少爷和火锅店的小主人似乎很熟悉的样子,所以我没有敢贸然地带着收购资料进去谈判。"

金灿灿的眉头皱得更深了,她在沙发上坐直了身子,脑子里飞速地搜寻着记忆:"哦?我怎么不知道阿闲和小镇的人有什么关系?"

"金总,我现在是不管小少爷,直接进去谈判吗?"助理询问着金灿灿接下来的行动该如何。

他知道金灿灿最在乎的是什么,他是无论如何也不敢私自做主的。

金灿灿眼眸一深,握着手机的手稍微用了用力,她想了想道:"不用了,你回来吧,我刚才想了想,谈判的事情稍后再说。"

作为阿闲的母亲,她不希望阿闲过早地看到这个世界的另外一面,虽然阿闲迟早是要接管家业,了解这个世界的。

她发过誓,在她的有生之年,都要让阿闲快乐地活着。

所以,她并不希望阿闲知道她现在做的一切,火锅店的事情,以后等阿闲不在那边了,她亲自去解决好了。

"是的,金总。"助理恭敬地道。

随即,助理看了一眼火锅店,默默地发动了车子,谁也没有注意到有一辆车子从陈氏火锅店的门口经过。

火锅店内,阿闲问:"小小文,你上次提的那个问题我没有答出来,但是,你也不能为了一个问题就拒绝做我的朋友啊,这样太武断了。"

阿闲脚前脚后地跟着小小文,一刻也不放松。今天他在小镇跟人打听小小文的时候,人家很快就给他指引了方向。

原来这个小小文是镇上的万事通,更是小镇书记官的智囊团,总是能解答镇上居民们各种各样的奇葩问题，什么虫洞，多维空间，时空穿越，都是他经常研究的问题。

阿闲一听小小文这么上知天文下知地理的，立马就对他更加有兴趣起来。

现在好不容易找到他，他一定要缠着这个小鬼，直到他答应做他的朋友为止。只是，他已经缠了这个小鬼快一天了，还是没有什么好的进展。

不过，好久都没有遇见过这么有挑战性的事情了，真有趣呀。

相对于阿闲的活泼劲儿，小小文倒是显得很是淡定。他看着面前的阿闲，只是习惯性地推了推鼻梁上的黑框眼镜，然后冷淡地重复道："你回答上来，我就做你朋友。"

"……你不要动不动就是这句话嘛，小朋友，你爸爸难道没有教过你，做事情不要这么绝，要给自己留条后路吗？"阿闲拿出嘴里的棒棒糖，不满地皱起眉头道。

"……"小小文再听到爸爸这个词的时候，眉心跳了一下，但也只是一下便平复了下去。他并没有回答阿闲的话，只越过阿闲往前走去，然后在自己的书桌旁坐了下来，拿起铅笔，不知道在纸上画着什么。

"喂喂喂，你听到我说话没有？"阿闲追上小小文，在他旁边的椅子上坐了下来。他伸头看了一眼小小文画的东西，却发现自己竟然完全看不懂，心里不禁感叹：这熊孩子，果然如小镇居民说的那般，聪明到不可思议的地步啊。

小小文似乎被阿闲缠得有点不耐烦了，他放下手中的铅笔，平静地道："我没有爸爸。"

"对，对不起。"阿闲对于小小文的话有片刻的错愕，随即便反应过来，小小文的爸爸也去世了吗？

阿闲刚才的玩闹神情消失不见。他父亲早逝，他深刻明白到没有爸爸的小孩是有多么的痛苦，所以他心里特别后悔，觉得自己触及了小小文的伤心事。

可小小文听见阿闲的话也只是消沉了一会，便抬起头说道："没关系，我根本不在乎这些，反正我有舅舅就好了。"

小小文淡定地说着，仿若他们现在说的这些事情，都是别人的事情般。

"你这个小孩，很奇怪耶。"阿闲有点惊讶地看着面前的小小文，他有一种错觉，仿佛眼前的小小文不是个比他年纪小的孩子，而是个成熟的大人。

甚至于，小小文身上的这份成熟和睿智，连有些大人都自叹不如。

"你为什么要和一个小孩子做朋友？"突然，小小文问了阿闲这么一个问题，态度看上去很是认真。

阿闲一时语塞，是啊，他为什么非要跟一个孩子做朋友？

是因为小小文睿智成熟？

还是因为他身上有他一直所需要的价值感？

对，价值感！

这十几年来，作为一个专业富二代，他一直尽情地挥霍着，享受着，却从来没有感觉到过真正的快乐。

直到遇上了小小文，他帮他拆穿商贩的谎言，问出他不懂的问题，帮小镇居民解决很多困难的问题，真正地实现了人生的价值。

这种价值，是他一直找寻不见的，他只是想靠着小小文，也找到属于自己的价值吧。

再加上，现在他知道，小小文和他一样，都是没有父亲的，他觉得他和小小文的关系似乎又近了一层。

"价值感，小小文，是价值感！"阿闲开心地说道，他为自己终于能回答出来小小文一个问题而感到开心。

发现自己在思考的时间里，小小文早已不在自己跟前，阿闲匆忙地抬头，四处寻找着小小文的身影，最后终于在火锅吧台前看到了瘦弱的小小文。

他高兴地跑了过去，想要告诉小小文自己的答案，却听见小小文冲着吧台内的陈杰瑞，甜甜蜜蜜地喊了一声："爸爸。"

阿闲无语。这个小小文，又开始调皮了，这已经不知道是今天的第几次了。每次只要一有女的靠近他舅舅陈杰瑞，小小文就会整个人贴上去喊他舅舅为爸爸，目的就是赶跑那些围绕在他舅舅身边的女人，可是结果却往往适得其反。

因为这句爸爸，一直和陈杰瑞攀谈的性感女郎明显地身形一僵，她不可思议地看着眼前的小小文，眼神里满是震惊。

"爸爸，你在干什么？"小小文像是怕众人没有听到般，再一次大声地对着陈杰瑞喊了一声。

陈杰瑞无奈地看着小小文，这小鬼，又在胡说八道了。每次有女人和他搭讪，他就会跑过来喊他爸爸。

他知道，小小文是怕他有了新的家庭后，会冷落了他，所以每次都在这个时候来喊他爸爸，他的目的只是想赶跑那些女人，不让别人打破了他们的平静生活。

"小小文，你怎么又在乱说？"陈杰瑞嘴上这么说，可脸上却始终保持着柔和的笑意。

性感女郎似乎被陈杰瑞的柔和笑容所感染，整片心都柔软了起来，再加上小小文看上去又那么可爱，也许，有个这样的儿子也不错啊。

性感女郎这样想着，便恢复了一贯的神态，她轻启红唇性感地捋了一把额前的碎发，嗲声道："杰瑞，这是你的儿子吗？好可爱啊。"

性感女郎这样子说，陈杰瑞并没有回答，只是对着她绅士地笑笑。

性感女郎见陈杰瑞这个样子，自然是给了她勇气的，她话题一转，故作心疼地道："杰瑞，你一个人带小孩好辛苦的。"

"没关系，习惯了。"陈杰瑞绅士地笑笑，对于这样的女人，他也是毫无兴趣的，小小文从小缺乏安全感，他要是再婚，肯定是需要一个贤妻良母型的女人的，那样才能帮他一起照顾小小文。

只是这样的女人，他寻觅多年也未曾寻见。

"杰瑞，真看不出来，你是个这么负责任的男人。"性感女郎并不知道陈杰瑞心中的想法，只一味地夸赞着陈杰瑞。

"谢谢夸奖。"陈杰瑞谦逊地答着，对性感女郎保持着客套而疏离的笑容。

性感女郎见陈杰瑞这么不远不近的，心里似乎有些着急，但是面上还是没有显露出来半点，只刻意的把话题往那方面带，她搓了搓手，柔声道："杰瑞，你怎么不考虑考虑，再找个老婆来帮你照顾小孩？"

终于说出最终目的了，小小文听着性感女郎的话，心里冷冷地笑着。

此话一出，陈杰瑞还没应答，小小文便率先回答了她的话："阿姨，你是要打我爸爸的主意吗？恐怕你要失望了，我爸爸说，为了我，他终身不再娶。"

说完这些话，小小文还眨巴眨巴眼睛，一脸天真无邪的样子，弄得性感女郎有火发不出来，气氛十分尴尬。

性感女郎咬了咬嘴唇，趁着陈杰瑞不注意，狠狠地瞪了小小文一眼，随即才转身对着陈杰瑞嗲嗲地道："杰瑞，是这样吗？"

阿闲从小生活在豪门，自然对这种女人的招式熟悉透了，他从刚才就一直站在小小文后边，看着这个女人表演，心里反感得不行。

他最讨厌这种虚伪做作的女人了。这种女人擅长演戏，为达目的不择手段，要是她做了小小文的舅妈，那小小文还有好日子过吗？

不行，他一定要帮小小文。

想到这里，阿闲从小小文身后站了出来，嘴里咬着棒棒糖，一脸单纯地对着面前的性感女郎重复了一遍刚才小小文的话："阿姨，你是要打我爸爸的主意吗？恐怕你要失望了，我爸爸说，为了我，他终身不再娶。"

阿闲的话，让站在吧台里的陈杰瑞差点没站稳，而小小文也有点发愣。

面前的性感女郎却已经被突然跳出来的阿闲吓傻了。

老天，这是个什么情况啊，这个火锅店老板怎么会有两个儿子？

而且一个还这么大？

她在心里好不容易说服自己接受他的一个儿子，可这个大儿子又是从哪里蹦出来的？还让不让人家好好地谈个恋爱了？

她的胸口剧烈地起伏着，她努力地调整呼吸，尽力地让自己的语气听起来平稳，却在开口的那一瞬间破了功："陈杰瑞，这个，你能解释一下是怎么回事吗？"

"其实，我自己也不太清楚。"陈杰瑞耸耸肩，表示他也不知道面前到底发生了什么事情。

"爸爸，你怎么可以这么说？你这样子，我真的很伤心啊，你难道忘记了吗？那一年，在一个月黑风高的夜晚，你偷偷摸进了我妈妈的房间，然后就……就有了我。"阿闲手脚并用，夸张地描述着自己的诞生史，那生动的表情，好像是自己亲身经历的一般。

这夸张的表情也让一旁的陈杰瑞和小小文彻底石化，这家伙，也太能掰了。

这个嘴里含着棒棒糖的二货，小小文是花多少钱雇来的啊……

"陈杰瑞！"性感女郎有种上当受骗的感觉，她生气地抱起自己的宠物狗准备走，私心里却希望陈杰瑞能够追上来。

"唉，阿嚏……"陈杰瑞还没开口，便喷了性感女郎一脸口水。

"陈杰瑞，呜呜呜，我再也不会来找你了。"性感女郎再也忍受不了了，她觉得自己受到了莫大的侮辱，生气地扭过头，朝门口跑去。

小小文看着性感女郎跑远，这才转过身递了张纸巾给陈杰瑞。陈杰瑞此时已经鼻涕眼泪一大把了，完全没有了往日的绅士形象。

"舅舅，难道那个女的不知道你对宠物过敏吗？"

陈杰瑞摇了摇头，迅速地整理着自己的仪表，待一切整理干净后，才满意地抬起头，用打量的眼神看着小小文问道："小小文，你能告诉我，我这个大儿子，是从哪里来的吗？"

"这不是要问舅舅你自己吗？"小小文耸耸肩，心情异常好，难得的跟陈杰瑞开起了玩笑来。

"小小文。"陈杰瑞故意摆起一张脸,表情却严肃不起来。

"你好,我是小小文的朋友阿闲。"阿闲开心地跟陈杰瑞打着招呼,刚才的事情好好玩啊,看到那个女的红一阵白一阵的脸,他就大呼过瘾。

小小文根本没有被陈杰瑞的表情给吓住,反而低头,继续做起自己的事情来。陈杰瑞无奈地摇摇头,只好从另一个人身上寻找突破口。

他看着面前的阿闲问道:"你是小小文的朋友吗?"

"对啊对啊对啊。"阿闲点头如捣蒜。

"不是!"小小文却淡定地来了这么一句。

阿闲有点受伤地看着小小文,心里委屈。

熊孩子,人家才帮你赶走坏阿姨,你就这样对待人家,真是太没良心了,呜呜呜呜……

陈杰瑞对着小小文白了一眼:"小小文,不要对朋友这么无礼哦。"随即转头对着阿闲诚恳地道:"你好,我是小小文的舅舅,请问你吃过晚饭了吗?要不要在火锅店里吃点?"

"好呀好呀,你一说,我还真的饿了。"阿闲立马忘记了先前的不愉快,愉快地拿出嘴里的棒棒糖,答应道。

"那你就先坐到那边的餐桌上等一会儿,我让后厨给你去做。"陈杰瑞指着角落里的座位对阿闲说道。

那个座位平时都是不对外开放的,只有比较好的朋友来的时候,他才会在那个座位招待。

这个阿闲虽然看上去有点傻,但是为人却是不坏的,刚才他还为了小小文挺身而出了,不是吗?

"好呀好呀。"阿闲高兴地点头,随即便乖巧地坐在了座位上,等待着他的美食。小小文却好像和他什么关系都没有一样,继续忙碌着自己手中的事情,用铅笔在纸上歪歪扭扭地画着。

陈杰瑞看了两个孩子一眼,便跑到后厨让厨师准备食物去了。

阿闲坐在座位上,眼睛一直看着小小文的方向,心里盘算着,怎么样才能将小小文拐过来做他的朋友。这熊孩子太不好骗了,他得想个高招才行。

正当他抓耳挠腮地想着对策的时候,放在衣兜里的手机突然振动了起来。

阿闲顺手从衣兜里拿出手机,扫了一眼手机屏幕,吓得差点将手机扔出去。

他先前从老妈身边偷跑离开,这会儿老妈是来逮人了?

阿闲郁闷地拍拍头,眉头都皱在了一起。他抬头,恰巧看见前台的收银员都在笑他。他不好意思地缩缩头,深呼吸一口气,随即接通了电话,小心翼翼地喊道:"喂,妈!"

"儿子,你在哪里?"电话这头的金灿灿坐在沙发上,一手拿着手机,一只手则有节奏地在旁边的桌子上敲着。

说话的声音轻柔,似乎并没有因为阿闲之前私自偷跑的事情而生气。

助理早前就汇报了阿闲的行踪,她之所以没有直接去抓人,就是不想太约束儿子的自由了。她不想让儿子总感觉背后有人跟踪他,玩都玩得不痛快。

听见金灿灿如此温和的声音,电话这头的阿闲舒了一口气:"我在小镇啊,妈妈,你有什么事情吗?"

"赶快回来,妈妈带你去一个地方。"金灿灿把玩着桌子上的红酒杯,对阿闲说道。

"去哪里?"阿闲说这话的时候,注意力还是在小小文身上的。他发现小小文已经画完了图纸,正在图纸上写着一堆乱七八糟的数字和公式。

他伸头看了一眼,发现还是看不懂,只有放弃……

心里唯有安慰自己,等小小文成了他的朋友,他就能告诉他,他画的是什么,这些奇奇怪怪的公式是什么了。

电话这头的金灿灿颇有耐心,面对儿子,她一向不吝啬时间,她不想儿子和她一样,从小缺少关怀和爱。

她神神秘秘地道:"你去了就知道了。"

"妈妈,我可以不去吗?"

阿闲看着小小文画的东西,好奇心特别浓。他还没有把这个熊孩子搞定呢,现在走了的话,不是前功尽弃吗?

反正,妈妈对于他的请求,从来都是有求必应的,这一次,只要他央求她,应该也不例外吧。

阿闲如是想着。

"不行,你要是现在不回来,我可就要去抓人了。等我抓到你,你就要禁足一个月哦。"

出乎阿闲的意料,妈妈这次并没有因为他的央求而心软,相反,语气格外的强硬。

如果老妈真的将他禁足一个月,那他就真的疯了。他可以想象,每天不能出门,只能在家里面对四堵墙的感觉。

他连忙对着电话大声喊道:"别别别,我现在就回来。老妈,你可别来抓我啊。"

阿闲边说边挂断了电话,然后匆匆忙忙地站起身就要往外走,正好撞上迎面走来的陈杰瑞。

"来咯,新鲜出锅的,快坐到座位上吃吧。"陈杰瑞端着汤底,看着面前的阿闲笑着说。

阿闲看着陈杰瑞端上来的火锅,脸上挂着歉意的微笑:"是很香,不过我好像吃不了啦。"

"怎么了?"陈杰瑞愕然。

"临时有急事,必须立刻就走。对不起,我下次再来你们店里品尝,这是今天的饭钱。"

阿闲无奈地耸耸肩,随即从衣服里掏出厚厚的一沓钱,塞在了陈杰瑞的手里。

"哎……"陈杰瑞还没开口说话呢,便发现阿闲早已经跑得不见人影了。

陈杰瑞看了看手里的一沓钱,再看了看放在旁边的火锅汤底,脸上有点蒙蒙的表情,他怎么感觉自己碰上了个富二代?

他疑惑地看着正奋斗在图纸上的小小文问道:"小小文,他是你什么朋友,出手也太大方了吧,这都够吃一年的火锅了。"

"不要问我,我和他不熟。"小小文头都没有抬,说完这句话后便再也不理会陈杰瑞的喃喃自语了。

陈杰瑞看着面前的小小文,有些许无语,这孩子,在某些方面,表现得也太成熟了吧。

陈杰瑞看着小小文摇了摇头,转身将刚端上来的火锅汤底又端了下去,真是浪费了他的一锅好料啊。

阿闲用最快的速度打的回了家,却在门口看见了妈妈平时用的房车。

这么晚了,妈妈的房车怎么不在车库,还在外面?难道妈妈真的要出去,并不是骗他回来的?

阿闲正好奇地想一探究竟,车门便开了,打扮得体的金灿灿从车上走了下来。

阿闲看见金灿灿从车上下来,立马跑了上去:"妈妈,这么晚了,我们真的要出去?"

"是的。"金灿灿看着阿闲,脸上露出慈祥的笑。

随即又像是想到了什么般,对着车外的阿闲招呼道:"快上车,妈妈今天带你去姥姥家。"

"姥姥?妈妈,你……"阿闲有些诧异地抬头,对于自己的姥姥,他感到既好奇又陌生。

金灿灿点头,叹了口气道:"总归是要去的。"

"好呀妈妈,我陪你去。"对于金灿灿提议去姥姥家,阿闲似乎很开心,此刻,他的眼睛里已经像洒满了星星般,闪亮透明。

"嗯,让你姥姥看看你,自从你出生,她还没有见过你呢。"也让她看看,我金灿灿是怎样对待子女的。

"嗯。"

"上车吧。"

阿闲坐在金灿灿的车子上,很快驶离了别墅区……

金灿灿此刻的心情是复杂的,很多年都没有和自己的母亲见面,感觉却一点都没有生疏,她不知道自己对母亲是怎样的一种心情。

爱吗?谈不上。

恨吗?不彻底。

有的时候,这种矛盾的心理,都快让她崩溃了。

可是她不能崩溃,心里总是有个声音在提醒她。

她不能崩溃,她要笑到最后,活得比任何人都精彩,她要让母亲看到自己是多么的优秀,她要让她后悔,后悔当初在她小的时候,没有给予她足够的母爱。

每一次午夜梦回,小时候的那种孤独和无助重现,她总是感觉心里疼痛难忍,备受煎熬。

这一切,都是他们给的,她永远也不会理解他们,更不会原谅他们所带给她的痛苦。她今天带着阿闲去,就是想要让母亲看看,生育了子女是要怎样呵护和关怀的,而不是像他们那样,对自己不闻不问。

金灿灿的眼神冷了冷,头高傲地昂起,她要以一个胜利者的姿态去见她,看看她失去了自己之后,是过得如何的好。

此刻,恰恰相反,阿闲的心里是激动的。他除了偷偷看过妈妈收藏的姥姥的照片,还从来没有见过姥姥的真人,不知道真正的姥姥,是不是和照片上一样,那么漂亮、慈祥。

他知道,自己的姥姥是个医生,有着一颗善良的心,和一双能救世界万物的手,所以他打从心里是非常尊敬自己的姥姥的。

只是,妈妈似乎并不是很喜欢姥姥。在他的记忆中,妈妈在电话里和姥姥吵过无数次的架,甚至于,妈妈最后都和姥姥断了联系。

他，从她们吵架的内容中才知道，姥姥是个外科医生，有着救死扶伤的精神，而他私心也认为，自己的姥姥做的并没有什么不对。他不明白，为什么妈妈那么反对姥姥做的一切。

这一次，妈妈主动提出去姥姥家看望姥姥，他是十分开心和期待的。他希望能通过这一次机会，让妈妈和姥姥和好。

阿闲心里这般想着，当他从自己的思绪中回过神来的时候，却发现自己竟然来到了小镇。

他疑惑地用力眨眨眼，却发现没有错，这里的确是小镇。难道，他的姥姥住在小镇吗？

"妈妈，姥姥住在小镇？"

"哼，谁说不是呢？她那样的人，你还能指望她住在什么高级的地方吗？"金灿灿扯了扯红艳的嘴唇，说出口的话有点刻薄。

"姥姥还是医生吗？"阿闲有点激动，不停地问着金灿灿关于姥姥的一切。

在阿闲的眼中，姥姥也是证明了自己价值的人啊，一切证明了自己价值的人，他都打从心眼里尊敬。

金灿灿的眸色沉了沉，为了掩饰眼中的情绪，金灿灿低头欣赏起自己的指甲来，今天的颜色她喜欢，烈焰如火，正如她此刻的心情。

她嘲讽地勾了勾嘴唇，冷漠地开口："她那种性格，还能不去救人？过去的几十年都做过来了，到老了，自然也不会放弃，总是一副假仁假义的样子，让人看了就不舒服。"

"妈妈……"阿闲很不满意自己的妈妈如此地说自己的姥姥，出声阻止金灿灿。

金灿灿没有再吱声，只安静地看着窗外，阿闲想，妈妈其实心里并不是真的要和姥姥吵架的吧。

妈妈的心底深处，其实也是爱着姥姥的吧。只是这种爱，似乎被什么东西蒙蔽住了，才让妈妈如此的怨恨。

车子很快在小镇的一处巷子外停稳，司机下车为金灿灿打开车门，金灿灿下车前对着阿闲说:"好了,跟着我走。"

阿闲点头,却似乎想起了什么似的,对着金灿灿问道:"妈妈,你小时候也是住在这里的吗?"

走在阿闲前面的金灿灿,心蓦然一紧,她的脚步顿了顿,背部线条有些许僵硬,但也只是一会儿工夫便恢复正常,她用冷漠的声音说道:"如果可以,我真希望自己没有出生在这里,没有那样的父母。"

金灿灿的话似乎说得很强硬,但阿闲却愣是听出了悲伤的味道,他看着前面母亲的背影,没有再继续问下去。

两人很快在一处简陋的住宅前站定。金灿灿踌躇了半天,才伸手敲了门,却发现门根本就没有上锁,索性自己推开门走了进去……

屋子漆黑一片,到处透露着主人不在家的讯息。金灿灿带着阿闲在屋里转了转,心情很是复杂。

金灿灿坐在屋里的凳子上等了一会儿,一股熟悉的孤独感便铺天盖地地袭来。这里的一切,还是当年她离开时候的样子。

"妈妈,你看,这个是姥姥和姥爷当年得的国际救援组织的奖章,姥姥和姥爷好棒啊,他们居然参加过国际救援队。"阿闲突然激动地喊着金灿灿,心里对自己的姥姥充满了崇拜。

"一块破铜烂铁,有什么好炫耀的。"金灿灿嘲讽地撇撇嘴,不以为意。阿闲乖乖地闭上了嘴,继续看着屋子里的一切,他对姥姥家的一切都充满了好奇。

当年,他们就是为了这块破铜烂铁,才把她丢在冷冰冰的学校宿舍的吗?

呵,真是可笑啊!

金灿灿环顾四周,眼神里尽是铺天盖地的恨意。

当年,她也是这样,坐在这个屋里,等待着自己的爸爸妈妈。她已经数不清自己有多少次在凳子上等得睡着,她也数不清自己有多少次一个人在这个屋子里过夜。

她也数不清,自己在这个屋子里,有过多少次的失望了……

夏女士，这就是你当初对我不管不问所追求的生活吗？也不过如此啊。

金灿灿越待越觉得气闷，她觉得自己一刻也待不下去了。

夏女士，你还想我乖乖地坐在这个屋子里等你回来吗？

我告诉你，不可能，我金灿灿再也不可能做那样的傻事了！

想到这里，金灿灿猛地站起身，吓了身旁的阿闲一大跳："妈妈，你要干吗？"

金灿灿嫌恶地看着屋子里的一切，刻薄地道："我们走，这个地方，我一刻也不想多待。多待一秒，我都觉得恶心。"

"可是，姥姥还没有回来，我们还没有见到她。"他还没有见到姥姥一面，而且，这个屋子里还有很多东西，他都没有看够，他真的不想这么快就回去啊。

金灿灿听了阿闲的话，嘴角勾起嘲讽的笑意，说出口的话也越发地阴阳怪气了起来："我们伟大的夏女士，恐怕此刻又忙着在哪里救人了吧，再等下去也是失望，还不如放弃。"

反正，她对她，也早就放弃了，不是吗？

"可是妈妈……"阿闲还想找个能够留下来的理由，却被金灿灿的眼神给打断了。

"走！"

"哦！"阿闲跟在金灿灿的后面，回头不舍地看了屋子内一眼，心里想着，等有时间，他一定要偷偷溜出来，然后看看真正的姥姥，再和姥姥相认，最后再仔仔细细里里外外地将姥姥屋子里的稀奇玩意儿都看个遍。

打定主意后，阿闲也不再纠结了，痛痛快快地跟着金灿灿回去了……

两人刚走没多久，屋子的主人便回来了。

夏奶奶放下手中的药箱，转身来到桌子跟前，拿出抽屉里的消毒水，仔仔细细地给自己的双手消起毒来。

她一边擦着自己的双手,一边想着今天遇到的事情,救过的人,眼神慈祥而专注。

等忙完这一切,她起身,却敏感地觉得屋子里似乎有别人来过。

她绕着屋内走了一圈,脑海中浮现出一个人来。

难道是她?

夏奶奶立马摇了摇头,否认了自己的想法。

不可能的,这么多年了,灿灿都没有联系过她,怎么会突然来到这里,一定是她太过于想她了,所以才会胡思乱想。

晟世地产公司总部大厦门口。一辆黑色的房车慢慢停稳。

本来在大厦门口嬉笑玩闹的保安,看见这辆房车,立刻就安静了下来,个个都挺直了腰板,恭恭敬敬地站成两排。

房车的司机推开驾驶座车门,急急忙忙地下来,麻利地绕过车子,打开了后车门。

金灿灿穿着黑西装外套,显得高贵得体。她优雅地将一只脚放在了车外,随即缓缓地下车,整个气场分外气势逼人。

被金灿灿的强大气场吓到,先前站成两排的保安都齐刷刷地低头,乖乖地冲着金灿灿喊了一声:"金总。"

金灿灿的脚步并没有停留,只是经过门口的时候,用眼神扫了一下保安队队长。

保安队长心里立刻忐忑不安起来,不是说金总在小镇忙着收购地皮的事情吗?怎么突然就回来了?刚才他们在门口打闹,金总没有看见吧?

就在保安队长心里七上八下的时候,金灿灿却气势高冷地从他跟前走了过去,保安队长长舒了一口气,提着的心还没有放下,却发现刚刚经过的金灿灿又去而复返了。

保安队长的心瞬间又开始剧烈地撞了起来,有一种在劫难逃的感觉。

金灿灿用锐利的眼神注视着他,随即冷冷地开口:"保安是别人对我们公司的第一印象，你却纵容属下在门口肆无忌惮地打闹，我看，你这个保安队长也不要再干了。"

保安队长听见金灿灿这么说，顿时觉得有些腿软，他刚才就发现金总的脸色不怎么好，这会儿果然中奖了。他连忙软声哀求着："金总，我下次一定注意，求你再给我一次机会吧，我上有老下有小，他们可都靠我这份工作吃饭呢。"

保安队长心里有一千个一万个后悔，金总向来是出了名的注重纪律，他怎么能以为金总不在公司，就得意忘形了呢？

金灿灿并没有因为保安队长的话而有一丝心软，反而声音听上去更加的冷傲孤绝："既然这份工作这么重要，你还如此疏忽懈怠？那只能说明，这份工作也不像你想象中的那么重要嘛。"

金灿灿只一句话，保安队长便陷入了绝望中，看来今天，他的工作，是真的保不住了。

他无力地动了动嘴唇，说出口的话却是软绵绵的，几乎让人听不见，哀求意味明显："金总……"

一旁的助理同情地看着保安队长，这两天的收购计划出现了凝滞，金总昨晚又不知道去了哪里，回来后的心情更是阴云密布，连他都不敢招惹，这群保安，也真的是撞上枪口了。

要是平时，他还能帮着说说情，可今天，给他一万个胆子，他也是不敢多一句嘴的。

"你不用说了，这件事情，我已经决定了。"金灿灿不耐烦地挥了挥手，丢下一句话，便毫不留情地转身，往公司内走去，只留下绝望的保安队长。助理小跑着紧跟其后。

公司前台小姐看见金灿灿，连忙起身喊了声金总，便小跑着到了电梯前，为金灿灿按下了电梯键。

金灿灿踩着三寸的高跟鞋，高傲地从她面前走过，看都没有看她一眼，等到走进了电梯，金灿灿才继续对一边的助理说道。

"跟人事部通知一声，三天内，换掉今天当值的所有保安，我要彻底整肃一下公司纪律。"

　　说这话的时候，金灿灿脸上是没有任何表情的，周遭散发着冷冽的气息。

　　"知道了，金总。"电梯内的空间狭小，助理只感觉到金灿灿身上的强大气场，整个都将他笼罩了，他竟然连呼吸都变得小心翼翼的。

　　金灿灿习惯性地看着楼层的红色数字跳动着，旋即像是想起了什么，转头对一边的助理道："对了，跟人事部说，多给他们几个月的薪水，我金灿灿向来注重好聚好散，也不把人往绝路上逼。"

　　"是的，金总。"助理连忙答应，生怕自己一个疏忽，也会像刚才那些保安一样，饭碗不保。

　　金灿灿满意地转过头继续看着电梯上方的红色数字跳动着。

　　助理长长地舒了一口气，心里想着，陈氏餐饮收购失败的事情，还是先不要告诉金总，等她什么时候问了，他再说吧。

　　他从学校毕业以后开始便跟着金总，她的喜怒哀乐，他最清楚不过。这个时候，金总的心情肯定是非常糟糕的，他要是现在说了陈氏餐饮收购失败的事情，保不准下场也和保安队长一样了。

　　有些事情，想躲却是怎么也躲不掉的，金灿灿冷不丁地对着助理来了一句："让你去谈的收购陈氏餐饮地皮的事情，现在进展得怎么样了？"

　　助理心里有一丝战抖，呼吸更加地不顺畅了起来，但是面对金灿灿的问话，他却是不能不回答的，他努力地调整着自己的气息，使自己的话听上去能够完整。

　　"他们的老板说那块地皮不卖。"助理硬着头皮说道。

　　"哦？有说什么原因吗？"

　　"没有！"说起这个，助理就是一肚子的气，昨天他再三追问那个陈杰瑞，到底为什么不肯转卖地皮，可他翻来覆去就是俩字，"不卖"。搞得他一点办法都没有，只能灰溜溜地回来了。

　　助理偷偷地打量金灿灿，发现她的脸上没有什么特别的表情，心里有点没底,这到底是怪他啊,还是不怪他啊?

金灿灿其实早就料到会是这个结果,只是象征性地问一下。此刻的她注意力根本不在陈氏餐饮有没有收购成功的事情上,而是在想着,小镇的人,为什么都不愿意卖小镇地皮,难道那小镇的地上,有什么宝物不成?不过,就算你有座金山,我金灿灿也对它势在必得。

她胸有成竹地笑了笑,随即对一旁的助理道:"知道了。"

随着一声脆响,电梯门打开,金灿灿率先抬脚走出了电梯,助理连忙跟在金灿灿后面走了出来。

秘书见是金灿灿回来了,连忙都毕恭毕敬地起身跟金灿灿打着招呼,金灿灿却看都没看一眼,便径直往自己的办公室走去。

金灿灿走进办公室,习惯性地脱掉了自己的外套,挂在了一边的衣架上,整个人往座椅后仰去,很是疲累的样子。

她的脑子飞快运转着。她没有想到那些小镇的地皮收购起来会那么的棘手,昨天谈了两家,居然都拒绝她了,这有点出乎她的意料。

她以为,她给的价格已经够高了,那些人肯定是无法拒绝的,而且她也敢保证,那些人这辈子都没有见过这么多的钱,可是没有想到,那些人居然还是不肯松口,这是要对着她狮子大开口吗?

最后,金灿灿把地皮收购失败的原因归结在了钱上。

金灿灿手指有节奏地敲着办公桌,发出咚咚的响声,看来,如果想顺利快速拿到小镇的地皮,她得加注才行。

想明白事情的根本原因后,金灿灿连忙坐起身,按了按办公桌上的电话,接通了助理室。

电话很快接通:"金总,您有什么吩咐?"

"给我通知财务,将收购小镇备用金加大,我要重新将地皮收购价格调整,收购合同书你重新打印,我过会儿给你新的价格。"金灿灿干净利落地向助理安排着接下来的事情。

"知道了,金总。"

金灿灿听到助理的回答后,率先挂断了电话,随手拿起一旁的计划书看了起来，一刻也不让自己停下来。

这么多年，除了睡觉，她已经习惯了让自己不停地忙碌，仿佛只有这样，才能让自己短暂地忘掉过往，短暂地不再想起她。

金灿灿一直忙碌到很晚，才回到自己宛如皇宫般的别墅。

金灿灿站在玄关处换鞋的时候，发现阿闲的拖鞋凌乱地散在一边，眼神里透露出不满来："阿闲呢，不在家？"

"小少爷一早便出去了，到现在还没有回来。这么晚，估计是不回来了。"用人小心翼翼地回答。

"嗯。"金灿灿点头，随手端起用人为她倒的红酒坐在了沙发上，却怎么也提不起兴致来。

这个家里少了阿闲在旁边叽叽喳喳，还确实是安静得很。她最不喜欢一个人在家的感觉了，她讨厌孤独。

金灿灿皱着眉头一直想着阿闲能去哪里……

这么晚了，阿闲会到哪里去呢？

难道？

金灿灿像是想起了什么，突然起身，抓起桌子上的车钥匙，便往门外走去……

此时的阿闲，正一个人在夏奶奶的屋子里东看看西看看，对一切都好奇得不得了。

夏奶奶回来的时候，正巧就看见阿闲在她的屋子里鬼鬼祟祟的，像个贼一样。

夏奶奶提着自己的药箱，放在了一旁的桌子上，轻手轻脚地也不惊动阿闲。反倒是阿闲，一直专注于夏奶奶屋子里的东西，却没注意身后已经多了一个人。

阿闲边看屋子里的东西边感叹着，转身时发现屋子里坐了个人，吓得尖叫了起来。

"你你你，你是什么时候进来的，吓死我了。你怎么走路都没有声音的。"

夏奶奶见阿闲吓得语无伦次的样子反而笑了起来，她第一眼就觉得这个孩子和她很投缘。她柔声地说着话，生怕再次吓着他："瞧你看得仔细，便没有打搅你。"

她的屋子里已经很多年都没有出现过孩子了，还是灿灿小的时候在这里待过。夏奶奶的眼眸暗淡了许多，透露出些许无奈，也不知道灿灿那孩子生活得怎么样，她们已经很久都没有联系过了。

"你是……姥姥？"阿闲拍了拍胸口，仔细地看了看对面的老人，随即睁大眼睛，眼神里满是惊喜。

对面的人分明是他的姥姥，只不过，她看上去比照片上老了许多，一定是为了救人，日夜操劳的，阿闲心疼地想。

"你刚才叫我什么？"夏奶奶本来一脸慈爱地看着眼前的孩子，却在听到阿闲说的话后，激动地站了起来。

她仔细地注视着眼前的孩子，像是要从他的脸上看出什么来，而阿闲却早已经高兴地跳到了她的跟前，激动地抓起她的双手喊道："姥姥，我是阿闲啊，您的外孙。"

"小阿闲？"夏奶奶有些不可置信地看着眼前的阿闲，感觉自己像是在做梦一样，如果这真的是一个梦，她真希望自己不要醒啊。

"对啊姥姥。"阿闲点头如捣蒜，终于看见姥姥的真人啦！姥姥果然和他小时候想的一模一样，看上去慈祥又善良，全身上下透露出一股亲切，让人忍不住地想要靠近。

"小阿闲，你怎么知道姥姥住在这里，你妈妈呢？"夏奶奶也格外地激动，眼泪在眼眶中打转。

小阿闲在刚出生那会儿，灿灿给她打过电话，只是她当时在忙着救人，就在匆忙中挂断了电话，随后等她忙完再打电话过去的时候，却是怎么也打不通了。

从那之后，她便再也没有见过自己的女儿灿灿，更别说是见自己的外孙了。她只知道，自己的外孙是叫阿闲，至于其他，她一无所知。

她知道，一定是灿灿怪她，所以断了和她的联系，可是，她又能怎么样呢，难道当时，她可以眼睁睁看着病人在她面前死去吗？

不能，她的良心不允许她这么做。

所以直到今天，她也没有后悔过……

"妈妈并不知道我来这里，上次妈妈带我来的时候，你出去了，然后妈妈便对我说，不许我再来，所以姥姥，你千万不要告诉我妈妈，我来这边找你了。"

阿闲对着夏奶奶解释了自己知道她住处的原因，随即又对着夏奶奶做了个嘘声的动作，样子俏皮可爱。

"小阿闲，你这样子，你妈妈会担心的。"夏奶奶嘴上责备着。

她仔细端详小阿闲，发现他确实长得很像自己的女儿灿灿。见到从未见过的外孙，她心里自然是高兴的，但是心里又怕自己的女儿发现儿子不见了会担心。

"没事的，姥姥，我又不是小孩子了。"阿闲拿出一直含在嘴里的棒棒糖，大大咧咧地拍了一下自己的胸脯，对着夏奶奶表态。

夏奶奶看着这样的阿闲，心里早已经柔成了一片。这孩子，这么大了，还喜欢吃棒棒糖，还说自己不是个孩子。

这么多年了，她从未见过自己的外孙，更别说给予他一丁点的关心了。这孩子看上去对她没有丝毫的怨怼，可是心里真的不怪她这个姥姥吗？

夏奶奶想到这些，心里多少还是有些不安的，她犹豫了片刻，还是忍不住开口问道："阿闲，你难道不怪姥姥吗？毕竟，姥姥这么多年，都没有去看过你。"

其实，她也想过去看看女儿过得好不好，对于自己的女儿和外孙，她心里还是有愧疚的。这么多年了，她给予他们的关爱实在太少，以至于女儿灿灿都对她失望了。

"姥姥，我为什么要怪你？你是因为救人才离开我们的，而且，你根本不知道我和妈妈住在哪里，我就更加不能怪你了。在我心里，姥姥真的很伟大呢。"

阿闲连忙安慰着夏奶奶，他不想姥姥因为这件事情而对他产生内疚心理，他特别能够理解姥姥做的事情，他觉得很伟大。

"伟大？你为什么会觉得姥姥伟大啊？"夏奶奶疑惑地抬起头看着自己的外孙。她在一瞬间觉得，她的这个外孙和她想象中的不一样。

阿闲有点被问住的感觉，他歪着头想了一会儿，随即像是想到了什么，自顾自地点了点头，对一直在旁边等待的夏奶奶说："是价值，因为姥姥实现了人生的价值。"

他好羡慕姥姥能够实现她自己的人生价值，那是他一直奢望却一直奢望不来的东西。他从小在妈妈的培养下一直扮演着专业富二代的角色，却从来不知道自己生存了这么多年，究竟是为了什么。

但是，他却有一种奇怪的感觉，在这个小镇，也许，他能找到属于自己的价值，然后像姥姥一样，开心美好地活下去。

想到这里，阿闲含着棒棒糖，甜甜地笑了。

夏奶奶没有料到阿闲会这么说，明显地有点错愕，但随即，便被感动所替代，仿佛这么多年的努力，终于有人肯定了一样。

她低下头，藏起眼角的湿润，然后伸手，将阿闲搂入了自己的怀中，欣慰地道："我们家小阿闲，真是个乖孩子。"

祖孙俩互相依偎，温情了一会儿后，阿闲像是想起了什么般，他抬起头提醒着夏奶奶："对了姥姥，你屋子的门为什么每次都不关啊，我来过两次，都发现你的屋子门没关，你不怕小偷进了你的屋子吗？"

他来过两次姥姥的屋子，每次来，姥姥屋子都是开着的。第一次，他以为是姥姥忘记关门了，可是今天他来的时候，姥姥的屋子又是开着的。他就知道，也许这是姥姥故意这样子的，或许，不关门已经成了姥姥长期以来的一种习惯。

听了阿闲的话，夏奶奶一点也不以为意，她笑了笑道："来就来吧，姥姥身边没有什么值钱的东西，再说了，就算是有值钱的东西，我也不会关门的。"

"为什么啊？"阿闲有点不能理解姥姥的做法。

"你呀，你要学着相信，世界是美好的。"夏奶奶点了点阿闲的脑袋，随即温柔地道。

阿闲似懂非懂地点了点头，嘴里喃喃道："姥姥，你果然和妈妈不一样，比起妈妈，我更喜欢和姥姥待在一起。"

妈妈总是让他防着任何人，总是对他说，不要相信任何人，一切只能靠自己之类的话，他心里也总感觉妈妈说的哪里不对劲，可就是想不起来哪里不对。

今天听了姥姥说的话，他才明白，原来是爱，妈妈的话里缺少了一种叫爱的东西，冷冰冰的话语里没有一丝温度，有的只是对同类的提防和戒备。

每天那样谨慎地生活着，真的很累，而姥姥却是和妈妈相反的，怪不得，他和姥姥在一起会觉得那么轻松呢。

"傻孩子，对着你的妈妈，可不能这么说话，她会伤心的。"夏奶奶慈爱地看了一眼阿闲，嘱咐道。

作为灿灿的妈妈，她最了解灿灿的心思，灿灿那孩子心思太过细腻，至亲的人，随意的一句话，她都会听出另外一层意思来。

这也怪她，小时候给予灿灿的爱太少了，以至于她变得这么敏感，谨小慎微。

"知道啦，姥姥。"阿闲傻笑两声答应道。

夏奶奶看着阿闲笑了笑，随即想起自己今天光顾着和阿闲聊天，双手还没有消毒，连忙站了起来，去抽屉里拿消毒水。

阿闲见夏奶奶从抽屉里拿出一个大药箱，然后坐在桌子前，打开药箱拿出药水，往自己的手上搽着，神情专注而认真，像是在擦拭着什么珍贵的财宝一样，阿闲觉得好奇凑了上去。

"姥姥，你在干什么？"

"姥姥在给自己的双手消毒。"夏奶奶回头看了一眼好奇的阿闲，笑了笑，随即又转过头去，眼神专注地盯着自己的双手，仔细地搽着消毒水。

"啊？手也要这样消毒吗？"

"当然，因为，这是你姥爷的手。"夏奶奶认真地答道，深情的目光一直盯在自己的手上，从未移开。

"姥爷的手？"阿闲有点不解，听妈妈说，姥爷很早之前就已经去世了，为什么姥爷的手会在姥姥的手上呢？

姥姥的手又在哪里？

阿闲的心里有千万个问题想要问，他对姥姥和姥爷的过往，产生了浓厚的兴趣。

夏奶奶终于给自己的双手消完毒。她满意地在灯光下看了看自己的双手，然后起身将医药箱收了起来，待一切都摆放妥当后，她才转身，对一脸好奇的阿闲道："阿闲，你还小，你不明白的，你的姥爷，他是个伟大的人。"

一提到自己的老伴儿，夏奶奶的目光变得有些迷离，回忆也随之打开。

她缓缓地开口，声音有些缥缈："年轻的时候，我和你姥爷参加了国际救援队，一起前往世界各地支援医疗。那段时间里，我们的生活极其艰苦，常常吃不饱穿不暖，但是我们从未想过放弃。我们的身体虽然很苦，但是我们的心却很快乐，那是我和你的姥爷过得最开心的日子。"

说到这里，夏奶奶脸上露出幸福的笑容，听得一旁的阿闲心情也跟着激动起伏了起来。

他迫不及待地追问道："那后来呢，后来怎么样了？"

听到阿闲的追问，夏奶奶的神情一下子变得有些哀伤，她垂了垂眼睑，继续说道："后来，我们在国外遇上了一场动乱，我身受重伤，快要死去。关键时刻，你的姥爷为了让我能够活下去，便委托他做医生的好友把他自己的眼角膜、心脏、双手全部都移植给了我。"

夏奶奶的眼角有些许湿润，这些往事，即使过了这么久，她提起来，依然会感到心痛，不舍。

要是可以，她多么想陪着他一起离去啊……

可是，她却不能，因为她知道，还有更重要的事情等着她去做。

相较于夏奶奶的不舍，一旁的阿闲早已经激动得跳了起来。

"啊？姥爷真的好伟大，姥姥，你也真的好幸福啊，会有这么个男人，这么愿意为你牺牲。"

没想到他的姥爷是个这么伟大的男人，居然会为了自己的爱人，牺牲掉自己的一切。

好开心，他又找到一个实现了自己价值的人，虽然姥爷已经不在了，但是他感觉姥爷的精神一直在。他甚至感觉到，姥爷一直就没有离开过姥姥，一直默默地陪在姥姥的身边。

听了阿闲的话，夏奶奶微笑着点头说："是的，姥姥很幸福，所以姥姥会带着你姥爷的爱活着，用你姥爷的眼看世界，用他的心感受世界，用他的双手改造世界。爱与奉献，是我对这个世界的美好认识。"

夏奶奶又伸出了自己的双手，她仔细地端详着，仿佛透过这双手，她看到了金爷爷。

"好羡慕你和姥爷的爱情啊。"阿闲蹲在夏奶奶旁边，感动的双眼冒着无数的小星星。

姥姥身上有一种魔力，一种让人忍不住亲近的魔力，仿若她是一个火炉般，身上散发着温暖的气息，阿闲朝着夏奶奶跟前又靠了靠，好温暖的感觉啊，阿闲满足地叹息……

夏奶奶慈祥地摸了摸阿闲的头道："傻孩子，将来你也会遇到这样的爱情的。彼此愿意为对方付出一切，甚至小爱升华，最后变成大爱，奉献给整个世界。"

就像她和老伴儿一样，用彼此的爱，奉献给大众，而大众的幸福，便是她这一生所追求的。

"嗯，我一定会遇到的，姥姥。"阿闲的眼光坚定。

当他说起这句话的时候，心里莫名地想起一个人来，那个人穿着粉红色的外套，扎着小丸子的头发，总是噘着一张嘴，似乎很不高兴的样子。

不知道她现在，在哪里，现在在干什么？

阿闲并不明白，此刻的自己对于小师妹是怎样的一种心情，只知道自己一想到小师妹的样子，就从心里涌现出一种开心的感觉来。

阿闲摇摇头，心里笑自己太傻，他连小师妹住哪里做什么都不知道，胡思乱想这些有什么用？

他反正想好了暂时不打算回去，先在姥姥这里住下，或许还能打听到小师妹的住处，不是吗？

只是，要住在这里，恐怕还是要征求姥姥的同意的。姥姥不同意，一切都是白搭，不过，他有信心说服她。

打定主意，阿闲收拾好自己的心绪，可怜巴巴地对着夏奶奶说："只是姥姥，我能不能求你一件事情啊？"

"什么？"夏奶奶看着阿闲的腻歪劲儿，忍不住笑出声，这个外孙，她是第一次看见，却喜欢得紧，一看就是个讨人喜欢的孩子。

"我能不能住在姥姥家？我不想回去，那个别墅冷冷清清的，反而没有姥姥这里自由惬意，我想和姥姥在一起。"阿闲小心翼翼地说完，然后拿眼角余光看夏奶奶的反应。

"你个傻孩子，喜欢就住下来吧，只要你不嫌弃就好。姥姥这里可是有很多蚊子的哦。"

她看阿闲那腻歪的样子，以为是什么大不了的事情呢，原来是这孩子想住在她这里，那是她求之不得的事情，怎么可能会不同意呢？

"我不怕，来一个我打一个，来两个我打一双。"阿闲激动地拍着胸脯保证。他一个大男人，还能被几个小小的蚊子给吓倒，只要姥姥同意他住下来，他自然是什么都不怕的。

夏奶奶看到阿闲这个样子，心里很是欢喜。她抬头看了看挂在墙上的时钟，转头对阿闲说道："你这孩子，时间不早了，快上床睡觉吧，那些东西，明天白天让你看个够。"

"是，遵命！"阿闲对着夏奶奶做了个敬礼的动作，动作滑稽极了，又惹得夏奶奶一阵笑。

夏奶奶觉得，今天晚上，她都快把这一年的笑都用完了。阿闲这孩子，真是太招人喜欢了。

屋子里传来愉快的笑声，奉献与亲情交织，使得整个屋子里似乎都温暖了起来。此时，屋子外的身影落寞孤独，黑暗中，看不清她脸上是怎样的表情，只是在屋子外徘徊了片刻，便毫不留恋地转身离去。

金灿灿回到别墅的时候，已经是深夜，门卫看到金灿灿的车子却丝毫不敢怠慢，匆忙地给她开了门，金灿灿将车子开到车库，随即下了车。

金灿灿目不斜视地回到自己的房间，嘭的一声将房门关上，力道大得惊人，站在一旁的用人们连气都不敢出一下。

金灿灿坐在房间的沙发上，胸口剧烈地起伏着，刚才在小镇屋外看见的一切，她久久都不能忘怀，想到阿闲和她笑得那么开心，她的心理就扭曲起来。

又开始假仁假义了，居然在她的阿闲面前表现出一副慈祥关爱的模样。

假的，一切都是假的，阿闲能相信，她金灿灿绝对不会相信。

金灿灿看着梳妆台中的自己，小时候的一幕幕回忆像潮水一样涌了上来，金灿灿双手紧握成了拳，眸色沉了下去……

学校宿舍电话旁，小时候的自己紧紧地握着电话，眼神里充满了恐慌。

"灿灿，妈妈和爸爸参加国际救援组织，要抢救伤员，你暑假就不要回来了。"

"可是妈妈，我想回家。"

"灿灿听话，等爸爸妈妈回去，一定去看你。"

"妈妈，暑假宿舍里一个同学都没有，我害怕。"

"灿灿乖，妈妈还有事情，先挂电话了，你在家要听话。"

"妈妈，妈妈……"

学校宿舍外，电闪雷鸣，小时候的自己蹲在宿舍的角落里，害怕得紧紧抱着头……

一幕一幕，都豁然地浮现在了金灿灿的眼前，金灿灿再也受不了了，挥手狠狠地将梳妆台上的护肤品全扫到了地上。

玻璃瓶碎了一地，地上一片狼藉。

金灿灿抬起泛红的眼眸，看着镜子中的自己怨恨地说道："我永远永远都不会原谅你，永远永远都不会！我一定要让你看到，当初放弃我，是你的错。"

第二天，金灿灿早早地起了床，严格意义上来说，是一夜都没有睡。为了掩饰眼睛下面的黑眼圈，她特意涂了一层厚厚的粉，然后才满意地走出房门。

用人们看见金灿灿从旋转楼梯上下来，连忙毕恭毕敬地站好，管家殷勤地上前询问金灿灿："金总，早餐想吃点什么？水果沙拉还是豆浆油条？"

"不用了，直接去公司吧。"金灿灿整理了下衣服，便拎着皮包往外走。

"知道了，车子早已备下了，我这就让司机开过来。"管家立刻下去了。

金灿灿坐着车很快便到了公司，她走路的步伐很快，目不斜视地直接冲着自己的办公室走去，脚步没有任何的停留，只是扔了一句："你跟我进来一下。"

然后就推开了自己的办公室，率先走了进去。

金灿灿的助理连忙跟了进去，喊了一声："金总。"

金灿灿在自己的座位上整理着，顺便对着助理开口问了一句："我让你修改收购合同书的事情，你办得怎么样了？"

"收购合同书已经改好，价格也按照之前你给的价格重新填写，随时都可以用。"助理简单地汇报了一下这两天工作的进展。

金灿灿满意地点头，然后命令道："很好，现在去把所有的资料带着，我们立刻就出发，再去一趟小镇。这一次的价格，我就不信那些小镇上的人不低头。"

"是的，金总。"助理恭敬地回答了一声，然后转身，走出了金灿灿的办公室。

黑色的房车在平坦的大路上急驰，很快便来到了小镇，金灿灿来到晟世房地产公司在小镇的临时办公地点。

金灿灿踩着高跟鞋，目不斜视，一边往里走，一边对办事处的工作人员询问着工作的进展情况。

"让你办的事情，办得怎么样了？"

昨天夜里，她便让助理给小镇的人们送了书信，让那些人来小镇的临时办公地点详谈收购地皮的事情。她有自信，以她给出的价格，那些人不会不低头。

"昨天一收到你的吩咐，我一刻也没有敢耽搁，连夜给小镇的人们送了信，并且把咱们新的收购价格都告诉了他们。相信他们看到价格，一定很激动，应该很快就会来到这里和我们谈判小镇地皮的事情的。"工作人员连忙殷勤地向金灿灿汇报着工作的进度。

他已经在底层熬了很多年，这还是第一次看见高层领导。听说，他们这位高层领导喜欢办事效率高的人。他收到消息后，立马行动了，为的就是能让这位挑剔的金总看顺眼，好让自己能够有机会升职加薪。

工作人员在心里默默地想着，仿佛已经看见了自己飞黄腾达的样子。

"嗯！"金灿灿简短地应了一声。

其实，她根本没有注意到工作人员，她现在一门心思都扑在小镇地皮的收购上。

金灿灿非常自信，这次她给出的收购价格，一定会让这些人迫不及待地来找她，此刻，那些人应该正往这边赶来。

想到这里，金灿灿的心情明显地好了起来，看着窗外的阳光，惬意地伸了个懒腰，然后竟然往椅背一靠，闭目养神起来。现在，她是以一个胜利者的姿态，在等着小镇人们的到来。

金灿灿昨晚一夜没有睡好，本就有着很浓的困意，最后竟然靠在椅背上睡着了。助理和工作人员自然是不敢打扰其美梦，只能在旁边干看着，不敢吱声。

他们想着，等小镇的人来了，再叫醒金总也不迟，可是，时间一分一秒地过去，太阳渐渐往西边移动，直至最后消失不见，小镇的人们都没有出现。

金灿灿喜欢微风拂面的感觉，再加上下午的时候，阳光明媚，没有什么比晒着太阳吹着微风更加惬意温暖的事情了。

可是，太阳下山后，没有了阳光的微风便变成了刺骨的冷风。金灿灿是被冻醒的，她从美梦中脱身，以为小镇的人们应该等了她有一会儿了，暗笑自己差点误了正事。

她本想客套地对着小镇的人们打声招呼说声抱歉的，抬眼却发现，面前什么人都没有。

看着墙上时钟指着八点的方向，金灿灿脸色一冷，难道是她睡觉的时候，小镇的人回去了？

金灿灿摇了摇头，否定了自己的想法。

不会，她的助理，跟随了她多年，他不是不知道收购小镇是多么重要的事情，不可能不在关键时候叫醒她，让她耽误了正事。

如果不是助理没有叫醒她，那么就只有一个可能了，那就是小镇的那些人，没有来？

怎么会？她都给了那么高的价格……

金灿灿想了想，终于忍不住按下了电话免提，助理的声音很快从对面传来："金总，请问有什么吩咐？"

"小镇的人，到现在都没有来吗？"金灿灿沉着声问道。

"是的，金总。"助理谨慎地回答。

"一个都没有？"金灿灿再也无可抑制地拔高了自己的声音，连她自己都没察觉。

助理知道此刻金灿灿心情一定糟糕透了，只能硬着头皮继续道：

"是的。"

金灿灿有点不可置信地再追问了一句助理："是不是你们的信没有送到？"

她就不信，这个世界上还有用金钱办不到的事情，她给出的价格已经是底线了，那么高的价格，已经超出了市场均价的三四倍，难道那些人就不动心？

"金总，我刚才也是担心这个问题，所以找人去确认过了。小镇的人们确实收到了信，只是，他们看了价格之后，根本不为所动。"助理小心翼翼地说道。

"他们想怎么样？坐地起价？"金灿灿心里极度不满，眉头皱了起来。

"应该不是，因为他们的态度很坚决，他们不但拒绝了我们的收购计划书，还对我们派去的人说，无论如何他们都不会卖小镇地皮，多少钱都不卖，让我们的人，以后都不要再去了。"

助理如实地汇报着……

"该死，怎么会遇见这样的人。"金灿灿愤怒地用力拍了拍桌子，发出嘭的一声。电话那头的助理听见嘭的一声，吓了一跳，大气都不敢出。

隔着电话线，他都感觉到了金灿灿强烈的压迫气势。

助理略微有些害怕地咽了咽口水，声音微微低了一些，继续说："金总，我们这次找的缺口，可能不太对，所以这次的收购计划，可能又要搁浅了……"

"搁浅？搁浅什么？就因为几个种地的农民就要让我金灿灿的旅游大业搁浅？做梦，我金灿灿想要得到的东西，任何人都不能阻止！"

金灿灿狠狠地将电话挂掉。

一听计划要搁浅，金灿灿就觉得自己的眉心突突地跳了起来。这帮该死的农民，居然胃口会这么大。她给了这么高的价格，他们居然还不满足，看来，她是遇到老手了。

金灿灿愤怒地捏紧了拳头，她一再地忍让，加重筹码，这帮农民居然不识好歹，竟然敢跟她坐地起价，真是岂有此理。

哼，金灿灿的眼神冷了冷，既然这帮农民给脸不要脸，那就别怪她金灿灿下手太狠了。她一定不会放弃的，小镇，她势在必得。

金灿灿越想，越觉得愤怒，她这一辈子，还从未败过，从小到大，她样样第一，怎么能够允许自己失败？她的字典里，就不许出现失败这两个字。

金灿灿感觉到自己胸中的怒火无处宣泄，最后干脆一挥手，所有的文件散落一地，一片狼藉。

发泄完后，金灿灿深吸了一口气，闭上眼睛，努力让自己平息下来。

过了片刻，金灿灿的心情终于不再那么激动了，才伸手按了免提。

电话那头一如既往地传来助理的声音："金总，您有什么要吩咐的？"

金灿灿揉了揉额头，对助理说道："让这里的特助给我二十四小时盯紧了小镇的动向，一有什么风吹草动，立马跟我报告。我们来日方长，既然他们要跟我对着干，那我就跟他们耗着。我倒要看看，谁能笑到最后。"

"是的，金总。"助理连忙应道。

金灿灿吩咐完一切，抬头看了一眼窗户外面的夜空，随即决绝地转身拿起沙发上的薄外套，拉开办公室的门，往外走去。

助理一看金灿灿要出去，连忙殷勤地想跟上，金灿灿摆了摆手道："你不用跟着了，我今天想一个人静静。"

说完，她便拉开门，头也不回地扬长而去。

"是的，金总。"助理识趣地停住了脚步。

金灿灿走到办事处门外，司机早已经将车停稳在门口，金灿灿坐上车吩咐司机往总部开。

司机点头应允，车子缓缓向晟世房地产公司总部开去……

金灿灿一路上都在总结这次收购失败的原因，却半天也理不出个头绪来,心里兀自烦躁着,从商以来,她还是第一次遇见这么棘手的事情,她有点挫败。

金灿灿有些憋闷,抬手将房车窗户的窗纱拉开,却发现一个熟悉的身影,金灿灿吩咐司机将车在路边停下。

司机为金灿灿将车门打开,金灿灿姿势优雅地下了车,慢慢地踱步走向了那个熟悉的身影。

"老板,我可认识你,你上次把我当冤大头,跟我要了好多钱。"阿闲一脚踩在镇政府门口的台阶上,一脚踩在平地上,嘴里含着棒棒糖,一副吊儿郎当的样子。不知道的,还以为他是来找茬的。

果然,商贩老板看见阿闲这副样子,立马误会了他的来意,连忙赔笑道,"哎呀年轻人,我们做小生意的,不容易啊!你就大人不计小人过,饶过我一次吧,再说了,后来小小文不是也帮你讨回公道了吗?你可别再来找我麻烦了。"

"什么乱七八糟的,我今天来,可不是来找你麻烦的,我是来感谢你的,感谢你让我遇到了那么厉害的朋友啊,来来来,这是感谢费,你拿着。"阿闲皱眉,看商贩这个样子,难道是误会什么了?

阿闲也不再解释,只从衣兜里掏出一沓厚厚的钞票摆在了商贩的面前,看得商贩眼睛都直了。

商贩狠狠拍了自己的脑门一下,他这不是在做梦吧,居然有人举着钱要砸他。

"这个,这怎么好意思呢。"商贩犹豫着不敢接,他不敢相信,天上真的会掉馅儿饼。

万一这是个啥陷阱呢?

只是,面前这个小伙子白白净净的,也不像是会骗人的人啊。

难道,他真的碰到财神了?

"没啥不好意思的,来来来,拿着……"阿闲心情颇好,也不想和商贩这么继续纠缠下去,干脆直接伸出手去,把一沓钱狠狠地塞在了商贩的手中。

看到商贩已经晕了的表情，阿闲心里乐悠悠的，没觉得自己这样做有什么不对的，从小到大，他可都是这么过来的。

妈妈从小教育他，什么事情都要钱当前，礼多人不怪。

阿闲满意地转身准备走人，却听见一个熟悉的声音。

"阿闲！"金灿灿看着多日不见的阿闲，脸上尽是欢喜的神色。

这两天的烦心事太多，她总是觉得心情郁闷，这会儿居然能看见阿闲，心里立马舒服多了，再苦再累，只要看见她的宝贝儿子，就什么艰苦都不算什么了。

相比较金灿灿的好心情，阿闲心里却忐忑起来，他偷偷跑出来，妈妈肯定很生气，要是妈妈知道他是住在姥姥家的，估计会更加生气了吧？妈妈和姥姥似乎合不来。

想到这里，阿闲心虚地道："妈妈，你怎么会在这里啊？"

金灿灿白了阿闲一眼，却一点杀伤力都没有，语气中夹杂着些许心疼："我还要问你呢，你怎么会在这里？这几天都住在哪里了？"

"哦……我和……"姥姥两个字还没有说出口，就被打断了。

"阿闲……灿灿！"夏奶奶提着医药箱走了过来，却在看见阿闲后面的人时，笑容一下子僵在了脸上。

她和阿闲一起出来帮助居民治病，谁知道一眨眼的工夫，阿闲那孩子就不见了，她连忙提着药箱追了出来，却看见了多年未见的女儿——灿灿。她根本没有想到，自己和女儿，会是在这样的一种情况下重逢。

夏奶奶在看到女儿的时候，一下子便愣住了，多年来对女儿的思念，让她一下子激动得说不出话来。

此时的金灿灿，内心其实也是复杂的。在她自己的认知里，她觉得自己对母亲充满了恨，她认为自己这辈子都不会原谅母亲，可是当她看见母亲时，小时候的那种对母爱的渴望又出来了，而这种感觉，让她愤怒到了极点。她讨厌这样的自己，因为这样的自己让她觉得，这是她对自己的一种背叛。

金灿灿强迫自己不去想,不去渴望。她僵硬地转头看了看旁边的阿闲,原来,自从那晚之后,儿子阿闲就一直和她在一起。她以为,那晚之后,儿子便离开那里了呢。

想到这里,金灿灿看着面前局促不安的阿闲,低声说了句:"玩得差不多了,就记得回家。"

然后便毫不留恋地转身,往车上走去。

"灿灿!"身后的夏奶奶情不自禁地跟随着金灿灿的脚步追了上去,最后亲眼看见金灿灿面无表情地上了车,心里一时之间便无法控制地痛了起来。

她是有多么地恨她,才会那样地对她视而不见啊!刚才,她还看见了女儿眼睛中的恨意,那种恨意让她从心底涌起一股愧疚,久久不能散去。

"开车!"金灿灿看着后视镜里的母亲,脸上看不出任何表情,她冷冷地对着司机下令。

"可是金总……"司机有点犹豫。后面的老人正努力地往车子这边追来,他家里也有老人,将心比心,他实在不忍心让一个老人,追着车子跑。

"我让你开车,你难道不想干了?开车!"金灿灿挑眉,声音也跟着高了起来。

现在的她,根本无法控制自己的声音,她感觉心里有一千只一万只蚂蚁在爬,使她烦躁急了。

无处宣泄的情绪,再遇到司机的违逆时,像是找到了一个缺口,她便毫不留情地将所有的情绪都对着车上的司机发泄了起来。

"是的,金总。"司机同情地看了一眼后视镜中的夏奶奶,无奈地发动了车子。

通过后视镜,金灿灿看见,后面的人似乎因为走路过急,狠狠地摔在了地上,她有一瞬间想冲下车去扶起她,却始终都没有勇气对着司机喊停。

车子渐渐加速，夏奶奶的身影逐渐在后视镜里远去，金灿灿的眼泪终于忍不住流了下来。

小时候的回忆又再一次的涌现了出来。

"爸爸妈妈，不要丢下我，你们带我一起走……"小小的人儿跟在车子后面追赶着，却因为车速太快，怎么也追不上，最后狠狠地摔在了地上，绝望地看着汽车远去……

金灿灿擦干了自己的眼泪，眼神里透露出满满的恨意！

夏女士，小时候，我追赶着车子的时候，你们是否也从后视镜这样看过我？

小时候的我，是否像现在的你一样狼狈？

知道追在别人后面的感觉是怎样了吗？

现在也换你来尝一尝，那种痛彻心扉的滋味吧。

金灿灿心里有报复的快感，却悲凉地感觉自己怎么也开心不起来。

"灿灿！"夏奶奶心里默念着女儿的名字，心痛如绞。

阿闲连忙跑过去扶起摔倒在地的夏奶奶，心疼地道："姥姥，你怎么能追着汽车跑，汽车多快啊，有没有哪儿摔疼了啊？"

"小阿闲，姥姥疼，姥姥真的很疼。"夏奶奶在阿闲的搀扶下，颤颤巍巍地站了起来。

她的腿上已经蹭掉了一大块皮，鲜血流了出来，可是她却一点都不感觉到腿痛，因为她的心更痛。

她没想到，和女儿多年都没有见面，再次重逢，竟然是这样的结局，她的心里，实在放不下啊。

一旁的阿闲拉着夏奶奶的手，紧张地上看下看："姥姥，你哪儿疼，哎呀，腿破皮了！快，我扶您回去，给您上药。"

夏奶奶没有说话，只是在阿闲的搀扶下往回走，她还一步三回头地看着车子消失的方向，眼中满是酸楚。

第三章

晟世地产公司总部大厦，富丽堂皇、气势宏伟。

一辆黑色的房车，稳稳地停在了大厦的正门口。

大厦门口站着的保安，看到这辆房车，立刻恭恭敬敬地站好。

房车的司机推开驾驶座车门，急急忙忙地下来，麻利地绕过车子，打开了后车门。

穿着一身红色正装的金灿灿，优雅大方地从车里下来。

保安齐刷刷地低头，喊了一声："金总。"

金灿灿看都没有看周围的人一眼，只是踩着高跟鞋，气势高冷地冲着大厦里走去。

在她经过的地方，所有人都屏着呼吸，大气都不敢出一下。

晟世地产公司的前台小姐看到金灿灿进来，立刻手忙脚乱地放下了手中拿着的镜子，急匆匆地喊了一声："金总好！"

然后，就急急忙忙地走向总裁专属电梯，替金灿灿按了电梯。

金灿灿站在电梯的正前方，在等电梯的时候，扫向了前台小姐略微有些低的领口。

前台小姐接收到金灿灿的视线，原本脸上挂着的甜笑变得有些谨慎。

下一秒，金灿灿便收回了视线，直视着电梯的红色数字逐渐地跳动。

"叮咚——"的一声提醒，电梯门打开，未曾从金灿灿那一道视线里走出来的前台小姐，小心翼翼地开口，提醒了一句："金总，电梯到了。"

金灿灿仿佛没有听到前台小姐的话语一样，昂着头，目视着前方，走进了电梯，然后伸出手，按了顶层的楼层号。

全身戒备的前台小姐，因为终于送走了金灿灿这尊神，刚想暗暗地松一口气，金灿灿却突然间目光转向了她，开口的声音，冷傲得没有半点情绪："身为公司的前台，我觉得你有必要学习一下什么叫做衣装得体，希望你不要拉低了我公司的水准和素质！"

随着金灿灿的话音落定，电梯门恰好关上。

电梯外的前台小姐，被金灿灿毒舌的话噎得满脸通红。

总裁专属电梯抵达顶层的提醒声一响，整个楼层的秘书瞬间安静了下来，电梯门打开，金灿灿直接向着自己的办公室走去，在经过自己助理办公桌的时候，脚步没有任何的停留，只是扔了一句："你跟我进来一下。"

然后就推开了自己的办公室，率先走了进去。

金灿灿的助理连忙站起身，跟了进去，喊了一声："金总。"

金灿灿并没有回头看一眼自己的助理，而是脱掉了外套，直接挂在了一旁的衣架上，然后优雅大方地坐在了真皮办公椅上，随手点了电脑的开关，开口问了一句："我让你这几天给我盯紧了小镇，现在情况怎么样了？"

"小镇一切如常，和平常没什么两样，看来是上次我们当面和他们谈的收购方案和出的价格，并没有让他们有所动摇……"金灿灿的助理简单地阐述了一下小镇的情况。

"是吗？"金灿灿慢条斯理地反问了一句，伸出手拉开了办公桌的抽屉，从里面拿出来了卸甲水，将自己指甲上昨日涂抹的粉色指甲油，一个一个地清理干净，"如果我没记错的话，这个季节，正好是水果成熟的季节吧？"

"是的，金总，哈尼家的水果已经成熟，昨日我去小镇的时候，看到他们已经开始采摘水果。"

金灿灿盯着自己被清理干净的指甲，然后拿出来整整一盒的指甲油，在里面看了半天，最后挑选了一个蓝色的指甲油，冲着自己右手的大拇指上涂抹了上去："我记得，前几天你调查小镇每家每户情况的时候，有说过哈尼家今年的一些果树，是新栽种的，好像是从银行借了贷款，这一个月要还，对吗？"

"是的，金总。"

金灿灿看着涂上去的蓝色指甲油，微微蹙了蹙眉心，仿佛是觉得不满意一般，拿着卸甲油再次清理掉，换了一个金色指甲油，涂了上去，她的唇角泛起了一丝轻笑："还真是天赐良机！"

助理没有明白金灿灿的这句话到底是什么意思，盯着金灿灿看了一会儿，开口问："金总，您这话是什么意思？"

金灿灿并没有着急回答助理的问题，而是观察着自己金色的指甲，觉得这个颜色很符合自己今天的心情，于是继续给其他的指甲涂抹了下去："我金灿灿想要做的事情，就没有做不成的，既然小镇上的那些老顽固，敬酒不吃偏要吃罚酒，好好地高额收购资金他们不要，那么我们现在就采取一切必要的手段——击破他们！"

金灿灿说到这里，微微顿了一下，抬起手，观察了一下自己涂好的十个指甲，满意地笑了笑，然后不断地动着手指，使得指甲油干得稍微快一些："我还记得，你前几天调查的那些资料里，显示哈尼家的水果，是有固定经销商的。现在，我让你去做一件事，那就是不惜一切代价地让那些和哈尼合作的经销商，都取消和哈尼家的合作。"

"是，金总。"金灿灿的助理，立刻应了下来，"那我现在就去办。"

金灿灿点了一下头，没有说话，她在助理转身，要走出办公室的时候，突然间又开口说："记住我一直跟你强调的一句话，有钱能使鬼推磨，不管要花多少钱，务必隔绝了他们之间的合作！"

"知道了，金总。"助理转身，恭敬地回答了一声，然后转身，走出了金灿灿的办公室。

金灿灿坐在真皮的旋转椅上，下巴微微地抬了一下，眼神变得有些冷。

哈尼家这个月要偿还贷款，如果水果卖不出去，想必他们家就没有钱还贷款，到那个时候，走投无路的他们，就不得不卖出果园的地皮！

想到果园的地皮，过不了多久就要归入她的名下，这距离她要建立的旅游生态园的目的又接近了一步，金灿灿忍不住勾着唇浅浅地笑了笑，心情很好，抬起手，微微吹了吹自己指甲上刚刚涂抹完不久的金色指甲油。

然后突然间，她像是想到了什么，带着几分势在必得的姿态，按了桌子上的内线电话。

电话很快便被秘书接听，电话那一端秘书恭敬的"金总"都没落定，金灿灿便语速轻快，言简意赅地交代："旅游生态园的最新项目策划书，周五之前，我要看到。"

助理立刻将金灿灿的最新指示记录下来，并马上恭敬地反馈。

"好的，金总，我会马上通知项目经理。"

金灿灿什么也没说，挂断电话，视线盯着自己指甲上，刚刚涂抹完不久的金色指甲油，越看越满意。

她一定会让她的母亲亲眼看到，她的决策，她的梦想，都是对的！

同时，她也要向她的母亲证明，即使没有她从小的陪伴、照顾和教导，她也是最优秀的存在！

金灿灿的到来，如同一个小得不能再小的插曲，丝毫没有影响到小镇的美好，所有人都和往常一样，照旧忙碌着自己应该做的事情。

陈杰瑞旗下的餐饮连锁店，依旧客满。陈杰瑞围着围裙，在一群漂亮年轻女子的仰慕注视下，动作熟练地制作出一杯又一杯香喷喷的咖啡。小小文坐在一旁的高脚椅上，捧着一本关于量子物理学的书，看得津津有味。小小文偶尔听见一旁那些漂亮年轻的女子因为陈杰瑞一个耍帅的动作发出惊喜的欢呼声时，会抬起眼皮扫一眼面前的场景，然后撇撇嘴，一副很不屑的神情。

镇长庄园里的私塾，照常上着课。青春活力的学生，在学校的操场上跑来跑去嬉戏着，欢歌笑语声不断地传出，引得庄园里养的家禽，不断地扑棱着翅膀飞起。远处的田地里，有着勤劳的人，正在种植着庄稼。

哈尼家的果园里，此时迎来了一年一度的大丰收。果树上，果实累累，黄澄澄的梨压弯了枝条；鲜红的大苹果紧紧地挨在一起，宛如一盏一盏沉甸甸的红灯笼挂在枝头；葡萄树上挂满了一串一串的葡萄，紫的晶莹剔透，宛如一颗颗光亮的宝石。

哈尼家请来的工人，手脚麻利地摘着成熟的果实，脸上带着丰收的喜悦，将一箱一箱的水果，从果园里抬了出来。

哈尼奶奶虽然已经年长，但是却在孙女哈尼和热心的小师妹的帮助下，不断地给工人备水。

一直忙碌到午后四五点，从清晨忙碌到现在的工人各自散开，哈尼奶奶亲自去洗了一些水果，放在院子的石桌上，笑眯眯地招呼着哈尼和小师妹吃。

哈尼虽然看起来每天无所事事，但她其实是一个网络作家，在腾讯文学的云起书院里发表小说。她看似性格内向，在外人面前沉默少言，可是在好友小师妹的面前，却是一个极其能言善辩的人。

此时的她手里拿着一个苹果，一边啃着，一边拿出手机刷新了一下自己正在连载的小说页面，然后对着小师妹晃了晃，有些兴奋地说："今天一天我最新发表的小说收藏竟然涨了四千。"

小师妹对小说收藏这些没有什么概念，在听到哈尼的话时，眨巴了两下眼睛，拿起一个葡萄，一边剥皮，一边问："那四千收藏是多少钱呢？"

哈尼说："收藏不是钱，我还没有上架呢！"

小师妹仍旧一头雾水,继续眨巴了两下眼睛:"上架又是什么意思?"

哈尼无奈地翻了翻白眼,觉得自己有点像是对牛弹琴,不过却还是给小师妹做了一个解释:"上架就是入V,然后就可以赚钱了。"

"喔。"小师妹似懂非懂地点了点头,然后突然间像是想起来什么,转过头望着哈尼,十分好奇地问,"那你这本书写了一个什么样的故事?"

一提起自己写的小说,哈尼整个人显得有些兴致勃勃。她的眼睛宛如放光了一样,对着小师妹开口说:"我这次写的是关于一个女作家和男糕点师的故事,男糕点师长得……"

哈尼说到这里,微微顿了顿,然后眉眼弯弯地继续说:"就和陈杰瑞一样英俊潇洒,男糕点师在美好的小镇上开了一家蛋糕房,每天都会很早开门,做出好看又好吃的蛋糕。男糕点师的蛋糕房装潢得特别有格调,女作家每天下午都会抱着笔记本去男糕点师的蛋糕房,找一个安静的角落坐下写东西,久而久之两个人就熟悉了起来……"

哈尼状态投入地讲述着自己要写的故事:"然后两个人在经历了这次的分歧之后,终于认识到彼此是自己生命之中最重要的存在,于是他们就鼓足勇气互表爱意,幸福地在小镇上生活了下去。"

说到这里,哈尼双手握着手机放在胸前,带着几分陶醉地闭着眼睛,弯着唇角,仿佛这样的美好故事是发生在自己身上一样,回味了良久,忍不住叹息了一声:"这真是太美妙了!"

小师妹有些受不了哈尼动不动就进入了幻想世界表现出来的痴迷模样,忍不住转开了头,结果却看到哈尼奶奶手中捧着一本书,神情有些低落地盯着天边通红的夕阳。

哈尼奶奶可能是在心不在焉地想些什么,手中的书没有抓住,一不小心便落在了地上。

小师妹眉心蹙了蹙,连忙弯身捡起书,递给了哈尼奶奶。

哈尼奶奶回神,递给小师妹一个笑容,伸出手接过了书,再一次抬起头，望向了天边的夕阳。

小师妹和哈尼关系好，所以也跟着哈尼喊奶奶，她有些疑惑地开口问："奶奶，你怎么看起来有点不开心？"

听到小师妹的话，哈尼从自己的幻想世界里清醒了过来，神情有些担忧地望着自己奶奶问："奶奶，出了什么事情吗？"

哈尼奶奶叹了一口气，将手中的书放在了石桌上："今天两个主要合作商的吴经理和张经理说好最晚五点之前来拉水果的，也不知道发生了什么事情，这都马上要六点了，他们还没到。"

哈尼望了一眼一旁被工人装箱的水果，开口说："奶奶，或许他们有点事情耽误了。"

"对呀。"小师妹跟着附和地点了点头，"实在不行，可以打个电话过去问问他们是怎么回事。"

虽然哈尼奶奶也觉得自己可能有点想太多了，可是她说不出来为什么，下午的时候，整个人的心底浮现了一股说不出来的不安。她听到哈尼和小师妹的话，点了点头，就跟着站起身，步伐有些蹒跚地走向了屋内，过了一会儿，就拿着一个电话本走了出来。哈尼奶奶坐在石凳上，戴上老花镜，翻了翻电话本，找到吴经理的电话，便拿着手机拨了过去。

电话响了三声，便被接听，哈尼奶奶和蔼地开口："吴经理吗？您今天不是来运水果？不知道几点能到？"

"哈尼奶奶吗？真巧，我正打算打电话给您，您就打电话过来了，真不好意思，我今天过不去了。"吴经理在电话的那一端说。

哈尼奶奶听到这句话，心底下意识地咯噔了一下："有什么事情被耽误了吗？那吴经理，您哪天能过来？水果都已经装好箱了。"

"这个……"电话那一端的吴经理，欲言又止，仿佛有什么话难以说出口一样，他顿了好大一会儿，才继续开口说，"哈尼奶奶，实话跟你说了吧，我刚刚那话的意思，是我可能以后都不会过去批发你们家的水果了。对于这个变故，我只能说很抱歉……哈尼奶奶，真的很不好意思，我还有事，就先挂了啊。"

说完，吴经理根本不给哈尼奶奶继续说话的机会，就直接切断了电话。

哈尼奶奶皱了皱眉，给吴经理再一次拨过去了一个电话，企图挽救一下这个客户，结果，电话里给的提醒，却是客服官方的声音："对不起，您所拨打的电话暂时不在服务区。"

哈尼奶奶听着电话里传出音调优雅的女声，脸色逐渐变得苍白了下去。

哈尼和小师妹虽然没有听到吴经理刚刚到底跟哈尼奶奶说了些什么，但是也已经隐约地感觉到此时的气氛有些不对，两个人对望了一眼，谁都没有开口说话。

过了良久，哈尼奶奶才继续低下头，去翻电话本，给张经理拨了一个电话过去，电话响了许久，都没有人接听。哈尼奶奶固执地继续拨，一连拨了好几个，电话终于被接听，但是电话另一端的张经理根本不给哈尼奶奶任何开口的机会，就扯着嗓音喊道："您好，请问您是谁？喂，您说什么？我听不到！真的不好意思，我这里信号不好，等会儿我再给您回过去吧。"然后电话再一次被人"咔嚓"一声撂断。

哈尼奶奶握着手机，听着电话里嘟嘟嘟的声音，半天都没有任何的反应。

哈尼奶奶不是傻子，虽然张经理嘴里说他那里信号不好，但是她知道，张经理之所以那样说不过是为了躲避她，她若是此时再将电话打过去，铁定是和吴经理一样，都是关机的状态。

她怎么也想不明白，是发生了什么事情，一天之间，连续两个大合作商都跟她取消了合作。

水果这种东西，和其他的东西并不一样，不能长久保存，所以都是在成熟之前就联系好合作商，为的就是一成熟，赶紧运到各大市场上去销售。

这两个合作商，订货量足足占了果园的百分之四十，他们临时违约,就算是提前给了订金,但是在短时间之内,这百分之四十的水果如果找不到好的销售源,那么损失不知道高于订金多少倍!

更何况,果园今年换了一批新的果树,那些买果树的钱,还是在银行贷的款,原本是要靠着这期水果销售出去,赚的钱还贷的,还有工人的工资……

哈尼奶奶想到这里,心情变得越发沉重。

小师妹和哈尼看到哈尼奶奶举着手机半天都没反应,两个人心底更加担忧。小师妹忍不住小心翼翼地开口,喊了一声"奶奶",然后谨慎地说:"发生了什么事情吗?"

哈尼奶奶听到小师妹的话,回过神来。

果园发生这样的事情,她心底不是不忐忑沉重,但是她却不想让哈尼也跟着心底不安。

虽然少了两个合作商,的确问题很棘手,但是毕竟还有其他的合作商,而且今晚她还可以联系其他的合作商,看看能不能在最短的时间内,为吴经理和张经理原本要运走的水果找到新的销售渠道。

哈尼奶奶想到这里,先将仍旧举着手机的胳膊垂了下来,然后看了一眼用紧张担忧的眼光望着自己的孙女哈尼,勉强地笑了笑,故作轻松地说:"没什么事情,吴经理和张经理今天有事,他们说明天再过来。"

哈尼奶奶怕哈尼和小师妹看出来破绽,继续追问,在说完那段话之后,就扶着石桌站起身,说:"你们在果园里忙了一天也累了,奶奶现在去给你们做好吃的。"

小师妹在哈尼的家里吃过晚饭,才回到自己家。

家里很安静,镇长爷爷的书房里亮着灯,保姆张妈端着一杯茶,朝书房走。

小师妹想到自己有两天都没有见到忙碌的爷爷了,想了一下,对着保姆开口说:"张妈,我来给爷爷送过去吧。"

张妈听到小师妹主动去给镇长爷爷送茶，忍不住眉开眼笑地夸赞了一句小师妹懂事，然后就将茶杯递给了小师妹，还不忘记嘱咐小师妹小心点，别烫伤了自己。

小师妹娇憨地笑了笑，端着茶杯，冲着书房走去。她站在书房门口，正准备敲门的时候，门却被人从里拉开，小师妹以为是爷爷，一边抬起头，一边嘴里跟着开口喊道："爷……"

小师妹只是喊了一个字，便在看到自己面前站着的人时，口中接下来要说的话，就顿在了咽喉处。

小志今晚来找镇长爷爷是为了小镇上的一些日常事情。两个人其实早在半个小时之前，就将所有的事情谈妥了，只是小师妹还没回家，于是他便找了其他的借口，跟镇长爷爷继续聊着。一直到他看到镇长爷爷书房墙壁上的时钟接近晚上九点钟，才有些不放心地跟镇长爷爷告别，想要去寻找一下小师妹，谁知，一拉开书房的门，竟然就看到了小师妹。

细算起来，从上一次她主动来找他，结果却因为他对她过于冷淡，而沉着脸离开之后，他和她大概也有两周没见面了。

在这两周里，他不是不想念她，也不是没想过见她，可是一想到她妈妈在她生日的那一晚，对他说的话，他便将自己的念头硬生生地压了下去。

此时，猝不及防地就这般和她撞了个正面。小志望着小师妹，整个人有着片刻的怔忡。

小师妹在望见小志的那一刹那，心底瞬间浮现上了一层喜悦。她的唇角下意识地勾起了一抹笑容，开口想要喊小志的名字，可是在想到小志前一阵子莫名其妙对自己的冷淡，于是便猛地将嘴里的话吞回了肚子里，盯着小志，等着他主动跟自己开口。

只要他开口，她便可以不计较他对她的那些疏离。

小志只是恍神了片刻，便恢复了理智。他将心底万千翻滚的情绪硬生生地压了下去，脸上挂着一贯温和的笑容，冲着小师妹微微点了一下头，什么也没说，便擦过小师妹的身，大步流星地离开。

小师妹双手下意识地抓紧了茶杯，她完全感觉到里面茶水泛出来的热意，猛地转过头，望向了小志的背影。她张了张口，想要喊住小志，最后还是傲娇地闭上了嘴，向着书房里走去。

小志一直快步地走出了镇长爷爷的家，脚步才停了下来。他站在一盏路灯下，想着在自己从小师妹身边擦身而过的那一刹那：小师妹眼底明亮的光彩一瞬间变成了错愕，手下意识地就握成了拳头。

小师妹对他的心思，他是知道的，只是，小师妹的妈妈说的那些话没有错，小师妹出身富贵宛如公主，而他只是一个孤儿，公主终究是要配王子的，他们两个不是一个世界的人。

尽管此时的他，一直努力地悄悄地将他们之间的美好，化作一个游戏，想要企图靠着那个游戏，让自己变得优秀，美好，然后幻想着到那个时候，自己可以和小师妹并肩而立地站在一起。

可是，那毕竟只是他一厢情愿的幻想，他并不确定自己到底能不能成功，在没有成功之前，他想，他还是不要给小师妹过多的希望好。

毕竟，希望越大，投入越深，未来伤害就越狠。

想到这里，小志狠狠地吞咽了两口唾沫，用力地抿了抿唇，然后才继续迈着步子，冲着自己住的地方走去。

路灯昏黄的光，将小志挺拔的身躯投在地上的影子拉得长长的，泛着一丝寂寥的味道。

古老的欧式落地钟发出叮咚叮咚沉闷的响声，提醒着小师妹此时已经是深夜十二点。

可是，躺在床上的小师妹却没有半点困意。

她脑海里浮现的都是晚上自己在爷爷的书房门口，遇见小志的场景。

虽然小志的确是主动跟她打了招呼，面带微笑，看起来温文尔雅。

可是，从小和小志一起长大的她，心里再清楚不过小志脸上的笑，什么是真心的，什么是客套的。

而今晚，小志给她的那个笑，是再疏离不过的笑。

甚至，他连她的名字都没有喊，便离开。

小师妹想到这里，忍不住在心底暗暗地骂了一句"死小志"，然后翻了个身，抱着被子，望着墙壁上散发着淡淡黄色光芒的睡眠灯，表情变得略微有些哀伤。

她和小志明明前不久还很好，怎么一夜之间，小志就突然间对她冷淡了起来？

小师妹想着想着，有些沉不住气地拿起了自己的手机，想要给小志打个电话，质问他原因，可是刚刚找到了小志的电话，小师妹就想到前不久，自己满心欢喜地去找他时，被他面无表情冷淡着语气拒绝的场景，小师妹狠狠地抿了抿唇，握着手机的手，忍不住垂了下去。

她才不要总是拿着热脸去贴小志的冷屁股！

他不理她，她也绝对不会去理他的！

小师妹一边心底暗暗地傲娇着，一边又觉得更加心烦意乱，索性就扔掉手机，直接拉起被子，蒙住了脑袋，想要强迫自己入睡，只是她闭上眼睛还没一分钟，被她扔在地毯上的手机，响了起来。

这么晚，谁给她打电话？

小师妹随即脑海里便浮现了小志的身影，小师妹想也没想地掀开被子，跳下了床，捡起手机，结果却看到屏幕上显示的是"哈尼"的名字。

小师妹的脸上划过了一层失落，她撇了撇嘴，过了两秒钟，才伸出手接听了电话。

小师妹还没来得及开口说话，哈尼带着哭腔的声音，便从电话的另一端钻入了她的耳中："小师妹，我奶奶昏倒了，住院了。"

医院的长廊，有窗子没关，深夜的风，夹杂着果香，悠悠地吹了进来，带着一丝凉意。

尽头的病房里，小镇上的医生夏奶奶已经检查完了哈尼奶奶的身体，正拿着针管，配制输液的药。

一旁的哈尼抬起手，不断地擦着眼角的泪水，嘴里带着几分哽咽地说："小师妹，我奶奶不会有事吧？"

小师妹拥着哈尼，安慰着她："不会的，有夏奶奶在，奶奶会好的。"

小师妹说完，为了增加说服力一样，对着夏奶奶求证地开口："夏奶奶，我说得对吧？"

夏奶奶点点头，语气慈爱地对着哈尼说："哈尼不用担心，你奶奶没事的，只是受了刺激，血压一高，昏了过去。"

"刺激？"小师妹好奇地扭过头，望着哈尼，"什么刺激？"

哈尼脸上的神情，变得更加低沉："奶奶怕今天摘的水果放的时间久了溃烂，所以就给其他的经销商打电话，想要让他们提前两天来果园拉水果，可是不知道到底是怎么一回事，那些合作商竟然全部毁约了，说不要我们家的水果了。奶奶跟他们好声好气地求了半天，他们执意如此，然后奶奶一受刺激，就昏了过去。"

正在给哈尼奶奶扎针的夏奶奶，听到这一段话，手下意识地顿了一下，脸上的神情变得有些严肃，仿佛是猜想到了什么。

"小师妹，那么多水果都成熟了，根本放不了多久，现在完全没有销路，果园贷了银行的款，这个月要还的，奶奶现在又昏倒了，我该怎么办？"哈尼说着，眼角又有泪水滚落了下来。

小师妹也感觉到了事态的严重，可是她看着六神无主的哈尼，却还是勉强地打起精神，乐观地出声安慰哈尼："哈尼，那些经销商不要，我们可以联系新的经销商啊，对吧，夏奶奶？"

小师妹习惯性地再一次向夏奶奶求证。

夏奶奶给哈尼奶奶挂好了吊水，听到小师妹的话，面色有些难看地轻轻点了点头。

"夏奶奶，你不舒服吗？怎么脸色这么苍白？"小师妹蹙着眉，关心地问。

夏奶奶摇了摇头,勉强地扯了个笑容:"我没事,我就是有点累了,我先去休息,有什么事你们喊我。"

与此同时。

刚刚参加完饭局的金灿灿,乘坐着房车,缓缓地抵达了自己的别墅。

金灿灿的别墅,装潢富丽堂皇。

院落的正中间,还建造了一个音乐喷泉,正中央是一个女神的石像,雕刻得栩栩如生,院落的栅栏边,栽满了蔷薇花,此时开得正好,花香四溢。

在院落的左侧,是一大片的草坪,上面还放着打高尔夫球的设备。

车子抵达了别墅的正门口,金灿灿的助理率先推开车门下了车,金灿灿披着蓝色的外套,踩着同色系的高跟鞋,举止优雅地也下了车。

等到助理关了车门,司机便将车子开向了车库,金灿灿则带着自己的助理,冲着用人已经提前打开的屋门走了进去。

金灿灿站在玄关处换鞋的时候,看到阿闲的拖鞋,忍不住出声问:"阿闲呢?又没在家?"

"小少爷自从上次去了小镇,到现在都还没回来过。"用人小心翼翼地回答。

金灿灿的眼神立刻冷了下去。

跟随了金灿灿很多年的助理立刻识趣地开口:"金总,需不需要我派人将小少爷从小镇上带回来。"

"不必了。"金灿灿脱掉外套,扔给了一旁站着的用人,然后指着另一个用人说,"给我倒杯红酒。"

随后就迈着款款的步子,冲着金碧辉煌的客厅走去,然后慵懒地坐在了沙发上,对着助理继续开口说:"最近这段时间,我要忙着处理小镇地皮收购的事情,暂且没有时间管阿闲。他喜欢在小镇上住着

115

就让他住着吧，不过记住，时刻安排人盯着他，不要让他有危险和受委屈。"

"知道了，金总。"助理恭敬地回道。

金灿灿点了点头，没有再围绕着阿闲继续开口，而是接过了用人递上来的红酒，慢条斯理地摇晃了两下，然后抬起头，扫了一眼自己的助理，问："果园的事情，进展得怎么样了？"

"果园的事情，已经完全处理好了，所有的运营商都已经跟哈尼家取消了合作，只是……"助理微微顿了一下，才继续说，"根据刚刚我们安排在小镇上的人回信，哈尼奶奶因为接受不了这个刺激，昏倒住院了。金总，我们这样，该不会闹出人命吧？"

"哦？"金灿灿在听到哈尼奶奶住院这句话的时候，眉心微微蹙了蹙，心底浮现了一丝担忧，随后她想到小镇上的夏奶奶，然后就自嘲地笑了笑，端起酒杯，一饮而尽，才开口说，"放心吧，小镇有神医夏女士在，怎么可能会闹出人命？夏女士救外人，一向都是高水准，简直可以起死回生！"

助理听得出金灿灿话语里的嘲讽，整个人变得越发谨慎小心，沉默着点了点头，没有说话，担心开口说错了什么。

过了约莫三分钟，金灿灿才举起红酒杯冲着一旁站着的用人示意了一下，用人立刻给金灿灿又倒了一杯酒。金灿灿对着助理挥了挥手："时间也不早了，你早点回去休息吧，剩下的事情我来办。"

"是，金总。"

等到助理离去，金灿灿端着酒杯顿了一会儿，然后放下酒杯，摸出来自己的电话，拨打了出去。

哈尼奶奶的病房里，哈尼坐在床边，没有丝毫困意地守护着奶奶，小师妹担心哈尼也担心哈尼奶奶，所以便坐在一旁安静地陪着。

输液管里的药液，顺着哈尼奶奶的手腕，流淌进了她的身体里。

病房里一片安静。

过了不知道多久，哈尼的手机突然间响了起来。

哈尼急忙掏出了手机，却看到屏幕上显示的是一串陌生的数字，她和小师妹先是对望了一眼，然后才接听："喂，您好，请问您……"

"哈尼小姐，你好。"电话那一端的人根本不等哈尼话音落定，便抢先一步地问好，然后继续开口自报家门，"我是金灿灿。"

金灿灿？

晟世地产公司的总裁。

她打电话来做什么？

哈尼和小师妹再一次互相对望了一眼，两个人的眼底，都闪现了一层错愕和震撼。

金灿灿向来雷厉风行惯了，她自报家门之后，根本不给哈尼任何消化的时间，便将自己打这个电话的来意开门见山干脆利索地抛了出来："我打电话来，只有一件事，那就是果园地皮的收购，哈尼小姐，你开个价吧。"

关于金灿灿想要收购小镇地皮的事情，哈尼是从奶奶那里听到过一些风声的，她知道果园对于奶奶来说，是比生命更重要的存在，所以哈尼想也没有想地便对金灿灿语气有些坚决地开口说："金总，我想上次奶奶对您表达的意思很清楚，无论如何，果园的地皮都不会卖的。"

"哦？"电话另一端的金灿灿在听到这句话的时候，勾着红红的唇轻笑了一声，她抬起手，欣赏着自己今天涂抹的金色指甲，不紧不慢地开口说，"据我所知，现在应该你们的水果没有销路，你的奶奶也因为刺激过重住了医院，你们还贷了银行一笔资金这个月等着还，哈尼小姐……你确定你真的这么肯定，你的果园不卖吗？"

哈尼握着手机的力度，缓缓地加重，她用力地抿了抿唇，半天，才对着电话里挤出了一句："你怎么知道我们家的情况？"

金灿灿抠了抠自己的指甲，完全没有要遮掩自己是用了不正规手段的意思："我说过,这个世界上,只要是我金灿灿想要做的事情,没有不能成功的。"

哈尼脸上的神情,一瞬间变得有些愤怒。难怪一夜之间,他们家果园的合作商诡异地集体取消了合作,原来是因为金灿灿从中作梗!

因为愤怒,哈尼的胸口变得有些起伏,语气也跟着有些不稳了起来:"金灿灿,你可真够卑鄙的!"

面对哈尼的斥骂,金灿灿没有半点恼怒的意思,反而脸上的笑容变得越发灿烂,开口说话的语气,也跟着变得更加轻柔悦耳:"哈尼小姐,我理解你的愤怒,但是有的时候,愤怒是不能解决问题的,我希望你在愤怒的同时,可以想一下,你们果园里那些成熟的水果,过几天的下场。它们会因为销售不出去开始慢慢地腐烂,然后导致你们欠银行的钱无法偿还,到那个时候,银行恐怕会把你们果园的地皮收走,然后拍卖……"

金灿灿说到这里,像是想到什么一样,对着电话咯咯地笑了两声:"我现在之所以打电话来,不过是为了给你一个可以把果园卖高价的机会。如果你不珍惜这个机会,我也无所谓,大不了我等着银行拍卖的时候,将果园竞拍回来就是了。只不过,到了那个时候,恐怕果园拍卖出来的钱,也到不了你们的手上,啧啧啧……那可真是赔了夫人又折兵!"

哈尼听着电话里金灿灿气定神闲的话语,气得七窍生烟,眼底都跟着浮现了一层雾气:"金灿灿,你迟早会遭到报应的!"

金灿灿此时已经将自己想说的都说完,她完全没了耐心和哈尼继续纠缠下去,直接无视掉哈尼的怒骂,对着电话里的声音变成了一贯命令干脆的声调:"哈尼小姐,我打这个电话过来,不过就是为了给你一条很美好的后路可走。七天,我给你七天的时间,如果你不给我答复,那么,我相信,你们果园最后的结局,肯定是刚刚我说的那种情况。"

愤怒的哈尼对着电话里的金灿灿咬牙切齿地喊道:"你放心,就算是我们无路可走，真的到了必须卖掉果园的地步，我也不会将果园卖给你！"

"哈尼小姐，那我们就走着瞧，看看你的果园最后会落在谁的手里，要知道，我既然能让所有的人都不买你们家的水果，我就可以让所有的人都不敢收购你的果园！记住，我只给你七天的考虑时间，否则你就等着果园地皮被银行收走拍卖吧！"随即，电话便被金灿灿"咔嚓"一声撂断。

夏奶奶从哈尼奶奶的病房里出来，回到自己医院的办公室里，便开始发起了呆。

她在病房里听到哈尼说，一夜之间果园的合作商莫名其妙都取消了和他们合作的时候，她便感觉到了事情有些蹊跷。

哈尼奶奶种植出来的水果，销售价格一向偏低，而且那些合作商都是好几十年的老客户，即使真的出现了一家两家的意外，也不至于全部取消了和他们的合作。

那么只有一个情况，就是有人从中间动了手脚。

而这个动手脚的人……她想来想去，便只能想到……对小镇地皮虎视眈眈的晟世地产公司的老总，她的女儿金灿灿！

对于整个小镇来说，金灿灿那一次的到来，或许是一场噩梦，但是对于夏奶奶来说，却是一件让她激动欣喜的事情。

作为金灿灿的亲生母亲，夏奶奶看到多年失去联系的金灿灿时，那种激动和喜悦，实在难以用言语形容。

天知道，那一天在镇政府门口与金灿灿相遇的那一瞬间，她的内心荡起了多大的波澜。

即使过了这么多天，夏奶奶却依旧能够回想起来那一天她看见金灿灿的场景。

她穿着剪裁得体、用料精致的红色职业套装，一头浓密的头发染成高调的紫色。在阳光下，精致闪亮的钻石耳环与发色交融，发出耀眼的光芒，涂着颜色鲜艳的亮红色唇彩，拎着全球限量定制的手提包，指甲涂的是跟唇色同样殷红的亮油指甲油，娇艳欲滴，十二公分高的黑色高跟鞋，让她在一众人里鹤立鸡群、高高在上。

她真的无法相信，那个充满女王气势、浑身充斥着疏离高冷气息的金灿灿，就是她心心念念，挂在心尖上的女儿。

只是，这么多年过去了，金灿灿不再是夏奶奶印象中小时候那个乖巧安静的小女孩，她长大了，长成了一个让夏奶奶觉得非常陌生，却又无比牵挂的——最熟悉的陌生人。

那一天，她与金灿灿对视时，她从金灿灿冷静淡漠的眼神中捕捉到的情绪，竟然是怨责与疏离，甚至还有一丝仇恨。

是的，是仇恨。

其实她知道，她的女儿金灿灿能变成现如今的这个样子，她是有很大的责任的。

若不是当年她和自己的丈夫，太过于关注事业，把关爱都留给了第三世界那些更需要关心和救治的孩子，或许她和自己的女儿金灿灿便不会产生这么深的隔阂。

说来也真是可笑，她这一生，得到过很多的赞赏和感谢，可是却让自己的亲生女儿深深地憎恨上了。

夏奶奶想到这里，忍不住自嘲地笑了一下，然后想到哈尼家的遭遇，最终却还是叹了一口气，拿起了手机，给金灿灿拨打了一个电话过去。

金灿灿挂断哈尼的电话时，顺眼看了一眼手机屏幕上的时间，已经将近于凌晨一点。

金灿灿想到明早上午公司里还有一个会议，便将杯中剩下的红酒一饮而尽，然后就拿着手机，站起身，冲着楼上走去。

金灿灿回到卧室，脱掉衣服，去浴室里泡了一个舒服的热水澡，驱除掉一身的疲倦，慵懒地从浴室里出来。她坐在梳妆台上，正准备拿出护肤品护肤的时候，被她随手放在床上的手机响了起来。

金灿灿站起身，双手在脸上搽着面霜，走到了床边，低下头，看了一眼来电显示，她的神情，瞬间冰冷到了极致，连带着她手上，都跟着静止不动。

手机的屏幕，忽明忽暗，"夏女士"这三个字不断地钻入了她的眼中。

金灿灿盯着屏幕看了许久，才吞咽了一口唾沫，仿佛根本没有看到这个来电一样，转身冲着梳妆台走去。

她坐在梳妆台前，继续着下一步的护肤，床上的手机，来电铃声停止，再次响起，在偌大的卧室里，反复循环着。

她却仿佛根本没有听见一样，和曾经无数个夜晚一样，优雅而又慢条斯理地护理着自己这张脸，只是她端坐的后背，却逐渐变得有些僵硬。

在她的手机第五次响起的时候，她终于有些受不了地抬起手，将自己的面膜从脸上猛地扯下，站起身，走到床边，拿起手机，用力地握紧，过了好大一会儿，才接听，对着电话里，语调有些冷地"喂"了一声。

"灿灿，你终于肯接妈妈电话了。"

金灿灿明知道夏奶奶看不到自己此时的样子，可是她却高昂着自己的下巴，一副高傲而又冷艳的样子，面对着夏奶奶的话，沉默不语。

夏奶奶在电话的那一端顿了一会儿，然后又开口说："灿灿，都这么晚了，你还没睡吗？要注意身体。"

电话那端夏奶奶的语气，听起来温柔而又慈爱，仿佛是真心实意地在关心她一般。

金灿灿整个人略显得有些恍惚，总觉得这恍如是自己多年以来心底一直渴望的梦。

她握着手机的手，微微抖了抖，原本冰冷的语调，微微缓了缓："这么晚，找我有什么事吗？"

小镇情缘 上

夏奶奶在电话里沉默了好大一会儿，然后开口问："灿灿，哈尼家果园的事情，你听说了吗？"

原来她这么晚来打电话，不是关心她，而是为了别人啊……其实她早就该知道的，不是吗？她的母亲永远都是为了别人来忽视她这个女儿的存在！

她的母亲总是有办法，让她难堪。

金灿灿觉得自己刚刚因为夏奶奶的一句关心，心底萌生出来的那一丝柔软是那样的可笑，为了掩饰自己心底的狼狈，金灿灿习惯性针锋相对地开了口："夏女士，什么时候您说话也这么婉转了？您其实想问的，应该是，哈尼家果园的事，是不是我做的吧？既然您心里有答案了，为什么还来问我？"

"灿灿，妈妈问你，是因为妈妈不相信……"

"不相信我会做出那样丧尽天良的事情吗？"金灿灿根本不等夏奶奶将话说完，就径自地接过了她的后半句话，语调轻嘲地说："夏女士，还真让你失望了，哈尼家果园的事情，的确是我的意思，我就是要逼着他们把地皮卖给我。"

"灿灿，那是哈尼奶奶一生最心爱的东西，你知不知道哈尼奶奶已经被这事情打击得住院了？难不成你还真想着逼死哈尼奶奶吗？"

终于露出本性了，不是吗？从小到大，不管她做什么，她总是不满意，金灿灿赌气地口是心非地放着狠话："我倒是想要逼死她，她死了，地皮我收购起来更容易。只可惜，你这个大好人不会让她死，不是吗？"

"灿灿，你就非要这么固执地收购小镇的地皮，不顾别人的痛苦，来建生态旅游区吗？难道赚钱，就真的比家乡的亲朋好友来得还要重要吗？"

"你怎么知道我建立生态旅游区就是给他们痛苦？你怎么就不知道我带给他们的会是一个全新的世界？要知道现在旅游行业是很热门的一个行业，只要生态旅游区建好，全世界的人都会来小镇观光。到那个时候，不单单是我可以赚更多的钱，他们也可以赚更多的钱，说不准那个时候，他们都会感谢我。"

"灿灿，你怎么确定钱就是他们想要的？"

"夏女士，你又怎么确定，他们不想要钱？"

"灿灿，你要知道，钱并不能代表一切，这个世界上有很多东西，是钱不能换来的。"

"那只是你的观念。对于我来说，钱就是这个世界上最重要的东西，我什么都可以不要，但是唯独不能不要钱，因为只要我有钱，我就可以拥有一切！"

"灿灿，妈妈给你打这个电话，不是为了和你吵架，妈妈是在关心你，怕你一错再错。"

夏奶奶的话，说得十足诚恳，可是落入金灿灿的耳中，却只是让她觉得假情假意。她开口的声调，带着十足的不屑："关心我？夏女士，对不起，我不需要你的关心。如果你打这个电话是试图说服我的话，那么我可以明确地告诉你，夏女士，你最好收起你的念头吧，我金灿灿执意要做的事情，绝对会坚持到底！"

金灿灿一口气说完这段长长的话，然后深吸了一口气，继续说："时间不早了，我要休息了！"

然后就恶狠狠地切断了电话。

又一次和夏奶奶的意见不合，产生了争吵，又一次她以伶牙俐齿毒舌的话语，击败了夏奶奶。

可是，不管她战胜了夏奶奶多少次，她却始终没有一点胜利的快感，甚至，她的心底，有的却是无法言语的浓重疼痛。

她的父母作为国际医生，经常试图让金灿灿理解他们所作所为的崇高和意义，为支援第三世界国家的苦难儿童；为世界、为和平的伟大理念，金灿灿根本无法理解，而且十分不认同。

她不明白为什么父母愿意为那些根本不认识的人奉献那么多，而自己作为亲生女儿却得不到应有的关爱。

她永远都忘不掉,自己的童年,过得有多孤独。

那么多孤单辛苦的日子,都是她一个人咬牙坚强熬过来的;那么多假期,都是自己独守着一个空荡荡的房子认真学习,发奋读书,拼命取得优异的成绩,只为了证实自己。

一到了暑假、寒假、圣诞节、春节,各种特殊的、重要的节日、假日,别的孩子都回家了,她却依然一个人留在学校,或者一个人留在家中,所以被同学们嘲笑为没有家的孩子。

那些来自孩子们无心却最真实的耻笑和孤立,却让金灿灿无比坚强地全部吸收下去,转化成为前进的动力。

为摆脱同学们的歧视与排挤,她发奋读书,成绩永远是第一。为了让自己不那么在意孤孤单单一个人的失落,没有安全感的负面情绪,她选择了把自己放在知识的海洋里,像海绵一样,吸收着所有能让她成长、变强大的能量。

她以为这样,她的父母会多关注她一切,同学们也会和她更友好一些,可是她没想到,她那样的努力,换来的却是同学们的更多敌意。

不管她怎样做,她都得不到认可。

她为了保护自己,学会用恶毒、冰冷的言语来令对方难受,刺痛对方。

没有人知道,她用言语伤害别人的时候,其实也在伤害自己。

越是如此,她的身边越是连一个朋友都没有。

直到后来,她进入晟世地产公司,她发现当自己位置爬得越来越高,拥有的金钱越来越多的时候,她身边围绕的人也跟着逐渐地增多。

虽然她明白那些都是建立在金钱的基础上才拥有的,可是总比曾经她拥有的那个苍白而又孤独的世界好。

所以,她为了不让自己再回到那个苍白孤独的世界里,为了金钱,不断往上爬,与晟世的次子成婚,并诞下晟世财团唯一的继承人阿闲。

她原本以为,自己的人生,终于变得美好,可是谁知,阿闲爸爸却突然去世。

每当想起这些令她不堪回首的往事，就算过了这么多年，她刻意和夏奶奶断绝联系，对父母的怨念也并没有随着时间的推移而减少半分，反而越来越强烈。

就因为从小到大，她缺少父母的爱，所以在她有了阿闲之后，就全力支持阿闲的一切爱好，无论是否合理。

阿闲想要一架钢琴。她就托人找到大师，定制了最顶级昂贵的手工制作钢琴。

阿闲刚对电吉他感兴趣，想要买把电吉他。她就买了3把不同的、拥有顶级音质、造型各异的电吉他，放在了阿闲卧室里。

阿闲想要一个录音棚玩音乐，录制一些喜欢的歌曲。她就马上安排人，打造了一个顶级录音棚，里面所有的设施，都是现今最高端、最优质的设备，只为了阿闲开心、高兴。

只要阿闲有了什么愿望，金灿灿愿意不顾一切，达成阿闲所有的愿望。

这是在她的世界观认知里，对儿子最好的关爱和呵护。

什么都给与儿子最好的、满足儿子一切的需求，这是金灿灿从怀上阿闲的那一刻，就对自己立下的重誓。

金灿灿不想让阿闲跟自己小时候一样，缺少父母关爱，孤单寂寞，没有朋友，更没有家人。

听着金灿灿挂断的电话里传来的忙音，夏奶奶略微有些恍神，良久，她才拿起一旁的酒精消毒湿巾，认真地给自己刚刚拿过手机的手，消了一遍毒。

夏奶奶搽得很认真，仿佛是将自己的双手当做人世间最珍贵的珠宝在呵护一般。

等到她将手彻彻底底地消完毒，她才将双手举到了自己的面前，盯着被岁月侵蚀的苍老皮肤，夏奶奶情不自禁地想起了在国际救援遇上动乱死去的金爷爷。

那个时候，她和金爷爷同时都受了重伤，当时她一度以为自己是活不下去了，是金爷爷在一片废墟之中不断地和她讲话，给她鼓励，让她坚强地和生命做着抗争，然后迎来了救援团队。

只是，在最后抢救的时候，金爷爷却因为失血过多，无力回天。

金爷爷这一生的梦想，就是带给这个世界美好，所以在他临死之前，他委托了自己的好友，将他的眼角膜，心脏，还有这双手移植给了她。

她明白金爷爷的用意，他想让她带着他的爱活下去，用他的眼睛看这美好的世界，用心去感受这美好的世界，同时也用他移植给她的这双手改造这个世界。

所以，在她的心底，爱与奉献，是她对这个世界最美好的认识。

只是她的这些念头，落在了金灿灿的眼中，便是虚情假意的惺惺作态！

夏奶奶想到刚刚电话里，金灿灿宛如对生死仇敌一样的语气，无奈地长叹了一口气，然后用左手抚摸着右手，仿佛看见了金爷爷一般，开口说："我一直以为灿灿终有一天会理解我们的，我相信那个善良上进的好孩子，应该可以理解我们老两口的追求和抱负的。但是我错了，我们都错了，当年我们对她的疏忽，对她造成莫大的伤害。如今她依然无法释怀，我要怎么做，才能修复我们母女之间产生的隔阂？"

她承认早年她的确太专注于自己和金爷爷的梦想，把关爱留给了第三世界那些更需要关心和救治的孩子，疏忽了金灿灿，可是，她却从未想到，当初她和金爷爷的那些无心之举，竟然会给金灿灿带来这么深的负面影响。

夏奶奶的神情愣怔了一会儿，随后再次开了口，说话的声音像是发誓，更像是在鼓励自己，不要放弃："不过你放心，我是不会放弃的。因为我知道，我们的女儿其实并不坏的，她只是缺少爱和安全感，不管怎样，我都会用最包容的姿态，来改变我们的女儿，让她知道，这个世界，其实还有很多更美好的存在。"

夏奶奶对着双手自言自语到这里，唇角微微地弯了起来，泛起了一丝浅淡的笑容。

医院，哈尼奶奶的病房里。

金灿灿挂断电话良久，哈尼一句话也不说，只是愣愣地盯着床上打着吊针的奶奶。

小师妹坐在哈尼的身边，看着她这副模样，整个人显得六神无主，忍不住出声轻声地询问："哈尼，到底怎么了？"

哈尼没有反应，眼睛眨都没有眨动一下。

小师妹推了推哈尼："哈尼？"

哈尼才猛地回神，盯着小师妹"啊"了一声，随后脑海里才将金灿灿刚刚说给自己的话，再次回味了一遍，她的双手开始发起了抖，她都还没来得及开口说话，眼底却率先一步红了起来。

小师妹和哈尼，从小一起长大，两个人的关系，向来很好，就连彼此的心事，都是相互分享的，所以小师妹在看到哈尼仿佛快要哭出来的样子时，整个人的心底越发地担忧。她伸出手，轻轻地拍了拍哈尼的后背："哈尼，你有什么烦恼的事，告诉我，我会不顾一切地帮助你的。"

哈尼因为小师妹的话，眼底的眼泪再也承受不住地滚落了下来："小师妹，我们家果园的那些合作商之所以取消和我们的合作，是因为晟世地产公司的总裁金灿灿，是她想要我们家果园的地皮，所以才在背后使用了这些见不得光的手段，害得我们家成熟的水果无法销售。"

"小师妹，你是知道的，我们家今年种植新果树的时候，贷了银行一大笔资金，全部指望着这次水果成熟销售出去之后偿还的，如果金灿灿这么从中作梗，水果迟早都会溃烂的，到时候就算是找到了经销商，也无济于事了。我奶奶现在还昏倒进了医院，而我除了会幻想一些异想天开的故事之外，其他的什么都不会……

小镇情缘 上

"金灿灿做的这些事情,我都还不知道怎么告诉奶奶,果园是我奶奶一生最爱护的东西,她看得比自己的生命还重要。当初我爸爸妈妈想要接我奶奶去城里享清福,奶奶死活不肯,非要留在小镇上,守护着这一片果园,除了这个果园是奶奶和爷爷爱情的见证之外,还有一个原因,那就是我的爷爷死的时候,就埋葬在这片果园里。奶奶就算是死,都不会卖掉果园的,可是金灿灿却这么不择手段地逼迫,若是我们水果卖不出去,无法偿还贷款,果园迟早是会被银行收走的!"

哈尼虽然从小和奶奶生活在一起,可是却从未经历过这么大的变故,她越想,越觉得无助,到了最后直接轻轻地抽泣了起来:"如果真的到了那个地步,奶奶知道自己这一生的心血都没了,她肯定会承受不住这个打击的……小师妹,我现在真的不知道该怎么办,我真的好怕……"

小师妹因为哈尼的难过,也跟着变得有些难过,她想要安慰哈尼,却又不知道该从何开口,最后只是用力地抱着哈尼,想要给她一点安抚。

哈尼趴在小师妹的肩膀上哭了许久,才安静了下来,病房里很安静,小师妹侧头望了望眼眶红红的哈尼,又看了看床上打着吊针的哈尼奶奶,她的心底充满了心疼又愤怒的复杂情绪。

她向来就是一个热心的人,这是镇长爷爷从小教给她的,她是真的很想帮助哈尼和哈尼奶奶,但是她也不过是一个和哈尼差不多大的孩子,根本不知道该如何帮助,想来想去,最后小师妹就习惯性地想到了小志。

那个在她记忆里,从小到大,不管她闯了什么麻烦,做错了什么事,总是会在她需要的时候,就第一时间出现在她的身边,帮她解决掉一切烦恼的小志。

他就像是她生命里无所不能的存在。

小师妹下意识地伸出手,想要去掏自己的手机,可是她想到小志这段时间对她的冷淡和漠视,她的举动又微微顿住,她明明说好的,小志不主动联系她，她是绝对不会主动联系小志的！

可是转过头，却是哈尼哭得红肿的眼睛。

小师妹用力地抿了抿唇，内心挣扎了许久，最后还是轻轻地将哈尼从自己的怀中拉了出来："我去打个电话。"

小师妹等到哈尼点头，便拿着手机走出了病房。

医院的楼道，很安静，深夜的风透过窗子不断地灌了进来，带着一丝丝的冷意。

小师妹站在窗前，望着窗外昏黄的路灯，深吸了一口气，拿起手机，给小志拨了一个电话过去。

此时的小志，还未入睡。

他原本从镇长爷爷的庄园里回到家，洗了个澡，打开电脑，准备继续写自己的程序，可是不知道是不是晚上遇见小师妹的缘故，他却怎么也静不下心来，以至于在写完代码，去测试的时候，发现出现了一些小的问题。他将自己的程序从头到尾过了一遍，却因为心不在焉，多次走神，始终没能找出问题的所在，以至于到了最后，他的心情变得越发浮躁了起来，就在他扔掉鼠标，准备站起身在阳台上透透气的时候，手机却突然间响了起来。

小志眉心蹙了蹙，伸出手从桌面上拿起手机，扫了一眼屏幕，看到"小师妹"这三个字，手指微微抖了抖，然后扫了一眼时间，都凌晨两点钟了。她怎么还没睡？是出了什么事吗？

小志急急忙忙接听电话，完全忘掉了自己这段时间对小师妹刻意的疏离和冷淡，对着电话语调有些焦急地出声询问："怎么这么晚还没睡？发生了什么事？你现在在哪？"

前一段时间小师妹频繁打电话找小志的时候，每一次电话都是被拒接的状态，所以在小师妹拨打出这个电话时，她的心情是有些忐忑的，因为她不确定到底小志会不会接听自己打的电话。

电话一连响了好几声，都没有人接听，就在小师妹以为，小志真的不会接自己的电话，心情失落地准备放下手机的时候，电话却被接听了。她的心在一刹那瞬间收紧，然后听见小志的声音从电话里传了出来："怎么这么晚还没睡？发生了什么事？你现在在哪？"

小志一连抛出了三个问题，他的语调虽然是一贯的从容平稳，但是小师妹却还是从中听见了担忧的含义。

这样的小志，是小师妹记忆里那个再也熟悉不过的小志。

会关心她、担忧她、在意她。

小师妹这段时间因为小志的冷淡而和他赌的气，一瞬间变得烟消云散，甚至她的心变得有些激动，以至于她好半晌，都忘记对小志开口说自己打这个电话的目的。

小志在电话的另一端等了片刻，电话那一端的小师妹始终没有开口说话，他的心底愈发担忧，忍不住再一次出声："小师妹，你现在在哪里？"

随着小志的话音响起，小师妹隔着电话，清晰地听见另一端的小志窸窸窣窣穿衣服的声音，然后就是开门和关门的声音。

小志这是来找她吗？

小师妹清楚地感觉到自己的心跳速度变得快了起来，吞咽了一口唾沫，小声地说："我在医院。"

"医院？"小志的声音，带着明显的焦虑，"你生病了？"

"没有。"小师妹握着手机，明显地感觉到自己在说完这句话的时候，小志在电话的另一端暗暗地松了一口气。其实从前的时候，小志没少关心照顾她，可是不知道是不是这一阵子他对她过于冷淡，突然间如此关切，使得小师妹的心底，竟然浮现了一种无法言喻的感动，她继续开口说："不是我，是哈尼奶奶住院了。"

"哈尼奶奶？怎么回事？"

"哈尼家的果园出事了……奶奶承受不住打击，就昏倒了……"

虽然小师妹只是说了寥寥数语，但是小志却能感觉到这些话背后的事态严重，他顿时对着电话冷静地说："我马上就过去，你和哈尼不要慌张。"

"嗯。"小师妹心底原本因为哈尼家果园的事情而浮现的束手无策，在听到小志这句话的时候，奇迹般地平静了下来，因为她相信，只要有小志在，所有的一切问题，都即将不会再是问题。

电话挂断不过十分钟，小志便赶到了医院，相比较小师妹和哈尼碰到这次变故的无措，他却显得格外沉着冷静。他先了解了事情的前因后果，然后简单地安抚了一下哈尼，就让哈尼和小师妹放心。

此时已是深夜，医院里格外的安静。小志坐在靠窗的椅子上，静静地想着这次果园的事情如何处理，他时不时地抬起手，扶一下自己的眼镜框。

在小镇上，小志就是宛如神一样的存在，不管遇到多么棘手的苦恼和问题，他总是可以料理好一切。

所以他的到来，使得小师妹和哈尼宛如吃了定心丸一样，瞬间看到了希望。

小师妹和哈尼毕竟是女孩，白天在果园里忙碌了一天，晚上又在医院里折腾了这么久，所以在紧绷的情绪松懈下来之后，两个人一前一后地窝在沙发上，相依着睡了过去。

等到小志将所有的事情都思考了一遍之后，侧过头，发现小师妹和哈尼歪歪斜斜地靠着沙发睡着了。

此时已经入了秋，小志怕两个人这般入睡感冒，便站起身，拿了一条毯子，披在了哈尼的身上，然后脱掉了自己身上的外套，披在了小师妹的身上。

他在披上外套的那一刹那，听见沉睡的小师妹，嘴里喃喃地喊了他的名字："小志……"

小志的手微微一抖，眉眼之间，情不自禁变得温润了起来。他的眼睛情不自禁地看向了小师妹沉睡的容颜，然后整个人就宛如被点了穴道一样，站在小师妹的面前，凝视着她。

小志看得有些入迷，看到最后，他的手，情不自禁地就抚摸上了小师妹的面颊，慢慢地摩挲着她的脸庞。

睡梦中的小师妹，仿佛是感觉到了有人在触碰自己，唇角微微地弯起，将小脸往他的手心里蹭了蹭。她这般乖巧的小模样，惹得小志忍不住弯起了唇角，望着小师妹的视线，越发地痴迷。

他也只敢在她不知道的情况下，将自己的情绪泄露出来。

他的学习成绩，一直都很优秀。大学毕业的时候，他是唯一一个被学校保送出国的留学生。可是没有人知道为什么，那么好的前景，他为什么当时却毫不犹豫地选择了放弃，回到小镇上，当一名书记官。

对外，他一直都说，他热爱这个家乡，他想要让这个家乡变得更美好。

其实，他只是想要守护着自己心底最重要的人，那就是——小师妹。

哈尼家果园的问题，最需要解决的就是销路，所以第二天一早，小志便决定亲自去挨个拜访一下销售水果的公司，看一看能不能说服一些合作商和哈尼家合作或者开辟一下新的销售渠道。

小师妹和哈尼留在医院里照顾奶奶，两个女孩为了让哈尼奶奶放心，都很默契地不提昨晚金灿灿给哈尼打来的那个电话，甚至还异口同声地安抚着哈尼奶奶，让她放心，说小志已经去想其他办法了。

这一天，过得极为漫长。

一直到了深夜，小志终于返回了小镇。

哈尼和小师妹此时已经回了果园，奶奶留在医院里让护士照顾。

虽然此时已经很晚，但是两个人都没有睡觉，坐在哈尼家的客厅里，气氛沉重。

小志迈着沉稳的步子一踏进哈尼家，小师妹便急急忙忙地迎了上来，她以最快的速度奔跑到他前面，一脸期待地看着他："怎么样？

找到经销商了吗？"

小志攥紧拳头，一脸沉重地摇了摇头。

站在一旁同样满怀期待的哈尼，表情瞬间变得僵硬了起来，没有经销商那水果要怎么卖出去？奶奶的病又怎么办？她不想奶奶病得越来越严重，她必须要想办法把水果销售出去。

可是所有的销路都被人恶意封死了，她根本就卖不出去水果，唯一的办法就是将果园卖给金灿灿，不然……

小师妹看着沮丧的哈尼，觉得特别难受，但是她强撑着微笑，走过去握住哈尼的手，信心满满地道："哈尼，不要气馁，我们不是有七天时间？一定可以想到解决的办法。"

"嗯！"哈尼知道，小师妹和小志已经为自己家的果园努力了很多。她不能总是自怨自艾地让他们安慰她，所以便佯装出很有信心渡过这个难关的样子，重重地点了点头！

小志看着两个女孩极有把握的样子，心情却变得格外沉重。

今天他出去找销路才知道，现在的情况竟然比想象中的还要恶劣，他们都低估了金灿灿的势力。这一天，他几乎将所有的经销商都见了一个遍，不管他用什么办法，那些经销商给他的都只有一个答案：拒绝合作！

时间悄然逝去，快得令人无法捕捉，眨眼间三天便过去了。

在这三天里，小志仍是没有想到一点儿解决的办法，那些装箱的水果已经开始有腐烂的迹象了，而树上结的已经熟透的果子，开始自动掉落下来。

所有的一切，似乎都在朝着最恶劣的情况发展。

虽然小师妹依旧信誓旦旦地觉得小志可以想出好的解决办法，小志也看似很镇定，哈尼也摆出一副果园还有救的样子，指挥着工人每天将烂掉的水果拣出来扔掉。

可是，所有人之间的气氛，明显变得极其低沉，大家的心情，也从最初残留的一丝丝斗志,逐渐地演变成了绝望。

似乎真的已经无路可走。

只是彼此心照不宣地都选择了沉默。

还有三天。这三天他们若是再想不到办法,那么为了奶奶,他们似乎只有一条路可走,那就是将果园卖给金灿灿。

小师妹为了陪伴哈尼,住在了哈尼家里,是夜,她翻来覆去怎么也睡不着。

她翻了个身,看到身边入睡的哈尼,眉心蹙着,一副极其不安的模样,眼角还隐隐地挂着一滴泪。

小师妹的心底,越发地难受。她忍不住掀开了被子,悄无声息地下床,走出了屋子,想要去外面透透气。

月光静静地洒在果园里,小师妹慢慢地迈着步子。沿着果园的羊肠小道,往里走着,一直走到葡萄园的时候,她看到小志背对着她,站在一棵葡萄架下,昂着头,盯着一串熟透的葡萄,不知道在想些什么。

这几日他们都在为了哈尼家果园的事情烦恼,两个人压根就顾不上之前的不快,即使此时深夜猝不及防地撞见,小师妹也丝毫没有心情去计较小志曾经对自己莫名其妙的冷淡和疏离,只是轻轻地开口,喊了小志的名字。

小志听到小师妹的声音,转过头:"这么晚了,怎么还没睡?"

"你不也没睡吗?"小师妹轻轻地反问了一句,迈着步子走到了小志的身边,昂着头,看着熟得有些快烂了的葡萄,轻轻地叹了一口气:"再过两天,这些水果恐怕会大片大片地腐烂吧。"

小志没有说话。

果园里面虫鸣蝉吟,萤火虫四处飞舞,十分美丽热闹。

小师妹环顾着夜里葡萄园的美景,可心情不能因为美景而轻快起来。

她忍不住叹息一声,然后又叹息一声:"小志,现在怎么办?今天又过去了，可我们还是没有办法将水果卖出去。"

小志垂眸，动动唇想说"总会有办法的"，可是他自己的心底此时一片混乱，根本没有半点头绪，所以最终还是选择沉默。

小师妹突然有些内疚，觉得自己一直说没有办法是有些为难小志，小志这几天为了果园到处奔波，能找的人都找了，能想的办法也都想了，可是……

这要怪就怪那个金灿灿，要不是她从中作梗，果园也不会陷入这样的危机。

小师妹愈发烦躁，于是便懊恼地蹲在了地上，拿出了自己的手机，随意地翻了翻微信。

当她点开朋友圈，映入眼帘的是一个接一个的微商广告时，她原本烦躁的心情，顿时更烦躁了，嘟着小嘴忍不住地抱怨了一句："真是无语极了，现在的朋友圈除了广告还是广告。"

说的人无意，可听的人却有心。

有什么从小志的脑海闪过，他抬眸看着小师妹："你刚刚说什么？"

小师妹眨巴了一下眼睛，有些呆萌地看着小志："我刚说朋友圈，这些人真的是无语极了，每个人都在刷广告……"

小志伸手："手机，让我看看。"

小师妹将手机递给小志，有些不解地问了一句："怎么了？"

小志并没有立刻回答，只是用手指一条一条地刷微信朋友圈，慢慢看下去，他一直微蹙的眉头逐渐舒展开来。

天啦，这几天他怎么就没有想到呢，转变渠道销售，从传统销售移到互联网销售。

微信是一个很强大的平台，除了可以拉近朋友之间的距离，还可以创建微商。

目前微商已经逐渐成熟起来，他的朋友圈里也有人通过微信卖各种产品，有卖面膜的，有卖手机的，有卖服装的，有卖皮包的……

个个生意似乎都非常红火,或者,哈尼家的水果也可以用这样的方法销售。

看到小志嘴角勾出了微笑,小师妹莫名紧张了起来:"小志,你笑什么?是不是想到办法了?"

就她对小志的了解,若不是想到办法,小志是不会那么开心微笑的。

小志移眸看向小师妹,轻笑道:"小师妹,在正常的平台被封堵的情况下,我们只有寻找到其他突破口才能把水果卖出去,或许我们可以做微商,把哈尼家果园的果子以微商的名义在朋友圈里卖。"

闻言,小师妹那双灵动的大眼睛,充满激动的光,她惊喜地重复了两个字:"微商?!"

"对,微商!"小志轻轻地点了点头,"我们的朋友圈里就有卖东西的,只是没有卖水果的。我们来试试卖水果,可以发动小镇上所有使用微信的人一起转发,转发到各自的朋友圈里。这种一传十、十传百的速度,应该很快就能让许多人知道我们的水果,从而进行购买。"

小师妹高兴地抓住了小志的胳膊摇晃着:"小志,这个可以,真的可以,我们试试吧!"

小志的想法得到小师妹的认可,小师妹很高兴地跑去找哈尼,哈尼也觉得微商可行。

她很激动,红着眼眶看着两个小伙伴,声音也有些战抖:"谢谢你们!太谢谢你们了,帮我解决了水果的销路问题,这样一来,奶奶的病自然就会好了。"

小师妹温柔地抱着她:"谢什么呀,我们可是好闺密!"

确定要创建微商后,小志借用朋友圈已有的经商策,开始进行改善,精心设计属于自己的销售程序。

他只用一个晚上的时间,就设计出方案发给了小师妹和哈尼。

刚刚起床的小师妹睁开有些惺忪的睡眼,第一时间打开微信群。

当她看到了小志发来的内容,顿时瞪大了眼睛,惊愕出声:"哇,小志太有才了,这样的水果,我见了都有购买的欲望。"

此时,哈尼的微信也发了过来:"小师妹,你看到小志发给你的内容了,我也看到了,小志太有创意了,我觉得真的好好哟!"

小师妹马上予以回复:"哈尼,你现在知道我家小志厉害了吧。这样,我们赶紧吃完早饭,到小志的住处报到。我们三个人集中下意见,看看有没有再需要改进的地方。如果可以,就赶紧开始运作。我们能等,但是地上和树上的果子可等不了。"

哈尼发来一个笑脸:"好,十分钟后到小志家集合。"

她们被小志的创意勾起了热情。

这种新兴的项目,令他们仿佛看到了希望。

一晚上没睡的小志与小师妹和哈尼再次来到果园。

他们分别用手中的手机,把果园里面的果子利用各种角度拍摄下来,对于喜欢摄影的小师妹和哈尼来说,这是能够充分表现的机会。

小志把小师妹和哈尼的照片经过整理和筛选,分别放到了设计方案中,一个设计完美、图片清晰的方案终于完成。

在营销策略方面,小师妹向小志眨了眨眼睛,提了一个自己的方案:"前段时间,微信朋友圈里经常会出现,个人积够多少个赞后就会获得某个产品或者某项服务,如果我们也搞类似的活动,会不会也同样能够吸引大家的眼球呢?"

哈尼感觉有些道理:"我们先试一下。如果个人转发获得 50 个赞之后,我们就赠送 5 斤新鲜的水果。当然不能无止境地赠送,要设定一个量。比如说本次活动赠送量设成 500 斤。如果大家感觉水果真的好吃,就会有购买的欲望。那么这样就达到我们营销的预期目的了。"

小志对于哈尼和小师妹的提议表示赞同:"我们也是第一次搞这样的活动。就按照哈尼的建议,先设定 500 斤的赠送量,也就是赠送给 100 位转发积赞者。如果效果特别好,我们再考虑继续实施转发赠送的计划。"

"我现在好兴奋。"小师妹推了下小志,"小志,赶紧发到微信圈,然后我和哈尼进行转发。我就不信,凭借我们三个人的智慧打不败那个骄傲自大的金灿灿,我们还有三天的时间,如果我们能在三日内完成所有的销售任务,那么无异给了她一记响亮的耳光。一想到金灿灿绝望到歇斯底里的画面,我就激动不已。"

"好,希望我不要被人拍砖就好。"小志把要求与图片加以处理,发到了朋友圈中。

小师妹和哈尼第一时间转发到自己的朋友圈。

转发之后,三个激动的年轻人小心翼翼地等待朋友圈的反馈信息。

小师妹一发出,立刻得到了很多的评论。她紧张地查看朋友的反馈信息。

"小公主,你怎么也做微商了?你家那么有钱,还在乎这种蝇头小利吗?"

"小师妹,你真是闲得无聊啊,这种东西你也转发。"

"你要是真想吃水果,我给你送几箱新鲜的,赶紧把信息撤了吧。"

…………

"怎么会这样?为什么大家都对我的目的表示怀疑。"小师妹看着朋友圈里面的回复信息,顿时失去了信心。

哈尼轻轻地拍了拍小师妹的肩膀:"小师妹,别气馁。"

小师妹看着一直紧绷着脸部神经的小志,抢过他的手机查看他的朋友圈效果。

"帅哥,你放着书记官不做,怎么搞起第二职业来了?"

"班长,这不像你平时严谨的风格啊?"

…………

哈尼见小志和小师妹的心情都有些郁结,赶紧查看自己的朋友圈回复。

"美女作家,我替你转发了,是不是真的有图片上诱人的水果啊？"

"举手之功，已转发。"

"支持你！这是你家果园的水果吗？这是谁发的照片，谁编写的文字，太有诱惑力了。无条件转发积赞。"

…………

"你们快看。"哈尼把自己的手机拿给小志和小师妹看。

有些灰心的小志和小师妹看到哈尼朋友圈的回复顿时感觉到了希望。

"哈尼，还是你的微信朋友圈靠谱，够意思！"小师妹嘟着嘴有些不服气。

小师妹拿起自己的手机看到了夏奶奶转发后又被阿闲转发的回复信息："小师妹，你做的是正能量的事情，我支持你！我的朋友圈都是富二代子弟，我发动他们帮你转发。实在不行，我就给我的兄弟们下购买任务。放心吧！"

"阿闲转发了！"小师妹兴奋地举起了手机。终于有人支持她的行动了！她好开心！

小志敏感地绷紧了神经。

阿闲一直给他一种危险的信号，也许是出自一种直觉。

他总感觉那个含着棒棒糖的大男孩，接近小师妹一定有着不为人知的秘密。

虽然他声称自己是夏奶奶的外孙，但是没有经过验证，他还是有几分担心。

尤其围绕在小师妹身边的人，他更要做十二分的警惕。

他绝对不允许任何危险分子，或者怀有不可告人目的的人接近小师妹。他不能让小师妹有任何危险。他专属保镖的称谓并不是浪得虚名。

"陈叔叔和陆爷爷也转发了。"小师妹兴奋地晃动着手机，"没想到他们也会支持我们的行动。"

小镇情缘 上

小志和哈尼的朋友圈里,也陆续有人转发积赞支持活动的。

"照这样的转发速度,扩散的效果肯定广泛。小志,哈尼我好像看到曙光了。"小师妹一脸陶醉与期待。这个深受爷爷的善良影响的姑娘,平时就乐于帮助人,虽然有很多时候帮的是倒忙。

"我们得赶紧去果园,做好派发水果的准备。"小志站起身。

小师妹和哈尼跟在了小志的身后走了出去。

夏奶奶这几天一直都在关注着哈尼家果园的动态。

当她再一次经过哈尼家果园的门口,看到果园里的水果开始溃烂,束手无策地蹲在葡萄架下躲着小师妹和小志偷偷哭泣的哈尼时,夏奶奶终究按捺不住地给金灿灿去了电话。

金灿灿的手机响起的时候,她正坐在办公室里,听助理给自己汇报最近的主要行程。助理听到她的电话铃声,原本流畅的话语突然间停了下来。

金灿灿侧头,望了一眼桌子上的手机,看到来电显示的名字,她的脸色瞬间冷沉了下来。

助理小心翼翼地观察了金灿灿一会儿,看到她依旧没什么反应,于是忍不住地提醒:"金总,您的电……"

"你先出去!"金灿灿不等助理的话说完,便直截了当地让助理离开。

"是。"助理大气都不敢出一下地抱着文件,快速地消失不见。

金灿灿这才拿起手机,冷着脸接听:"你找我有什么事?我很忙。"

夏奶奶的内心突然生出一种无法言语的苍凉感,这么多年来,不管什么时候,只要她给金灿灿打电话,金灿灿跟她开口说话的语气永远都是如此的冰冷,冷得令她顿生寒意。

"灿灿,我不会耽误你太长时间……"夏奶奶终究做不到上来就直接劝说金灿灿罢手哈尼果园的事,所以顿了一下,还是选择本能地去关心金灿灿："你还好吗？"

金灿灿站起身，走到办公室的落地窗前，望着外面蔚蓝的天空，眼神极其的凌厉："如果你打电话只想问我好不好，那么我告诉你，大可不必。我过得很好，比你想象的要好上百倍、千倍。如果你没有什么事，我挂了，我还有公事需要处理。"

"灿灿，我知道你很忙，但是请给我几分钟的时间可以吗？"夏奶奶担心金灿灿会突然挂断电话赶紧切入正题，"我打电话，一是想知道你现在的近况，二是想问下哈尼家果园的事情。"

"我就知道，你打电话来，是为了果园的事情。我觉得我上次已经对你说得很明确了，小镇收购地皮的事情，我势在必行！"金灿灿忍不住轻轻地冷笑了两声。

"灿灿，哈尼奶奶的儿子是你的小学同学。哈尼奶奶和一些老邻居都曾经给予过你照顾与关爱，你不能以怨报德啊。你不能仅仅为了收购地皮去做伤害他们的事情，你必须马上停止这种错误的决定和行为。"

对于母亲的说辞，金灿灿有些不屑一顾："他们为什么照顾我？你为什么不追究下原因？如果你们当年肯在我身上付出哪怕一点点关爱，我会被同学嘲笑是没有家没人要的孩子吗？你们为了你们所谓的崇高的事业，置我于不顾，把我像垃圾一样随便丢给别人照顾，你们就从来没感觉到愧疚吗？"

金灿灿的指责令夏奶奶的心堵得厉害，她在电话的那一端沉默了许久，才继续开口说："灿灿，我知道我们对你的亏欠永远无法弥补，但是请你也体谅我们从医者的苦衷可以吗？作为一名医生，我们无从选择。面对第三世界国家那些急需救治的病人，根本容不得我们做出抉择。如果你把对我们的怨责强加到小镇人的头上，这对他们太不公平。如果可以弥补你的心灵创伤，我愿意做出任何努力。"

这样的说辞，她从小到大，都不知道听了多少遍了，金灿灿有些不屑地回："你依然还在为自己抛却责任而辩解。我告诉你，我做出的决定没有更改的可能。别试图用你蒙蔽别人的大道理来说服我，你

141

的任何建议,我是不会接受的。没有人可以阻止我收购小镇的地皮!你不行!因为你没有这个权利!"

"灿灿,可不可以别这样决然地下决定?小镇人已经习惯了目前的生活,请你别破坏了它的和谐好吗?土地对于他们来说就是他们赖以生存的依附和条件,你如果采用非正常的手段得到,也不会开心的,对吗?灿灿,听妈妈一句劝,放弃收购小镇地皮的计划吧。我知道晟世地产涉猎的范围很广,小镇只是你们投资的一小部分而已,如果放弃,对你们整体而言可能不会造成太大的影响。"夏奶奶试图说服依然固执的金灿灿。她不能看着自己的女儿运用卑劣的手段从小镇人手里抢走地皮。

"请你以后别再用妈妈这个称谓,因为在我的字典里这两个字早已被我删除了。"金灿灿收回远眺的目光,表情又恢复了以往的严肃与冰冷,"你的劝说对我来说根本起不了半点作用,反而会激发我更加顽强的斗志。好了,我还有事,我挂了。"

说完,金灿灿再一次恶狠狠地挂断了夏奶奶的电话。

夏奶奶握着手机,想着金灿灿的那一句"请你以后别再用妈妈这个称谓,因为在我的字典里这两个字早已被我删除了",她苍老的眼底,不由自主地浮现了一层雾气。

"姥姥——"

突然门外传来了一道声音,惊得夏奶奶急忙回神,抬起手,擦了擦眼角的泪水。

只是夏奶奶的手还没来得及落下,阿闲便兴冲冲地冲了进来。他脸上原本挂着的灿烂笑容,在看到夏奶奶眼底湿润的那一刻瞬间凝滞:"姥姥,你怎么了?"

夏奶奶笑着摇了摇头:"姥姥没事。"

阿闲一副显然很不相信的模样,他走到夏奶奶的面前,看到夏奶奶手中亮着的手机屏幕上停留在和母亲通话记录的页面,然后瞬间明了了一切。

阿闲伸出手，搂住了夏奶奶的肩膀："姥姥，是妈妈做了什么事情，惹你不开心了吗？"

小镇上的人，都知道阿闲是夏奶奶的外孙，却不知阿闲的母亲就是金灿灿。此时小镇上的人，怕是对金灿灿恨之入骨。若是被旁人知道阿闲是金灿灿的儿子，想必会遭人厌恶。更何况，金灿灿对哈尼家果园做的那些卑鄙的事情，她也不想让阿闲知道。

所以夏奶奶听到阿闲的问话，也只是勾着唇笑了笑，没有吭声。

阿闲并不知道夏奶奶心底想些什么，他懂事地安慰着外婆："姥姥，你别跟我妈妈一般见识，我替她向你道歉。"

夏奶奶伸出手，拍了拍阿闲的脑袋，原本因为女儿而受伤的心却被自己外孙治愈。

金灿灿的助理站在办公室门外良久，听到里面迟迟没有声音传来，这才轻轻地抬起手，敲了敲门。

金灿灿被敲门声惊醒，她收敛了所有的情绪，淡淡地说了一句："进来。"

然后便握着手机，转身走到了自己的办公桌前。

尽管此时的金灿灿，神情平淡，可是跟随了金灿灿多年的助理，却明显地感觉到此时的金灿灿心情极为不好，他连看都不敢去看金灿灿一眼，只是快速地将金灿灿的行程汇报完毕。

金灿灿听完助理的行程，始终没有开口说话，只是拿着手机，看着，突然间她翻到微信朋友圈里阿闲转发的信息，不屑一顾地哼了声："看来，小镇上的那些人真的是急疯了。想要靠微信营销卖出水果，真是异想天开。这个阿闲，居然也跟着他们一起凑热闹。"

助理原本汇报的是金灿灿最近的行程，可是谁知金灿灿一开口，竟然说的是小镇上的事情，他抱着文件，人略微有些错愕。

金灿灿顿了一下，又转换了语气，自顾自地说："不过，算了，随他吧，只要他开心就好。反正，事到如今，他们也闹不出什么幺蛾子了,我们只需要再等三天,三天之后,他们肯定回来找我们卖地皮的。"

"金总,三天后,您要亲自去小镇签约吗?"助理对着金灿灿小心地问道。

金灿灿沉下声音道:"当然,我当然要去,我要让那些顽固的小镇人看看,只有和我们晟世地产合作,才会有出路。否则,他们的遭遇有可能比哈尼家的还要惨。"

助理听着金灿灿凌厉高傲的声调,连忙附和地点头称是。

微圈的第一天,各种问候铺天盖地砸来,有转发有支持,当然也有调侃。

其中被调侃最多的,要属小师妹。

一天的时间很快就过去了,销量就只有那么一点点,但大家都满怀信心地认为,这才刚刚开始,所以才会没有什么人买。

可是第二天近黄昏,依旧没有什么销量,小师妹和哈尼的热情顿散了大半截,满满的信心也在持续的打击下开始低落起来。

自从他们创建微商之后,金灿灿也一直派人关注了,当知道他们并没有销售多少出去时,笑得春风得意,嘲讽四溢。

她对助理,勾唇讥笑道:"我早知道会是这样的,瞎折腾一顿,最后还不是要乖乖地把果园卖给我。"

助理笑了笑,然后问道:"那我们还需要再盯着他们吗?"

金灿灿吩咐道:"不用了,把人撤回来,明天下午你跟着我去找他们签合约就是了。他们已经无望了,最后只能指望我。"

不只是金灿灿这么认为,小师妹和哈尼他们也都以为自己无望了,最后只有将果园卖给金灿灿了。

晚餐的时候,大家都没有心情吃饭,情绪都比较低落。

小师妹有一口没一口地扒着饭,突然微信的信息响了。她的响了之后,哈尼的手机也跟着响了,接着是小志的……

他们拿起手机一看，是各种询问水果的信息，还有的是直接下单的。

滴滴的讯息声从此响起来之后，就一直都没有停过。三人回复了一个小时，饭都没顾上吃。

大家为了可以在买到新鲜水果的同时，又能得到优惠，所以都拼了命地将哈尼家的水果分享出来，寻求朋友点赞，因此，扩散力跟着越来越大，到了最后，三个人忙得头晕眼花，最后只好叫人来帮忙。

这是哈尼家最近最热闹的一天，几乎小镇上的一半人都出动到哈尼家来免费帮忙，有人统计订单，有人打印地址，有人负责水果装箱，有人负责送货。

哈尼家果园门口的车子，一辆开来，一辆开走，甚至还有住在小镇周围的人，知道地址，亲自上门来取货。

其实最初的时候，小志只是因为小师妹的一个提醒，所以才想到另辟捷径尝试一下微商，更或者是，他们也是走投无路，只能想着在网上卖水果。

他们只是盼着水果可以卖出去一部分，赚来的钱可以偿还银行的贷款。可是未曾想到，到了最后，出现的结局是，这是哈尼家果园，有史以来盈利额度最大的一年！

在约定期限的最后一天，金灿灿早早地起床，特意请了造型师和化妆师，给自己来了一个精心的打扮，然后就十分有把握地等着哈尼的电话。

可是，她从早上等到了中午，再等到了晚上，她始终都没有等到哈尼的电话。

就在快要接近傍晚的时候，金灿灿终于忍受不住，准备叫助理询问一下什么情况，助理却急急忙忙地敲门走进了她的办公室："金总，刚刚小镇上的人来了电话，说哈尼家果园的水果，现在销售得特别好。"

金灿灿的眉心皱起。

助理略微有些害怕地往后退了一步，声音微微低了一些，继续说:"我们安排在小镇上的人还说,他们这次的微商销售特别成功,今年赚的利润,比往年来的都要高,所以……所以恐怕他们有足够的资金可以偿还银行的贷款,怕是我们收购地皮的计划,要落空了……"

"岂有此理!"助理最后一句话还没落定,金灿灿便异常愤怒地抓起了桌上的咖啡杯,狠狠地摔到了地上,咖啡杯应声碎裂。

她万万没想到,自己在商界摸爬滚打了这么多年居然败给了几个年轻的孩子。

明明果园的地皮马上都要到手了,结果煮熟的鸭子,竟然飞了!

更重要的是,当初,她为了阻止果园的销售渠道,花了大笔的钱,来买通那些合作商。

金灿灿越想,越觉得愤怒,她这一辈子,从未败得如此狼狈,简直是赔了夫人又折兵!

助理被金灿灿的愤怒,吓得大气都不敢出一声,低着头,站在一旁一动也不动。

金灿灿胸中的怒火无处宣泄,最后只好拿起桌子上的文件,冲着办公室里砸去,一直等到她砸到没有东西可砸,才深吸了一口气,双手撑着办公桌,盯着助理说:"继续给我盯紧了小镇的动态。我是不会善罢甘休的,虽然这一次我失败了,下一次我是必须要成功的!"

金灿灿说完,便抬起手,整理了一下自己的仪表,然后站起身,踩着高跟鞋,拎着包,冲着办公室外走去。在她拉开办公室门的那一刹那,她停下了脚步,对着身后的助理说:"把我的办公室整理一下,我等下回来,要看到和刚才一模一样的办公室。"

说完,她便拉开门,头也不回地扬长而去。

哈尼家的果园保住了,哈尼奶奶的病痊愈了。
所有的危机,都尘埃落定,喜剧收场。
哈尼和奶奶为了感谢小志和小师妹的鼎力相助,试图给小志和小师妹一些酬劳作为答谢,却被小志和小师妹婉言拒绝了。

哈尼拉着小师妹的手不知如何表达自己的感激之情："小师妹，这次幸亏有你和小志，否则我们家的果园肯定保不住了。"

小师妹露出天真的笑容："哈尼，我们是好朋友，帮忙出力都是应该的。这次最大的功臣是小志，如果他没有想到利用微信朋友圈尝试销售，那么水果最后肯定要烂掉了。"

"是啊，这次多亏了小志！"哈尼点头附和着小师妹，毫不掩饰自己的夸赞之情，"小志，真的很谢谢你，如果没有你，可能我们家的果园此时已经落入了金灿灿的手中。"

"不客气，这是我应该做的。"小志温和地回答。

哈尼明明夸赞的是小志，可是落入小师妹的耳中，却比夸赞她来得更让她自豪，甚至她还带着几分炫耀地对哈尼说："那是，哈尼，我都跟你说了，只要小志出马，什么事情都难不倒他的！"

小志听到小师妹的炫耀，温和地笑了笑，没有出声。

这几天因为哈尼家果园的事情，几乎所有人都没能好好休息，此时事情终于圆满结束，所以当天下午，小志便和小师妹告别了哈尼和奶奶，离开。

小师妹还未曾从这次渡过难关的喜悦里走出来，脚步轻灵地跟在小志的身边，喋喋不休地开口，夸赞着小志。

小志面带微笑地听着，始终没有开口，只是迈着不紧不慢的步子，往前走。

此时此刻，两个人之间的相处模样，就仿佛是回到了从前最美好的时刻，似乎他们之间，根本就没有闹过任何的分歧。

小师妹夸了小志许久，才住了口。她侧着头，望着小志俊朗的侧脸，突然间想到前一阵子小志莫名其妙对自己的冷淡，忍不住有些埋怨地对小志说："小志，你要给我道歉！"

"道歉？"小志有些疑惑地抬起头，望了一眼小师妹。

小师妹理直气壮地说："前一阵子，你不接我电话，不理我，总无视我！当然要给我道歉了！"

小志在听完小师妹这段话的时候，面色突然间变得有些凝滞，如果不是她突然间开口提起这些，他都快要忘记他答应她妈妈的那些事情了！

小师妹看到小志半天都不说话，心底微微变得有些不安。她怕自己和小志好转的关系，再一次冷凝，所以急忙撇开了这个话题，歪着脑袋，说："小志，你好久都没有去我家吃饭了，今晚要不要跟我回家？"

小志听到小师妹的话，垂着眼睛安静地想了好大一会儿，然后才冷淡地开口说："不了，我今晚还有事。"

小师妹从小到大，从未如此地迁就过一个人，对于她来说，此时的她，已经为小志做出了很大的让步，可是她却没想到小志不但不领情，反而又一次拒绝了她！

她分不清是自己的自尊心受到了打击，还是因为小志一次又一次地疏远自己。她的心情瞬间变得有些烦躁，想也没想就开口说："不去拉倒，我还不稀罕你去！"

说完，小师妹根本不等小志有所反应，便愤愤地转过身，迈着步子离开了。

小志望着小师妹的背影，手紧紧地握成了拳头，他用力地吞咽着唾沫，按捺着自己想要追上去的冲动。

第四章

　　小志走在回家的路上，想到小师妹，原本在邀请他去她家里吃晚饭时脸上浮现的灿烂笑颜，因为自己的拒绝，瞬间演变成了失望沮丧的神情，心底便浮现起了说不出来的烦躁。天知道，他并不是真的想要拒绝小师妹的邀请。

　　若不是小师妹突然间询问他为什么前一阵子对她忽冷忽热，他或许就真的跟着小师妹回到镇长的庄园里，一起吃晚饭了。

　　若是他做不到有把握可以给小师妹一个完美的结局，他绝对不会允许自己一次又一次地给小师妹希望。

　　从哈尼的家回小志的住所，有两条路可以走，站在分岔路口的时候，小志微微顿了顿，最后却选择了那条去年新建的雨花石子路。

　　这条路是小镇上最美的一条路。天气好的时候，小镇上的人都喜欢来这里散步，路的一边是河流，另一边是草坪。春季的时候，会有很多父母带着孩子来这里放风筝。

　　此时夕阳西下，波光粼粼的河流被染上了一层红。

　　小志望着这一片美景，不由自主地想起，这条雨花石子路刚修建好的时候，小师妹兴高采烈地带着自己来这里的场景。

　　雨花石子路坑洼不平，她却偏偏要脱了鞋在上面走。

　　当时的他皱着眉，怕她的脚被弄伤，拎着鞋子跟在她的身后，让她穿上，谁知她却跑得更快了。

　　结果，最后真的如同他担心的那样，她的确是弄伤了脚。

小镇情缘 上

他心疼得无法言喻，嘴里偏偏说出来的话，却有些重，训斥她活该，谁让她不穿鞋！

他记得，那一天和现在一样，也是夕阳西下的场景，或许是因为奔跑，她的脸上冒了一层汗，原本就红润的小脸，变得越发娇艳欲滴。她可怜兮兮地蹲在地上，因为他的训斥，变得越发委屈，望着他眨巴了两下眼睛，噘着嘴说："昨天晚上在家看电视剧的时候，里面的女主角跟男主角吵了架，就跑到石子路上，脱了鞋走，说是这样的话，脚痛心就不会痛了！"

当时的他，望着她那般娇憨的容颜，面孔再也板不下去了，无奈地捏了捏她的鼻子，蹲下身，先检查了她脚底的伤口，看到无大碍，然后才亲自给她穿上了鞋。

那个时候，她只是因为电视剧里的场景，很兴奋地拉着他来这里模仿；那个时候，她嘴里说出来的那一句"脚痛，心就不会痛了"，他们都没有多想。

可是此时此刻，小志猛地回忆起那件事，犹豫了一下，便脱掉了鞋子，光着脚，踩在了石子路上。

坚硬的石子，抵得他脚底泛着丝丝缕缕的疼，直达他的心底，不但没有转移掉他心底的疼，反而让他更疼。

就在小志沉浸在自己的情绪里时，一个熟悉的身影迎面走了过来。

对面的人，似乎也显得有些心不在焉，所以都沉浸在自己世界里的两个人，谁都没有关注到对方，直到走了个正对面，小志才猛地回过神来，看着面前再熟悉不过的人，小志连忙收起自己的所有情绪波动，很有礼貌地打了一声招呼："莎莎姐。"

莎莎是个极其有魅力的女人，人长得特别漂亮，身材姣好，让人一看就很容易爱上她，所以在小镇上有很多的追求者。只是这么多年过去了，她却一直保持着单身，至今为止，连男朋友都没有交往过一个。

那是因为，在莎莎很小的时候，她的父母想要一个男孩儿，所以在生下她之后，因为养不起，便将她卖给了偏远山村的一对夫妻。那对夫妻原本是想要将她当成童养媳养大的，可是谁知，世事无常，他们的儿子竟然早夭，所以她便再一次被那对夫妻抛弃。那时的她，还很年幼，根本没有足够的能力照顾自己，所以便和家中的狗相依为命。后来那条狗死了，她也成年了，便离开了那个村庄，因为她和狗在一起生活过很多年，所以能和动物沟通，因此便在宠物店里打工。等到她积攒够了一笔资金，她便来到这个美丽而又无人认识的小镇上，重新开始了自己新的人生。

她所有的心思都在动物上，专注于动物，爱动物多过于爱人类，而且，她对人类极为不信任，在她心里，只有动物才是她最好的伙伴。

但小志，却是一个例外。

她来到这个小镇上的时候，小志的父母刚刚双亡，她看着孤苦伶仃的他，便想到了小时候颠沛流离的自己，尽管镇长爷爷收养了小志，但是她却还是情不自禁地去关怀和照顾小志。久而久之，她便似乎真的将小志当成了自己的亲生弟弟，每次见到他，都格外地亲切热情。

此时也不例外，莎莎听到小志对自己的招呼声，脸上立刻堆满了灿烂的微笑："小志，你怎么在这里？"

莎莎话音落定，便扫到小志光着的脚，眉心忍不住皱起："小志，你怎么光着脚站在这里？"

莎莎一边说着，一边走到一旁，捡起了小志的鞋子，放到了他的面前："赶紧穿上鞋子，现在天气冷了，小心感冒了。"

"莎莎姐，我没事。"小志温和地笑了笑，弯下身去穿鞋，然后草草地系了鞋带。

即使此时的小志，已经二十五岁，是个成年男子，可是在莎莎的心底，她却依旧觉得他是一个长不大的小鬼，当她看到他系的鞋带如此敷衍，忍不住蹲下了身，说话的语气，带着几分纵容的宠溺："你呀，真是个长不大的小鬼，鞋带都不会系。"

莎莎说着，便重新将小志的鞋带系好，只是她站起身的时候，人却毫无征兆地摇晃了一下，险些栽倒在地上。

小志眼疾手快地扶住了莎莎："莎莎姐，你怎么了？"

"我没事。"莎莎微微地笑了笑。

小志这才发觉，莎莎的脸色难看到了极致，还泛着一丝不自然的红。她身上的衣服也穿得比平时多出许多，以往她总是只穿深V的衣服和紧身能显翘臀的裤子。今天她不仅穿了一件厚厚的外套，还戴着一条围巾紧紧地裹住脖子，一副很怕冷的样子。

小志眉心蹙了蹙："莎莎姐，你是不是哪里不舒服？"

说着，小志便伸出手，去触碰了莎莎的额头。这才发现，莎莎的体温，竟然烫得惊人。

"莎莎姐，你在发烧？我现在送你去医院。"

莎莎摇头："没关系，我可能是感冒了，回家休息一晚就没事了。"

"不行，你发烧了，必须要去医院，不然高烧不退，会很危险的。"小志根本不理会莎莎的反对，径自搀扶住了莎莎，冲着医院的方向走去。作为小镇的书记官，他有义务照顾小镇居民日常生活中的各种问题，更何况，这是他视为亲人的莎莎姐姐。

只是高烧的莎莎，因为腿软，走路的动作，略显得有些虚脱。小志皱了皱眉，想了一下，便不由分说地直接将莎莎背在了自己的身后，冲着医院大步流星地走去。

与此同时，小师妹正因为小志的拒绝和离开，而感到闷闷不乐。

她根本想不明白，为什么这几天明明因为哈尼家的事情，她觉得自己和小志之间的感情，仿佛回到了从前，可是怎么一瞬间又变成这样了呢。

甚至小师妹的脑海里，都忍不住开始细想着是不是自己做错了什么，才会导致她和小志之间的关系，渐行渐远。

她只是在嘴上故意不服输，死鸭子嘴硬地让小志走的，其实她心里，完全、根本一丁点儿让小志走的想法都没有。

小志，你是全天下最大的笨蛋，你怎么这么不懂我呢？

你难道不知道我嘴里说着"我不要"，"我才不要呢"的同时，其实就是在期盼着你留下来跟我一起吃晚餐的意思啊。

我是口是心非，我是故意说狠话的，可我明明用那么期盼的眼神看着你，希望你留下来，就我们两个人，一起吃一顿浪漫的烛光晚餐，这你都看不出来么？

哼！走就走吧，有什么了不起的。

大不了下次我不说狠话了，我跟你撒撒娇，看你还敢不敢像这次这样拒绝我。

小师妹忍不住嘟起水润粉嫩的小嘴，转着灵动晶莹的大眼睛，在脑海里盘算下次该怎么让小志答应陪自己。

哎！

小师妹忍不住重重地叹了口气。

这下，小志这么果断地离开，他会不会生气了？

不不不，小志肯定不会生气的，小师妹的心像刚烧开的水一样翻腾不息：应该不会生气吧，小志怎么会生自己的气呢？他从来都是无限包容自己的。

那他会不会伤心呢？小师妹想想自己刚才一脸骄傲地说不稀罕的表情。

啊！好烦啊！怎么那么讨厌啊！

小师妹突然很讨厌自己。

小志那么好，从不会对自己大小声，也不会给自己脸色，永远都是温温柔柔的，像和煦的春风一样陪伴守护在自己的身边，帮自己处理那些因为没有常识而总帮倒忙的麻烦事情。想到小志那深邃炯灼的眼神、含着无限的包容和宠爱看着自己，小师妹不禁懊恼起来。

好烦啊！好烦啊！

小师妹越想越郁闷，无意识地将食指伸进整齐森白的牙齿里咬着，越咬越用力，最后一下咬得太狠了，自己都被疼得"嘶"地抽了口冷气。

忍不住从沙发上猛地跳起来，围着小茶几，来来回回地走了好几圈。

不管了，小师妹决定去找小志道歉。

她绝对不允许因为自己的骄傲，而让关系刚刚有所缓和的两个人再一次起矛盾。那段被小志拒绝的日子，简直太难熬了，每天都难过得要死，却又被自己莫名的骄傲支配着，故意不肯松口。小师妹才不要再过那段难过的日子。

好吧，说做就做。小师妹相信只要她示个弱，小志就一定会陪她一起吃晚饭了。

小师妹跑到梳妆台面，看着镜子中的自己。

细细长长的眉，眉毛弯弯的淡淡的像新月，圆嘟嘟的白净的小圆脸，线条俏丽的脸庞上罩着月亮般的皎洁，只是嘴唇因为刚才太过于用力地咬下，而有两道清晰的牙印和轻微的红肿，嗯，嘴巴不够完美，不满意。

小师妹看着梳妆台上摆着的唇彩、唇膏和润唇霜，拿起一个最喜欢的，常用的粉红色的唇彩。这支唇彩的颜色涂上去，会让嘴巴看起来粉粉嫩嫩的，水润十足。这是小师妹最喜欢的粉红色，轻轻地涂在嘴唇上，然后上下滑动着抿了几下嘴唇。

涂好了，赶紧检查一下涂的效果。

嗯，还不错，就它了吧，满意地点点头，这样粉粉嫩嫩的颜色正好。

小师妹看看镜子中的自己，干净自然，刚刚涂过唇彩的嘴唇，给自己加上了一抹精神的光彩。

好啦，准备妥当，出发。

小师妹跑出家门，往小志的家里走去，一边走一边还在心里琢磨，要不要再回趟家换上小志最喜欢的那套粉红色的公主裙呢。

看看现在身上的这套公主裙，白色的蕾丝花边，天蓝色的丝绸质地，胳膊肘和肩膀上几个飘逸的蝴蝶结，随着脚步飘动着，嗯，似乎也很好看。

回去还是不回去呢？小师妹好纠结。

小师妹并不知道自己走了多久，只是觉得越想关于自己和小志之间的事情，心情就越发地烦躁，最后索性她就摇了摇头，结果却在无意之间，透过路边停放的一辆车子的后视镜，看到了跟在她身后不远处的一个熟悉身影。

那是一个年轻的男孩，戴着紫色棒球帽，穿着浅绿色的连帽衫，嘴里含着棒棒糖，只露出了细细的一根白色的糖棒。

那个男孩，小师妹记得，是自己前不久认识的新朋友，名字叫阿闲。

此时的小师妹，满心想的都是小志，所以只是扫了后视镜里的阿闲一眼，便当做什么都没发生地继续冲着自己家的庄园走去。

只是在这一路上，她偶尔透过街道两边的玻璃窗时，总是可以看见跟在自己身后的阿闲。

原来，他是在跟踪自己啊。

小师妹终于有些忍受不住地停下了脚步，转过身，对着自己身后五米远的阿闲，开口问："你到底要跟我到什么时候？"

"原来你已经发现了我啊。"阿闲有些苦恼地抬起手，抓了抓自己的头发，然后脸上就堆满了灿烂的笑容，"嗨，小师妹，我们又见面了。"

小师妹为小志闷闷不乐，所以面对阿闲灿烂的笑容，她也只是微微地扯了扯唇角，有气无力地说了一句："你好。"

阿闲脸上的笑容，瞬间收敛起了，他凝视着小师妹看了一会儿，便迈着步子，大步流星地走到了她的面前。虽然阿闲才不过十六岁，可是他却已经长得比小师妹还要高。他低着头，盯着小师妹的眼睛："你看起来有些不开心？发生了什么事情吗？"

"没有。"小师妹悻悻地摇了摇头。

阿闲记得自己第一次见小师妹的时候，她也是这样闷闷不乐的模样：一个人站在人来人往的集市上，东张西望，像是在为了什么事情烦恼着。

他没想到自己第二次见她，仍是她不开心的时候。

阿闲将嘴里的棒棒糖换了一根含着，左右环顾了一圈，看见路边的奶茶冰淇淋店，阿闲心头一动，对着小师妹开口说："走吧，我请你去喝奶茶。"

小师妹下意识地摇摇头，想要拒绝，阿闲却不由分说地拉着她的手，硬生生地将她扯进了奶茶店。

阿闲向奶茶店的服务员要了两杯奶茶，然后就将小师妹按在了一个靠窗的位子上，随后自己坐在一旁，拿出来棒棒糖，盯着小师妹看了一会儿，说："每次见你，你似乎都很不开心。"

小师妹怔了一下，却没有要开口对着阿闲讲述自己和小志之间发生的事情的意思。

阿闲等了一会儿，看到小师妹还是沉默的样子，于是又开口问："我跟了你大半天，看到你一个人在大街上心不在焉地走，你要去哪里？"

小师妹还是沉默。

阿闲看到自己连续找了好几个问题，都没有得到回复，于是也跟着闭上了嘴，没有吭声。

阿闲耳机里放的音乐，悠扬而又悦耳，阿闲忍不住将棒棒糖从嘴里拿了出来，跟着轻哼了起来。

虽然阿闲的声音很低，但是小师妹却听得清清楚楚，听到最后的时候，小师妹忍不住出声问了一句："你唱歌挺好听的，谁教你的？"

阿闲没想到自己随口哼的歌声，竟然能被小师妹夸赞，他的脸上瞬间浮现出了一丝笑容："我自己听歌学的。"

阿闲说着，便将自己耳朵上挂着的一个耳机，塞到了小师妹的耳朵里，随即便有动听的音乐传入了小师妹的耳中，和阿闲刚刚哼出来的歌曲，一模一样。

小师妹静静地听了许久，然后又出声说："你唱得一点也不比原唱差。"

再次得到夸赞的阿闲，眉眼都跟着飞扬了起来："如果你喜欢，以后我可以常常唱给你听。"

说着，阿闲便跟着耳机里的音乐，再一次低低地哼起了歌。

或许是阿闲的歌声太过于好听，也或许是阿闲暖心的陪伴，总而言之，却让小师妹原本郁闷的心情，逐渐缓解了许多。她等着阿闲将一首歌唱完的时候，然后想起来，自己在微信圈里帮哈尼推销水果大礼包的时候，阿闲订过水果，于是出声说："谢谢你那次买了那么多的水果。"

"没关系啊。"阿闲摆摆手，一副不值一提的意思。

小师妹并不知道阿闲的真实身份，她想到他才十六岁，哪里来的那样一大笔钱，于是忍不住好奇地问："你哪里来的那么多钱？"

阿闲半真半假地回答："你难道不知道，我的职业是富二代吗？"

阿闲并没有告诉小师妹，自己的母亲就是晟世地产公司的总裁金灿灿，所以他在说出这句话的时候，小师妹只是以为他在跟自己开玩笑，忍不住眉眼弯弯地笑了起来。

阿闲看着小师妹的笑，也跟着忍不住笑了起来，然后他更加使出浑身的解数，逗着小师妹开心。

在阿闲讲述一个笑话的时候，小师妹终于忍不住地大笑了起来，心底的阴霾，也跟着一扫而空。

看着终于心情转好、开怀大笑的小师妹，阿闲这才起身，去了自己早就想去的洗手间。

阿闲去了洗手间，小师妹只好自己一个人坐在椅子上等着。

小师妹一人坐在奶茶店里，抱着奶茶，有些无聊地四处张望着，在她第七次扫向窗外的时候，她却看到了一道熟悉的身影。

小志？他怎么会在这里？

他的身后似乎还背着一个人……

好像是个女的……

他们要做什么去？

一瞬间，小师妹心底的嫉妒，像是荒草一样，泛滥成灾。小志是专属于她一个人的，他怎么可以背着其他的女人，在大街上招摇过市？
　　难道今晚他拒绝陪自己回庄园吃饭，就是为了跟这个女人在一起？
　　小师妹越想，越觉得心底不平静，她完全顾不上去洗手间的阿闲，猛地就从座位上站了起来，想也没想就冲着奶茶店外跑去。
　　"小志，你……"满心嫉妒的小师妹跑到小志身边，一眼就看到小志后背上的女人，竟然是宠物店的莎莎姐。
　　莎莎在小志的后背上不光一点都不避嫌，还一脸舒服的表情，闭着眼睛靠在小志的身上。
　　嫉妒瞬间转成愤怒，一股滔天怒火瞬间席卷了小师妹的理智。在见到小志背上的女人是莎莎之后，脑袋"嗡"的一声，愤怒的火焰在胸中燃烧，一口小银牙咬得"格格"作响，黑亮的星星眼里，闪着一股无法遏制的怒火，好似被激怒的小野猫一样。
　　她对着小志和莎莎，不满意地大声质问：
　　"莎莎姐为什么会在你的背上？小志，你为什么要背着她？"
　　良好的教养让小师妹在生气的时候，都不忘尊敬地称呼莎莎为姐姐，而没有无礼地"她"来质问出口。小脸呼的就气得通红，连耳朵也红了起来，像只可爱的兔子。
　　她都要气死了，小志的后背怎么可以背着其他的女人？她都舍不得让小志背。现在莎莎竟然不害臊地趴在小志的肩膀上，小师妹简直快要嫉妒得发狂。原本打算见到小志就道歉的心思，早就被扔到九霄云外去了。
　　小志神情自若地看着小师妹生气的小脸，知道她又误会吃醋了。
　　这个小傻瓜，每次因为嫉妒心发起脾气来都这么可爱，真是拿她没有办法。
　　小志早就习惯了小师妹多变的脾气。在他眼里，小师妹无论怎样都是善良可爱的小天使，虽然小师妹偶尔会发发脾气，而且脾气还发得很大，性格傲娇又倔强，但是小志就是喜欢小师妹本真善良的模样。

小志一直都知道，小师妹的骨子里就是一个慷慨大方、古灵精怪、活泼可爱，又乐于助人的人。有时候温柔可爱，有时候会因为发脾气暴躁无比，更多的时候是顽皮淘气、古灵精怪地惹出各种无伤大雅的小麻烦，然后一脸无助地等着自己去解决。

所以，无论小师妹现在看起来多么的生气，小志都知道，只要自己现在解释清楚，小师妹就会马上变回那个可爱的软萌妹子。

"莎莎姐生病了，小师妹。你先不要生气，仔细看看莎莎姐，她发烧了，她的脸色这么苍白，人这么虚弱无力，根本走不了路，所以我背她去医院，你说应不应该？"

小志知道小师妹偶尔会因为嫉妒脾气不好，可是他愿意惯着她，宠着她，所以每次不管因为什么小师妹生气了，最后都是他给小师妹道歉的。

这次，小志不打算道歉了，再温柔的人，也有脾气。小志会宠爱小师妹，但不会用温柔来掩盖个性。

小师妹不分青红皂白，上来就生气地指责自己，小志是可以一笑而过的，但他不希望小师妹老犯这样的错误，把自己的怒火转嫁到无辜的人身上去。

小志希望小师妹也要学会成长，变得更优秀，变得更懂事。

所以这一次，小志决定换一种方式来和小师妹沟通，让她用自己的理智来发现事实的本质。他不再温和地引导小师妹，而是用稍微冷淡一点的语气，对小师妹提问，让她自己选择问题的答案。

"啊？莎莎姐发烧了？"果然如同小志预料的那样，小师妹的怒火瞬间就平息了，转而认真地看着小志背上背着的莎莎，还伸手探了探莎莎的额头。

"啊，真的好烫啊，怎么都烧成这样了还不去医院呢。莎莎姐也太惨了！"莎莎额头异常滚烫的温度，灼烧着小师妹的手心，也吓到了小师妹。

她不禁马上后悔起自己的行为，尤其刚才那无端的指责，让小师妹觉得自己有些过分了，转而无条件地支持着小志这英雄般的行为。

"嗯，小志，你做得太对了。莎莎姐都病成这样了，你是应该送她去医院。"小师妹一边这么说着，一边控制不住自己的视线落在小志肩膀上，看着莎莎随风飞扬的发丝，忍不住又嫉妒起来。

她在心里愤愤不平地想着，莎莎姐生病了，需要送到医院治疗，这没错。小志好心送她去医院，这也没错。可必须要背着她去么？就不能扶着莎莎姐，让她自己走么？

不，扶着也不好，莎莎姐就不能自己走么？小师妹忍不住咬了咬嘴唇，然后噘着嘴不满意，可又不知道该如何开口让小志把莎莎放下来。

她不喜欢小志跟任何女人有所接触，不，不单单是女人，除了自己以外，哪怕是一只母蚊子吸了小志的血，小师妹都会嫉妒得发狂。

小志是她一个人的，小志是不能被分享的，谁都不行。

看着小志稳定而又有规律的脚步一步也没停，一步一步地往小镇医院的方向走着，小师妹也忍不住跟着一步一步地走着，早就把在饮料店的阿闲忘在脑后，满脑子只有怎么能够让小志把莎莎放下来的念头。

从小志背着莎莎往医院走的路上，莎莎就已经陷入高烧半昏迷的状态。

这会儿，小志和小师妹的对话，莎莎全都听在耳朵里，却没办法发出任何声音。

她难受得根本没有力气发出声音，喉咙像有一把火在燃烧，脑袋昏昏沉沉的，神志是清醒的。发生了什么莎莎全都清楚，可意识是模糊的，她甚至都不知道自己是在清醒的状态，还是睡着了在做梦的状态。

身体一会儿冷一会热的，冷的时候仿佛置身于冰窟，控制不住地打着冷战。

听见小师妹这么误会小志，莎莎非常想出声帮小志解释一下。她不想让这两个孩子因为自己而吵架，发生任何争执。

在莎莎眼中，邻居弟弟小志是个真正的好孩子，外表温文有礼，似乎温和得没有脾气，可其实内里是一个非常有包容心、自爱的小家伙，也是一个很有自尊心的男子汉，自尊心强到有些事情宁肯自己咬牙硬扛，也绝不轻易说出口。

这样的小志，在莎莎看来，更是个需要照顾的小鬼，完全不懂得心疼自己的小鬼。

小志虽然拼命地隐藏着自己对小师妹的心意，平时喜怒不形于色，让旁人猜不出他真正的想法，但那些旁人可不包括她莎莎。她那个能和动物说话，并且看懂动物行动意图的技能可不是吃素的。

莎莎在一次和汪汪的对话中，通过汪汪的表述，隐约地知道了小志对小师妹的真实心意。

虽然不知道这两个孩子最近因为什么而有所疏远，都好长时间了，两个人都不像以往那样，天天捆绑出现了。每次看到小师妹那天天噘着小嘴不高兴的样子，莎莎好笑之余也不免有些替小志担心，她怕小志受到伤害，更怕小志因为小师妹而伤心。

所以，莎莎决不允许这两个孩子因为自己，而有任何矛盾冲突。

这样想着的莎莎，就拼命地自己跟自己较劲，努力地控制自己的身体，想要睁开眼睛说话，可持续的高烧早就把她的体力耗费得一干二净，不仅没能找回力气清醒过来，反而因为意识的努力挣扎，身体回到了炽热的状态。

莎莎感觉自己仿佛掉进了高温的温泉池子，有一种被蒸透了的感觉，周身的皮肤在向外渗透着冷汗，可体内的熊熊烈火却像是闷在皮肤下面散不出来，闷闷地烧灼着。现在的她浑身都冒着细细密密的冷汗，额头上更是急得出了一排密集的汗珠儿。

小师妹想来想去，也不知道该怎么让小志不和莎莎接触，实在没有办法了，她只好试着跟莎莎沟通，想从莎莎那边打开突破口，让她自己主动下来。只要莎莎能从小志的背上下来，小师妹甚至想，就算自己背着她一路到医院去也完全没问题啊。

毕竟莎莎生病了确实需要马上送到医院去，不能因为自己的嫉妒而耽误了看病的时间。孰轻孰重，小师妹还是分得清楚的，就算再不开心，她也不会眼睁睁地看着莎莎难受，没有人管。

"莎莎姐，莎莎姐，我是小师妹，你还好么？你能说话么？"小师妹轻轻地和莎莎打招呼，再次摸了摸莎莎的额头。

这一摸，小师妹彻底打消了让莎莎下来的念头。

莎莎的额头上全是细细密密的冷汗，而且汗珠儿是冰凉扎手的，额头却是滚烫骇人的，病得这么严重，难怪小志会这么严肃地跟自己说话。

"莎莎姐，你别害怕，有我和小志在，你一定会马上到医院的。莎莎姐，我们就在你身边哦，你不是孤单的一个人。"小师妹张口用轻轻柔柔的声音安慰着莎莎，甜美可爱的小师妹又回来了，那温柔的声音和刚才判若两人。

莎莎一直都没有回复小师妹的话。她也没生气，反而就这样在小志的身旁，轻声地安慰着莎莎，试着用自己的方式来帮助她。

小师妹一边跟着小志走着，一边伸出手扶着莎莎的肩膀，希望能够帮小志分担一些重量，也不顾小志的反对，尽量把莎莎的头扶在了自己这边，一起护送着莎莎去医院。

小师妹满心以为这样就可以帮助到小志了，可她完全忽视了莎莎长得比她高大，小志更是高出小师妹一个半头，小师妹的这个举动，不仅没有帮小志缓解重量，反而增加了小志背莎莎的难度。他必须用更大的力气平衡莎莎的身体，以免因为小师妹的举动把莎莎摔下去，更怕莎莎摔下去以后砸伤到小师妹。

刚才小师妹对莎莎说的话，小志全都听见了。他很欣慰也很开心，就算用尽全身的力气也没关系，他不打算开口制止小师妹这种帮倒忙的行为。

看着小师妹努力帮忙的样子，小志欣慰地点点头。这就是他深爱的女孩儿，那么善良，那么可爱，虽然会因为自己而发脾气，可当别人真正遇到困难的时候，她绝对会发自内心地全心全意帮助别人。

这样的小师妹，叫小志怎么能不深爱？

小志咬牙坚持着，很快，就要走到小镇医院了。他用头示意了一下小师妹，前面不远处就是小镇医院，声音温柔地对着小师妹说："小师妹，马上就到了。你歇会吧，跟着我们走就可以了，不用再扶着莎莎姐了。走了这么远，你也该累了，休息一下吧。"

小志是真的怕累着小师妹，他可舍不得小师妹吃一点儿苦。

小师妹看着小志充满关心的眼神透过明亮的黑框眼镜折射出来，一脸温柔宠溺的样子看着自己，顿时有一种喝了十罐饮料补充能量的感觉。

她连忙摇摇头，咬着牙坚持着，并且开心地向小志绽放一个灿烂的笑脸，星星眼里满是对小志的爱恋。

"我不累，小志，马上就到了呢，就让我帮你扶着莎莎姐吧。走了这么长的路，你肯定也累了，要不然你休息一会儿，我来背着莎莎姐吧？"

小师妹自告奋勇，主动要求承担背莎莎的任务。

小志看着小师妹开心的微笑，嘴角上扬成一个美丽的弧度，只好暗自摇摇头，真是个甜蜜的负担。

面对这样懂事的小师妹，再苦再累他都愿意承担。他继续背着莎莎往前走，并且加快了前进的脚步。

既然小师妹不愿意松手，那就快点到医院吧，省得累着她。

到了医院，小志将莎莎放在急诊室治疗的床上，让她接受医生的治疗诊断。这一路背过来真不轻松，希望没有耽误对莎莎的治疗。

小志长长地舒了口气，一会儿一定要问问医生，莎莎姐为什么烧得这么厉害。

小师妹放松地呼了口气，一路扶着莎莎走过来，她也很累，小脸热得红扑扑的，刘海还被微微渗出的汗液浸湿，贴在额头上，可爱的丸子头也有些散开了，一些发丝随着她扇手的凉风飘动着。

小志终于不用跟别的女的有接触了，小师妹很开心，她忍不住偷偷向小志的方向看去。

"小师妹，你……"

"小志，你……"

两个人竟然有默契地同时开口，异口同声地叫着对方的名字，彼此相视，不禁莞尔一笑。

"那你先说……"

"那你先说……"

又是默契十足的二重唱，小师妹和小志彼此看着对方，忍不住轻轻笑出声。两个人也因为这难得的默契，迅速地回到了轻松愉快的状态，氛围甜美而又美好。

小志宠溺地看着小师妹，第三次开了口，这次是他自己的声音：

"还是你先说吧，小师妹。"

小师妹看着小志浓密整齐的眉，抿着淡淡微笑的薄唇，高挺的鼻梁上架着黑框眼镜，温文儒雅的模样，简直是迷死人了。

"嗯，小志，我是想问你累不累，背着莎莎姐走了这一路，你累坏了吧？我帮你捶捶肩，好不好？"

小师妹忸怩地看着小志，刚才想说的话早就忘到九霄云外，只剩下对他的关心。她是想道歉的，可不知道该怎么开口。

"我不累，小师妹，你也跟着扶了一路，累不累？"

小志看着脸红得跟水蜜桃似的小师妹，微微一笑，直接拉着她的胳膊，把她拉到自己的身边，轻轻地帮她揉捏着肩膀和胳膊，动作轻柔，体贴入微。

"我也不累，小志……"小师妹鼓了鼓勇气，正准备道歉，还没开口，就被打断了。

"小志，还好你及时把莎莎送过来，她都烧到四十度了。要知道如发热过高，体温超过四十一度，持续时间长，是会导致人体各组织系统及器官发生功能障碍的，特别是对脑、肝、肾等重要脏器造成损害，那个时候再实施治疗，也会更加棘手的。"

穿着白色医生服的医生，拿着莎莎的体温计走到两人的面前，一脸庆幸的样子。

"啊？这么严重？"小师妹是一脸惊诧的模样。

"嗯，医生，辛苦你了，接下来要怎么治疗莎莎姐呢？"相比小师妹的惊诧，小志显得淡定得多，提出的问题也很关键。

医生赞赏地看着小志，马上回答了他的问题。

"引起发烧的疾病有很多，我已经安排护士给莎莎打了退烧针。但想要弄清楚莎莎得了什么病，要先带她去验血、验尿，检查一下血常规和支原体，查明一下病因，才能对症下药，做出针对性的治疗。现在，带莎莎去做检查吧，拿到检验结果，才能进行接下来的治疗。"

"好的，医生，我这就带莎莎姐去做前期的检查。"

医生解释得很详细，小志马上就理解了重点，立刻站起身，准备去病床上扶起莎莎去做检查。

小师妹也听懂了医生的解释，一想到小志又要和莎莎姐有身体接触，马上跟着起来前去帮忙。

在小志准备伸手扶起莎莎之前，抢着冲到前面，试图将莎莎扶起来。小师妹吃力地把莎莎的一只胳膊架在了自己的脖颈处，试图把莎莎先抱下床来便于搀扶，却错误地估计了自己的力气。

"哎呀！"小师妹发出了一声惊呼。

她不仅没有把莎莎从床上扶起来，还一个不小心，让两个人又重新跌回到床上。小师妹的身体刚好还压在了莎莎的身上，引发莎莎痛苦地呻吟了一声。

小师妹身体的重量，压得莎莎忍不住眉头一皱，本来就神经疼的各个关节猛地一抽，混沌的意识有些清明起来，挣扎着想要坐起来。

"小师妹、莎莎姐……"小志看着小师妹好心办坏事地摔倒在莎莎的身上，哭笑不得，心疼她摔下去会不会疼，又担心她砸疼了正极度难受的莎莎姐，增加不必要的病痛。

小志轻轻地摇摇头，从莎莎的身上扶起了小师妹，语气稍微有点无奈：

"小师妹乖，站到一边去，我把莎莎姐扶起来，你站在旁边就好。"

小师妹听着小志的语气，着急地为自己辩解：

"小志，我是想把莎莎姐扶起来的，没想到……"

小志一把将莎莎从病床上抱起来，向急诊室门口走去，打断了小师妹的话：

"嗯，我知道，我们先把莎莎姐送去验血吧。"

小师妹看着窝在小志怀里的莎莎，生气地咬了咬嘴唇，顿了顿足，也不再解释。

怕什么来什么，她就怕小志会抱着莎莎姐去做检查，结果，还真就抱着去了，可是看着被自己刚才压住的莎莎姐紧紧皱着的眉头，小师妹又无话可说。赶紧跟着小志的脚步，走到抽血室，先陪着莎莎抽血。

血抽完了，也送去检验室了，可接下来要去的地方是女卫生间啊。这让小志犯了愁，看着身边有点笨手笨脚的小师妹，不知道能不能放心地把莎莎姐托付给她。

"小志，就算是帮莎莎姐看病，可是女洗手间你也不能进哦，所以把莎莎姐交给我吧，我来陪她取检查样本。"小师妹一脸将功赎罪、信小师妹者得永生的表情，成功地逗笑了小志。

"嗯，我是没办法进去，所以你小心点扶着莎莎姐，不要让她摔倒了。"小志扶着莎莎一直陪着她们走到洗手间的门口，将莎莎的胳膊小心翼翼地架在小师妹的肩膀上，希望不会压到她。

看着小师妹瘦弱的小肩膀，努力地承担着莎莎身体的重量，小志有些心疼，为了要面子就这么累小师妹，这样好么？

可是也没别的办法了，他一个大男人怎么能进女洗手间呢。小志确实没有办法帮助莎莎。

这个时刻，小志反而庆幸多亏小师妹跟着一起来了。虽然她经常会好心帮倒忙，但此时此刻，没有小师妹的帮助，莎莎姐不知道要等到什么时候才能治病，刚才帮倒忙的小插曲都不算什么了，小志在心里默默地为小师妹的行为叫好。

一进到洗手间，小师妹就有些傻眼了，她是个非常爱干净的女孩子，虽然帮助莎莎姐看病是对的，可让她再做出进一步的帮助，她就非常为难了。

好在莎莎已经恢复了一些神志，她的嗓音非常的低哑，声音低到小师妹需要竖起耳朵仔细听，才能听见莎莎的声音。

"小师妹，谢谢你了，接下来我自己就可以了，你在门口等着我吧。"莎莎也知道小师妹是个非常爱干净爱美的女孩子。

这次病得这么厉害，莎莎也没有预料到，该做的身体检查必须要做，不然这么烧下去，莎莎也坚持不住，小师妹扶着她到卫生间，这就足够了。

用量杯盛了检查需要用的液体计量，站起身时，莎莎眼前一黑，差点又倒了下去，赶紧深吸了好几口气，努力地稳定着自己的身体。

再坚强、再不想麻烦人的莎莎也没办法再矜持了。她不能这么摔倒在地上，所以只能张口呼唤小师妹：

"小师妹，你在么？"

小师妹听到莎莎的召唤，赶紧走过来。

"我在，莎莎姐，我来扶着你，我们出去吧。"小师妹过来接莎莎的手，扶着她往外面走。

有了小师妹的搀扶，莎莎努力地站稳自己的身体，向小师妹靠近。这时，因为颠簸，量杯里的液体洒出来了一些，正好洒在了小师妹的鞋上。

"啊，好脏啊，我的鞋子……"看到洒在鞋子上的液体，小师妹忍不住跳着脚甩动着。

因为她的跳动，莎莎的胳膊被甩开，莎莎的身体再也维持不了稳定，软软地向侧边摔去。

扑通。

莎莎重重地摔倒在地上。

"啊，莎莎姐。"小师妹尖叫出声，她只是嫌尿液滴到鞋子上太脏了，这么爱干净的她根本忍受不了，可她没想过会把莎莎摔在地上。

小志在走廊里等了许久，等得已经心急了，没见到有人出来，就听到小师妹的尖叫声。

这声尖叫让小志再也顾不得什么礼仪了，他快步冲进女洗手间。

眼前的画面让小志忍不住眉头直跳，莎莎整个人倒在洗手间的地上，似乎昏了过去，小师妹惊慌失措地看着地上的莎莎，不知道该作何反应。

小志攥了攥拳头，脸上没有任何表情显露出来，却紧紧地抿着嘴唇，深深地看了小师妹一眼，看得小师妹心头直跳，也不知道自己该说些什么。小志就这样看着小师妹，一句话都没有说。

小志快抑郁了，他确实是郁闷得不得了。

一方面是气小师妹的靠不住，把莎莎摔了，其实更是气自己的刻板、轻率。他明知道小师妹力气不够，不一定能扶得住莎莎姐，却还是让她们两个进来了。

另一方面，是气小师妹每次都是这样自告奋勇地要求帮忙，却每每都帮了倒忙，他只希望莎莎姐没有摔坏。

小志再次将莎莎抱在怀里，快步走出女洗手间。

"小志……"小师妹也没想到自己跳跳脚，就把莎莎给摔了。

她是真的嫌别人的尿液脏，这有什么错么？试问谁会面对这样的事情无动于衷呢？她又不是故意让莎莎姐摔在地上的，小师妹眼含泪花，倔强地觉得自己没错，可是又不知道该怎么向小志解释出口。

莎莎姐真的太讨厌了。为什么要生病，为什么非要等高烧四十度才来医院，人都烧傻了烧糊涂了，什么都不知道了，然后再给别人添麻烦呢。莎莎姐，你为什么这么讨厌呢？

小师妹忍不住发起了大小姐脾气，对正在生着病的莎莎充满了敌意。

小师妹认为，今天这糟糕的一切都是莎莎造成的，小志从没有像刚才那样面无表情地看过自己。

小师妹缓缓地蹲下了身子，抱住了自己的膝盖，就像是一个被遗弃了的孩子似的。她不是故意的，她真的是想帮忙的，小师妹泪眼模糊地、悲观地不知所措。

不行，就算是这样，也不能让小志抱着莎莎姐走来走去。既然今天是来做好事，送莎莎姐看病的，那做事就要有始有终，必须陪莎莎姐看完病才能结束。

小师妹一抹眼角的泪花，她要去完成今天的使命，不能这么半途而废。

重新回到急诊室的病房，小师妹看着已经重新躺在病床上的莎莎，以及在旁边守护着莎莎的小志，没有吭声，悄悄地走了进来。

在小师妹走进急诊室病房的那一刻，小志就迅速地收敛起所有失控的情绪，直起身来看着小师妹进来的脚步，借以缓和刚才他进女洗手间的行为。

"小志……"小师妹轻轻地开了口，却不知道该如何继续说下去，更不知道自己该说些什么。

"嗯。"小志很快回应了小师妹，然后开口安慰她。

"你本来力气就小，扶不住莎莎姐这是很有可能的，是我疏忽了，没有替你考虑周全。医生刚才过来检查了，莎莎姐没有摔伤，你别内疚了。"

小志善解人意地为小师妹开解，让小师妹心里充满感动。

小师妹觉得自己的眼眶忍不住红了，鼻子也酸酸的，声音闷闷地开口解释：

"不是的，小志，不是这样的……"

还没等小师妹解释出口，出现在急诊室病房的护士再次打断了她要说的话：

"小志，莎莎姐的检查报告已经出来了，刚才医生已经看过了，是病毒性的上呼吸道感染导致的发烧，需要打几天点滴，还要按时吃药，饮食也需要注意。我先过来给莎莎姐做个皮试，确保医生开的药莎莎姐不会过敏，你去把药水拿过来吧。"

得益于小师妹爷爷的慷慨与善良，小镇上的所有居民，待人接物都非常的亲切而且富有耐心。

小志是小镇上的书记官，莎莎是小镇上唯一一家宠物店的老板，小师妹更是大家都喜欢的小天使，所以不管是医生还是护士，看到生病的莎莎是小志和小师妹一起送来的时候，都从各个方面都给他们开了绿色通道。

除了必要的检查和取药之外，没有让莎莎他们多花费一丝的精力，就连病情的解释也尽可能地做到细致入微，尽量说得简单明了，便于理解。

"好的，谢谢你，护士姐姐，我该去哪里取药？"听着护士的介绍，小志马上站起身，准备去帮莎莎拿药。

"不要，小志，还是我去吧，你在这里陪着莎莎姐，以防止她还需要做什么检查呢？"小志刚才的话，让小师妹心里满满的都是感动，在卫生间对莎莎的反感和敌意，都被小志化解了。

再加上刚才那一下，莎莎姐摔得好惨，虽然没有摔坏，可一定很疼的，小师妹也想为莎莎做点事情。

"取药这么简单的事情，就让我和护士小姐一起去吧。小志你坐下休息一会儿，我马上就回来。"

小师妹柔软下来的心，此刻全都放在心疼小志身上了。

小志一路上背着莎莎姐，到了医院又一直抱着莎莎姐做检查，一定累坏了，小师妹是真心地想要将功补过，帮小志分担一点照顾莎莎姐的负担。

看着再三坚持要去取药的小师妹，小志只好任由她去，叮嘱了一

170

下小师妹慢慢走,不要跑,注意安全这样的话,就把注意力放在了莎莎的身上。

打了退烧针的莎莎,虽然还没有恢复意识,但最起码脸色看起来好多了。额前细碎的发丝垂在医院白色棉质的枕头上,呼吸还是有些粗,带着一丝炽热。

莎莎安静地陷入到熟睡当中,脸上浮现出从未在外人面前展露过的孩子气的面容。因为莎莎的身材姣好,而且平时只穿着能凸显身材的深V衣服,和紧身能显翘臀的裤子,所以大家对莎莎的印象都是性感又爽朗大方的美女,眼前这孩子气的面容,就连小志都是第一次看到。

原来莎莎姐也有这样柔软、孩子气的一面啊。这样的莎莎姐看起来,也不像是三十岁啊。这要是让莎莎姐那众多的追求者看见,小志忍不住想了想那样的场景,莞尔一笑,估计莎莎姐的追求者又会多出几条街来吧。

看着病床上的莎莎姐,小志忍不住对这个在自己小时候,没少给予关心和照顾的大姐姐,除了亲情外,更多了一丝友情。

小志为躺在病床上的莎莎掖好了被子,将病房内的空调打开,把空调调整到最舒适的温度,走到病房门口,等着小师妹和护士回来。

小师妹她们还没回来,莎莎却已经恢复了部分神志。

"小志。"莎莎呼唤着站在门口等着接小师妹回来的小志。

"啊,莎莎姐,你醒了,要不要喝点水?"小志快步走到莎莎的病床旁边,给她倒了一杯水。

莎莎喝完水,闻着医院里浓重的消毒水的味道,紧紧地皱起了眉头。她不喜欢医院消毒水的味道,甚至可以说是厌恶到了一定的程度。

现在既然清醒了,莎莎只想赶紧离开医院,无论是要吃药也好,打针也罢,她只想回到家里接受治疗。本来她今天就是打算到医院请医生看病,然后回家吃药休息的。

"小志,我要回家。"这样说着,随着话语,莎莎的身体也行动起来，掀开被子，就准备下床。

"莎莎姐，你不能离开，医生说你这是病毒性的上呼吸道感染导致的发烧，需要打几天点滴呢。小师妹去帮你取药了，请你回床上躺好。"小志制止着莎莎的举动，尽量让她回到床上去。

"小志，你的好意我心领了，我是成年人，怎么照顾自己很清楚。不管是要打点滴还是吃药，在家里也是可以的。你要是真想帮助我的话，就去医生那里将我的药都取出来，送我回家吧。"清醒过来的莎莎，又是那个直爽的大姐姐了，对小志没有丝毫见外地直述自己的需求。

"莎莎姐……"小志一脸为难地看着坚持自己意见的莎莎，不知道该怎么劝她最好留在医院进行治疗。

小志并不知道莎莎曾经的过往，所以对她此刻的要求不能理解，但看着莎莎自醒过来就紧紧拧着、没有松开的眉头，也知道她是真的不喜欢在医院里面待着。

小志思考了一下，很快做出了决定。

"那这样吧，莎莎姐，小师妹已经去帮你取药了，我先去找到她，然后去问问医生，你是不是能够回家接受治疗，如果医生说可以，那我就把你送回家去。当然了，如果医生说你只能在医院进行治疗，那么就请你听从医生的专业诊断，留在医院，这样可以吗？"小志和莎莎协商着。

小志的好意，莎莎非常清楚，但无论医生是不是同意她回家，她都会回去治疗的。

莎莎也算是半个宠物医生，对一般的病理知识是知道的。

刚才小志说得很清楚，医生对她的诊断结果是病毒性上呼吸道感染，那是学名，其实说白了就是普通感冒和包括鼻腔、咽或喉部急性炎症的总称。她现在几乎可以肯定自己是扁桃体炎，所以才会发病这么急，有明显咽痛、畏寒、发热的症状。

莎莎今年三十岁了，从小的经历让她独立坚强，更让她在成长后，有一种经过时间打磨、苦难磨砺，从内而外散发出的温柔和爽朗，如何对自己负责任,她有绝对的话语权。

毕竟都三十岁了,基本的生活常识是一定具备的,扁桃体发炎不是什么可怕的大病,如果不是因为发烧需要降烧,吃消炎药、多喝水、注意饮食调整就能治好,莎莎对小志紧张自己的表现,好笑之余,更多是一种感动,也不再坚持,默许了小志的建议。

小志马上走出病房去找小师妹和医生。

小师妹已经拿到了莎莎治病所需的药,有吃的胶囊,也有打点滴需要用的药水,统统都装在一个药篮子里,看到小志来找自己,晃着手里的药篮子,挥着手高兴地跟他打招呼。

"小志,你怎么来啦?"小师妹蹦蹦跳跳地窜到小志面前。

小志顺手接过小师妹手里的药篮子,自然地拉着她的小手往前走着。

"嗯,我来接你,顺便找医生咨询几个问题,莎莎姐想回家,我去问问可不可以。"

小师妹看着小志和自己十指紧扣的双手,心里甜丝丝的,也没听清楚小志到底说了些什么,就跟着他一路走到医生值班室,咨询完问题,又美滋滋地和小志手拉手回到急诊室病房。

回到急诊室,小师妹还示威似的,将和小志拉着的双手,冲着莎莎摇了摇。

莎莎看着小师妹一脸示威、不服输的小表情,笑而不语,准备从病床上起来。

小志赶紧松开小师妹的手,快步上前,按住莎莎准备起来的身子,告诉她医生的建议。

"莎莎姐,你先躺好,我咨询过医生了,你想回家治疗没问题,但今天肯定不能回去了。你需要在医院打完点滴才可以,医生说你明天才可以回去。"

莎莎也预料到这样的结果了,不再坚持,等着护士过来打针。

从小志甩开自己的手去扶莎莎的时候,小师妹不高兴了,小志今天对莎莎简直太好了。

又背着她来医院，又为了扶她甩开自己的手，还在莎莎摔倒的时候，冲进女卫生间抱她出来，她不理解小志为什么要对莎莎这么好。

就算莎莎姐生病了，那自然有她那些追求者紧张。小志这么殷勤是为什么，小师妹就是不喜欢小志对别的女的好，所以嘟着嘴一个人在旁边生着闷气，希望引起小志的注意。

小志没有关注到小师妹的小情绪，只是单纯地希望莎莎快点恢复健康，走到饮水机旁边倒了一杯水，让莎莎吃药。

小师妹为了让小志关注自己，上前抢着要递水给莎莎吃药。

小志的水本来都倒好，已经递到了莎莎的方向了，却没料到小师妹伸手过来抢着要递水。

水杯被小师妹伸过来的手打翻了，水哗地一下全洒在了莎莎的身上。虽然不烫，可湿漉漉的水淋了莎莎一身，让她忍不住马上就打了个喷嚏。

小师妹不知所措地站在病床前，怎么又好心办坏事了？

"莎莎姐，你还好吧？"小志看到掉落在地上的杯子和莎莎一身的水渍，无奈地看向小师妹，"小师妹，你这是在做什么？怎么慌慌张张的？"

今天的乱子实在太多了，莎莎不想再有任何节外生枝的事情再发生了，赶紧劝解，对着小志，轻轻地摆了摆手："小志，我没事儿，擦干就好了。"

"莎莎姐，快擦擦吧，别再着凉了。"小志转身取来一条干净的毛巾递给了莎莎，无奈地看着小师妹，"唉，小师妹。"

小志只是看着小师妹轻轻地叹了口气，最终，什么话也没说。

"我又不是故意的。"小师妹眼圈含着泪水，心里极其委屈。她不是也一直在努力地照顾莎莎姐么，小志和莎莎姐这是统一战线针对谁呢？

莎莎的好心开解，此时此刻在小师妹眼里无疑跟火上添油一般，还不是因为莎莎才会这样的。这一晚上自己忍受了多少嫉妒、承受了多少无端的委屈。

"小师妹，我知道你是好心，你也累了，坐下好好休息一会儿吧。"

小志的语气充满了无奈，将小师妹拉在一张椅子上，安排她坐下。

又回到莎莎的身边，换了一床干爽的被子，还拿着毛巾帮她擦被水泼湿的头发。

小志对莎莎温柔的举动，和对自己有些冷淡的话语，深深地刺激了小师妹。她从椅子上跳起来，不满意地对着小志大喊出声。

"小志，我累了，你送我回家吧。"说着就上前去拉小志的手，制止他给莎莎擦头发的举动。

小志是她的，小志不能给别的女人擦头发。

"小师妹，你要讲道理。我走了，谁来照顾莎莎姐呢？"小志无奈地给小师妹讲道理，试图让她明白现在的状况。

小师妹一次次制造的混乱已经给病中的莎莎带来了困扰，他得替小师妹做好善后工作，于情于理都没有现在离开的道理。

"小志，你确定不送我回去吗？"小师妹骄傲地看着小志，又问了一遍，如果这次小志的回答还是不送的话，那她绝对一个字都不会再说，扭脸就走，小师妹保证她绝对能做到。

她的底线，是不允许任何人践踏的！

"小师妹，你一定要这样无理取闹么？我走了，谁来照顾莎莎姐呢？"小志皱紧眉头，看着小师妹，再一次回绝。

听到小志的回答，小师妹什么也没说，直接站起来，头也不回地转身就走。

哼！臭小志，不送就不送，有什么了不起的，谁稀罕你送啊。小师妹在心里傲娇地冷哼，就连小志喊她，都故意装作听不见。

都是莎莎姐害的，今天和小志共进晚餐的计划又泡汤了。小师妹一边生气地往家走着，一边充满了敌意地埋怨着莎莎。她简直要气死了，又委屈又气又急。

回到家的小师妹冲了个澡，穿着睡衣，头发被毛巾紧紧包裹着走到窗前，对着繁星点点的夜空深深地吸了口气，试图让自己开心一些，可站了好一会儿，郁闷的心情还是没有缓解。

小师妹只好躺回舒服的床上，试图睡觉，但是她翻来覆去、辗转反侧，怎么也睡不着。

小师妹觉得小志今天对莎莎姐似乎太好了，好到她现在忍不住胡思乱想起来。

委屈是真心的，气愤也是难以平息的，但是更让她无法接受的是，小志竟然为了照顾莎莎姐，连送自己回家的请求都拒绝了，心里不禁有种深深的失落。

小志背着莎莎去医院，走那么远也不嫌累。小志冲进女洗手间抱莎莎，竟然都不觉得尴尬。小志拿着毛巾给莎莎擦头发，动作那么温柔。小志为了迁就莎莎，去找医生咨询能不能回家治疗，为了莎莎，甚至不在乎她一个人回家会不会害怕。

小志的眼里似乎只有莎莎姐，已经再也没有她的存在了。难道小志喜欢莎莎姐吗？

小师妹被自己的想法惊到了。她猛地从床上坐起来，不敢置信自己怎么会突然冒出这样的念头。

不，不可能。小师妹拼命地摇头否定自己，重新躺回床上。

莎莎姐都30岁了，小志才25岁，两个人相差5岁呢。小志肯定不喜欢姐弟恋的。他是小镇的书记官，对大家同样的好，平日小镇居民日常生活中的各种问题和烦恼也都是小志解决处理的，不能因为今天对莎莎姐的好就怀疑小志。

可小志真的不喜欢姐弟恋吗？小师妹不敢确定，爱一个人哪有什么道理啊。

世界上那么多伟大的爱恋，都是超越了年龄、国籍、身高、外貌的。

莎莎姐，有那么多追求者，但却一直未婚，连男朋友都没有一个，而且平时对小志也特别照顾，这种照顾难道是出于爱？因为爱小志所以悉心照顾他？

小师妹不敢再往下细想了，如果莎莎姐也喜欢小志怎么办？

莎莎姐在小镇上给大家留下的印象是极好的。她温柔、爽朗，脸上总是带着最灿烂的微笑，身材也很好，凹凸有致，时刻透露出一种成熟性感的健康美感，让人一看就会爱上她，就连小师妹自己也很喜欢莎莎姐的。

这样优秀的莎莎姐，除了年龄大点以外，别的方面一点都不逊色于自己。

对于和小志是青梅竹马的小师妹来说，小志是全世界最靠谱的朋友，那么对于从小就关心爱护小志的莎莎姐来说，小志是个怎样的存在呢？对于小志来说，莎莎姐是他喜欢的人么？

最近小志疏远她的事情也被小师妹想到这次的事件里，她突然想到近期小志反常的行为，自从生日宴会以后就不接自己的电话，接电话了也不答应她的请求，刻意保持着距离，就连今晚的晚餐也拒绝去吃，反而是陪着莎莎姐去医院，还不送自己回家，让自己一个人走。

难道小志真的喜欢莎莎姐，他们两个已经在一起了吗？

小师妹越想越后怕，越想越担心，就这样不知不觉进入了睡梦中。

朦朦胧胧中，她不经意间走进了小镇的教堂。

庄严肃穆的教堂内正在举办着婚礼。

小师妹只能看到穿着白色婚纱的新娘，和站在她身旁穿着白色燕尾服的新郎，两个人的身影看上去都熟悉极了，一定是她认识的人。

她好奇新娘和新郎的身份，慢慢地走到他们的面前。

"啊，小志！莎莎！"

小师妹惊呼出声，简直不敢相信自己的眼睛。

小志居然牵着莎莎姐的手，在教堂举办结婚典礼。而且他们并没有请她，是她误打误撞地来到这里的。

"小志，你不能娶莎莎！"小师妹惊恐地拉住了小志的手，试图制止他们。

小志面无表情地看着惊惶失措的小师妹:"小师妹,请松手,我爱的本来就是莎莎!为什么不能娶她呢?请你让开,不要打扰我们的结婚仪式!"

小师妹不敢置信地看着冷漠的小志,惊恐地摇着头:"不,你不是小志,小志不会这样对我的,小志是我的……"

小志甩开了小师妹紧紧抓着的手:"来人,把小师妹拉走,别让她捣乱!"

有人走到小师妹的面前,试图带她离开。

"不!我不要,我才不要呢!"

伸长手臂的小师妹,突然睁开了眼睛,她快速打量了一下四周,被白色蕾丝、粉色细纱笼罩的公主床,床边的梳妆台……这里不是教堂,是她的卧室。

小师妹擦了下额头上的冷汗,轻轻地呼了口气。

原来是梦,但是梦境却是那么真实。

梦里的一切让小师妹后怕不已,她居然梦到了小志娶莎莎,在教堂举办婚礼。

"不要,我才不要呢,小志是我的!"小师妹迅速从床上跳起来,因为动作太猛,眼前一黑,她赶紧扶住了床边,闭上眼睛。待情况好转后,小师妹慢慢睁开眼睛,轻轻地呼了口气。

小师妹脚步有些踉跄地穿上鞋子下楼,被梦境吓得心惊肉跳的她,脚踩在楼梯上都有强烈的悬空感,仿佛踩在棉花上一样,她扶住了楼梯扶手慢慢走下楼。

走入厨房,她拿起杯子,大口大口地灌下了一杯凉水,才慢慢地把内心的惊慌给压了下去。

她放下杯子,双手重重地拍了拍自己的脸颊,让自己彻底地清醒过来。

幸亏,一切都只是做梦而已,只是噩梦而已。

小师妹看着窗外那黑蒙蒙的天空,心情十分的复杂。所谓日有所思,夜有所梦,这话说得一点儿都没有错。

那个梦境,真实得让她现在依旧还能感觉到心慌和心悸。哪怕努力地想要甩开白日小志温柔细心地对待莎莎姐的画面,可心里依旧是蒙着一层深深的阴霾。

并非是她自己敏感,而是这段时间,小志一直对她冷冰冰的,忽冷忽热的,她明显感觉到小志的疏离,叫她怎么能够不敏感?

她一直想不通是什么原因,为什么小志忽然这样对她。而现在,莎莎姐忽然和小志那样亲密,虽然说,今天是因为莎莎姐生病了,但小志对莎莎姐的温柔和细心,也不可能是一天就能够这样熟练和自在的。

她之前也知道,小志和莎莎姐的关系不错,莎莎姐一直都很照顾小志。但她却没有想到,他们的关系,似乎比她想象中的要亲密得多了。

小志甚至都能够不避讳地背着她抱着她……

一想起那个画面,小师妹只感觉满心的烦躁。

小志该不会是真的喜欢上莎莎姐了吧?所以他最近才对她疏远和冷漠?

不不不,她怎么能够允许这样的事情发生呢?

强烈的嫉妒心和对小志的绝对占有欲支配了小师妹的理智,无论什么事情,一旦牵扯上小志,她都没有办法保持冷静。所以她决定去找找莎莎姐,她要警告莎莎姐,小志是自己的,不许莎莎抢走小志,更不许莎莎缠着小志。

说做就做,小师妹顾不得什么,随手抓起一件外套披上,便转身出了门,然后急匆匆地跑到莎莎家,使劲地敲了敲门。

刚从医院回到家里的莎莎,还没来得及进屋好好抱抱汪汪,跟它说说话,就听到砰砰的敲门声,莎莎还以为是小志这么快就从医院把药取回来了呢。

莎莎赶紧走到门口开门,带着笑意地调侃:"小志,你是穿了风

179

火轮么，怎么这么快回来？我才进……"

"门"字还没有说出口的莎莎，在看清来人之后戛然而止，换上一副惊讶的表情和小师妹打招呼。

"啊，是小师妹啊？呵呵，你怎么来了，快进来吧。谢谢你今天和小志一起把我送到医院，辛苦你了。"

莎莎一边友善地把小师妹迎进门，一边跟她道谢，白天辛苦这个孩子了。

小师妹本来就是来莎莎家警告她的，莎莎开门时脱口而出的话语，瞬间点燃了她的怒火，难道莎莎姐和小志已经好到这种地步了么？都不用开门看看是谁，就张口小志、闭口小志的，这怎么可以？

小师妹恨不得直接开口问个清楚明白，但她的视线不经意地扫过莎莎的脸庞。

因为生病，莎莎的脸色很不好看，暗沉中透着苍白，眉宇间尽是疲惫之意，小师妹那满腔的怒火，那急切的问话，瞬间就堵在了喉咙里，怎么也说不出来了。

说到底了，她虽性格傲娇，有着大小姐脾气，但她骨子里，却依旧是一个善良可爱的小姑娘。

哪怕此刻她已经快要被自己的猜忌堵得心口发慌烦躁，却还是无法就这样咄咄逼人。

小师妹垂在身体两侧的手用力地握了握拳头，深吸了口气，终究还是没有说什么，只跟随着莎莎的脚步，慢慢地走入了屋子里。

莎莎的住处不大，简单的一室一厅，却布置得十分温馨，而五十多平米的房子，动物的用品就堆满了一半。

可见莎莎有多么喜欢动物了。

就像她，最喜欢布娃娃，房间里都堆满了布娃娃。

莎莎养了一条狗，名叫汪汪，是她从小养到大的，与莎莎极其亲密，简直就像是亲人一样，莎莎几乎是每天晚上都要抱着汪汪才能够入睡的。

她一进门，第一时间便呼喊汪汪。

在家等了一天的汪汪，听到莎莎的声音，就知道是她回来了，高兴地摇头晃脑地从屋里跑出来迎接，这一晚上，可把汪汪给担心死了。

汪汪亲密地朝着莎莎扑了过来。

莎莎亦是习惯性地张开双臂迎接汪汪。

一人一犬抱在一起，很是亲近。莎莎靠在汪汪的身上，微微闭了闭眼，那浑身的难受，似乎都消除了不少。

汪汪同样是眷恋般蹭了蹭莎莎的脖颈，伸出舌头舔了舔莎莎的脸颊。

莎莎轻轻呵呵地笑了声，随后伸手抚摸了一下汪汪的脑袋，柔声道："好了汪汪，我这儿有客人呢，你先自己去玩。"

汪汪却不太愿意，或许是因为一整天没有看见自家主人了，就只想要黏着她。

他冲着莎莎汪汪地叫了几声，声音中含着一丝丝委屈的感觉。

莎莎见此，无奈地摇了摇头，她没法强硬地把汪汪赶走，只好道："那好吧，你坐在这里可以，但必须得乖乖的，不能吓到客人，知道吗？"

汪汪当即高兴得摇晃着尾巴，仿佛在说遵命。

莎莎轻抚了抚汪汪的脑袋，这才抬眼看向小师妹，略带着一丝歉意："不好意思，我家汪汪太黏人了，快进来坐吧。"

莎莎招呼着小师妹，让她坐到客厅的沙发上，然后又道："要喝点什么吗？"

莎莎虽说已经打过了针，但到底还是病着，小师妹怎么好意思让她忙里忙外的，她连忙摇了摇头："不用了，莎莎姐，你也快坐下吧，不用忙了。"

虽然小师妹这样说，但莎莎还是转身入了厨房，给小师妹倒了一杯水，轻轻地放在小师妹的面前。

小师妹盯着自己面前的那一杯水，再抬眼看了看莎莎那温婉恬静的脸庞，微微地有些出神。

莎莎姐真的和她自己完全不一样。

哪怕她此刻内心对于她是充斥着敌意的，很是排斥的，但在她的身边，看着她，却没有办法说出任何一句敌意的话。

她的温柔温婉，仿佛能够化解掉人所有的怒火，让人都没有办法出力一样。

是不是，小志就是被莎莎姐这样的温柔给吸引住了？

不不不，她又在胡思乱想什么呢？莎莎姐再好，小志也不会喜欢她的。他也不能喜欢她，他是她的！

小师妹的眼神慢慢地沉了沉，拳头也一点一点地握紧。

莎莎看着小师妹脸上的神情渐渐变冷，眼神复杂，眼底不由得划过一丝疑惑。

说实话，平日里她向来只和动物待在一起，又因为不信任人类，所以很少和小镇上的人们有任何来往。

在大家的眼里，她算是一个较为孤僻的人。

她也就仅仅是和小志比较熟悉亲近。

所以现在小师妹忽然来找她，她想不出来有什么原因，毕竟她们不是很熟。

而且小师妹这脸色看着……也颇有些怪异。

莎莎微微收敛神情，扬起一丝笑，温柔地开了口："小师妹，你来找我，有什么事吗？"

莎莎的声音，一下子把小师妹从呆愣中拉了回来。她微微怔了怔，才慢慢地抬起眼。

原本满肚子的话，现在一时间竟是不知道怎么开口了。

莎莎略微觉得有点奇怪，歪了歪脑袋，轻轻地嗯了声，汪汪在她脚边，撒娇般地蹭着她。

小师妹深吸了口气，本想要直接切入主题的，可一开口，却变成了迂回的话：

"莎莎姐，你……这么久了，一直都是一个人吗？"

小师妹这话，问得着实有些突兀，莎莎不由得愣了一下，没反应过来。待她反应过来之后，也不知道怎么回答小师妹这个问题。毕竟小师妹怎么会好奇这个问题呢。

最后，她只笑了笑，笑容还是那样温柔："怎么这么问？"

小师妹也知道自己这话问得很突兀，也有点尴尬，但她心里还是急切地想要知道莎莎姐和小志之间，到底有没有什么其他的关系，但终究有点不好意思，她下意识地垂了垂眼眸，伸手把头发绾到耳后，才慢慢开口："没有啦，我就是有点好奇。"

小师妹也不好表现得太过明显，她扯出一丝笑，略微带着一点撒娇的口吻，"这么久了，好像你一直都是一个人的样子，莎莎姐，你都没有交男朋友吗？"

最后一个问题，小师妹的声音不由得稍稍提高一个调，心也微微地悬了起来。

她很忐忑，莎莎姐会怎么回答。

如果莎莎姐说她有男朋友，男朋友还是小志，那她该怎么办？

光是这么一想着，小师妹的心就难受得要绞成一团。

小师妹这一个接着一个的问题，着实让莎莎有点蒙。

莎莎性格有些孤僻，向来独来独往，只喜欢和动物打交道，平日里有什么话，也只会和自己最爱的汪汪交流，很少会和其他人谈论关于自己的事情。

小师妹忽然跑来，一张口就是这样的问题，一时间她都不知道要怎么开口回答她。

毕竟，她和小师妹的关系，还真的没有到这一步。

她抬了抬眼，正想着怎么回答，可眼神一接触到小师妹的脸庞，她又是一愣。

小师妹虽尽量地克制着自己的情绪，但她的眼神却藏不住她的迫切，仿佛她的回答对于她来说，很重要。

大大的眼睛里闪烁着盈盈光芒，极力想要掩藏，却又在不经意之间泄露自己真实的情绪，让人不忍心拒绝她。

算了，反正也不是什么大事，回答她也没有什么。

莎莎轻笑了声，缓慢地摇了摇头："没有呢，我没有男朋友。"

不知道是不是因为生病，莎莎的声音带着一丝低沉的沙哑，在寂静的夜里，泛着迷人的磁性。

小师妹看着莎莎，齐肩的短发披在身后，尾部稍稍有点弯曲的弧度，俏皮地洒落在白皙的脖颈处，衬得那细长的脖颈又白又嫩。

她微笑着，浅浅一笑，眉眼弯弯，黑黑的眸子里仿佛能够折射出光芒一样。

哪怕此刻她的脸色依旧有些苍白，但这一抹苍白，丝毫无损她的美丽，反而更为她增添了一份楚楚可怜的风情。

这样的女子，似乎美好得有点过分。

成熟中透着韵味，有一种让男人转不开眼的魔力。

别说男人，就连她作为女人，看了都有点挪不开眼。

哪里像她，天生一张娃娃脸，都二十二岁了，还跟小女生一样。就算是穿着成熟的衣服，也好像小女孩偷穿妈妈的衣服一样，一点女人味都没有。

小师妹感觉自己的心里，像是塞满了酸涩的葡萄，酸得她难受。

可莎莎的回答，却还是让她猛地松了一口气。

就那么短短的几个字，似乎一下子就把重重地压在她心口上的大石头给搬走了。

没有男朋友……

莎莎姐没有男朋友……

那就是说，小志和莎莎姐，现在还是什么关系都没有的。

小师妹是个不擅长掩饰自己的人，一听到这个话，那紧蹙着的眉心，猝然一松，就像是听到了什么天大的喜事一样，当即露出大大的笑脸，还不由庆幸地脱口而出："太好了！太好了！"

莎莎姐看着小师妹那变换极快的表情，不知道是该笑还是该愣，她完全不知道小师妹这葫芦里卖的是什么药。

怎么她没有交男朋友……她这么开心？

莎莎有点哭笑不得："小师妹，你这……有什么这么开心吗？"

小师妹的笑脸猛地僵了僵，她……她怎么就一个得意忘形，忘记了莎莎姐还在旁边呢。小师妹微微尴尬地吐了吐舌头，黑黑的眼珠子滴溜溜地转了转，连忙补救了一句："没，没有啦。"

小师妹不自觉地端起桌子上的杯子，喝了一口水，以掩饰她的尴尬。

莎莎笑了笑，也没有再追问什么。

小师妹连喝了好几口，才把那股尴尬给压了下去，可脑海里忽然一闪，她像是又想到了什么，脸上那大大的笑容，微微地有点消沉下去。

她放下水杯，看了莎莎一眼，斟酌了一下字句，再次轻声地开了口："那个……莎莎姐，就我知道，小镇上追求你的人好多好多，都可以绕着小镇好几圈了，你怎么都不考虑一个……是不是因为，你有喜欢的人了？"

莎莎真的不明白，自己的感情生活，小师妹怎么会这么感兴趣，一连串的问题都是绕在这个上面，但她能够感觉到小师妹的小心翼翼，每一个问题，都问得如履薄冰。

她虽疑惑，却也没有戳穿，尽量用玩笑的口吻来松动此时的气氛。

她歪了歪脑袋，唇角轻弯，语气慵懒："喜欢的人？你指谁呢？"

莎莎姐没有第一时间否认？

小师妹的双眼微微睁开，原本飘浮在半空的小心脏，一下子又吊到了最高点。

莎莎姐这个话的意思……难道是说，她的确有喜欢的人吗？

小师妹感觉到自己口干舌燥，竟没法开口问出下一句话。

她用力地吞咽了好几下口水，克制着自己的心慌，努力地扯出一丝笑，让自己看起来自然些：

"比如……小志呢?"

这几个字,仿佛用尽了她全身的力气。绕了那么一个大圈,她终于问到了她最想要知道的问题。

她的双手不自觉地细细战抖着,双眼也不受控制地,紧紧地盯着莎莎的嘴巴,希望能够从里面听到她,让她心安的回答。

一如之前几个问题一样。

看似随意的一个问题,可小师妹却是神情紧绷,眼神认真,双手都已死死地绞到了一起。

然而,这一个问题,对于莎莎来说,却是一个十分简单的问题。

小时候的经历,让她对人类极其不信任,只有小志是例外。

因为小志让她想起曾经的自己,在她的心里,小志就是另外一个自己,所以她对小志的感情,当然非同一般。

小师妹这么一问,她自然也没有多想,习惯性地回道:"喜欢啊,我当然喜欢小志。"

她口中的喜欢,并不是小师妹以为的那种男女喜欢,而是姐姐疼爱弟弟那种类似亲情的喜欢,而是自己怜惜曾经自己的喜欢。

可小师妹不了解她心里的想法,她只知道,莎莎说她喜欢小志……她果然是喜欢小志的……

那小志呢?小志是不是也喜欢她?

所以他们情投意合?

所以莎莎生病了,小志才会那样紧张?

小师妹脑海里不自觉地浮现了小志和莎莎亲密的模样,小志背着莎莎去医院,莎莎亲密地趴在他的背上,还有……医院里,小志亲力亲为地照顾莎莎,甚至不惜抱起她去洗手间。

每一个动作,都那样娴熟,那样亲密,那样的默契……

她和小志青梅竹马长大,小志都没有抱过她,背过她呢……

难过、妒忌、猜疑齐齐地涌现上来,在小师妹身体里剧烈地翻滚着。

小师妹原本是个极善良的女孩子,但她却也有一个最大的毛病,便是有着很强的嫉妒心。她对小志的独占欲,已经强到一种偏执的程度,任何有关于小志的事情,都可以让她失去理智,变成另一个人。

此时此刻的她也没有例外。

小师妹猛地抬眸,大大的眼睛紧紧盯着莎莎的眼睛,颇有些尖锐地张口质问她:"莎莎姐,你真的喜欢小志?"

小师妹的口吻让莎莎微愣了愣,惊讶地看向她,不明白小师妹忽然怎么了,有些奇怪地回复她:"小师妹你怎么了?"

或许是感觉到了小师妹的敌意,原本一直温顺地躺在莎莎脚边的汪汪,有点警惕地抬了抬头,望向了小师妹。

小师妹一心想要得到一个确切的答案,只紧紧地盯着莎莎,语气急切地继续追问:"你别管我怎么了,你只需要回答我的问题就好了,你是不是真的喜欢小志?"

小师妹这语气,让汪汪感觉到了威胁,它一下子从地上站了起来,看了看小师妹,然后回头冲着莎莎汪汪叫了两声,眼底写满疑惑。

汪汪这是在问莎莎发生什么事情了。

外人并不知道莎莎可以和动物说话,所以它一点也不担心小师妹会发现什么,直截了当地询问。

莎莎自己也是云里雾里的,当然无法回答汪汪,可她还是垂眸冲汪汪投去一个安抚的笑容,让它少安毋躁,然后再抬眼,看着情绪逐渐变得激动的小师妹。

莎莎秀眉微蹙了蹙,眼底掠过疑惑诧异,细细地想了想,最后有了一丝了然。

她就说嘛,难怪小师妹忽然跑来关心她的感情生活,原本醉翁之意不在酒。

小师妹喜欢小志的心意,她也略微知道一点的,所以她才来试探她的心意?

莎莎看着认真的小师妹,哑然失笑。

她真的是想太多了，她对小志的感情，就是姐姐对于弟弟的感情，压根儿没有半分的男女私情。她怎么能把她和小志想到一块儿呢？

莎莎笑了笑，美丽的脸庞绽放笑颜，灿烂而艳丽。

小师妹看着莎莎那灿烂如花的笑容，一颗心急速地坠入谷底，整个蒙上一层灰蒙蒙的尘埃。

莎莎姐在笑什么？

因为想起了小志，所以笑吗？

这样的笑，笑得这样明媚，漂亮的眼眸都变成了两个小小的月牙儿，唇角浅浅上扬，甚至连那苍白的脸颊，似乎都浮现了两朵红润。

这就是想起了喜欢的人的模样啊。

莎莎眼睛含笑，望着小师妹，柔柔地开了口："是，我的确是喜欢小志的……"

小师妹紧绷的那一根弦，在这一刻猝然崩断。

她的眼睛瞪大瞪圆，眼睛里带着极致的惊恐和不安，最后逐渐被浓浓的阴霾所取代。

理智在这一刻尽数抽离，小师妹只知道，莎莎姐承认了她喜欢小志，而小志，也有可能会喜欢她。

那么到时候，他们彼此喜欢，相互爱慕，就有可能会在一起。

就像是她刚刚做的那一场噩梦一样……

她怎么允许？她决不要这样的结果！

小师妹陷入了自己的猜忌中，根本没有注意到莎莎的话还没有说完，她死死地盯着莎莎，眼睛里流露出愤怒的光芒，她冲着莎莎大声地开口："莎莎姐，小志是我的，我不准你喜欢他，不准你纠缠他，也不准勾引他！"

为了捍卫自己的爱情，小师妹失去了平日里的温和，脑子里一团乱，也丝毫没有意识到自己的话有多么粗鲁和无礼。

莎莎原本要解释的话，一下子被小师妹这句话给堵了回去。

她万万没有想到，善良温和的小师妹，会忽然间说出这样粗鄙难听的话。

"勾引？纠缠？小师妹，你知不知道自己在说什么？"

莎莎看着口不择言、小脸被气得通红的小师妹，充满惊讶地反问她，她并没有因为小师妹的话生气，反而充满了不解。

这么跟自己说话的小师妹，可不像平时那个善良懂礼貌的可爱小公主。

看来，她对她和小志的误会，实在是太深了。

她必须得好好地和她解释一番才行。

"小师妹，其实我和小志……。"莎莎急急忙忙地要开口解释。

"你什么都不用说，我不想听！"小师妹却断然地打断她的话。

她不想要听莎莎说任何关于她和小志之间的事情，她半点都不想听。她害怕她听了，会更加愤怒、嫉妒，会做出更加疯狂的事情来。

"我只需要你答应我，你以后都不会喜欢小志，会离他远远的，不会再和他有任何交集，那就够了。"

小师妹因为激动，双颊涨得通红，音量也一点一点地拔高，说到最后，尾音的声调都有些尖锐。

莎莎都有点被她激动的模样吓到，身体无意识地往后缩了缩。

汪汪原本就已经在一旁虎视眈眈了，它原本就是一条护主心切的狗，现在小师妹不留情面的质问，成功地激起了汪汪的怒火。

"汪……汪……"汪汪冲着小师妹，大声地冲着小师妹吼叫着、警告着，露出尖利的牙齿，高高地昂起头，咆哮着。

"谁允许你这么说我家莎莎的，我家莎莎是女神你知道不。小师妹，如果你不会说话就给我闭上嘴巴，不许你再诋毁莎莎了。"这是汪汪对小师妹吼叫出的话，它的话莎莎都听懂了，可听在小师妹的耳朵里，却是汪汪刺耳的咆哮声。

小师妹眉头狠狠地蹙了蹙。

莎莎连忙回神，也顾不得和小师妹解释，先安抚着汪汪，不希望它对小师妹无礼。有外人在场，莎莎不方便和汪汪交流，只能用眼神尽量示意汪汪不要冲动,她没事的。她知道汪汪这是在忠心护主。

汪汪给自己的定位一直都是莎莎最忠实可靠的守护神,不管莎莎的反应是怎样的,有人敢对莎莎出言不逊,它第一个就不允许,谁都不行,就算是小师妹也不可以。

莎莎轻抚着汪汪的头和背脊,动作十分轻柔,试图把它的怒火一点一点地压下去。

在小师妹看来,莎莎就是在无视她的话,都这种时候了,她还有闲情雅致去抚摸她的狗?

小师妹气得直接站了起来,颇有点居高临下的姿态,死死地瞪着莎莎,几乎要把她整个人瞪穿了一样,语气越发地冲了:

"莎莎姐,你这是什么意思?你听到我说的话没有?我叫你不准纠缠小志,你听见没有!"

原本汪汪都已经快要被莎莎安抚下来了,没想到小师妹忽然这么一句话,再次把汪汪的怒火给挑了起来。

汪汪再次抬头,冲着小师妹大声地狂吠:"汪汪汪……"

莎莎真的是感觉一个头两个大了,这边没有安抚好,那边又起来了。

面对小师妹的咄咄逼人,她真的挺无力的。

她只能尽力地挑着重点说:"小师妹,你听我解释,我没有纠缠小志……"

可惜,此刻小师妹已经失去了理智,她根本听不得莎莎的任何解释,觉得她的解释全部都是借口。

"没有?如果不是你不要脸地缠着小志,小志怎么会拒绝和我吃晚餐,怎么会让我一个人回家,怎么会这么长时间都刻意疏远我?"小师妹的声音越来越高,语气越来越差。

"从生日宴会到现在,小志已经好久没陪过我了。如果不是你,小志又怎么会不理我?你说你没有纠缠小志,那小志为什么对你那么好,对你那么亲密……?"

小师妹一声比一声大，一句一句的质问从口中蹦出，莎莎一时间根本无法反驳，急得呼吸都不稳了。

汪汪见着主人被质问成这个样子，终于按捺不住，它四肢紧绷，尾巴竖起，眼睛凶狠地瞪着小师妹，大声地冲着小师妹咆哮着，怒吼着，森森的白牙威胁性地对着小师妹亮出，似乎下一刻就要咬在小师妹身上一样。

汪汪的叫声，成功地打断了小师妹要说的话，汪汪那充满威胁的模样，也成功地吓到了充满恼怒的小师妹。

小师妹下意识地退后了一步，然而莎莎那沉默无语的态度，却仍是重重地在她心口划下一道伤痕。

莎莎的沉默无语，是不知道该怎么解释才能让小师妹信她。

可在小师妹看来，莎莎这是默认了的态度。

她默认了她所说的一切。

她也不愿意听她的警告，不愿意远离小志。

汪汪挡在莎莎面前，以一种守护的姿态，冲着她狂吠，仿佛她是什么坏人一样。

所有的人，都要护着莎莎是吗？

她就那么好吗？

小师妹又气又急，又惊又怕，一怒之下，忍不住伸出小脚，将在她腿边大声嚎叫的汪汪，踹了一脚。

那完全是因为太过于愤怒，失去理智无意识做出的反击行为。

她自己都没有意识到自己的动作和力道。

汪汪因为没有想到小师妹会忽然踹过来，所以被踹个正着。

人在愤怒之中的力道，往往会比平常大上好几倍，她这么一脚，直接把汪汪踹得往旁边倒去。

汪汪发出低沉的咽呜声，而莎莎则惊叫出声。

"汪汪！"

与此同时，另一个声音，也猝然响起：

"小师妹！"

今天小志在医院陪着莎莎打完针，便送她回家，然而走到半路的时候，才发现药忘记拿了，小志见着也差不多到家了，就让莎莎一个人先回去休息，他折返医院帮莎莎取药。

他原本打算给莎莎送完药后，就去找小师妹的。

因为他知道，小师妹下午离开的时候，心情很不好。

他知道，小师妹这个傻妞，肯定又想东想西误会什么了吧？

他取药回来的途中，还想着怎么和小师妹解释，逗着她开心的。

他却没有想到，他竟会看到这一幕。

走到莎莎的家门口，他就已经听见里面似乎有争吵的声音，他生怕莎莎家里出了什么事，连忙三两步跑进来。

却只看见，小师妹伸出脚，狠狠地踹了莎莎身前的汪汪一脚，汪汪无力地倒在了一边。

有那么一瞬间，他几乎不敢相信自己的眼睛。

这是他的小师妹吗？

他无意识地脱口而出，喊了一声："小师妹！"

像是在确定，刚刚那个凶狠的女孩，是不是他的小师妹？

听见小志声音的那一刻，小师妹整个人都蒙了，像是瞬间呆住了一样。

她感觉自己整个背脊都拔凉拔凉的，就像是一盆冷水从头淋下，淋了一个透心凉。

小志的声音那样的熟悉，熟悉得都已经刻在了她的心底了，她是绝对不可能会听错的。

小志怎么会出现在这里？

他是不是……看到了她踹汪汪？

他是不是全部看到了她质问的丑态？

小师妹整颗心怦怦怦跳得极其厉害，一颗心都是虚的，根本就不敢抬头去看小志一眼，更加不敢回应他一句。

她低垂着脑袋，双手垂落在身前，不自觉地攥着自己的衣脚，怯生生地站在原地，仿佛一个做了错事的小孩，惴惴不安。

小志看着小师妹的样子，眉心紧紧蹙起，眼神深深地沉了起来。

他没有看错，果真是小师妹。

她刚刚真的凶狠地踹了汪汪一脚。

在小志的印象里，小师妹哪怕再有傲娇之气，再大小姐脾气，但她的本性却是善良的，因为生活在这朴素美好的小镇里面，所以她从小和花草动物一起长大，她也是呵护着花草动物的。

他无法理解，小师妹怎么会忽然朝着汪汪发难，竟会一脚把汪汪给踢倒。

他正要上前询问原因，莎莎却紧张地叫唤起来。

"汪汪,汪汪……汪汪你怎么样了？你快醒醒！别吓我！汪汪！"

汪汪被小师妹一脚踹倒，莎莎心疼得不能自已，连忙把汪汪抱在怀里，想要帮它抚一下伤口，可没有想到，汪汪就这样瘫软在了她的怀里，无声无息的，怎么叫唤都没有用。

她的手轻拍着汪汪的脸，大声地叫唤着，汪汪却一点反应都没有，急得她眼泪都已经在眼睛里打着转。

对于莎莎来说，汪汪并不是什么宠物，而是她的亲人了。

小志见此，也顾不得质问小师妹，连忙上前，蹲在了莎莎的面前，关切道："莎莎姐，怎么了？汪汪出什么事了？"

莎莎此刻又害怕又着急，整个人都有点不知所措，而小志的到来，就仿佛溺水的人抓到了救命浮木一样。她双眸一亮，一手连忙抓住了小志的手臂，抬起那双水盈盈的双眸，声音都带了一丝楚楚可怜的哽咽："小志，怎么办？我怎么叫汪汪都没有反应，它从来没有这样过……。"

汪汪是中型偏大的犬类，向来身体健康的，没理由小师妹一脚，就能够让它晕死过去啊。

"莎莎,你别着急,我来看看!没事的,嗯?"

小志伸手,轻拍了一下莎莎的手,想要给她安慰,让她定下心来。

小师妹在见到小志的瞬间,整个人就已经从失控回到现实,理智也全部回归,她看着倒在地上的汪汪,整颗心也是充斥着极致的懊恼。

她怎么会踢了汪汪呢?

她真的是无心的,她没有想过要踢汪汪的!

听着莎莎带着哭腔的叫唤,她的心也狠狠地揪成了一团,双手越发用力地攥紧了衣脚。

她下意识地就想要开口道歉,而小志却在此刻大步上前,像是完全没有看到她一样,直接就蹲在了莎莎旁边,柔声地询问莎莎。

莎莎,更是像见到了可以依赖信任的人一般,亲密地握住了他的手臂,楚楚可怜地朝着他诉说她的委屈。

小志不仅轻声细语地安慰她,更是伸手轻抚着她的手,依旧是那样的亲密,那样的温情。

小师妹嘴里那些道歉的话语,一下子被她狠狠地吞了回去,她知道,此刻不是她能够吃醋的时候,但她却无法压制自己的心情。

她死死地瞪着小志和莎莎交叠在一起的手,眼睛一点一点地变成赤红,整颗心像是泡在了酸水中,渐渐变得苦涩。

小志接过莎莎怀里的汪汪,左右翻看了一下,严肃的神情微微松懈了一些。他抬眼望向一脸紧张的莎莎,唇角弯了弯,声音柔和:"别担心,我看没有什么大事,可能是因为情绪过于激动,所以才会晕倒,等一下应该就会醒来了。"

小志虽不是兽医,但因为和莎莎的关系好,所以从小也颇多机会接触动物,动物的一些小病小痛,他还是能看得出来的。

莎莎养了动物这么久,她自然也是懂的。只是因为刚才,所有的事情发生得太过忽然,她也过于紧张和慌乱,一时间慌了神,所以才没法判断汪汪怎么了。

现在听得小志这么一说,她自己再检查一下,才有点不好意思地笑了笑："真是的,是我太紧张了,还好汪汪没有事,不然我都不知道怎么办才好！"

莎莎一边说着,一边把汪汪抱入怀,紧紧地抱着,仿佛失而复得般。

小志自然也是松了口气,若是汪汪真的因为小师妹那一脚出了什么事情,他都不知道怎么跟莎莎交代呢,毕竟他知道,汪汪对莎莎的重要性。

所以,他也朝着莎莎一笑,笑容温柔："我就说了不用着急,不会有事的。"

"谢谢,小志,真的谢谢你。"

莎莎看着小志,大大的眼睛里充斥着感激。灯光下,仿佛闪烁着细碎动人的光芒,美得惊艳。

"我们之间,哪里还需要说谢谢？"

小志回望她,深邃的眼眸里仿佛含着柔情蜜意般。

其实,小志和莎莎之间,不过是普通的致谢,并没有任何暧昧的成分。

可对于一个心中有鬼的人来说,她看什么,那都是鬼。

小师妹此刻,就是那个心里怀揣着鬼的人,她心里先入为主地认定了莎莎和小志之间有暧昧,所以此刻,她看着他们的一举一动,全部都含着情意,含着暧昧。

他温声细语,她笑颜如花。他们相视一笑,视线相对,都是这样的有默契,这样的甜蜜。

空气中,仿佛都透着甜蜜的味道,而她,则是最突兀的第三者,硬生生地,煞风景地,横插在他们之间。

小师妹感觉无数只手在撕扯着自己的心,一颗心被撕成一片一片的,难受得她几乎要窒息。

她不想要小志那样看着莎莎,不想要小志那样温柔地和莎莎说话,她想要把他们分开,分得越远越好,再也见不到彼此最好。

她多么希望,现在的她,能够有王母娘娘的银钗,这样她就能够在小志和莎莎之间划下一条银河，彻彻底底地分开他们。

小师妹想着想着，竟不知道自己的想法何时支配了自己的动作，在她还没有反应过来的时候，她已经脱口而出一句话："小志，你不要靠近莎莎姐。"

然后上前，一把拽住小志的手，把他拉了起来，然后退后两步，与莎莎拉开距离。

她的动作太过于忽然，小志猝不及防，还真的就这样被她拉了起来，退后了两步。

莎莎惊呼一声："小师妹？"

小师妹反应过来之后，自己先是狠狠地怔了怔，有点不可置信自己的动作。她不自觉地看向小志，恰恰好对上小志的黑眸。

小志的黑眸又黑又沉，眼神暗沉犀利。

小师妹的心猛地一跳，一时间也不知道该说什么好，只低声喃喃地开口："小志……我……"

然而小师妹的话还没有说完，却被小志的一个动作给打断了。

小志的手覆上小师妹的手，下一秒，毫不留情地拉开，甩下。

小师妹愣愣地看着小志的动作，眼睛瞪大瞪圆，满满的不可置信。

小志虽然不知道为什么小师妹会踹汪汪，但到底她还是踹了，而且还导致汪汪晕倒过去，让莎莎担心不已。

他，不过是安慰了莎莎几句，她竟又开始乱吃醋。

她有错在先，却不先反省道歉，反而只顾着争风吃醋。

小志看着小师妹的眼神，都不自觉地带着一丝暗沉。

如果仅仅是他们两个人，他自然是可以纵容她的脾气，纵容她的性子，但现在，还有莎莎在呢。

而且，还是她先做错了事情，无论如何，都必须得先和莎莎道个歉吧？

小志眼神沉了下来，俊脸上面无表情，他看着小师妹，声音冷淡：

"小师妹，给莎莎姐道歉！"

小志的语气没有之前的温和，反而是强硬的命令式的口吻。

小师妹没有想到，小志开口对她说的第一句话，就是让她给莎莎姐道歉。

其实她自己也知道，虽然她是无心的，但她到底是踹了汪汪，的确是做错了。

她也不是没有想过道歉。

如果小志的态度和以前那样，不，就算没有和以前一样，哪怕是稍微缓和一点的语气，没准现在她就会跟莎莎姐道歉了。

但是，小志却是这样命令式的语气。

好像她做了什么十恶不赦的事情，伤到了他的心上人，所以他才这样强硬地要她给莎莎姐道歉。

连问一句，发生了什么事情，都没有问。

小师妹的性格，向来是吃软不吃硬的，而她此刻又处于极其敏感的阶段，小志这一声的命令，彻底地把她内心的叛逆和骄傲全部激了起来。

她怎么会允许自己在莎莎这个情敌面前示弱？

她微微地昂起头，看向小志，眼睛里带着一丝受伤。她生生地压了下去，不愿意让小志看见：

"小志，你还什么都不知道，你就要我道歉？你凭什么认定一定是我的错？"

小志眼神越发深沉，他知道小师妹任性，却不知道小师妹竟然任性到这种程度。

眼见为实。

且无论发生什么事情，她踹了汪汪一脚是事实。

怎么着，她都得先为了汪汪这一脚道歉，不是吗？

"小师妹，你踹了汪汪一脚，汪汪现在还昏迷不醒，难道你不应该道歉吗？"

小志的语气有些强硬，看着小师妹的眼神，也充满了心痛。

她的确是做错了事情，却没有丝毫反思，现在还语气咄咄逼人，如何叫小志不痛心？

他那天真善良的小师妹，再任性也不会推脱自己的责任的。

小志那强硬的语气狠狠地刺着小师妹的心，他眼底的责怪也让小师妹有些慌乱，她不希望小志误会她。

她是踹了汪汪，但她真的是无心的，她真的不是故意的，她不是那种会拿动物来出气的女孩子。

她下意识地想要解释："小志，你听我解释，不是这样的……是，我……我是踹了汪汪，但是我……我……"

明明不过一句简单的话，不知道为什么，说出来的时候，总像是卡了壳一样，支支吾吾的说不完整。

把这些看在眼里的小志误以为小师妹还是不愿意道歉，甚至试图找借口为自己开脱。他不知道他的小师妹，怎么会忽然变成这样。

再任性，也应该有个度。

他可以无条件宽容她，纵容她，但这不代表，任何人都是这样的。

自己做错的事情，总得自己承担后果。

他不能宠坏了她，让她是非不分，任性妄为。

"不，小师妹，你不用跟我解释。你现在最需要做的事情是跟莎莎姐道歉，给汪汪道歉。"

小志再次打断小师妹的话语，他的语气，也越发地强硬，丝毫没有任何回旋的余地。

小志这一而再，再而三的强硬态度，深深地刺激了小师妹。她不敢置信地看着小志，突然觉得好委屈，好心痛，原本打算解释的念头，一扫而空。

小志竟然连解释的机会都不给自己，就这么冷硬地让自己道歉，连她的解释都不愿意听，就认定是她的错？难道在他的心里，自己就这么不堪么？

又或许，是因为这只狗狗是莎莎姐的，她让莎莎姐伤心难过了，所以小志就这么过分的，要求她去给莎莎姐道歉，甚至还要给一只狗道歉？

小志对她向来是无尽宠溺，从来她说一他不会说二，她说往西走，他从来不会走东边。他对她好得，就仿佛她是他最爱的公主。

他从来没有这样对她说过话，甚至，他连对她沉下脸的时候，都很少很少。

然而现在，为了莎莎姐，为了汪汪。

他这样冰冷地看着她，强硬地命令她道歉，就好像她是与他素不相识，只是一个无关紧要的陌生人。

小师妹难受得整颗心都揪成一团了一样。

她本身就是个骄傲的人，能放下身段解释一次，已经是奇迹了，可小志丝毫没有理解她，只一味地让她道歉，她怎么可能再开口解释？

小师妹只倔强地瞪着眼睛，抿着唇，眼底隐隐闪烁着泪光，仿佛受了无尽的委屈一样。

此刻，安顿好了汪汪的莎莎赶紧出口缓解这剑拔弩张的气氛。

"不用了，小志，我相信小师妹不是故意要踢汪汪的，而且汪汪也没有什么事，那一脚也不疼的。"

莎莎绝不希望这两个孩子因为误会产生任何矛盾，所以开口劝解着小志。

汪汪刚刚已经醒过来，莎莎和汪汪交流了一番，汪汪是因为护主心切，太过于激动，才暂时晕倒的，与小师妹那一脚无关。

小师妹本身就是个柔柔弱弱的小姑娘，哪怕是愤怒中，也没有多大的力气，对于汪汪来说，那一脚也仅仅是挠痒痒的劲儿，根本没伤着它。

只不过赶巧了，她一踹，它就正好激动地晕了过去，才造成了这样的误会。

"不,莎莎姐,你不用替小师妹说话。她这么做太不应该了,她必须向你和汪汪道歉。汪汪只是一条不会说话的小狗,你怎么知道它不疼?"

莎莎好意替小师妹开解,但此刻小志却以为莎莎只是不想他们吵架,才故意这样说。

小志并不想小师妹在莎莎的眼里,留下一个骄横无礼的形象。

他的小师妹,一直都是个美好的小姑娘。

而且,做错了事情,道歉是应该的。这一点,他也无法再纵容小师妹。

小师妹却像是什么都没有听到似的,只是用力地看着眼前的小志。眼眶通红的她,努力地克制着自己的眼泪,倔强地咬着下唇,争取让自己在莎莎和小志的面前,不流下一滴眼泪,小师妹有自己的骄傲和自尊。

莎莎替自己解释的行为,在小师妹看来是带着胜利者的姿态故意示威的表现。她难道不知道她这么一说,小志就更误会自己了么,她还怎么解释得清楚啊。

莎莎本来充满善意的解释行为,因为解释的时机和方式方法问题,既没有让小志了解事情的本质,也没有让小师妹感谢她,反而更加激化了矛盾,也成功地刺激了小师妹心中的这种委屈和愤怒。

他们两个这是统一战线,在一起逼自己道歉么?

情绪在这一刻瞬间崩溃,这是小师妹心底最介意的事情,也是她最无法迈过去的坎。

她双眼通红地瞪着小志,大声吼了出来:"我不要,我才不要道歉呢!凭什么让我道歉?"

"小师妹!"

小师妹的骄横,让小志的脸色也猛地沉了下来,声音冰冷至极,出口呵斥。

小志的低呵,仿佛一把利刃,直直地戳了过来。

小师妹的眼泪没忍住，就这样夺眶而出。

在眼泪掉落的一刹那，小师妹快速地扬起脸，不想让自己的眼泪流下来，不想让小志看到她的脆弱，也不想让莎莎看她的笑话。

可眼泪却还是不听话地顺着她的脸庞滑落，一滴一滴，如断了线的珍珠，坠落。

小志看着那晶莹的泪珠从小师妹的眼角溢出，滑落。整个人像是被什么击中了一样，定定地愣在了原地。

她的眼泪，向来是他的软肋。

小师妹不想让自己丢人，她抬手，重重地抹了抹眼角，想要止住泪水，可那眼泪，却是越抹越多。

她深深吸一口气，硬生生地要把自己的难过压了下去，但开口的哽咽的声音，还是泄露了她的真实情绪。

她不再为自己辩解，只是失望地对着小志控诉着自己的委屈：

"莎莎姐生病了，所以你照顾她，你替她取药，你给她送过来，因为她你不送我回家，你把我自己扔下了，我指责过你么？现在，你连什么事情都没有弄清楚，就不分青红皂白地让我道歉，认定是我的错！在你眼里，我就是这么不堪，是吗？我在你心中的分量，还不如莎莎姐的宠物狗吗？"

小师妹用手指着自己心的位置，用力按向那里，向小志控诉着，她才不会承认自己是因为喜欢小志，所以跑到莎莎这里来警告她，继而发生了让小志误会的那一幕，她更加不会承认自己是因为小志的误会，所以现在心疼得要死。

"你一而再、再而三地为了莎莎姐拒绝我，现在还为了她让我道歉，你凭什么要求我道歉！莎莎姐就那么重要么？难道在你心里，我不仅比不上莎莎姐，连莎莎姐的狗都不如么？你们凭什么联合起来这么欺负我？"

随着对小志的控诉，小师妹的委屈越积累越多，声音也一声比一声高，充满指责的话语，直奔小志而去。

小师妹委屈、气愤得已经口不择言了，完全没意识到自己说出口的话有多么的伤人。人在愤怒时便是如此，不会好好地表达自己的心声，不会好好地听听旁人所言，更不会估计到自己说出口的话，会不会伤害到其他的人，被怒火燃尽了理智，只凭着情绪做事。

如果说刚才小师妹是被怒火与妒火控制得辗转反侧，夜不能寐，睡着后做了那么可怕的梦，所以忍不住晚上跑到莎莎家里，做出警告莎莎的行为，那么此刻，面对小志什么都不了解，就兀自指责自己的行为，她心里剩下的只有无尽的委屈和不甘心了。

小志，你凭什么这么说我？凭什么？

小师妹从没有在任何人面前承认过自己对小志的爱意，因为她骄傲地认为爱放在心底就好，何必说出口，让爱变得廉价。虽然一直不善于掩饰自己的心思，今天说出口的这些话，已经是傲娇的她，最为坦白的一次。

小师妹承认自己最大的毛病便是有很强的嫉妒心。如果有可能，她会希望天天把小志锁在家里，时时刻刻跟自己在一起，那些吸走小志血的母蚊子她都嫉妒得要命，甚至她会嫉妒自己。

但此刻小师妹被小志深深地刺激到了，她因为小志这一段时间的疏远和刻意拒绝，被刺激得无比失落。骄傲的她从未被这么伤害过，满脸透着心痛的哀悼，像是小兽般的难过。

因为悲伤，小小的身子已经战抖得几乎站不住，却还是努力地、骄傲地挺直着脊背，那么刺骨的伤心这样重重地碾轧过来，让小师妹忍不住一抹眼泪，悲哀地笑了，就这样倔强地看向小志，半点不服输。

小师妹明明做错事情，却既不道歉也不反悔的模样，落进了小志的眼中，让他不禁刻意忽略小师妹话里流露出的含义，只是觉得今天的小师妹太霸道跋扈了，简直骄纵到让人无法接受。

这让他想起小师妹生日宴会的那晚，小师妹母亲含蓄的暗示不断地在小志耳边回响起来，那些暗示自己配不上小师妹的话语，此时激起了小志强烈的自尊心，所以此刻看向小师妹的眼神里，没有往日的包容和宠爱，而是渐渐地浮起了一抹嘲讽的情绪。

这丝嘲讽的情绪不是针对小师妹的，而是给小志自己的。

是啊，自己凭什么啊？他有什么资格要求小师妹道歉，他有什么身份可以站在小师妹身边，做一个配得上小师妹的男子。

小师妹的声声控诉，不仅激起小志满心的自嘲和同样骄傲的自我，小师妹母亲那晚的话语，更让小志在此刻，浑身充满了冰冷疏离的气息。

此时小志额前的咖啡色发丝垂了下来，盖在他的黑框眼镜上，自然而然地遮住了他受伤的眼神。小师妹虽然看不到小志的眼神，但也能够感觉到此刻在小志的心里酝酿了怎样的狂风暴雨。

尤其小志嘴角边浮起的那抹嘲讽，看在小师妹眼里，是那么的刺眼。

小师妹以为小志的嘲讽是针对自己，而莎莎此刻不知该如何劝解的表情，更像是在对着自己示威和暗示胜利。性格原本就骄傲的她，一句话都不愿意再多说，挺直胸膛转身愤怒地离开，虽然她的身体一直在战抖，但离开的身影依旧那么骄傲，半点不服输。

"小师妹！"莎莎看看沉默不语的小志，又看着决然离开的小师妹，放下汪汪准备追出去劝解。

"莎莎姐。"小志伸手拉住莎莎的胳膊，阻止了她，"不用追了。"

"那怎么可以，我不能让你们两个为了我吵架。我不去也可以，那你去，快点去把小师妹追回来。"莎莎挣脱小志的手，推搡着他。

莎莎知道，小志心里是在乎小师妹的。否则他不会这么在意小师妹的一举一动，会因为小师妹生气，更因为小师妹失落，眼下小志确实是误会了小师妹，她不知道该怎么解释清楚。

所有的事情既然因她而起，她自然对小志和小师妹之间的矛盾冲突负有不可推卸的责任。看着小志迟迟不肯追出去，莎莎准备自己去找小师妹解释一下，她只是把小志当成弟弟一样疼爱，仅限于友情和亲情，和爱情无关。

"不，不用了，莎莎姐，不是因为你。这是我和小师妹之间的问题，让我自己来解决吧。"小志再次拉住了莎莎的胳膊，把她推回屋里。

"莎莎姐，这是你的药，你还在生病，记得按时服药，照顾好自己，我走了。小师妹那边，我自己会看着办的，谢谢你的好意，请相信我，就让我自己处理吧。"小志坚持地看着莎莎，无奈的表情中透出深深的淡然，一再强调自己的立场。

看着再三坚持的小志，莎莎没有吭声，接过小志手中的药。

小志顿了顿，继续道："今天的事，我代小师妹和你说声对不起。"

莎莎微微一愣，随即摇头轻笑："我没事，放心吧。"

小志点了点头，慢慢转身，离去。

莎莎看着小志高大的背影，不由叹了口气。

小志明明这样在乎小师妹，可为什么不追出去解释清楚呢？

明明刚才还那么生气，现在却又代替小师妹道歉，这不是在乎是什么？

她真的看不懂了。

不过也对，爱情这种事情，从来都是旁观者清，身在局中的人不一定能够理清楚的。本来简单美好的爱情，只要两个人能够相互坦诚地说出自己的心意，就可以解决的问题。

偏偏小师妹是个性格傲娇，从不服软认输的女孩儿，而小志呢，虽然外表看起来温文有礼、谦虚懂事，其实却是个内心十分骄傲的小鬼。

情啊爱啊，真是麻烦至极，费心又费力，这也是莎莎虽然追求者甚多，但却一直未婚，连男朋友都没有。

爱情这两个字，对于莎莎而言，太过于虚幻。她只想简简单单地坦诚对人，人性太过于复杂，哪有动物这般简单直接，值得信任。

莎莎想想自己对动物过分的喜爱，爱动物甚至多过于爱人类的这种行为，简直是太明智的处世之道了。

这两个孩子啊，莎莎忍不住摇摇头，解铃还须系铃人，既然小志这么坚持，她也不打算多管闲事了。

顺其自然吧，莎莎相信小志自己能处理好他和小师妹之间的矛盾。

其实小师妹从莎莎家跑出来之后，并没有马上回到家中。

她一边愤愤不平地往回家的方向走着，一边忍不住偷偷地回头看小志有没有追出来。

小师妹本来打算，如果小志马上就追出来，跟自己道个歉，或者说句软话，她就选择原谅小志。

毕竟自己的确是踢了汪汪，她的确是有错。但她真的是无心的，她没打算踢汪汪，或许当时只是被汪汪的叫声和尖利的牙齿吓到了，想让汪汪离自己远点，所以才无意识地伸了脚。

如果小志的态度稍微好一点，她也不至于不愿意道歉。

小志明明知道她的性格脾气，明明知道，只要他说一两句软话，她就无条件屈从的。可他却还那样对她。

想想就觉得好难过。

小师妹不知道她和小志之间到底发生了什么，仔细想想，似乎从生日宴会之后，小志和自己之间，就有一层透明的隔阂在拉远他们的距离。

经过昨天和今天，连续两天越来越激烈的矛盾和冲突，让小师妹觉得自己和小志之间越来越疏远了，隔阂似乎越来越深了。

小师妹不断回头期盼着，脚步越来越慢，越走越如灌了铅似的沉得抬不起来，到最后，索性停下脚步，回头站在原地等着小志追出来。

她等啊等，等了好久，小志都没有出来，可小师妹还是不相信地等着，等到连眼泪不知不觉地滑下脸庞都不知道。

越等心越冷，越等越失望，委屈、愤怒、不甘心这些情绪，已经统统消失不见，剩下的只有空洞洞的寒冷。

心似乎破了个洞，有无数凛冽的寒风灌了进去，让小师妹忍不住打了个寒战。

好吧，就这样吧。

小师妹在心底跟自己说，有什么好等的？你在这里傻傻地等着人家，人家还在莎莎姐家里，陪着莎莎姐哄狗呢。

小师妹放弃这种傻傻地站在路边，等着小志出来这种没出息的行为。

转身大步跑着，她要马上回家，只有家里才是她最温暖安全的港湾。

小师妹没想到的是，她刚刚跑开，小志就一脸黯然地从莎莎家走出来，对着她跑开的方向，深深地看着，一脸犹豫着要不要跟过去的表情。

此时，小师妹早就已经跑得不见踪影。

小志向小师妹离开的方向走了几步，又扭脸往回走着，然后再回头向着小师妹的方向走了几步，又转身。如此几次，最终似乎做了什么决定，没有再向小师妹离开的方向追去，而是扭头回到了家中。

小师妹直到跑回家中，都没有停下脚步。

一回家就冲到床上，用被子紧紧地裹住自己战抖的身体，泪眼模糊地盯着小志送给她的生日礼物。就那样睁着可爱的、似小鹿一般的眼睛看着，眼泪一颗颗晶莹地落下，落在被子上，晕开一个深色的圆晕。

就这样，小师妹和小志陷入了冷战的僵持状态。

一般情况下，小师妹和小志的吵架，是不会超过一个星期的，从来都是小志按捺不住，早早地就来哄着她。

小志只要说一句软话，她也就气不起来了。两个人就可以顺理成章地和好。

可这一次，距离上次在莎莎家的冲突都已经过去了半个月的时间了，小志仍旧没有来找小师妹和好。

小师妹一开始还颇有些笃定地掰着手指数，看小志会在第几天按捺不住地来找她。

现在，却是两只手都数完了。

她又气又急又心慌。

小志什么意思啊？他真的不来哄她了？他真的就打算这样和她冷战下去？
　　他从来没有这样对过她，这一次因为莎莎却……
　　小师妹猛地从床上坐起来，一把抓起一个枕头，狠狠地砸到了地上，仿佛那枕头就是小志一样。
　　小志是个大混蛋。
　　他凭什么这样对她！
　　他怎么能这样对她！
　　小师妹重重地伏回床上，小声地呜咽起来。
　　时间一天一天地过去，小志和小师妹的冷战，几乎达到了冰点。
　　曾经两个亲密无间的人，再也没有碰过面，再也没有说过话，就仿佛对方的生命里，从来都没有出现过对方一样。
　　小志和小师妹从小青梅竹马，从小一起长大，自然也吵过架，但那些吵架，都是小吵小闹，相视一笑便能够揭过的。
　　这一次，还是他们第一次，吵到冷战的程度。
　　原因，还是因为一个外人。
　　小师妹真的接受不了，完全无法接受。
　　她的心情，一天比一天差，一天比一天烦闷，脸色也一天比一天差。
　　家里有爷爷在，她不想让爷爷担心自己，也不想让爷爷知道她和小志吵架了。这些天，她都往她的好闺密哈尼家里跑。
　　哈尼一开始还没有察觉出小师妹有什么不对劲的，可当小师妹连续几天准时准点地来她家报到，她就觉得奇怪了。
　　要知道，这小师妹最黏的人，可是小志啊。
　　恨不得一天二十四小时都黏在小志的身边，还被她吐槽过她重色轻友呢。现在却是一天到晚都待在她这里，这不科学啊！
　　哈尼果断地丢下手中写的小说，转身坐到了小师妹身边。
　　小师妹正坐在沙发上发呆，大大的眼睛呆呆地望着窗外，目光放空，没有丝毫焦距。

整个人坐在那儿一动不动的,宛若一尊雕像。

哈尼想想,似乎这几天,她都是这样的状态吧?来到她家里,然后坐在沙发上,保持着一个姿势,一动不动的。就这样坐一整天,然后离去,第二天重复。

哈尼伸出了手,在她的眼前晃了晃,轻声开口,生怕吓到她了。

"小师妹?小师妹!小师妹?"

"嗯?"

小师妹无意识地哼了声,视线却依旧没有转回来,依旧呈现放空的状态。

哈尼只好再凑近一些,在她的耳边喊道:"小师妹!回魂啦!!!"

小师妹猛地一震,那抽离的意识,急速地回归大脑,她大大的眼睛看向哈尼,眼底还带着一丝迷茫:"怎么了?发生什么事了?"

哈尼哼哼两声,眼睛上上下下左左右右地扫了小师妹一圈,手指抚了抚下巴,眯了眯眼睛,悠悠开口:"怎么了?发生什么事了?这句话,不是应该我问你吗?"

小师妹疑惑地蹙了蹙眉,有点不解:"问我?"

明明是哈尼喊她,怎么要问她呢,"当然是问你啦,不然要问谁?"

"为什么问我?"

哈尼看着小师妹呆呆傻傻的样子,真不知道是该气还是该笑,她微微瞪大双眸,拔高音量:"怎么不问你啊?是谁天天往我家里跑的?是谁一来我家里,不是来找我玩的,而是就往沙发上一坐,发呆发一整天的?你到底出了什么事啊?"

哈尼的问题,让小师妹稍稍沉默了一下,而后垂下了眼眸,抿了抿唇,没有说话。

哈尼是写网络小说的,心思自然很细腻。

一看小师妹这反应,没有事情才怪呢,而且看这脸色,似乎还不是什么好解决的事情!

哈尼稍稍收敛了一丝随意，眼神也认真了起来："小师妹，你怎么了啊？发生什么事了？"

小师妹并不想提及她和小志之间，因为莎莎冷战至今的事情。

这对于她来说，是一件很丢人的事情。

她和小志之间那么多年的青梅竹马的感情，竟比不上一个莎莎，甚至连莎莎的一条狗都比不上。

骄傲如她，怎么能够把这些话说出口？

就算哈尼是她的闺密，她也难以启齿！

小师妹沉默不语，哈尼不由暗暗焦急。

要知道，小师妹性格脾气都是很直爽的，脾气来得快，去得也快，从来都不会有什么事情会闷在心底的。

她若是对什么不满，对什么生气，一通吐槽也就完事了。

可现在，她什么话都不说，就这样闷闷不乐的，很是让人担心。

"小师妹？有什么事情，说说好吗？别让我担心。"

哈尼看着小师妹，语气不由放柔。

小师妹瞟了哈尼一眼，看着她担心的脸庞，才闷闷地回了句："我没事。"

"你这个样子，你说没事，你觉得我会信吗？"

哈尼毫不客气地反驳了一句，可小师妹又垂下了眼眸，一副死气沉沉的模样。

哈尼不禁有点抓狂。

她还是习惯小师妹那风风火火的模样，现在这样装深沉，看得她都不舒服。

可小师妹不愿意说话，她也不能直接撬开她的嘴啊！

怎么办呢？

哈尼眼珠子骨碌碌地转了转，细细地思索了一番，忽地灵光一闪。

她瞅着小师妹的侧脸，看似漫不经心地开了口："是不是和小志有关？"

提及小志，小师妹就是再想无动于衷，眼神还是不自觉地变了变。

哈尼观察着她的脸色，心里瞬间了然。

也对，除了小志，还能有谁能够让小师妹情绪这样的低落呢。

既然是和小志有关的，哈尼稍稍地松了口气。

毕竟，他们又不是没有吵过架，每次吵架都不会超过一个星期，上一秒还互相不理睬呢，没准下一秒就又亲密无间了。

所以一知道是与小志有关，哈尼的担心也去了一半了。

她的语气也随之轻松下来："这次又是怎么啦？小志又做了什么，让大小姐您不开心啦？"

小师妹眼神沉了沉，却还是毅然回道："我都说了没事了。"

话虽这样说，但那口吻，还是不自觉地倾泻出了她浓浓的怨气。

哈尼了然一笑，双手捧着小师妹的脸蛋，硬是把她掰正对着她，眼睛对上小师妹的眼睛，笑道："怨气这么重，还说没事？算了吧小师妹，你我还不了解吗？我们之间有什么不能说的？说吧，你们这次又因为什么吵架？"

小师妹是真的不想提这么丢脸的事情。

可这件事情，她闷在心里这么久了，闷得她难受得要命，再加上小志一直没有来找她和好，她心底的委屈，怨气，堆满了整个身体，急需发泄。

她看着哈尼，还没有开始说话呢，眼泪就已经先一步地掉了下来。

哈尼的手触及到那湿热的眼泪，整个人先是吓了一跳。

要知道，小师妹向来活泼开朗，每天脸上都会挂着明媚的笑容。这么久以来，她几乎没有怎么见到她哭的，却没有想到，她这话还没有说呢，就先哭出来了。

看来这次的事情，的确很严重啊！

哈尼吓得连连出声："小师妹，你别哭啊，到底发生什么事了，你别吓我啊！"

哈尼伸手到一旁纸盒，连抽了几张纸，递给了小师妹："别哭别哭，有话好好说，小师妹，你放心小志居然惹你哭了，我一定揍扁他，为你报仇！"

哈尼一边说着，一边用力地攥了攥拳头，一脸的忿忿不平。

竟然敢惹哭她最好的姐妹，她一定会让小志付出代价！

哈尼在外人面前，是个极其乖巧可爱，羞涩、内向的女孩，现在为了她，居然还要去找小志算账。小师妹看着她的模样，内心不禁涌现一丝暖流，她眼睛红红的，声音沙哑着："哈尼，谢谢你。"

"我们谁和谁呢，好了，别哭了，和我说说，到底发生什么事了。"

哈尼再抽出一张纸，细细地帮着小师妹擦拭眼泪。

小师妹吸了吸鼻子，声音里还带着一丝哭腔，闷声闷气地道："我和小志吵架了，因为莎莎姐，都已经半个多月了，他一直没有来找我。"

小师妹和小志吵架，不是什么稀奇事，但因为莎莎姐吵架，却是十分稀奇。

他们怎么会因为莎莎姐而吵架呢？

哈尼不禁瞪大了双眸，眼底闪烁着一丝八卦的光芒："这是怎么回事啊？怎么又关莎莎姐的事情了？"

哈尼和莎莎姐也不是很熟，就知道她是小镇上唯一宠物店的老板娘，长得十分漂亮，相当受欢迎。

小师妹这些天都不愿意想起莎莎，一想起她，她内心的妒火就怎么压也压不住。

她不自觉地咬着手指，语气愤懑。

"莎莎姐喜欢小志……小志好像也喜欢莎莎姐，我不想让莎莎姐抢走小志，我就去找莎莎姐，叫她不要和小志在一起……"

小师妹一字一字地把那日的情况描述出来，一开始还能够保持着平平稳稳的语气，到最后，她越说越气，越说越委屈，眼泪差点又要掉出来。

哈尼听得目瞪口呆，好半天说不出话来。

她原本以为，不过是小师妹又和小志闹什么小别扭了，没想到，这次还掺和了一个莎莎姐进来。

但就她来说，这件事情，其实就是一件很简单的事情，却没有想到，小师妹和小志竟还能闹到冷战这一步。

"所以……你和小志就因为这点小事情吵架了？"

哈尼真不知道应该用什么语气才好。

小师妹原本还指望着哈尼帮她一块儿吐槽小志和莎莎姐呢，没有想到，哈尼听完她的话，反应这么平淡。

她不禁瞪大漂亮的双眸，略微有点不满："哈尼，你这是什么反应啊？什么叫做我和小志就因为这点小事情吵架？这哪里是小事情了？小志根本不考虑我的感受，只一心维护莎莎姐，非要我给莎莎姐道歉，还要给她的狗道歉！他把我当什么了？"

反正丢脸的事情都说完了，现在她也不怕再丢脸了。

"可是小师妹，你虽然是无心的，但是你的确是踹了汪汪一脚，还把汪汪给踹晕了，虽然说汪汪最后也没有什么事，但你也是做错了啊！小志让你道歉，也是应该的吧？"

哈尼到底是和小师妹多年的闺密感情，所以说话也是比较直接，没有拐弯抹角的。

"这，这我知道啊！"

小师妹顿了顿，还是大大方方地承认了错误，她本身就不是死不认错的人。

"我没有说我没错啊，我也愿意道歉啊，可重点是，小志他不分青红皂白，甚至都不给我解释的机会，就要我道歉。你知道他什么语气吗？冰冷冷的，命令式的，他从来没有用这种态度和我说过话，现在为了一个莎莎姐，他竟然这样对我！"

小师妹说着说着，满满的委屈溢上心头。

"所以，你就是觉得小志态度不好，不愿意道歉？"

"他这样的态度，我为什么要道歉？他因为莎莎姐凶我也就算了，现在还因为一条狗凶我，在他心里，我连一条狗都不如！"

听着小师妹的话，哈尼真的有点哭笑不得。

她明白小师妹的委屈，毕竟，对于小师妹来说，小志从小到大就一直守在她的身边，舍不得她受半点的委屈，眼里只有她一个人。她自然而然地，就把小志当成了她的所有物，小志只能属于她一个人。

现在，小志却因为另外一个女人而冷视她，她怎么受得了？

原本不过一句道歉就能完事的事情，硬生生地闹到了这样的局面。

哈尼不由叹了口气："所以，你宁愿这样和小志吵架冷战，然后自己伤心难过？这就是你想要的结果？"

哈尼其他的事情不在行，但关于男女之间的纠结感情，还是能够一眼就看穿其中的，谁让她是言情小说家呢！

况且，小师妹和小志之间的感情，本就不是什么复杂的感情，不过就是当局者迷罢了。

哈尼一句话，直接堵死了小师妹，她张了张口，没法再说出半个字。

她怎么可能想要这样的结果？

她怎么愿意和小志吵架冷战？

这半个月的时间，小志一直不来找她和好，她已经快要崩溃了好吗？

她和小志……从来没有冷战这么长的时间的……

她真的好怕，小志以后再也不来找她，再也不理她了。

可她生性骄傲，爱面子，她又怎么愿意承认她害怕呢？

她双手用力握拳，脸庞却高高昂起，口是心非地道："反正，这都是小志的错，我再也不想理他了！"

哈尼却丝毫不给她面子，手指戳了戳她的额头，直接点破："口是心非！"

小师妹气得直挠她："哈尼，你到底还是不是我闺密？你站在哪一边的啊！"

哈尼闪躲了两下，才笑着求饶："是我错了是我错了，大小姐您放过我吧！"

小师妹和哈尼闹了一会儿，悻悻然地松开了手，眼神一下子又灰暗下去，她抱过一旁的抱枕，紧紧地搂在了怀里，把脸闷在上面，好半响，低低的声音传出：

　　"哈尼，我好难受……心好难受……。"

　　小师妹并没有哭，可那声音听着，却比哭还让人觉得难过。

　　"你知道吗？其实我很害怕……我怕小志被莎莎姐抢走，我怕小志……再也不理我，我怕……我会失去小志。"

　　小师妹是多么骄傲的女孩子啊，哪怕她们情同姐妹，哪怕她们是最好的闺密，小师妹也从没在她的面前，这样脆弱过。

　　她紧紧地抱着抱枕，就好像抱着最后一根救命稻草一样。

　　她低低声地，诉说着她的害怕。

　　哈尼的心，一下子也揪了起来。

　　小师妹这样明媚开朗的女孩，不适合眼泪。她应该是一直开心快乐地大笑着，幸幸福福地生活着才对啊。

　　哈尼伸出手，一把把小师妹揽入怀里，让她靠着她的肩膀。

　　她轻声安慰着："小师妹，你别怕，你不会失去小志的。"

　　虽然她不清楚小志是怎么想的，但是这么多年，小志是怎么对小师妹的，她也都是看在眼里的。

　　小志怎么可能会不理小师妹呢？

　　他怎么会舍得不理小师妹呢？

　　"真的吗？可是他现在都不理我了……"

　　"那或许小志只是还在生气，等他气消了，他一定会来找你的。"哈尼认真地保证着。

　　"生气？我才应该生气吧，他凭什么生气呀！"

　　小师妹还是不禁委委屈屈地抱怨了一句。

　　哈尼看着她红红的眼睛，红红的鼻子，不由轻笑着摇了摇头。她想了想，还是慢慢地开了口："小师妹，虽然我是站在你这边的，但我不得不提醒你一句，任何男人，都不会喜欢无理取闹，做错了事情还不承认错误的女孩子！"

哈尼的话让小师妹猛地怔了怔，她看向哈尼，秀眉轻蹙："哈尼，你这话是什么意思？你觉得这件事情，是我无理取闹吗？"

"小师妹，我们关系好，所以我也就直说了。这件事情，小志的态度固然有错，但毕竟，是你先做错事情的啊！无论你有心无心，你踢了汪汪是事实，而小志还是亲眼所见你踢的汪汪，再加上你又怎么都不愿意道歉，小志会误会你，不也是理所当然吗？"

"可是，我和小志这么多年的感情了，他难道不知道我是什么人吗？在他心里，我就是会随便拿动物出气的那种恶毒的女孩子吗？"

小师妹气的从来都不是其他任何事情，而是小志的态度。小志明明知道，他随便一个态度，都可以牵动她的心情。

有时候，哪怕他一个温和的眼神，一个温柔的动作，都可以让她开心好久好久的。

然而有时候，他哪怕一种恶劣的语气，都像是拿着一把刀直直地戳入她的心脏里面。

小师妹只要一想起那一天，小志连她一句解释的话都不愿意听，只一味地袒护着莎莎姐，她就气得抓狂，怎么可能还愿意去低头道歉呢？

哈尼其实明白小师妹的心情，小志就应该是任何时候都无条件地站在她那一边支持她的，而那晚，小志却护着莎莎姐，她当然是气不过的。但是，就她看来，那一晚，小志也不算是护着莎莎姐，而是在护着小师妹。

毕竟，小师妹踹了汪汪，如果汪汪出了什么事情，小师妹是难辞其咎的。他当然得先处理这件事情，然后让小师妹道个歉，那件事情也算是揭过去了。

可惜，小师妹一遇到小志的事情，所有的倔脾气也都上来了。

哈尼看着小师妹那忿忿不平的神情，轻叹了口气："小师妹，我觉得你是误会小志了。"

"误会？"

小师妹双眸猛地瞪大，眼底充满不解："谁误会谁啊？明明是他误会我！"

哈尼却是摇了摇头。

小师妹秀气的眉头蹙了起来。

哈尼看着她，慢慢开口："虽然你觉得那一晚小志对你的态度不好，但你有没有想过，小志看似要你道歉，但实际上，他是想要护着你。"

护着她？

小志明明是站在莎莎姐的那一边的啊。

小师妹眉头越蹙越紧，听得越发迷糊。

哈尼继续慢条斯理地分析："你想啊，你的确是踹了汪汪，小志让你道歉也是应该的吧？而你一旦道了歉，莎莎姐也就不好再追究你什么了不是吗？这件事情就算是过去了。可你若是死活不愿意道歉，那你在莎莎姐的眼里，都成了什么了？就一任性妄为，嚣张跋扈的大小姐！我想，小志一是为了护着你，二是为了保护好你的形象和名声。"

小师妹眼底还是一片迷茫："真的是这样吗？"

小志真的是为了护着她，保护好她的形象和名声，才要她道歉的吗？

"怎么不是了？你不满小志对你的态度，可你有没有想过，小志对你的用心良苦？这么久以来，小志对你如何，你应该是最清楚的啊？你怎么就能够因为一两句话，就觉得小志对你不好了呢？"

哈尼的话，一字一字地入了小师妹的耳，她垂了垂眸，眼底光芒复杂。

如果……不是这些时间，小志对她忽冷忽热，总感觉到似有似无的疏离，她也不会那么没有自信。

就是因为小志最近对她的态度骤然转变，她再也没有办法和以前那样，可以自信地抬头挺胸地说，小志最在乎的人是她。

你看，她都做了什么傻事啊。

因为看到莎莎和小志亲近，还按捺不住地跑去警告莎莎，要她不准靠近小志。

以前的她，根本不屑于做这样的事情。

因为小志给了她这样的自信，而现在……小志一点一点地把她的这份自信拿走，要她怎么不害怕，怎么不着急。

小师妹不知道怎么对哈尼说这些事情，她自己的心里也是乱糟糟的。

"我不知道，我真的不知道。"

小师妹双手捂了捂脸，双手慢慢地环住自己的膝盖，把自己缩成了一团。

哈尼真的看不惯小师妹这一脸愁绪的样子，她还是喜欢那个天真活泼，明媚开朗的小师妹。

"小师妹，打起精神来！不管怎么样，我觉得你现在首先要做的，就是先去给莎莎姐道个歉。小志若是知道你去道歉了，他肯定会很高兴的，没准一下他的气就消了，就会来找你和好了呢？"

小师妹嘟了嘟唇，没有说话。

她很想说，她才不稀罕小志来找她和好呢。可是话到了嘴边，却怎么都说不出来。

哈尼继续道："你若是觉得一个人去丢脸的话，我陪你一块儿去好了！"

"不要！"

小师妹当下就开口拒绝。

其实在哈尼一大堆的劝说下，小师妹多多少少也有点想通了。那一晚，或许她真的是有点太过于敏感和钻牛角尖了。

毕竟，她的确是有错在先的不是？

她踹了汪汪，是应该要去道歉的。

她这个人就是有点小傲娇小别扭，哪怕心里认同了，嘴里仍旧是说着："我……我还没有想好要不要去呢。"

哈尼哪会看不出她的小心思啊，她轻笑了声，却也没有戳穿她：

"好好好，那你慢慢想，好好想。"

从哈尼家里出来，小师妹微垂着脑袋，慢吞吞地走着，一边走着，一边踹着地上的小石头。

因为昨晚刚刚下过了雨，所以今日的天格外的碧蓝，空气极其清新，连阳光都是暖洋洋的。

从哈尼家那条石子路出来，是两条分叉口。

一条是通往莎莎宠物店的路，另一条是通往她家里的路。

小师妹站在交叉路口前，陷入了无尽的纠结。

虽然说，她是应该去给莎莎姐道歉，但是，莎莎姐毕竟是她的情敌啊。要她去对情敌低头认错，她总感觉自己矮了那么一头。

可她要是不去，她自己心里过不去，小志会怎么看她？

她才不介意小志怎么看她呢！

他都那样对她了，她干吗要再在意他的想法！

她即使要去道歉，那也是为了她自己，为了她自己的良心，与小志没有半毛钱关系的。

对，哪怕是为了自己心安，她都要去跟莎莎姐道个歉的。

小师妹纠结了一通，终于说服了自己，抬脚，朝着莎莎姐宠物店的那条路走去。

这个时间，莎莎姐应该是在宠物店的。

从哈尼家到宠物店的路其实并不远，但小师妹还是花了将近半个小时才走到。一路上，她不断地做着各种心理准备，想着待会儿见到了莎莎姐，她要怎么不失气势地道歉。

就算是道歉，她也不能矮了她一头，不能让她看她的笑话。

小师妹一边打着腹稿，一边慢慢接近宠物店。

莎莎的宠物店是小镇上唯一的一家宠物店，装修得十分可爱，很有丛林的感觉，远远就能够看到许多小猫小狗儿，毛茸茸的十分可爱。

小师妹一步一步朝着宠物店走去，脸上尽量地扬起笑容，尽量地让自己看起来自然得体一些。

走得稍微近了，她隐隐约约看见了莎莎的身影。

她身上套着一件宽大的透明雨衣，手中拿着刷子，好像是正在帮着她的汪汪洗澡。

小师妹的脚步不由得停顿了一下，但很快，她又毅然地抬脚，朝着宠物店走去。

越走越近，有一张熟悉的脸庞，却猝不及防地闯入了她的视线，让她猛地愣在了原地。

这半个月的时间里，伤心难过的不仅仅是小师妹，小志一样的煎熬痛苦。

然而，他却不可以像小师妹那样，难过了，可以放肆地哭泣。他所有的眼泪，只能往心底吞。

这一次的冷战，是他们从小到大一直以来，第一次出现这么长时间的冷战。

在这期间，他好几次想要去找小师妹妥协，想要去和小师妹和好，可小师妹母亲的话，就像是魔咒一样，一遍一遍地在他的耳边响起，一遍一遍地在提醒着他。

小师妹是公主，而他却不是王子。

公主的世界，不是他可以参与的，他配不上小师妹。

这些话，哪怕他再努力地想要忘记，想要忽视，却还是深深地印在了他的心底。

他不是王子，又怎么能够进入公主的世界？

他是不是应该，就这样远离小师妹呢？

每每一想到这些，他的脚就再也无法动弹，即使每一次，他都已经走到了小师妹家的门口了，他都没有办法，抬起手，敲一敲门。

每晚，他只能站在小师妹家门口，抬头，看着她房间的灯，由暗变亮，再由亮变暗。

莎莎一直因为之前的事情自责，觉得是她导致了小志和小师妹闹了不愉快，知道他最近心情不好，便想办法让他分散注意力，能够开心一点，所以今日，她便让他过来，帮着她一块儿给宠物洗澡。

小志原本不想去的，但他也不好让莎莎一直担心他，就只能答应了下来。

而且，他也确实需要点事情来做，最好让他忙得停不下来，这样，他就不需要满脑子只想着小师妹了。

汪汪现在这个体型，给它洗澡是个体力活，莎莎和小志拿着刷子分别给它刷身体，都刷了好半天，汪汪站在中间，享受得眯着眼睛，时不时地哼哼两声，逗得莎莎直笑。

阳光下，一男一女，蹲在汪汪的左右两边，认真地给汪汪刷着身体。

两个人不知道在说些什么，莎莎姐笑颜如花，小志唇角轻弯，俊脸上尽是轻松的笑意。

而汪汪站在中间，乖巧憨厚的模样，就仿佛是个听话的大小孩。

忽然，莎莎好像是脸上沾了泡沫，她自己的手没法擦，便朝着小志侧了侧脸，小志笑着伸手，温柔地帮着她拭去了脸上的泡沫。

莎莎笑着说谢谢，眉眼笑成了月牙。

远远看去，这画面就好像一家三口，幸福快乐地生活着。

小师妹站在原地，看着这一幕，只感觉一股冰冷从身体深处缓慢地涌上来，一点一点地蔓延至四肢百骸，冷得她直打战。

明明阳光这样的暖和，明明天气这样的好，她却感觉到世界末日都要来临了。

小志怎么会在这里呢？

这些日子，小志虽然没有来找她，但在她的想象中，小志和她冷战，应该也是伤心难过，就像她一样的。

毕竟，他们之间，还真的没有冷战这么长时间过啊。

可她怎么也没有想到，小志不仅没有伤心难过，他还笑得这么开心，没有半点阴霾，没有半点因为和她的冷战而难过。

他和莎莎在一起，他仍旧是那样的温柔，看着莎莎的目光那样的宠溺，那样的温和。

这些天，他们是不是一直都在一块儿的？

所以，他根本就不在乎她？根本就没有把他们之间的冷战放在心里？所以才一直没有来找她和好？

因为现在，他的心里眼里，就只装得下一个莎莎了是吗？

小师妹垂在身体两侧的手，一点一点地攥紧，手背上的青筋，也一一浮起。

原来哈尼所说的话，全部都是错的。

什么小志是想要护着她，什么小志是为了她，什么小志在意她……全部都是假的。

小志前段时间对她的忽冷忽热，就是因为莎莎吧。

还有那一晚，为了莎莎，他对她那样冰冷，不给她解释，强硬地要求她道歉，生怕委屈了他的莎莎！

可笑的是，她竟还自欺欺人地听了哈尼的话，要来给莎莎道歉。

小师妹忽然间觉得自己真是可笑之极。

人家根本没有把她当回事，她却自以为是地以为自己很重要。

小师妹眼底逐渐地浮现了一抹湿意，雾气渐渐上涌，遮住了她的视线，可她仍旧能够清晰地看到，小志和莎莎脸上的笑容。

笑得那么幸福，那么快乐。

她站在这里，就像是一个偷窥别人幸福的小丑。

如果可以，小师妹真的很想要冲上去，把他们分开。她一点儿也不想要看到他们在一起的模样，也不想要看到他们这样幸福的笑脸。

可是……这样的蠢事，她已经做过了一次。

最后，却被小志狠狠地甩开了手，丢尽了脸。

这样的事，她哪里还有勇气做第二次？

如果小志再一次甩开她的手，她都不知道自己还能不能承受得住。

无法上前，那么就只能转身离去，眼不见为净。

小师妹很想转身就走，可不知道为什么，她的脚就像是被钉子钉在了地面，怎么也抬不起来。

　　小师妹狠狠地捶着自己的脚，眼泪止不住地掉。

　　还不走吗？

　　还要站在这里当小丑吗？

　　争气一点好吗？

　　丢脸还丢不够吗？

　　小师妹在心里吐槽着自己，越发用力地捶着自己的腿，终于，稍稍能够挪一下步伐。

　　就在小师妹转过身的那一瞬间，身后倏地传来一个疑惑的喊声："小师妹？"

　　小师妹的背脊，猛地僵住了。

　　这是莎莎姐的声音……莎莎姐看到她了？

　　小师妹并不想被莎莎和小志看到她此刻的狼狈，她抬起脚，打算快速地离开。

　　然而，莎莎似乎是确定了她，连连再喊了几声："小师妹！是小师妹吧？"

　　小师妹真的很想当什么都没有听见一样，快步离开。

　　可莎莎这样喊，小志肯定也听到了。她哪能允许自己就这样灰溜溜地离开啊？

　　小师妹站定脚步，伸手快速地抹掉了眼泪，拨了拨头发，深吸了口气，才慢慢地转过身来。

　　她一转身，视线下意识地寻找小志。一个猝不及防，视线与小志对个正着。

　　小志一如既往地戴着那黑框眼镜，斯文俊秀。此刻他那黑沉的眸子正定定地看着她，眸光深沉，深不可测。

　　小师妹的心一跳，猛地挪开了视线，盯着自己的脚尖。

　　莎莎见到小师妹，很是高兴。

　　要知道，因为自己，导致小志和小师妹闹了别扭，两个人都好久没有说话了，她心里可自责了。

那一晚的事情，明明就不过是一个误会罢了，却让曾经那么亲密的两个人形同陌路，她看着也是难受。

她也有劝小志去找小师妹和好，可小志却不听劝，总是一副云淡风轻的模样，谁也看不透他在想什么。

现在小师妹来了，她当然是希望借着这个机会，让两个人和好，别再闹别扭下去了，她也能安心一点。

莎莎连忙上前一步，热情地照顾着小师妹："小师妹，你是来找我的吧？快快，进来说话。"

因为这一处，就莎莎一家宠物店在这儿。隔壁是莎莎的家，所以小师妹出现在这里，大概也就是来找她的了。

"我才不是来找你的！"

小师妹反射性地反驳了一句，声音大得让她自己都有点震惊。

小师妹这么一吼，莎莎脸上的笑意稍僵了僵，而小志，眉心微微蹙了蹙。

有那么一瞬间，小师妹真的很想在地上挖一个洞，把自己埋进去就算了。

她这回答，简直就是此地无银三百两嘛！

小师妹现在真的是悔得肠子都青了。

她刚才怎么就没有立即离开呢，如果走得快一点，莎莎肯定就看不见她了。

现在她也不需要面对这么尴尬的局面了。

莎莎到底还是反应快，一下子就把那抹尴尬给带过，自自然然地说话。

"原来不是来找我的呀，我还以为呢……那小师妹，你怎么会过这边来呢？"

看到刚才那样的一幕,小师妹是一点儿也不想对莎莎低头道歉了。

可现在，她应该怎么回答呢？

如果说，她只是碰巧路过……这话肯定一下子就会被戳穿了。

但要她直接承认她是来找莎莎道歉的，她打死都不要。

小师妹一时间不知道怎么回答，不由自主地紧咬住了下唇，越发死死地盯着自己的脚尖。

小师妹的沉默让莎莎有那么一点尴尬，但她还是保持着笑容。她侧了侧脸，望向小志，眼神示意他说句话，可小志只定定地盯着小师妹看，薄唇紧抿着，眸光越发地深沉。

莎莎看着他无动于衷的模样，颇有点恨铁不成钢。

这小鬼还真的是……

这么好的机会，也不知道抓住了和小师妹和好。

莎莎拧了拧眉，想着要怎么开口把小师妹请过来，然后给小志和小师妹制造独处的机会。有什么误会，当面讲清楚，也就没什么事了。

小师妹能够清晰地感觉到小志落到她身上的视线，那样的犀利，那样的深沉，她的背脊不自觉地僵住，浑身止不住地轻颤。

他现在在想什么呢？

他看她做什么？

是在看她的笑话吗？

还是因为刚才她大声地反驳了莎莎姐，所以他心疼了？所以他又想要让她道歉吗？

不，他休想。

她才不要和莎莎姐道歉，就不要！

可她现在应该怎么办？

小师妹的牙齿死死地咬着下唇，几乎要把下唇咬出血了。

倏地，小路的另一边似有似无地出现了一个人影，小师妹不由得望了过去。

首先映入小师妹眼帘的是那标志性的棒棒糖，来人嘴里正叼着一根棒棒糖，慢条斯理地朝着这边走了过来。

是阿闲！

小师妹大大的眼睛猛地睁开，里面极快地闪过一丝亮光。

这还是她第一次感觉阿闲出现在她的面前，出现得太是时候了！第一次觉得他的出现，丝毫不碍眼，她还得感谢他的出现呢！

小师妹当即抬起了手，冲着阿闲挥手，然后大喊："阿闲，我在这儿，我在这！"

阿闲正百无聊赖地到处闲逛，期待能够碰见小师妹，没想到忽然间听见小师妹的声音。他猛地抬眼，只见小师妹站在前方不远处，朝着他挥手。

她还是那么漂亮，一身粉红色的公主裙，衬得她肤白貌美。此刻，她扬着大大的笑容，在阳光下，冲着他笑。

他只感觉自己的心，在那一瞬间，尽数融化了。

他当即也绽放了大大的笑容，语气欢快地喊了句："小师妹！"

然后，他迈着长腿，快速地朝着小师妹走了过去。

阿闲一走至身前，小师妹根本没有给他说话的机会，而是伸出了手，直接挽住了阿闲的手，继而面对着莎莎和小志，大声地道："哦，我和阿闲约好了在这边见面呢，没想到他一个大男生，比我来得还迟！真是讨厌！"

小师妹一边说着，一边还伴装不满地斜瞪了阿闲一眼。

小师妹的动作太过忽然，阿闲根本就没有反应过来。她的手挽上他胳膊的那一刻，他整个人都呆了，嘴巴不由得张大，嘴里的棒棒糖就这样无力地掉落下来。

要知道，虽然他对小师妹是一见钟情，可小师妹对他，却是一直很冷淡的啊。

之前几次见面，小师妹对他各种爱理不理，每次见了不到几分钟，她就消失得无影无踪。

现在，她居然……主动地挽他的胳膊！

小师妹靠得他很近，他微微侧过头，都能够闻到她身上淡淡的香气，似乎要把他整个人都溺到了里面一样，整个人都醉了。

莎莎正想要开口邀请小师妹过来，却被小师妹一句话给堵住了。

她倒是没有想到，小师妹真的不是来找她，而是约了阿闲在这边见面的。

而且他们这么亲近……

莎莎下意识地看了小志一眼。

小志神情没有任何变化，依旧是那一副深沉淡漠的表情，仿佛什么都没有看见一样。

莎莎一时间还真不知道是不是应该叹气。

明明不过二十四五岁的大男孩，怎么老是把心思藏得那么深。

老是把心思压着，得把人憋坏了呀。

小师妹根本不敢去看小志，生怕被他看出了自己的心虚。她只无意识地越发用力地挽紧了阿闲的胳膊，好像这样她就不会被看穿是在说谎一样。

她深吸了口气，尽量地维持着自己的语气，继而挤出一丝笑："我和阿闲要去约会了，再见。"

话语一落，小师妹只感觉小志投射在自己身上的视线越发犀利阴沉，仿佛能够看穿她一样。

她的头垂得越低，匆匆地说了句："那我们就先走了。"然后就拽着阿闲快速转身离去。

莎莎看着小师妹和阿闲的背影，再看了看小志。

小志的神情依旧没有变，可他垂在身体两侧的双手，却一点一点地攥了起来，眼神也一点一点地暗淡了下去。

莎莎看着他的模样，不由摇了摇头："如果在乎的话，那就去追啊！"

小志抿着唇，沉默不语。

莎莎真心感觉有点抓狂了，她不由转过身，面朝着小志，秀眉轻蹙,开口道,"小志,你到底是怎么想的啊?你明明在意小师妹的,为什么不去和她和好?"

她是真的想不通想不明白,他们到底在别扭什么?

一两句话的事情,真的就这么难开口吗?

莎莎紧紧地盯着小志:"如果你不好意思去说,我可以帮你去说。我帮你去和小师妹解释清楚。"

"不用了。"

小志这才开了口,声音低哑。

他抬眼看了莎莎一眼,淡淡地勾了勾唇,语气淡然平静:"莎莎姐,我还有点事,我就先走了。"

说罢,他把身上的透明雨衣脱掉,摆放在一旁,朝着莎莎点了点头,转身就要离开。

莎莎真的不知道该说些什么了。

这两个孩子,怎么让她感觉到这么无力呢。

小志是她当弟弟般疼爱的男孩子,她真的不希望他总是活得这么压抑,她希望他能够开心快乐。

他陪伴在小师妹身边的时候,才会展露笑容。

莎莎想了想,还是冲着小志的背影说了一句:"小志,虽然我不知道你为什么不愿意面对自己的心意,但我还是要说一句。没有人会在原地永远等着你,能珍惜的时候一定要好好珍惜。不然到时候,小师妹被别人抢走了,你后悔都来不及。"

莎莎的话意有所指,小志又怎么会听不明白,他的脚步微顿了顿,却还是头也不回地离开了。

小师妹拽着阿闲,一路飞奔。

直至走出莎莎和小志的视线,她才猛地松开阿闲,站离了两步。

阿闲一路很享受小师妹的亲近,乍然被小师妹这么一甩,差点没站稳,所幸他踉跄了一下,还是站定了。

阿闲还很得意地冲着小师妹挑了挑眉："没摔倒。小师妹，我帅吧！"

小师妹对阿闲一点兴趣都没有，若不是为了摆脱刚才的尴尬场面，她也不会临时拖了阿闲下水。

小师妹敷衍地笑了笑："嗯，很帅，你继续帅吧，我走了，再见！"

小师妹迈步欲走。

阿闲却不让她走，一下子绕到了她的身前，张开双臂挡住她。

"小师妹，你不是说我们要去约会吗？你怎么现在就要走啊？"

约会？

那不过是她刚才随便说出来的借口，她哪里是想要和阿闲约会啊。

"我没有要和你约会。"

"可是你刚刚明明说了要和我去约会的啊！"

"那是……"小师妹不由得顿了顿，她也不好意思说她是在利用阿闲，只好婉转地道，"我只是在开玩笑的！"

"可是我已经当真了！"阿闲严肃地说，"小师妹，你不能打完斋就不要和尚啊！"

小师妹不由得怔了怔。

打完斋不要和尚……

看来阿闲知道她刚才是在利用他了。

也对，她做得这样明显，阿闲又怎么会看不出来呢？

小师妹微微垂了垂眼，声音也低了下去："对不起，我刚才利用了你。"

阿闲看着小师妹一脸羞愧的模样，用力地摇了摇头："对不起什么呀，我可没有吃亏。你利用我一下，我就能换取一次和你约会的机会，那你就多多地利用我吧，我求之不得呢。"

小师妹扯了扯唇角，却怎么也笑不出来。

阿闲虽只有十六岁，但他的个子很高，现在的他，都已经高了小师妹一个头了。

他微微垂眸，看着小师妹唇角的那一抹弧度，明明是在笑着，却没有一丝笑意。

他也不由得收起那点吊儿郎当："小师妹，你不开心啊？"

他每一次见她，她心情都不好，都在不开心中，他的运气也未免太差了。

小师妹现在心里的确是难过得快要炸开了。

刚才她不过是很用力地克制着，压抑着，现在远离了小志的视线，她几乎快要撑不住了。

她不想要被外人看到她伤心脆弱，她只想要快点找到一个没有人的地方，放肆地哭泣。

小师妹用力地把喉咙里的那股酸涩压了回去："我没事，我要回家了。"

哪怕小师妹再克制，喉咙里还是发出了一丝哽咽，阿闲察觉到不对劲，自然不愿意就这样放小师妹走。

"小师妹，你哭了？"

阿闲惊讶地瞪了瞪眼，下意识地一把拉住小师妹的手，想要确定小师妹到底是不是哭了。

小师妹哪里愿意给阿闲看到？

她一把用力地甩开阿闲的手，低下了头，转身跑开。

可她跑得太急，没有注意到脚下的一块大石头，小师妹脚下一绊，整个人直直地往前跌去。

阿闲一惊："小师妹！"

他连忙伸手去拉小师妹，却还是迟了一步，小师妹重重地摔到了地上，一处膝盖擦破了皮，血立即溢了出来。

阿闲吓了一跳，当即蹲了下去，"小师妹，你怎么样？"

他的视线不由得落到了小师妹的膝盖上，她的皮肤原本就白皙，此刻溢着血，显得极其的触目惊心。

阿闲眼睛都瞪直了："天啊，都流血了。小师妹，你疼不疼？"

小师妹强忍着的眼泪，在这一刻，仿佛找到了宣泄的出口。她没有再压抑自己，呜呜地放声大哭起来。

"疼，好疼！"

看着小师妹那眼泪如同断了线的珍珠般，一颗一颗地滑落，阿闲整个人都傻了。

他从来没有见过女人掉眼泪，也不知道怎么安慰小师妹，只懂得干巴巴地说出一句："小师妹，你别哭啊……！"

他越是这样说，小师妹就哭得越是大声。

阿闲顿时手脚无措，抓耳挠腮："别哭别哭，不疼的不疼的。我先给你止血，对，先止血！"

阿闲从裤兜里摸出了一块手帕，小心翼翼地覆盖到了小师妹的膝盖上。

小师妹疼得腿无意识地一缩，哭得越发大声。

阿闲急得脸都红了："不疼不疼，我给你吹吹，吹吹！"

阿闲不敢再随便地碰小师妹的脚，怕弄疼了她，只慢慢地低下了头，嘴凑到了小师妹的膝盖边，轻轻地吹着气，缓解小师妹的疼痛。

可他越是吹，小师妹哭得越大声，阿闲那张秀气的脸庞，都快要皱成一团了。

"小师妹，还是很疼吗？"

小师妹只顾着哭，根本就不回应他。

"不行，我们得去医院看看。来，小师妹，我背你去医院！"

说罢，阿闲转过身，背对着小师妹，而后侧了侧脸，朝着小师妹道："小师妹，来，上来，我们去医院。"

小师妹并不是因为膝盖疼哭，她是因为小志哭，所以她根本就不想搭理阿闲，只想好好地哭一场，好好地发泄自己的难过和委屈。

阿闲等了好一会儿，小师妹动都没有动一下，他整个人都紧张起来了："小师妹，你该不会是动不了吧？难道还摔到了其他地方吗？"

阿闲紧张兮兮地凑到了小师妹的面前，上上下下地检查，想看看小师妹是不是还有哪里受伤。

可他上下看了一遍，也仅仅就只有膝盖一处的伤口，可他却没有松口气，眼神反而更加凝重了起来。

没有外伤，那就是内伤了？

内伤可是比外伤严重多了啊！

"小师妹，你别只顾着哭啊，你告诉我，告诉我你是不是伤到了哪里了？"

小师妹只想要痛痛快快地哭一场，没想到阿闲一直在一旁叽叽喳喳地说话，跟麻雀一样，吵得她都要哭不下去了。

她抬了抬眼，泪眼蒙眬地瞪了阿闲一下，沙哑着嗓音，低吼了一声："阿闲，闭嘴！"

没看到她心情很差吗？能不能给她安静点？

阿闲没想到小师妹会忽然吼他，他反射性地嘴巴一闭，瞪圆了双眼。

世界一下子清静了，小师妹捂着脸，痛痛快快地哭了一场。

哭到最后，小师妹的声音都哑了，眼泪都渐渐流干，她的头埋在自己的膝盖上，不住地呜咽。

不知道过了多久，她才慢慢地止住了哭泣，抬起了头。

一抬眼，便看到了阿闲那张大大的笑脸。

"小师妹，哭够了吧？现在不难过了吧？"

看到阿闲的那一瞬间，小师妹着实有一点诧异。

刚才她朝着他吼，让他闭嘴之后，他就真的乖乖地闭嘴了。后来她埋首在膝盖里放肆哭泣，周围安安静静的，只听得见她的哭声。

她原以为阿闲都走了，没想到他还在。

小师妹下意识地看了看天边。

太阳已经西斜，几乎快到傍晚了。也就是说，她差不多哭了两三个小时的时间,而这两三个小时的时间,他居然一直都在旁边守着她？

"你怎么还没有走？"

小师妹的声音已经哑到不能再哑，仿佛含着沙在说话一样。

231

阿闲眨了眨眼，脸上依旧挂着那大大的笑容，回着："你这么难过，我怎么能走呢，当然是要陪着你啊！"

小师妹看着阿闲，秀气的脸庞上还带着一丝孩子气，可眼神真挚，语气认真。那话语，说得那样理所当然，仿佛她的心情，是一件很重要的事情。

哪怕小师妹一直对阿闲都没有什么好印象，可此时此刻，她还是被他的语言感动了。

或许人在脆弱的时候，都特别容易受到感染吧。

她红唇动了一下，轻轻地吐出一句："阿闲，谢谢你。"

"谢什么，我能有机会陪着你，我同样求之不得呢！"

阿闲咧开嘴，嘿嘿地笑着，那笑容，灿烂如阳光般，让小师妹沉重的心情，有了一刻的放松。

她看着阿闲，不由自主地笑了笑。

此刻的小师妹，双眼哭得红肿，鼻子也红红的，脸上布满泪痕，发丝凌乱，还有几缕粘在脸颊上，要多狼狈有多狼狈。

可她那浅浅的一笑，却还是让阿闲怦然心动，只感觉她的笑容，美过世间万物。

这可是小师妹第一次冲他笑呢。

他情不自禁地称赞："小师妹，你笑起来真好看！"

小师妹正从手袋里掏出小镜子，准备整理自己的仪容。阿闲说出这句话的时候，她正从镜子里看到自己现在的模样。

吓得她差点没把镜子摔在地上。

她现在这个样子，怎么也和好看不搭边吧？阿闲这是什么眼神？

小师妹斜了阿闲一眼，低声道："阿闲，其实你不必昧着良心称赞我的……"

"什么昧着良心啊！我说的可都是真心话！"

阿闲当即拍着胸脯保证，以示他的真心："小师妹，你真的很漂亮，特别是笑起来的时候，所以，你应该多笑，一直笑着。"

小师妹听出了阿闲话语中的用意，她扯了扯唇角，低声道："谢谢你的安慰。"

"都说了不是安慰，是真心话。"

小师妹笑了笑，没有说话。

"好了，时间也不早了，你也累了吧，我送你回家。"

阿闲站起了身，稍稍拍了拍身上的尘土，然后朝着小师妹伸手："小师妹，起来吧。"

小师妹看着伸到自己面前的手，纤细修长，骨节匀称，白皙圆润，干净得没有丝毫痕迹，一看就知道是养尊处优的富家子弟。

难为他愿意在一旁默默地陪着她哭，丝毫没有怨言。

小师妹忽然间觉得，阿闲也没有想象中的那么让人看不顺眼了。

小师妹慢慢地伸出了手，搭在了他的手中，任由阿闲握住她的手，稍稍用力，把她拉了起来。

因为小师妹受伤的膝盖，所以阿闲用力很温柔，甚至把她拉起身后都没有放手，而是半撑着她，视线投向她的膝盖："你的脚还疼吗？能自己走吗？要不我背你吧。"

小师妹的膝盖还是有些疼的，但现在她所有的理智全部回笼，骄傲的性子也回来，自然是不肯在阿闲面前示弱。

她摇了摇头，回道："不用了，我可以自己走。"

"真的可以吗？"阿闲看了看她的膝盖，有点迟疑。

"可以！"

小师妹重重地点头，为了表示自己真的可以自己走，她甚至还直接抬脚走了一两步，可惜，她还是低估了自己的伤口，一抬脚，便扯到了伤口，她不由得倒抽了口气，秀气的眉头倏地蹙了起来。

阿闲吓得连忙扶住她："看看，你就别逞强了，还是我背你回家吧。"

"不，我没事。"

小师妹推开阿闲，继续抬脚，一步一步慢慢地往前挪。

看着小师妹那倔强的脸庞，阿闲也不好再说什么背她的话，只好快步上前，再次扶住她的手："好，我可以不背你，但至少让我扶着你吧？"

阿闲这话说得好像是商量的语气，但话语却是毋容置疑的。

小师妹还想要说些什么，可看着阿闲坚定的动作，她垂了垂眼眸，算是默认了。

阿闲送小师妹至家门口，便停了下来。

他盯着小师妹的脸，那双漂亮的眼睛还是红肿着，眼底都布满了红血丝，看着都让人觉得心疼。

他眉心微蹙了蹙，不自觉地抬手，想要抚一下小师妹的脸颊，但手抬到一半，还是收了回去，随后，他神情一变，又恢复了那吊儿郎当的模样。

"小师妹，回去好好休息，好好睡觉，别再哭鼻子了啊！当然，你若是想要再哭，还是可以找我的，我很乐意陪着你的。"

"……"

小师妹不由瞪了他一眼："我才不会再哭呢！"

就是再哭也不会找他啊，丢脸一次还不够吗？

阿闲嘿嘿笑着，小师妹再瞪了他一眼，没好气地道："我进去了，你也快回去吧。"

"嗯，再见。"

是夜。

小师妹躺在床上，望着窗外那沉沉黑夜。

膝盖上的伤口已经上过药了，却还在隐隐作疼，不过这些疼，不及她心口的半分疼。

她真的很想让自己的大脑能够屏蔽掉所有与小志有关的画面，这样她就不会难过，不会伤心。

可是，那些画面却丝毫不听话，一个一个地往她的脑海里钻，让她辗转反侧，烦心不已。

特别是今天下午看到的画面。

莎莎姐和小志站在一起，那样的温馨，那样的幸福。

她站在一旁，就像是一个外人。

可凭什么呢？

明明小志从小到大，都是守在她的身边的。在小志的心里，她才应该是最重要的，她才应该是第一位的，不是吗？

但为什么，现在会变成了莎莎姐？

小志真的不要她了吗？

这个可能性，小师妹连想都不愿意想，她无法承受这个可能性。

她不要失去小志，不要！

小师妹情不自禁地抓起手机，手指飞快地拨打了一连串号码。这号码，小师妹就算是闭着眼睛都能够倒背如流。

她想着，她主动和小志说话，小志会不会就不生她的气，会和她说话了？

他们能不能就这样和好，回到之前的样子？

只要他不要不理她，不要生她的气，她愿意主动求和的。

拨完了号码，小师妹的手指移到了那拨打键上，就要按下去。可在最后一秒，她的手还是停住了。

她的自尊和骄傲，还是不允许她去主动求和。

越是在乎一个人，就会越是矜持。

越是骄傲，也越是怕被拒绝。

小师妹的手用力地攥紧了手机，最后还是无力地松开。她把手机丢回床头柜上，然后一把扯过被子，蒙上了头，蜷缩在了被子里。

她什么都不要想，什么都不要想，现在睡觉，睡觉！

手机倏地响了一下。

小师妹的身体猛地一震。

这个声音，是微信提示音的声音，有人给她发微信了？

谁这个时候给她发微信啊？

会不会是……小志？

一想到这个可能性，小师妹大大的眼睛里极快地划过一抹亮光，她几乎是以迅雷不及掩耳之势掀开被子，手伸了过去，一把抓起手机，拿了过来。

手机拿在身前，她不敢直接看，闭着眼睛，深深呼吸了几下，才慢慢地睁开眼睛。

手机屏幕亮起，显示一条微信的信息。小师妹的心止不住地跳了起来，手指都有些轻颤，呼吸都屏住了，然后手指一滑，解锁手机，再点开微信。

在看到微信的那一瞬间，小师妹只感觉原本满腔的急切，被一盆冰冷的水，直直地从头淋下，整个透心凉，冷得她直打哆嗦。

不是她心心念念的小志发来的微信，而是哈尼。

小师妹浑身的力气都被抽走了般，软绵绵地躺在床上，全身无力至极。

她看着微信里面的聊天画面，小志和她的聊天记录，截止在半个多月以前。

他已经半个多月都没有理她了，就连今日见到她，他都没有对她说一句话，她怎么还指望小志会给她发微信呢？

小师妹不禁自嘲地笑了笑。

微信又响了一声，小师妹拿起手机一看，还是哈尼发来的短信，她在问她睡没。

小师妹定定地盯着聊天框好一会儿，眼底浮现一抹烦躁。

她也很想睡，可是她怎么都睡不着，一闭上眼睛，满脑子都是小志和莎莎在一块儿的画面。哪怕是睡觉了，也会重复着那一日的噩梦，就像是魔咒一样，阴魂不散的。她简直快要疯掉了。

小师妹想了想，快速地打出一句话。

"哈尼，怎么样才能快速地忘掉一些人，一些事？"

她现在就想要忘记小志，想要好好地睡觉，什么都不要想。

"？？"

或许是因为小师妹的问题有点突兀，哈尼那边快速地回了两个大问号，紧接着又发来几句。

"怎么了？发生什么事了？"

"难道，你和小志的事情还没有解决吗？"

解决？

哪有这么容易解决啊！

如果容易的话，她现在也不会在这儿独自伤心了。

小师妹：我不想提他，你只要告诉我，怎么能够让我快速地忘记他，不要老是想着他。

哈尼：这……这人的记忆哪能说忘记就忘记啊，又不是粉笔字，一抹就能抹掉了。

小师妹：可是我现在好痛苦，好难受，我天天想着他，饭也吃不好，睡也睡不香，我就想忘记他，一下也可以啊？一天？不……几个小时，就是几分钟也可以啊！哈尼，你帮帮我吧，我真的好难受！

哈尼虽看不到手机那一端小师妹的神情，但看着这发过来的话语，字里行间都透着纠结和痛苦，哈尼看着也感觉到心疼。

该死的小志，居然这样伤小师妹的心。

下一次她见着他了，非得狠狠地揍他几拳，为小师妹报仇才是。

哈尼眉头蹙着，紧咬了一下唇，纠结了一下，最后还是一字一字慢慢地打了出来。

小师妹，我们喝酒去吧。一醉解千愁，醉了就什么都能够忘记，你就可以忘记那个混小志了。

一醉真的能够解千愁吗？

醉了真的能够什么都忘记吗？

小师妹愣愣地看着哈尼发过来的微信，眼神茫然。

不过她还是毅然地发了一个好字过去。

不管什么办法，只要能够让她忘记小志，什么都好。

两个人约好在小镇的小酒吧见面。
小镇的夜生活并不丰富，没有那种灯红酒绿的大型夜场，只有清雅悠闲的小酒吧。
小酒吧布置得很有格调，安静优雅，走入其间，听着那悠然的音乐，整个人的心都能够沉寂下来一样。
小师妹来得早，她特意地挑选了一个角落的座位坐下，以免让熟人看见。
小师妹也曾经来过小酒吧，但每一次都是和小志一块儿来的，所以酒吧里面的侍应还认得小师妹，他习惯性地道："小师妹你来啦？小志呢？在后面吗？"
小师妹脸上的表情稍稍僵硬，她出来就是要忘记小志的，可为什么每一个地方都有小志的痕迹……
她垂下了眼眸，声音闷闷的："我今天不是和小志一块儿来的。"
"哦，是嘛，这次是自己来呀，怎么小志还放心让你一个女孩子来……。"
侍应的话还没有说完，小师妹猛然出声打断他："给我一杯啤酒，谢谢。"
她不想再听小志的名字，今晚的时间，她要彻底杜绝小志这个名字！
侍应却是被她的话怔了一下，还以为自己听错了。小师妹向来只喝饮料的，怎么现在一上来就要啤酒？
"啤酒吗？"侍应不确定地询问了句。
小师妹认真地点了点头："对，啤酒。"
"小师妹……你……。"
"请给我啤酒，谢谢。"
小师妹不想听侍应的喋喋不休，她再次开口重复了一句，语气加重，字字清晰。

侍应这才察觉到小师妹的不对劲，他当即就闭上了嘴，点了点头，恢复那专业的服务素养："好的，请问您还需要其他什么吗？"

"不用了！"

"那请您稍等。"

说罢，侍应转身朝着吧台走去。

小师妹靠向身后宽大的椅背，只感觉满心的疲惫。

手机倏地又响了一下，小师妹垂眸扫了一眼，依旧是哈尼发过来的。

小师妹抱歉，临时有点事，我可能去不了。你要是先到了，就随便吃点东西，然后就回家吧。千万别一个人喝酒，知道吗？等下次我有空了，一定陪你，不醉不归！

小师妹手指微动，回复了一个嗯字，随后把手机丢回包包里。

她无意地抬头，扫了一圈酒吧。

酒吧里面的人不多，三三两两地散在酒吧的各个地方，有独自一人，也有三两成群。这个夜里，也并非只有她一个人在黯然神伤，蛮好。

侍应很快回来，将啤酒放在了小师妹的面前，伸手用了一个请的姿势，道："请慢用。"

小师妹点了点头。

侍应离去，小师妹端起面前的一大杯啤酒，放到嘴边，轻轻地抿了一口。

瞬间，一股苦涩的味道从舌尖蔓延到了整个口腔，她秀气的五官全部挤作了一堆了。

难喝！

难喝死了！

小师妹从来没有喝过酒，所以没有想到酒竟然这么难喝。

她真的很难想象,这么难喝的酒，为什么还有那么多人喜欢喝呢？

小师妹盯着杯子里那浅褐色的液体，秀眉蹙得紧紧的。

是不是因为，喝了酒，什么都能够忘记，什么忧愁都能够疏解，所以即使这么难喝，大家都还是喜欢喝酒呢？

对……肯定是这样的。

否则，大家为什么要委屈自己喝这么难喝的酒呢？

既然这么有效，就是咬着牙，她也会喝下去！

只要能让她暂时地忘记小志，哪怕一分钟，一秒钟，上刀山下油锅她都愿意去做，何况喝酒呢？

小师妹的手微用力攥了攥杯沿，深深地吸了口气，然后闭了闭眼，端起酒杯，开始大口大口地往口里灌。

小师妹喝得很急，就那样急速地往口里灌，呛得小师妹连连咳嗽，整张脸都涨得通红。

一大杯啤酒灌下去之后，小师妹感觉到满口的苦涩，脑袋有一瞬间的空洞，久久无法反应过来。

好一会儿，她才舒缓了过来，轻轻地拍着心口。

明明那么难喝的酒，一大口灌下去之后，即使是满嘴的苦涩，小师妹却不知道为什么，竟生出了一种很畅快的感觉。

就好像这些日子压在心底的委屈难过，小小地开了一点小口，纾解了一些出去。

难怪人家说，酒是好东西。

小师妹轻轻地笑了笑，状似自嘲，她抬了抬手，呼唤侍应过来。

侍应应声而来，一眼就看到桌子上的那杯啤酒，已经被喝个精光，眼底不由得划过一丝惊讶。

这不过才几分钟的时间啊，小师妹就把一大杯啤酒给喝完了啊？

还没有等他惊讶完，小师妹已经再次开口：" 再给我来一杯啤酒。"

小师妹朝着侍应竖起一个手指，可很快，她又摇了摇头，同时竖起三个手指，"不不不，给我来三杯啤酒吧！"

今晚，她要一醉方休！她要一醉解千愁！她要彻底忘记小志！

侍应惊讶地口都张大了：" 小师妹……这可是酒，不是水啊！"

敢情小师妹是要把啤酒当水喝的架势啊？

"对，是酒，我就是要酒，我不要水！我要酒，快点拿来给我！"

侍应眉头紧蹙，但小师妹毕竟是客人，他也不能多说什么，只好点头："好，我立即去给您拿。"

侍应把三杯啤酒端过来，一一把啤酒从托盘里放到桌子上。他看了看小师妹那逐渐通红的双颊，还是忍不住地叮嘱了一句："小师妹，还是少喝点吧。你这样喝法，很容易醉的。"

小师妹仿佛没有听见，只自顾自地伸手去拿啤酒。

侍应轻叹了口气，转身离去。

小师妹双手捧起啤酒，直接地往嘴里灌。

她还是很不习惯那啤酒的苦涩味道，可这样大口大口地灌下去，那种涩感，那种强烈的刺激，仿佛真的能让人在瞬间忘却一切的烦恼。

小师妹几乎要爱上了这样的感觉，她闭着双眼，大口大口地吞咽。些许液体从她的嘴角边溢出，顺着她的下颌滑落，她无意识地舔了舔唇角，显得颓靡而暧昧。

转眼间，三大杯啤酒又一一下肚。

最近小师妹因为和小志冷战的关系，一直都没有什么胃口。今天更是因为哭了一下午，晚上根本吃不下什么东西，所以此时此刻她算是空腹喝下了四杯啤酒，酒劲上来得特别快，小师妹慢慢地感觉到眼前眼花缭乱，整个世界在不停地转动转动。

怎么回事？

地震了吗？

怎么东西都一直在转啊？

能不能停下来啊，转得她头好晕啊！

小师妹不禁抱着脑袋，痛苦地呻吟了一声。

视线迷糊的时候，隐隐约约感觉到有一个颀长的身影渐渐地朝着她走来，小师妹歪着脑袋，眯着眼睛，朝着他看去，想要看清楚他是谁。

她的视线从下往下，黑色的西装，服服帖帖地裹在身上，性感优美的下颌线条，漂亮的仰月唇，高挺的鼻梁，还有那……黑框眼镜。

她知道，他思考问题的时候，总是会习惯性地扶扶眼镜，想出什么好方案的时候，嘴角会有不易察觉的微笑。

他的笑，总是那样云淡风轻，总是那样深沉克制。让人看不透，让人看不懂。

可她还是深深地陷了进去。

陷在了他那轻轻的一笑中，他朝着她一笑，她的世界就仿佛开了花一样。

是小志吗？

小志来找她了吗？

她就知道，小志不会不理她的，小志不会不要她的。

小师妹下意识地呼唤了句："小志……小志！你终于来了！"

她的双手也不由自主地伸了出去，想要触碰小志。

光芒仿佛都在他的身后，他就那样逆着光朝着她走来，仿佛暗夜里的天使。

小师妹唇角渐渐地扬起一丝弧度。

然而，当男人走近，五官清晰地映入小师妹的眼中，黑色的瞳孔急速收缩，唇角的弧度，整个都僵硬了。

不是小志……

刚才，不过是她的幻想罢了。

来人的确不是小志，而是侍应。

侍应和小志的关系颇好，所以知道今日小师妹很是反常，不得不多注意她一点。

他刚才看到她抱着脑袋，一脸痛苦的样子，连忙走过来，想要问问有什么能够帮她的。

侍应上前一步，微微弯下腰，凑近了点，低声道："小师妹，你没事吧？"

小师妹的神情彻底黯淡下来，眼帘微垂，掩住了她眼底的受伤，摇了摇头，呵呵笑了声："我能有什么事啊？我就是想喝酒而已，没酒了，我还要酒！"

小师妹说话的语气都已经带着一丝醉意了。

侍应看了看桌子上那四个空空的杯子，眼底充斥着满满的担心，"小师妹，你已经喝了很多了，你不能再喝了！再喝下去，就要醉了，小志会很担心的。"

小志会担心？

他才不会担心她呢。

他现在都对她视而不见了，他都已经这么久不理会她了。

现在，小志担心的，只有莎莎姐一个人吧，她算什么呢？

一想到这个，小师妹的心情越发地沉重，为什么她都喝了这么多酒了，小志还在她的脑海里晃荡。

不，她不要想起小志，不要！

她要继续喝，喝到彻底想不起小志为止。

"我要酒，给我酒！"小师妹口齿不清地念着，语气却是异常的固执！

"小师妹，你真的不能再喝了！"

"喂，你这是什么服务态度啊？客人要酒，你都不给吗？"

小师妹意识已经开始飘忽，言语自然是放纵了不少，她皱着眉头，不满地叫嚷："我要酒，现在就给我上，不然我就投诉你！"

侍应无奈地摇了摇头："好，请稍等。"

侍应转身回了吧台，却没有给小师妹倒酒，而是从口袋里拿出手机，快速地拨打了小志的电话。

时间已经有点晚了，所以电话响了好一会儿，那头才接起电话。

侍应连忙道："小志，是我。"

小志看了看手机屏幕上显示的名字，眉头轻挑。

他怎么这个时候给他打电话了？

小志眼底闪过一丝疑惑："嗯，是我，有事吗？"

只听得小志的声音略微带着一丝沙哑，看得出来，他已经睡下了。

"不好意思，吵醒你了，不过这边情况也是十分紧急。"

"没事,发生什么事了?"小志的声音很是淡然。

"是小师妹……。"

听到小师妹三个字,小志的呼吸一下子重了半分,不由得打断了侍应的话:"小师妹?小师妹怎么了?她出事了吗?"

刚才的那一份淡然的口吻,顿时消失得一干二净。

"别着急,小师妹暂时还没有什么事,只不过她刚刚来我们店里,喝了好多酒。现在都已经醉了还要喝,我担心等会她会出事,想着还是告诉你一声,你要不要过来劝一下她,把她带走。再这样喝下去,肯定不行的。"

小志怎么也没有想到,小师妹竟会去酒吧喝酒?

要知道,小师妹从小就是乖巧可爱的女孩子,一直循规蹈矩,大家闺秀一般。

很少出去玩,更别提会喝酒。

现在居然会去夜店买醉?

小志有点不敢置信:"你……你确定那真的是小师妹吗?"

这个时间段,小师妹应该是在家里,在她那粉红色的公主床上睡觉才对啊!

"就是小师妹,一开始我也很诧异,我还以为你带着她一块儿去的,没想到就她一个人,一来就点酒喝,还喝了好多杯,怎么劝都不听。我看她好像很难过的样子,小志,你还是赶紧来吧!"

小志的手不由得攥紧,手背上的青筋一一浮起,他深吸了口气,压抑住自己内心的慌乱,尽量用着平稳的语气:"好,麻烦你帮我看着小师妹,我现在立即过去。"

哪怕小志的语气已经足够压制,但那一丝战抖的音线,还是泄露了他的心情。

侍应回道:"好的,我会帮你看着小师妹的。"

挂了电话,小志快速地掀被而起,抓过一旁搁在椅子上的衣服一一套好,然后拿过钱包和钥匙,大步冲着门口走去。

小师妹等了好一会儿，都没有见侍应拿酒过来，她不满地瞪了瞪眼，当即就站了起来，朝着侍应的方向喊着："我的酒呢！我的酒怎么还不来！"

侍应瞬间一个头两个大。

这种时候，他哪里还敢再给她酒喝啊，他只好装死，背对着小师妹，装没有听见。

小师妹喊了好几声，侍应都没有搭理她，怒火噌噌噌地上来了。

他什么意思啊！

不愿意给她酒喝吗？

小师妹气得抬脚就走，直直地朝着吧台的方向。

此时，她已经醉了，走得跟跄跄的，东倒一下，西歪一下，但小师妹此刻脑海里只有酒，只想要喝酒，人也变得异常的固执，非要咬牙走向吧台。

因为视线模糊，意识混乱，她也仅仅凭着自己的感觉走着，走着走着，脚下不知道撞到了什么，脚一软，整个人就这样软了下来。

侍应见着小师妹这个样子，怎么也无法装作看不见了，连忙跑了过去："小师妹，你没事吧？"

他伸手去扶小师妹，小师妹的手却猛地抓住了他的衣服袖子，攥得紧紧的，生怕他跑了一样。随即哈哈笑了两声，睁开那醉意迷蒙的大眼睛，冲着他道："看，我抓到你了吧，快给我酒，我要酒，给我酒喝！"

侍应额头都渗出冷汗了。

这小师妹平时看着斯斯文文的，怎么喝醉了酒就这么难缠呢？

他还真的不知道他能不能坚持到小志赶来啊。

侍应没有回应，小师妹气得瞪圆了眼，用力地摇晃着侍应的胳膊："给我酒，快给我酒！不然我投诉你！投……投诉你！"

侍应看着小师妹，那白皙的双颊已经是红彤彤的一片，话都说得不清不楚了，就这样还想着要投诉他，真是的！

不过侍应也知道，喝醉了酒的人，是不能跟她讲任何道理的，讲了她也听不见，所以他也只能先哄着她。

"好好好，我会给你酒，不过你先回去座位上坐着。我去给你倒酒，好吗？"

"我才不信，不信你。你现在就给我倒！"

侍应一脸的为难："在这里我也倒不了啊，酒在吧台那边呢。"

"反正我现在就要！"小师妹不依不饶的。

侍应还真的是有点手足无措了，他看着死赖在地上坐着，怎么拉都拉不起来的小师妹，也只好妥协道："好，我现在就给你去倒酒，你就在这儿等一下，一下就好，千万不要走开！"

"好！"

小师妹这才愿意松开侍应的袖子，放他离开。

侍应不由得抹了抹额头上的汗水，大大地舒了口气，这才迈步朝着吧台去。

侍应和小师妹闹的这一出，颇引人注目，不过大家也仅仅是随意地望过来一眼，并没有当回事。

毕竟，酒吧里喝醉酒、闹酒疯的人，他们也是见怪不怪了。

不过，却有一个人，见到小师妹的瞬间，整个人不由得怔了怔。

阿闲下午送小师妹回家后，在小镇上晃悠了一圈，天色渐渐暗沉下来，他却不想要回家。

他的家很大，很豪华，富丽堂皇。

可他却对那个房子，没有任何感情。

因为那个家再大，再豪华，都没有一丝家的味道。

他的母亲虽然很宠爱他，总是想尽办法满足他的一切要求，却没有多少时间陪伴他。

大部分的时间，总是他自己一个人。

所以他每天宁愿花时间在小镇里面无聊闲逛，他也不愿意回到那座空旷的房子里，自己一个人，对着那四面空墙。

偶然的一次机会，他来到了这间小酒吧。

小酒吧的环境清雅，气氛极好。他一眼就很喜欢这个酒吧，恰好这个酒吧正在招驻唱歌手。

他本身就很喜欢音乐，喜欢唱歌，喜欢跳舞，自身也很有天赋，他的梦想就是成为一个偶像歌手呢。

于是他决定来应聘。

一来可以锻炼自己，二来也能够好好地消磨时间。

就这样，他成为了这间酒吧的驻唱歌手，偶尔会来唱几场。

今晚，他也是突发心血来潮，便来到酒吧，准备好好地舒展一下歌喉，可没有想到，他一登台，便看到了舞台下，瘫软在地的小师妹。

其实酒吧里面的灯光有些暗，他一开始看的并不真切，所以没敢贸贸然确定是小师妹。

毕竟小师妹不是会来酒吧的人啊。

可待他仔细地打量了一番，那眼睛那鼻子那轮廓，确确实实是小师妹无疑。

他整个人都有一瞬间的恍惚。

这大半夜的，小师妹不睡觉，跑来酒吧干什么？

当下，他忘记了自己准备唱歌，忘记了自己还在舞台上，直接从舞台上跳下去，径直朝着小师妹走去。

徒留舞台旁边的乐队伴奏们，一个个面面相觑，不知道发生了什么事情。

阿闲一步一步朝着小师妹走去，高大的身躯遮挡住了小师妹面前的光线，黑色的阴影把她整个人罩在其间。

小师妹看不见光，微微地蹙了蹙眉头，以为是侍应回来了，直接抬起了手，开口道："酒，我的酒！"

虽然阿闲已经确定是小师妹，可这么近距离看着她的时候，他的心还是漏跳了半拍。

天啊，这是小师妹吗？

那一向明亮的大眼睛里，像是被蒙上了一层迷雾，白皙的双颊醇红，那红意一路蔓延到了脖子处，说话口齿不清的，显然是醉得不轻。

小师妹怎么会喝得这么醉？

阿闲有点不敢置信。

若不是这脸蛋，这眼睛，这鼻子全部都是小师妹的，他还真要以为，谁换了小师妹的衣服，假装是她了呢。

阿闲蹲到了小师妹的身前，轻轻呼唤着："小师妹？小师妹你怎么样了？醒醒！"

小师妹醉得已认不得人了，嘴里只一味地念叨着："酒，给我酒，我要酒……"

阿闲能够闻到小师妹身上浓浓的酒味儿，眉心狠狠地蹙了蹙："小师妹，你怎么会醉成这样啊？你自己来的吗？"

可小师妹根本回答不了他任何问题，一直沉溺在自己的世界里。

阿闲知道再问下去也没有任何作用，他干脆不问了，只道："小师妹，起来，我送你回家！"

"不，我不要回家，我要喝酒，我要喝酒！"

"好，那我们回家了就可以喝酒。"

"回家了就可以喝酒了？"

小师妹呆呆地重复着阿闲的话，大眼睛眨巴眨巴的，可爱至极。

阿闲忍住想要掐她脸蛋的冲动，轻声诱哄着："对，回家了就可以喝酒了。我们先回家吧，来，我背你！"

小师妹歪了歪脑袋，不知道在想些什么，最后才慢吞吞地伸出了手，搭在了阿闲的肩膀上。

阿闲把她扶稳，让她牢牢地靠在他的肩膀上，抱紧她，然后站了起来，朝着门口走去。

侍应不敢再给小师妹喝啤酒，他让调酒师调了一杯饮料，颜色和啤酒一样，试图以假乱真。

反正小师妹也喝醉了，感觉不出来的。

调酒师一调好，他连忙要端给小师妹喝，可没想到，他一转身，往小师妹坐着的地方望了过去，那儿却空寥寥的。

他愣了愣，小师妹呢？该不会又乱跑去哪儿了吧？

侍应抬起眼，视线四处搜寻，却没有发现小师妹的踪迹，他的心不由得跳了一下。

小师妹该不会是被什么居心不良的人带走了吧？

这个小酒吧虽说是清吧，来往的人都是颇有素质的，但也不排除有那么一两个例外的。

小师妹长得甜美漂亮，又喝醉了，要是……

侍应几乎不敢往下想，他拿出手机，直接拨打了小志的号码。

那头很快接起："喂——"

"小志，是我，你到了吗？"

"嗯，刚到门口。"

"小志，不好了，刚刚我一个没有留意，小师妹不知道去哪里了。酒吧里到处没有见到她，不知道是不是被人带走了。"

"什么？"

小志那俊美的脸庞当即笼上了一层凝重，语气不由得加重了半分："我不是叫你看好小师妹吗？"

一直以来，小志在大家面前，皆是一副处变不惊的姿态，仿佛天塌下来，他眼睛都可以不眨一下。

然而此刻，他语气居然会这样的冲，导致那侍应，一时间都晃不过神来，整个人呆住了。

小志眉头紧紧蹙起，掐断了电话，然后直接拨打了小师妹的手机。

小师妹对他的号码倒背如流，他更是对小师妹的号码，记忆深刻。

他也顾不得两个人现在是不是在冷战，顾不得他想要保持着的距离，什么都顾不得。他只想要快点找到小师妹，不能让她受到任何伤害。

手机那头只响了两声，小志便看到了小师妹。

他站在门口的一棵大树下，距离门口还有那么几儿步距离，而小师妹，被一个男人背着，从酒吧里面走出来。

小师妹！

小志黑眸一亮，抬脚就要往前去，去把小师妹给带回来，可才走了两步，他就再也迈不开脚了。

因为，他看清了那个背着小师妹的男人的脸。

清俊秀气的脸庞，脸上隐隐还有一丝稚气未脱，可身材高大挺拔，确确实实是一个男人。

是阿闲……

原来是阿闲带走了小师妹。

不，或许……根本就是阿闲和小师妹一块儿来的？

下午的时候，小师妹不是挽着阿闲的手，说他们要去约会的吗？

原本他还以为，小师妹不过是在说笑，可现在看来……是真的。

他们竟约会，约到这么晚？

小师妹……还这么放心地在阿闲的面前，喝得大醉？

她对他……已经有这样的信任了吗？

小志说不出自己此刻心里是什么感觉，他只感觉到，自己心口的某处，正在隐隐作疼。

若是之前，他现在应该是毫不犹豫地上前，一把从阿闲的手中，把小师妹带回来。

但现在，他却只能定在原地，眼睁睁地看着阿闲背着小师妹，渐行渐远。

阿闲，是家财万贯的大少爷，有钱有势有前途。

这样的人，是天生的王子。

就如同小师妹，是天生的公主。

在小师妹的父母眼里，能够配得上小师妹的，就是阿闲这样的王子吧？

他们想要的，也是阿闲这样的女婿吧？

他？不过是一个父母双亡的孤儿，没有豪华的大屋子，没有钱，更没有通天的权势，除了一颗深爱小师妹的心，他什么都没有。

他凭什么，去爱小师妹？

他又怎么配得上小师妹？

小志本身是个很有骨气的人，哪怕小时候那样的遭遇，他也从来没有看轻过自己。他相信，凭借着自己的努力，他会比任何人都活得更好，还能带给小师妹幸福。

就连小师妹母亲的那一番话，都没有能够让他觉得挫败。

此刻，他看着阿闲背着小师妹，小师妹依恋般地靠在他的肩膀上，整颗心，都在狠狠地疼。

他竟不敢上前，不敢去争取。

他竟……开始自卑。

是的，他自卑了。

他自卑于现在这样的自己，没有办法去接近小师妹，没有办法守在她的身边，更加没有办法说爱她。

小志眼睛死死地盯着阿闲和小师妹的背影，垂在身体两侧的手，一点一点地攥紧，眸底的光芒，深深地暗沉了下去。

那一晚，小志悄无声息地跟在他们的身后，隔得远远的，看着小师妹。

看着阿闲把她送回家，看着她被用人接进了门，看着她房间里的灯亮起，再看着她房间里的灯暗下。

他静静地站在小师妹家门口，静静地看着，心里一片荒芜。

宿醉的感觉真的是一点儿也不好受。

小师妹足足睡到了第二天下午，才渐渐清醒过来。

第一个感觉就是，脑袋像是被开了好几枪一样，疼得她直想要尖叫。

　　小师妹抱着脑袋，哀号了好一会儿，才稍稍地有了一丝缓解。她迷迷茫茫地睁开了眼，入目的是她最熟悉的地方——她的卧室。

　　粉红色的帐幔，粉红色的被子，粉红色的窗帘，还有床头那一只，粉红色的布娃娃。

　　是小志送给她的生日礼物。

　　她怎么会在这里？

　　小师妹拧着眉头，眯了眯眼，慢慢回想着。

　　她记得，她昨天晚上去酒吧喝酒了，因为她很不开心，所以一直点酒喝，一直喝一直喝……然后……

　　然后她就什么都不知道了。

　　小师妹努力地想要回想，可怎么想也想不起什么，越想脑袋越疼。她无法，只能放弃了。

　　门被轻轻敲响，随后声音传入："小师妹，你醒了吗？我可以进来吗？"

　　是一直在家里帮佣的阿姨。

　　小师妹微撑着身体坐了起来，稍稍地拍了拍脸颊，梳理了一下头发，让自己看起来不至于太糟糕。

　　她清了清嗓音，才慢慢开口："嗯，我醒了，阿姨你进来吧。"

　　门被缓慢推开，阿姨迈步走了进来。

　　她一手端着一碗汤，另一手提着一个手提袋。

　　小师妹一眼便看出了那是她的手提袋，怎么在阿姨这里？

　　她不由出声询问："阿姨，这个袋子怎么……"

　　阿姨像是知道她要说什么，直接回答道："是酒吧的侍应送回来的，昨天你落在酒吧里面了。"

　　原来是这样……

　　小师妹不好意思地吐了吐舌头。

　　阿姨轻摇了摇头，将手提袋放到了床头柜上，继而把那碗汤递给她。

她盯着小师妹的脸，连连叹气，"小师妹，你昨晚怎么会喝得那么醉呢？最后还是被人背着回来的，可把你爷爷给吓坏了！这是醒酒汤，快趁热喝了吧。"

小师妹伸手接过醒酒汤，却没有立即喝，反而是微微睁大双眸："我……我是被人背着回来的？"

刚才她很努力地回想了一下昨晚发生的事情，可那些记忆十分破碎，就像是断了片一样，根本想不起来，她还好奇她怎么回家呢，没想到是被人背着回来的。

那……谁背她回来了？

小师妹真的很不想承认这个时候，她竟又会对小志涌起了期待。

可她的心，完完全全不受她自己的控制，就那样狂乱地跳了起来。

但她却不敢再抱着任何大的希望。

因为希望越大，失望越大，她实在是……失望了太多太多次了。

小师妹看向阿姨，端着醒酒汤的手，都不自觉地抠了抠碗缘，她吞了吞唾液，才慢吞吞地开了口："那……昨天晚上，是谁送我回来的呀？"

这话，她竟不自觉地，说得很是小心翼翼。明明知道不应该抱希望，但她还是忍不住地加了一句："是……是小志吗？"

她知道，酒吧的侍应和小志关系不错，她昨天喝成那个样子，侍应应该会通知小志的吧？

小志……知道她喝醉了，不会任由她一个人在那边的吧？

所以，他来酒吧接她，送她回家的可能性，也不是没有的。

可惜，阿姨的回答，彻底地粉碎了她的希望：

"啊，不是小志，是一个高高瘦瘦的男孩子，长得挺俊的，不过我没有见过。"

不是小志。

小师妹的注意力，只集中在了这四个字上，后面的话，她什么都听不见了。

果然，还是自己自作多情了。

小志都不理她了，为什么她还老是一次一次地抱着希望。

小师妹真的很想狠狠地嘲笑一下自己，可她现在，却连笑的力气都没有了。

她猛地垂下了眼睑，不想让阿姨看到她的脆弱和难过。

她低低地嗯了声，鼻音有点重："我知道了。"

阿姨并没有察觉到什么，只以为她还是很不舒服，轻摸了摸她的头发，柔声道："不舒服就再休息一会儿吧，阿姨等会儿给你熬点热粥吃，吃了会舒服很多的。"

"嗯，谢谢阿姨。"

"那我先出去了。"

说罢，阿姨站了起来，迈步出去，然后轻轻地关上了门。

说好了不期待的，小师妹的眼眶还是止不住地红了一圈，她暗暗地骂自己真是没有出息。

哭什么呢？

不在乎便不在乎吧！

她也不稀罕他的在乎！

可嘴里说着不在乎，小师妹却还是无法克制自己心里的难过。

她深深地吸了一口气，微微抬起头，不想让自己的眼泪掉下来，也不想让自己再去想小志。

她伸手拿过她的包包，从里面摸出了自己的手机。

手机不知道何时自动关机了。小师妹想着，应该是手机没有电了。

她拿出充电器，插入了插头中，连接了手机，然后点了开机键。

手机屏幕一亮，便显示了有一个未接来电。

小师妹不在意地瞥了一眼，以为又是哈尼的电话，她懒洋洋地点开通话记录。

然而，那电话却不是她所想的，是哈尼给她打来的，而是……小志的电话。

那一串号码，即使宿醉，脑袋仿佛千万根细细密密的针扎着，她都能够清晰地辨认出，那就是小志的电话！

瞬间，她激动得什么都忘记了，脑袋一片空白。好半天，她才恍过神来，却仍旧不敢相信。

小志给她打电话了？

小志居然给她打电话了？

她有没有看错，该不会是幻觉吧？

小师妹握住手机的手，都止不住地在抖。她闭了闭眼，再睁开，看到的，还是小志的号码。

没有看错，小志确确实实是给她打电话了！

小师妹看了看时间，是昨天晚上十二点多的时候。

那个时候，她估计已经喝醉了，所以才没有接到小志的电话。

也就是说，她的猜测没有错，侍应真的通知了小志，所以小志才着急找她的，对不对？

那么……小志并非对她无动于衷，他还是担心她的，对不对？

虽然不知道，为什么最后不是小志送她回家的，但至少，这个电话足够证明，他还是紧张她，在乎她的！

所有的难过，所有的委屈，仿佛都被这一个电话给驱散了。

小师妹仿佛满血复活的战士般，一下子变得精神奕奕，她的手心兴奋得都冒出热汗，差点握不住那手机。

冷静……冷静！

她现在应该怎么做呢？

对，她应该要回个电话，要回电话，她要好好地抓住机会，争取和小志和好。

小师妹拿着手机，手指颤抖着，对着小志的号码点了下去。电话自动拨打出去，然后，她把手机贴到了耳边。

她的心，一下一下地快速跳动起来，手贴在她的心口处就能感觉到那强烈的跳动,仿佛情窦初开的少女,心里甜滋滋的。

电话响了好长一段时间,才被慢吞吞地接起。

小师妹听着小志那低沉熟悉的嗓音,喂了一声。

她心里明明有好多话要对小志说的,可当小志的声音在她耳边响起,她竟像是哑了一样,一句话也说不出来。

两个人都在沉默,只能听见双方轻浅的呼吸声。

沉默实在是有点尴尬,还是小志率先打破了沉默,他的嗓音低沉淡然,带着一如既往的疏离:"小师妹,有事吗?"

小志的声音,一下子让小师妹从激动中坠入了现实,她微微有点失落,这与她想象中的不符。

小志不应该紧张地询问她现在的身体状况吗?怎么这么冷淡呢?

"如果没有事,我先挂了。"

小师妹还在胡思乱想着,小志那冷淡的声音再次传来,小师妹一下子就着急了,哪里还顾得上酝酿什么情绪,直接张口就道:"昨天……你给我打了一个电话,我没有接到。有,有事吗?"

话语一出,小师妹就微微有点懊恼:这话问得,怎么这么生硬呢!

但说都说了,她也只能等待着他的回答。

小师妹在想,只要小志流露出半点担心的情绪,她就原谅他,原谅他这段时间对她的冷淡,也不计较他之前不愿意听她解释的事情了。

小志没有想到,小师妹竟是问这个。

昨晚他只是一时间情急,才拨打了小师妹的电话,没想到会被小师妹看到。

这个问题的答案,其实很简单,就是因为他担心她,所以才打了她的电话。

可……他又怎么能跟小师妹说实话呢?

小志微微地顿了顿,没有说话。

小师妹不自觉地屏住了呼吸,等待着他的回答。

小志沉默了好一会儿，才慢慢地开了口，一字一字，残酷而冰冷："不好意思，我打错电话了。"

挂了电话，小志一颗心急速地沉入谷底。

他知道他有多残忍，语言有时候，会是一把最锋利的利刃，比世界上任何武器，都要伤人。

在挂断电话的那一瞬间，他仿佛都听见了小师妹的啜泣声。

可此刻的他……什么都不能做……

小志的双手用力地握了握拳，闭了闭眼，额头上的青筋一一浮现。好大一会儿，他才深深地吐出一口气，睁开了眼睛。

小师妹母亲的话，一直都是一个紧箍咒，在箍着他，让他束手束脚，没有办法再往前走一步。

但是，他从来没有想过要放弃小师妹。相反，他默默地为自己和小师妹未来可以在一起而努力着。

他想要凭借自己的能力，做一个配得上小师妹的男子。

小镇上的人都不知道，他在偷偷地制作一款游戏，游戏里的男女主人公，便是以他和小师妹为原型设计的。

在他设计的游戏里，小师妹那么甜美可人，娇俏可爱，一颦一笑都透着古灵精怪的天真欢萌。

此时，坐在电脑前看着满屏代码的小志，心思早已飞向了别处，代码一个字也写不下去。

小志的脑海中浮现出小师妹强忍住泪水、倔强委屈的眼神。那一声声的指控，甚至还有小师妹第一次那么激烈地暗示自己心意的场景。

在此之前，骄傲的小师妹，从不肯轻易地袒露自己的心意。直到今天，小志才反应过来小师妹那天一句一句的指控，其实是带着怎样的心意说出来的。

当时小志虽然从小师妹的目光中读出了绝望、失落、委屈的意味，但小师妹母亲的话，也同样一次次地提醒着小志。他必须强大起来，在不能保证自己有实力给小师妹带去幸福的时候，小志只能选择和小师妹保持距离、划清界限。

如果他想真正地拥有小师妹，那么他就必须逼迫自己，成为有能力站在小师妹的身边，给予他幸福和快乐的成功男人。

在不能向小师妹的母亲证实自己可以给她女儿带去幸福之前，小志宁肯让小师妹就这样误会着自己，也好过将来骄傲倔强的小师妹，为了自己和母亲发生冲突，面对亲情和爱情不知该如何选择。

小志只想保护好小师妹，给那个古灵精怪、天使一般的小公主，带去幸福、快乐、简单的生活。他绝不允许自己成为小师妹伤心的源头，更不允许小师妹为了自己，承担来自于家里亲人的压力。

所以小志宁肯自己默默地承担着这一切，也舍不得伤害小师妹一分一毫，把压力转加到小师妹的身上去。

这样坚持着的小志，很辛苦，却也充满了动力。他把自己对小师妹所有的爱意，全部融入了这个名为"全民小镇"的游戏设计中。

游戏里的小师妹跟她本人一样，有着可爱的双丸子头，喜欢粉红色，喜欢娇嗔着说"我不要，我才不要呢"。游戏里的小志跟自己一样最爱穿黑色西装，戴着黑框眼镜，相信任何事情都有解决的办法。

在游戏原型的设计中，小志把自己和小师妹设计成一对彼此相爱的青梅竹马。为了使游戏充满趣味性，基础设定中除了邂逅爱之外，玩家还可以修建上千建筑，丰富小镇。每一个人都可以根据自己的心意，创造出一座独一无二的国际化一流小镇，而且每一个玩家都可以通过对小镇的建设来实现自己的价值，这是一件特别有成就感的事情。

为了使游戏更加具有竞争力，小志力图在细节和设计方面，尽可能地独出心裁，与众不同。他对画面呈现出来的效果，要求比较严格，尽可能让画面精致、色彩明亮、色调偏小清新。虽说这样的设定，跟很多同类游戏有些相似程度，甚至可以说类似游戏的必备条件。

也正因为这样的设定，能满足大部分的玩家。

为了能够尽早证实自己，小志希望自己可以一击即中，通过这款游戏证明自己的能力，也想用这款游戏来向小师妹表白，所以游戏的设计，他做得尤为用心，这就大大增加了游戏设计的难度。

程序的设计，经常会陷入死循环中，小志不得不一遍一遍地检查错误的代码，在修正问题的同时，力图让他设计的这款"全民小镇"能够精益求精。

就连游戏应该怎么开局，小志都做出了十个不同的版本。他一遍一遍地精进着，修改着代码和游戏呈现出来的效果，力图做到最好。改到了第十一遍后，终于定下了这个他比较满意的游戏开局设计。

游戏开局的时候，会有云雾笼罩的效果，大片大片的白云飘浮在蓝天上，小镇像一颗璀璨但却蒙着一层薄纱的钻石，镶嵌在整个地图的最中心位置。

镇长官邸，其实就是小师妹的家中，附近有居民在慵懒地散着步，这种散步的慵懒状态其实是一种惬意幸福的表现，后期是可以加快速度的。

房屋的旁边有很多农作物，农作物是可以有各种生长状态的。在快速生长过程中，农作物会有一个大大的缺水时的水滴效果，等农作物成熟可以进行收割。当然，除了农作物以外，还有果园的设计，那是哈尼家的果园，小志怎么会忘记小伙伴哈尼呢？小志会把水果呈现出来的效果做得硕大逼真，让人忍不住垂涎欲滴。

每一间清新亮丽的小屋，以及小镇周围独特的风景，都可以汇聚成一幅赏心悦目的画面，这是小志希望游戏最终呈现出来的效果。他希望他设计的这款"全民小镇"游戏，能够在一定程度上缓解玩家长期玩游戏的视觉疲惫。

为了达到这个效果，小志从设计这款游戏的初期，就十分注意底层代码的稳定和无懈可击性。小志希望他设计的这款游戏可以给玩家带去无限的乐趣和幸福。

小志想着，如果曾经暗恋的人也成为了游戏好友，其实也可以借助这个机会，跟心爱的人表白啊。他设计的好友互访、互相帮助生产、抢车位等互动，可以使小镇的产能大幅增加不说，还增加了人与人之间，彼此的互动……

为了美好的未来，小志充满斗志。

自从那一次电话后，小师妹是彻底地和小志失去了联系，每天缩在家里，已经足足十天没有出门了。

这些天她好像一只受伤的小兽一样，每天在家里伤心地舔舐着伤口，没有心情做任何事情，也不愿再想和小志有关的任何事情，可她的心完全不受大脑的控制。

小师妹承认自己想小志，但她有自己的骄傲，既然小志不信任自己，那就让他误会去吧。等真相大白的那天，小志会知道他错得多过分。

今天的天气格外的好，晴空万里，微风徐徐，送来阵阵花香。

小师妹看着窗外树枝轻摇、和风煦煦的样子，决定出去走走。

第五章

今天的天气十分明朗，微风徐徐，让人有一种慵懒的快意，而晟世地产公司总部大厦里却弥漫着一股浓浓的硝烟气息。

"可恶，没想到他们这么快就解决了水果收购危机。"金灿灿愤怒地掀翻了助理刚放在桌子上的咖啡，滚烫的咖啡溅到了站在一旁的助理身上，而助理只是稍微皱了皱眉头，不敢发出任何的声响。

在他看来，金总从来都是高贵冷傲的存在，从来不会为了工作上的事情发这么大的脾气，他也从来没有看过金总现在这种样子，可见，金总这次是真的动了怒了。

他小心翼翼地上前，试探性地说："金总，您别生气，他们这是一时运气，不是每次他们都能有这么好的运气的。"

金灿灿听了助理的话，微微抬了下自己的下巴冷哼一声，锐利的眼神转过去看着他。助理仿佛有种被吓到的感觉，险些有些站立不稳。

在金灿灿嘲讽的眼神下，助理整个人犹如身在冰窖般，却又动弹不得。就在助理有些坚持不住的时候，金灿灿冷冷地开了口："运气？我倒不这么认为，做事情要懂得总结自己失败的原因，不是每次都把责任推给别人。那样，什么时候才能进步？还是，你打算在自己的失败圈子里兜兜转转，不愿意出来了？"

"不是的，金总，我不是这个意思。"助理惶恐地连连摆手，他不明白，自己的一句安慰，怎么就把自己陷入到了这么一种自救不能的境地。

金灿灿懒懒地收回眼神，说出口的话却还是锐利得像刀子："不是这个意思就好，我可不希望，我的下属会是那种夸夸其谈，不切实际的人。"

"是，金总。"助理犹如得到释放般，暗暗在心里为自己捏了把汗。

"金总，那我们接下来，要怎么办？还要继续收购小镇吗？"助理小心翼翼地问着金灿灿接下来的行动日程。

"当然，我金灿灿的字典里，从来就没有放弃这两个字。我承认，这次是我轻敌了，小镇，我志在必得，谁都不能让我放弃。"

金灿灿眼里折射出金色的光芒，要知道，收购小镇并不是表面那么简单的事情，而是她要在母亲的面前，证明自己的价值。

"走，我们去小镇看看。"金灿灿自顾自地拿起挂在一旁衣架上的黑色外套，推开办公室的大门，径直往外走了出去。

助理连忙到自己的办公桌上放下一大摞文件，小跑着跟了上去。秘书室的秘书们都同情地看了助理一眼，随即都低下头继续自己的工作。

小镇宁静的小路上，急驰着一辆黑色房车，其奢靡气派的外型和小镇宁静祥和的气息显得分外的格格不入。

伴随着一阵紧急刹车，黑色房车停在了马路中央。

"发生什么事了？"金灿灿眉头紧锁，显然对司机的紧急刹车分外不满。

她正在车里想着怎样收购小镇的事情呢，最近让她烦心的事情太多了，现在连坐个车都能出现意外状况，她真的是太不顺了。

"金总，马路中央突然窜出来一个人，我好像撞到他了。"司机有些唯唯诺诺地答道。这份工作他得来不易，他可不想这么快就失去，而且，这个状况还不是他的错，是这个人，突然地就闯到了他的车前，怎么说，他都觉得委屈。

"什么？那还不赶快下车看看那人有没有事，该送医院的送医院，该赔偿的赔偿，你看着我做什么。"金灿灿有些烦躁，这么点小事都做不好，还要她来操心，这个司机，看来真的要换了。

"是，金总。"司机连忙下了车。

金灿灿通过车前面的玻璃看到司机和被撞的人似乎发生了矛盾，在马路中间拉拉扯扯的。金灿灿最受不了的就是这种纠缠，不就是要钱吗？给他就好了，这么点事情都处理不好，还在车前拉拉扯扯的，耽误她的正经事。

"去看看，那人究竟要什么，能用钱解决的就尽量用金钱解决了，我的时间很宝贵，没工夫陪他在这里耗着。"金灿灿催促着助理。

"是的，金总。"

金灿灿看见助理下车去和被撞的人说了什么，随后又折了回来。

"金总，这人在镇上的餐厅当厨师，因为好赌，把家底都赌光了还借了高利贷，他觉得自己没活头了，就选择了自杀，然后就……"

助理说到一半，停了下来，小心翼翼地看着金灿灿。最近金总的心情十分不爽，这赌鬼还赶着往枪口上撞，接下来的事情，他已经不敢往下想象了。

果不其然，金灿灿冷哼一声，淡淡地开口："然后就看中了我们这辆车，是吧？"

"是的，金总。"

"咦？今天的天气怎么这么好呢？风和日丽的，之前怎么就没有注意到？"金灿灿抬头看了眼天窗外的风景，说了句无关紧要的话，嘴角扬起冷冽的弧度，一个计划逐渐在她的心里成型。

助理有点蒙，不明白金灿灿这突如其来的话是什么意思，却又不敢问，只能闪着疑问的眼神，看金灿灿接下来做什么。

此时的金灿灿，心情好极了。她觉得，果然天无绝人之路，收购小镇，她正愁着没机会下手呢，这下机会反倒送上门了。

助理为她开了门。她优雅地从房车上下来，慢慢地踱步到了被撞的人面前，眼神缓缓地在他身上扫了一周，随即温和地开口："你在镇上的餐厅当厨师？"

"是……是的。"阿莱似乎没想到这豪车的老板居然会纡尊降贵地亲自下车来跟他说话,金灿灿强大的气场,压迫得他舌头有点打结,说话都开始断断续续的。

"为了这点小事情,你就要放弃自己的生命?"金灿灿淡淡地开口,说实话,她有些瞧不上这种人,放在平时,她是绝对不会和这样轻视自己生命的人说话的,可今天不同,她不但要和这样的人说话,还要和这样的人做一笔交易。

"关……关你什么事情?命是我自己的,我想怎么样就怎么样,就算你再有钱,你管得着吗?"

阿莱努力地让自己的心情恢复平静,这个女人的气场太强大了,在她面前,他有种呼吸不顺畅的感觉,自己在赌场上就算输再多的钱,也没有出现过这样的感觉。

旁边的助理和司机听见阿莱如此不知死活的回话,心里一阵痉挛,这个厨师,真的是太不知道天高地厚了。金总如果真的计较起来,这个厨师估计会吃不了兜着走吧。助理和司机都默默地为阿莱捏了把冷汗。

助理悄悄地打量金灿灿的表情,却发现金灿灿的面部表情温和,一点动怒的迹象都没有,这太不寻常了。

只见金灿灿嘴角微微弯起,似乎阿莱的话没有让她起太大的波澜。她慢条斯理地对着阿莱,眼神却锐利地盯着阿莱,像一把把刀子,飞进了阿莱的心里:"是,我是管不着,可是,马路上这么多车,你偏偏选择我这辆,可见,你也不是真的想寻死吧。而且……"

金灿灿故意话说了一半,眼神嘲弄地看着阿莱,阿莱顿时觉得口干舌燥,心里发虚,但仍然嘴硬地问道:"而且什么?"

"而且,你怎么知道我是有钱人?"金灿灿说完看着阿莱,淡淡地笑了。

"你什么意思?"阿莱有点被金灿灿的强大气场吓到,这个女人,仿佛有一种洞穿他内心的能力,他的内心,似乎已经被她探查得一干二净了。

金灿灿直起身子，转了转自己有些酸痛的脖子，随即靠近阿莱的身边，阿莱被她突如其来的靠近吓得倒退一步。金灿灿看着他的反应，只是冷漠地笑道："什么意思？你心里比我更加明白，不是吗？"

看着阿莱若有所思的表情，金灿灿继续道："或许，如你所愿，除了这样死去，我会给你一个不一样的选择。"金灿灿说完这句话转身往自己车上走去。今天，她已经耗费了太多的时间，许多事情，是时候该整理了。

助理给她开车门的时候，她似乎想起来一件事情，对助理摆摆手："给他一张我的名片。"

"是的，金总。"助理为金灿灿开完车门后，从皮夹中拿出一张名片，给阿莱递了过去。

助理和司机迅速上车，引擎发动后，车子迅速离去，只留下一堆尘土和发呆的阿莱。

豪华房车内，金灿灿看着助理一副欲言又止的样子，缓缓开口："有什么要说的就说，什么时候也变得这么扭扭捏捏了？"

"是的金总！我只是不明白。"助理不好意思地挠挠头，他现在脑子里太多的疑问，如果不问出来，他恐怕今晚会睡不着。

"不明白什么？"金灿灿懒懒地半靠着身子倚在座椅上闭目养神。

助理咬咬牙，把心中的疑问一股脑儿地都倒了出来："我不明白，您明明什么都没有做，只是给了那个阿莱一张名片，那个阿莱为什么就那么轻易地放我们走了呢？要知道，对于他那样一无所有的人，遇见您这样的大财主，应该死缠烂打，死抓住不放才对啊。"

金灿灿慵懒地睁开眼睛，轻笑出声："死缠烂打？你认为，他一个人，能和我们晟世地产公司的整个律师团队相抗衡？更何况，现在我还给了他一个更好的选择。"

"更好的选择？"金总今天的心情格外的好，他要趁着金总心情好的时候，把所有问题一次性地问个够，这可都是经商的经验之谈啊，

265

他得好好学习学习。

　　想到离收购小镇的计划又近了一步，金灿灿难得心情好地给助理解释着："你没有赌过，永远不会明白一个赌徒的心理。对于赌徒来说，每一次抉择都是一场赌博，越输越想赢，总认为自己下一把一定能把本给赢回来，而这种心理，只会让他们越陷越深。"

　　金灿灿停顿了一下接着说："阿莱，就是个典型的例子。马路上那么多辆车，他为什么偏偏选择了我们这辆，因为他从我们车子的性能、外观各方面观察得知，我们非富即贵。"

　　说到这里，想起刚刚那个阿莱，金灿灿脸上又露出了嘲讽的笑容："他知道，万一我们撞不死他，他就可能会得到一笔巨大的赔偿，而这些赔偿足以让他东山再起。如果我们失手撞死了他，他也可以从这个世界解脱，毫无痛苦，对他来说，这就是一场赌博，筹码就是他的生命。"

　　"原来是这样，这个阿莱也真够狠的。"助理恍然大悟般地点了点头，原来，这个阿莱是存着这样的想法而来，只是，拿自己的生命作为赌注，也确实够狠的，毕竟，一般的人，是做不来这样的事情的。

　　金灿灿冷漠地勾了勾唇角："呵，他不是狠，而是被生活逼到了这个份上，他不得不狠。"

　　这世界上，存在着太多形形色色的人，每个人都有自己的另外一面，或谦卑，或狠绝，或狡猾，或悲怜，每个人都被生活牢牢铐住，无法反抗，包括她，又何尝没有自己不为人知的一面？她不能控制她，她能做的只是尽量隐藏，不让别人看到自己隐藏的那一面。

　　"可是，您答应他什么了，您只是给了他一张名片啊？"助理还是有些不够明白。

　　"一张名片？呵呵，那可不是一张名片那么简单，那是我抛的鱼饵，鱼儿就快上钩了。"金灿灿从自己的思绪中回神，脸上又恢复了她一贯的高冷。

　　名片？那可是能够让她成功收购小镇，让阿莱起死回生的灵丹妙药呢!

小镇火锅店内,陈杰瑞愉快地忙碌着。他穿梭在各个餐桌之间,和每桌的客人打着招呼。

"哦,美女,你太美了,请你停留一下。"杰瑞愉快地让刚用完餐准备离开的美女客人稍等片刻,自己则像变魔术般地拿出了一朵玫瑰,绅士地献给了她。美女顿时受宠若惊,捂住了自己的嘴巴。

"杰瑞,难道我们不美吗?为什么我们没有?"

"就是啊杰瑞,你这样可不公平哦。"店内的其他女食客们开始纷纷起哄。要知道杰瑞年轻帅气,又有绅士风度,是每个女人心中的梦中情人呢。

陈杰瑞绅士地回应每一位美女,真诚且热情地对每一位美女说:"各位美女们,我怎么能忘记给你们呢?今天到本店的客人,凡是女的,都能额外得到一束玫瑰花,你们可都是上帝的天使啊。"

"杰瑞,你可不能这样多情啊,你这样,我们可是会爱上你的哦,呵呵……"火锅店内发出一阵阵愉快的哄笑声,整个火锅店里洋溢着一片喜气洋洋的气象。

火锅店的后厨内,却飘散着一股阴谋的味道……

"后厨我看着,你们先去看看冷冻羊肉是不是来了。"阿莱吩咐着后厨的帮工们。

"可是冷冻羊肉不都是每天的下午才送货吗?现在刚刚是中午,应该不会来的。"帮工们对阿莱的反常要求有些奇怪。

听了帮工们反问的话,阿莱似乎有些生气,他冷着一张脸,大声嚷嚷着,催促着帮工们:"让你们去看看,你们就去看看,我是掌厨的还是你们是掌厨的?哪儿那么多废话?"

"好吧。"帮工们没有办法,只得听了阿莱的话,从厨房后门出去了。

"这阿莱师傅今天是怎么了,平时从来不跟我们这样凶巴巴的,今天怎么这么反常?"

"谁知道啊，估计是昨天在家被老婆骂了吧，哈哈哈！"

"谁说不是呢，呵呵呵！"

阿莱隐藏在门口听着帮工们奚落他的话，毫不介意，见帮工们都走远了。他连忙跑到火锅汤锅旁，从身上掏出一包褐色的粉末，整个儿地倒入了汤锅中。

随后又迅速地掏出手机发了个短信：事情已办妥。

一切事情办妥后，阿莱又重新回到了自己的工作岗位，装作若无其事地工作起来。这时候帮工们也回来了。

"阿莱师傅，我们都去看了，冷冻羊肉确实还没有送来。"其中一个帮工说道。

"知道了，你们去忙吧。"

"哦！"

午夜时分，杰瑞在自己的私有小厨房里做着西式糕点。他的糕点做得十分漂亮，让人看上去就十分有食欲。做美食是杰瑞的爱好，他为了各种各样的美食，几乎跑遍了全世界，如果不是家里的变故，也许他能够继续这样潇洒的生活，可是现在，他更多的是责任。

杰瑞看着趴在沙发上睡着的小小文，脸上露出慈祥的神色。他轻手轻脚地拿起外套给小小文盖上，生怕他冻着。虽然小小文是公认的天才少年，智商超高，平时也会表现出和同龄孩子不一样的成熟，但在他眼里，小小文就是个普通的孩子，和别的同龄孩子没有什么区别。

杰瑞喜欢这种充满宁静的生活，这也是他当初回这个小镇的原因，一阵急促的敲门声把杰瑞从思绪中拉回神。

杰瑞皱了皱眉头，这么晚了，到底是谁有这么着急的事情，把门拍得砰砰响。他连忙跑过去开门，他可不希望这讨厌的敲门声吵醒了熟睡的小小文。

"露西？你怎么来了？"露西是火锅店的前台收银员，杰瑞完全没有想到，在外面敲门的人会是她。

这么晚了，她来到自己的家里找自己，是为了什么?

露西看上去很焦急,当看到杰瑞的第一眼便迅速地迎了上来,一点都没有控制住自己的高音分贝:"老板!"

"嘘。"杰瑞做了个"噤声"的手势,转身看了眼屋里熟睡的小小文,在看到小小文还在安然熟睡,并没有被露西的这声高分贝吵醒时,舒了口气。

杰瑞轻轻地把门虚掩上,示意露西跟着他走:"出来说。"

杰瑞的轻手轻脚,不急不忙,让露西更是急得头发都快竖起来了,两人刚站定,露西便迫不及待地说明了来意:

"老板,你快去店里看看吧,店里出事了。"

杰瑞皱了皱眉,心里有一种不好的预感:"店里出事了?怎么了?"

"今天小镇上一堆人到医院看急诊,他们的症状都是拉肚子,恶心头昏。"露西着急得手舞足蹈,给杰瑞描述着今天小镇上发生的事情。

"哦,那确实是一件很悲伤的事情,居然有这么多人看急诊,可是,他们看急诊,和我们小店有什么关系呢?"杰瑞首先表示同情地摆摆手,却怎么也想不到这件事情和自己的火锅店有什么必然的联系。

"哎呀,老板,就是因为有联系,所以我才来找你啊。这些看病的人都有一个共同的特点,今天,他们都在咱们火锅店里吃过饭。"

露西急得都快跳脚了。她真的搞不懂,老板为什么可以这么淡定,却没发现,因为自己太过急躁了,所以语言表达得不是很清楚,她的老板到现在还没有听出什么是重点。

"露西,别开玩笑了,我们火锅店的食材都是最新鲜的,汤底都是最干净的,他们肯定不是因为吃我们的火锅才会这样的,你别胡说。"

杰瑞立马摆出一张严肃的表情,他走南闯北,与食物结缘了半辈子,说他什么都行,说他的食物有问题,他肯定急。

"我今天也是这么说的,可是那些闹上门来的客人们根本不肯善罢甘休,他们非要说,这是因为吃了我们火锅店的食物导致的,而且,他们还说要告我们。"

露西想到今天在火锅店里遭遇的围堵就感到心惊肉跳,当时那些人都快失去理智了,要赔偿的,要砸店的比比皆是。她从来没有看过这样的阵仗,都快吓傻了。她是花了多大的力气,才把那些人给劝回去了啊。

"什么,那火锅店没事吧?那现在那些人呢?"杰瑞这时候才意识到了事情的严重性,从事餐饮业多年的他,很清楚地明白,食物的安全性对于餐饮业是多么的重要。

"老板,你放心,火锅店没事,那些人我也劝回去了。不过那些人说,一定要你给个说法,否则他们还会再来的。我也替你答应他们,会去医院看望病人,老板,你不会怪我擅作主张吧?"

露西小心翼翼地偷看杰瑞的脸色,她当时也是被那些人逼得没办法,才会擅作主张地替老板答应那些人,不知道老板会不会怪她。

"怎么会,露西,你做得很好,服务业顾客就是上帝,不管对不对,我们都要把姿态放低,这才是服务业该有的素质。"杰瑞肯定地拍了拍露西的肩膀,随即像是想到了什么。

"走,我们现在就去医院看看,你等我,我去屋里拿个外套。"

"好。"

杰瑞刚打开虚掩的大门,就看见小小文站在大门口,他刚才给小小文披上的外套也不见了。

他佯装生气地催促着小小文上床睡觉:"小小文,你怎么醒了?快回去继续睡觉去,小心着凉。"

小小文戴着圆形的黑框米奇眼镜,整个人显得分外可爱,可就是这样可爱的孩子,说出口的话却格外的成熟:"舅舅,你别瞒着我,我都知道了,我和你一起去医院。"

杰瑞叹了口气,他那么小心,终究还是让他听见了:"不用了,你先回床上睡觉,舅舅处理完事情就回来,相信舅舅,一定会没事的。"

小小文固执地摇了摇头,镜片后的目光纯粹坚定:"舅舅,你不要把我当成孩子,你带我去吧。家里出事情了,作为家里的一员,我有责任和义务与你共同承担。"

杰瑞无奈地摸了摸小小文的圆脑袋,温和地说道:"小小文,你在舅舅眼里就是个孩子,不过既然你要捍卫你在这个家的主权,那舅舅只能举双手赞成了。"

"嗯。"小小文的眼里闪过坚定的目光,舅舅,从小到大,都是你在照顾我,这次,换我来保护你,我一定会为你洗刷冤屈。

杰瑞并不知道小小文内心的想法,他现在一心想去医院,看望那些挂急诊的病人们。他看了眼站在一边疲惫的露西道:"露西,你先回去好好休息,我和小小文去医院就可以了,接下来的事情交给我。"

"好的,老板!"露西喜出望外,今天一整天她来回在医院和火锅店奔波,确实很累了,老板真是个有绅士风度的好老板,知道体谅员工。希望这样好的老板,能够有好报,火锅店能平安地度过这次的危机。

夜色中,杰瑞开着车载着小小文往医院赶去……

"火锅店老板陈杰瑞来了,大家快看,陈杰瑞来了……"杰瑞跟小小文刚进医院的大门,便被记者团团围住。

杰瑞还没反应过来,便被眼前无数个话筒给淹没,他本能地揽过小小文,把他护在怀里往医院里面挤。

"陈先生,目前为止,急诊室里面已经有三十四人因为吃了你们火锅店的食物而发生了中毒反应,请问你对此有何感想?"

"陈先生,听说你们火锅店存在着很严重的卫生问题,对于这个,你有什么要对我们说的吗?"

陈杰瑞见前方行走有些困难,索性停了下来,温文尔雅地开口,丝毫没有危机来临的一丝慌乱:"对不起大家,我现在不方便接受任何采访。我只想先看望那些病人,麻烦大家让一让。"

记者见陈杰瑞态度坚决,也不敢多为难他,都自动地让开了一条道。陈杰瑞冲着记者们点了点头说:"谢谢大家,等事情调查清楚了,我会给大家一个满意的交代的。"

"陈杰瑞,你来得正好,我们大家伙今天在这里等了你一天了。你看看我们,都被你们火锅店折磨成什么样子了,你得给我们一个交代。"

"对不起大家,目前为止,事情还没有调查清楚,我们……"陈杰瑞的话还没有说完便被别人愤怒地打断了。

"没有调查清楚?难道一句没有调查清楚,就可以推卸责任了吗?我们这么多人都躺在医院里面了!"说话的男人特别激动,就差站起来和杰瑞打架了。

小小文锁定这个男人仔细观察着。他心里一直觉得这个男的哪里不对劲,可又说不上来是哪里不对劲,只能默默地在一旁不做声。

"你们误会了,我既然来了,自然不是为了推卸责任而来的。我来这里就是要告诉大家,这次的事情,我会尽全力调查清楚,不管是不是我们火锅店的责任,我们都不会撒手不管。住院押金,我会在走的时候一并交了。大家安心地看病,至于调查结果,我会给大家一个满意的答复的。"

杰瑞在来的时候就想好了对策,这次的事情,不管是不是他火锅店的原因造成的,他都不会撒手不管,服务业的口碑是很重要的,他不能因为这次危机,就让火锅店的口碑一落千丈。

杰瑞安抚好了大家的情绪,起身带着小小文离开。小小文一路都没有说话,他一直在观察着所有人的表情。他发现,其中有一个人尤其激动,一直在煽动大家闹事。

他把那个人的体貌特征,牢牢地记在了自己的脑海里。他隐隐约约地觉得,这次的事情,似乎没有表面上看上去的那么简单。

第二天清晨,陈杰瑞像往常一样来到店里,细心地给店里的每一个角落清扫,然后把所有的食材都检查了一遍。

为保险起见,汤底也被他端到了一边。他要把汤底拿去检验一下,看看是不是有问题。

最后,他把店里的员工全部集中起来,一个一个地询问。

可是一天下来了，似乎什么都没有查出来，陈杰瑞有些着急。

从表面看火锅店似乎像是进入了正轨，可是直到晚上，火锅店也没能迎来一个客人。

"舅舅……"小小文想上前安慰安慰杰瑞，却不知道怎么说。再怎么说，他也还只是个孩子。

"小小文，舅舅没事，其实今天这样的情况，舅舅早就预料到了。餐饮业最重要的就是声誉，经过昨天的事情，咱们在餐饮业的声誉已经一落千丈。尽管舅舅昨天已经做了挽救措施，但还是避免不了这样的状况，毕竟，谁会拿自己的身体开玩笑？"

其实今天中午的时候，他就已经给自己旗下的火锅店、法国餐厅、酒吧和咖啡馆打过电话，情况都和这家主店一样，一个客人都没有，店里异常冷清。

甚至连他长期驻扎的美食专栏社都给他打来电话，说会暂停刊载他的新一期稿子。陈杰瑞想想今天一天的遭遇，心情真是糟糕透了。

面对这一切，陈杰瑞却是一点头绪都没有。这些事情凑在一起，他感到异常的烦躁，却又不能在小小文和店员的面前表现出来。他是整个团队的主心骨，如果连他都一副慌了神的样子，这个店就真的很难坚持下去了。

究竟，那些人为什么吃了他们家的食物会中毒呢？他的食材为了达到新鲜度，都是每天请人配送的，根本不存在时间长了，吃坏肚子的问题啊。

还有，他送去检验的那锅汤底，居然莫名其妙地失踪了。整个事情显得越来越棘手，越来越不好处理，而他还答应给媒体和那些病人及病人家属一个满意的交代。

想到这里，陈杰瑞越发地烦躁，店里没有了往日的喧闹和愉快，到处弥漫着一种颓废的气息。正在陈杰瑞一筹莫展的时候，火锅店里来了几位不速之客。

金灿灿的助理率先推开车门下了车，随即绕车一圈来到金灿灿车

小镇情缘 上

门边,小心翼翼地为金灿灿打开车门,金灿灿举止优雅地迈开腿下车。助理关上车门站在一旁,随时候命。

金灿灿没有立即进入火锅店,而是站在火锅店门口,满意地打量四周,一副志在必得的模样,仿佛这火锅店已经被她收购,是她的产业了似的。

金灿灿看了半天,才满意地带着自己的助理,向火锅店内走去。

"你好,请问几位是吃饭还是?"火锅店店员看见火锅店里来了几位客人,顿时热情地迎了上去。这可是今天的第一批客人啊,免费请他们吃饭,她都愿意。

"吃饭?你们店里的东西还能吃吗?"金灿灿冷冷地开口。她觉得在这样的时刻,她已经没有必要对他们太过迁就。

陈氏餐饮业已经面临破产,他们已经失去了和她公平谈判的资格。

"你……"店员似乎有些愤愤不平,她没有想到这几个人会这样无礼,她刚想反驳,便被陈杰瑞给拦了下来。

"那么请问,你们今天来是做什么的呢?"陈杰瑞礼貌地问。

"你就是老板陈杰瑞?"金灿灿用锐利的眼神扫了一眼陈杰瑞,立马便识别出了他的身份。

"是的,请问你是?"陈杰瑞心里一惊,这女人的气场真强大,饶是他跑遍全球,这样的人物也不多见,看她的架势,明显来者不善。

金灿灿也没多费唇舌,只简单地自报了家门和来的目的:"我金灿灿向来雷厉风行,做事从来不拖泥带水。我是晟世地产公司的总裁,来这里,主要是为了收购你陈氏餐饮业旗下的所有地皮。陈先生,你开个价格吧,只要价格不过分,一切好说。"

陈杰瑞看见金灿灿一副志在必得的模样,顿时觉得好笑:"金小姐,你凭什么认为,我会把地皮卖给你?"

金灿灿面对陈杰瑞的质问也没有一丝一毫的退让,因为,她有足够的把握,陈杰瑞现在只是在死撑,这块地皮,他迟早得卖给她。

金灿灿唇角微微弯起,优雅地捋了捋额前的碎发,不慌不忙地说道:"陈先生难道认为,出了昨天的事情,你在餐饮行业还能一直做下去?要知道,昨天你们火锅店发生的事情,已经被各大电视台竞相转播了,还有哪个不怕死的,敢来你们的火锅店吃饭?"

陈杰瑞心头一紧,没有回话,这个女人,太会抓形势,更有一种掌握别人心理的能力,他在她面前完全无所遁形,她轻而易举地就道出了他目前的颓势。

金灿灿见陈杰瑞没有理她,趁热打铁地示意助理拿出一份收购计划,摆放在了陈杰瑞面前,"陈先生,我收购地皮是要做大型生态旅游区的,只要陈先生愿意出售这块地皮,我保证,除了你开出的价格外,我另外还赠送陈先生百分之十的旅游区股份,陈先生何不趁现在这个机会转行?我相信,旅游区的收益,一定会远胜于陈先生现在的餐饮业的。"

陈杰瑞抬眼看了看金灿灿,这个女人太会做生意了。她先是把他现在的颓势摊在了他的面前,然后又拿出一份利益十足的收购计划,要是一般的人,早就头脑一热,把字给签了,可是他却觉得有哪个地方不对。

陈杰瑞从来都不是冲动的人,而且,他也早已过了冲动的年纪,他需要考虑的事情太多,这块地皮,不是他说卖就能卖的。

陈杰瑞不会为了金钱一下子失去理智。他不是没有见过金钱的人,他知道,比金钱重要的东西还有很多。例如,给陈氏餐饮业的每个员工一个安稳的工作环境,给侄子小小文一个安静的生活环境,这也是当初他回这个小镇的原因。他喜欢这个小镇,喜欢这里的人和这里的一切。如果卖掉他在小镇的地皮,他就没有继续留在小镇的理由了,而他,舍不得离开这里。

金灿灿似乎看出来陈杰瑞的犹豫不决,她也不急,对于这块地皮,她志在必得。她也深深明白物极必反的道理,有的时候给对方一个缓冲的时间,反而能够事半功倍。

想到这里,金灿灿站起身对陈杰瑞道:"陈先生,你先不用急着给我答复。三天后,我会再来的,你利用这三天好好考虑考虑,我先告辞了。"

金灿灿刚走,火锅店的员工都围了上来。刚才金灿灿的话,他们都听见了,如果老板点头,那么,他们就面临着失业。

老板人很好,对他们员工从来不摆老板架子,给他们的薪水也是同行业中较高的。他们都为能有这样的好老板而感到高兴,可是这样的好日子就要因为金灿灿而到头了吗?所有员工的心里都忐忑着。

"老板,你真的会把地皮卖给晟世地产公司吗?"露西首先担忧地问出了大家伙心中的疑问。

陈杰瑞一时之间不知道怎么开口,其实,他下意识地是想要说不卖的,可是因为昨天火锅店的事情,他的餐饮企业一夜之间发生了翻天覆地的变化,本来红红火火的餐饮企业,一下子变成了面临破产的破企业。

金灿灿开出的条件,确实很诱人,可是,他如果点头答应了,又怎么对得起面前的这帮员工?

一下子,陈杰瑞陷入了两难的境地。

"不卖,小镇的地皮,我们绝对不会卖。"这时一直站在旁边的小小文开了口。

"小小文……"陈杰瑞疑惑地抬起头看向小小文,却发现小小文的眼神里充满了坚定。这份坚定甚至都深深地震撼到了他,他突然一下子发现,小小文似乎一夜之间长大了。

陈杰瑞似乎被小小文的坚定眼神所感染了,鬼使神差地接着说:"大家请放心,我们的火锅店不会关门,我们的餐饮业不会破产,小镇的地皮,我们更加不会卖,所以,大家安心地回去工作吧。"

"真的吗,老板,太好了,大家听见了吗,老板说不会卖地皮,大家都安心地回去工作吧,我们得更加努力地工作才对。"露西高兴地招呼着大家,大家都高高兴兴地回去工作了。

等大家都散开了,陈杰瑞才意识到自己刚才说了什么。他无奈地看看引导他说这些话的罪魁祸首，却发现小小文正在想着什么。

"小小文……"小小文一会儿点头一会儿摇头，搞得陈杰瑞一头雾水，这孩子，又在想一些什么奇怪的东西？

小小文突然眼前一亮，他终于把一切琐碎都串了起来，他想他大概知道一些什么了。

小小文抬起头看着陈杰瑞，一副胸有成竹的样子道："舅舅，你不觉得，从昨天开始，一切事情都太巧合了吗？"

"巧合？你指的是什么？"陈杰瑞还是有点跟不上小小文的节拍。这孩子天生智力过人，他总是在很多时候跟不上他的节奏，他真不知道自己是该庆幸还是该悲哀。

小小文推了推鼻梁上的眼镜，一副神探柯南的模样："舅舅，那些急诊室的人因为吃了我们火锅店的火锅而中毒拉肚子，紧接着，我们去医院，记者似乎早就知道我们会去，早已蹲守在了医院门口，而且，有几个人明明没什么事，却在那里煽风点火，煽动大家闹事。"

昨天在医院里，他就发现这一点了，只是当时记者太多，病人太多，一切又发生得太突然，他根本没有时间思考，把这一切琐碎的零碎串起来。当时，他也最多是感觉到哪里不对劲而已。

"你这么一说，确实是有点。"陈杰瑞点点头，回想起昨天在医院的片段，好像真的是有那么几个人在那边煽风点火，好像嫌事情闹得不够大似的。

小小文更加确定了心中的想法，接着说："再然后，就是你把汤底拿去检验，那汤底却莫名其妙地失踪了，最后就是晟世地产公司来找我们谈地皮收购的事情。你不觉得，这一切都太过于巧合了吗？"

"小小文，你说得确实很有道理，我怎么没有想到，这一切确实都太过巧合了，就像是有人故意安排的一样。"

陈杰瑞停顿了一下接着说："如果这真的是一场阴谋，那这个设计阴谋的人，也太可怕了。他怎么能够拿别人的生命开玩笑？"

陈杰瑞用力地拍了下桌子，同时又有点后怕，他什么时候有这么

277

可怕的对手了。但是更多的却是气愤,他那么认真地做美食,用心地给每一位食客最好的舌尖享受,可这个人,却轻易地拿这些作为商业武器,甚至罔顾食客的生命健康,真是太可恶了。

"小小文分析得很对,这几天火锅店发生的事情,我都关注了,我也觉得,这其中肯定有什么不为人知的阴谋。"门口突然传来一道温和的声音,大家都齐刷刷地往门口看去。

"书记官!"

"小志!"小小文和陈杰瑞看到门口的小志异口同声道。陈杰瑞看到门口的小志,心里更是一暖,这个时候,居然还有朋友来关心他,他真的很感动。

"杰瑞,不要担心,事情总会解决的。"

与此同时,古老的农家庄园内,小师妹正拿着手机到处拍摄着,她微笑着拍完一张风景照准备看下拍摄效果,却被手机上突然弹出来的一条新闻吸引了注意力。

"小镇陈氏餐饮企业闹出中毒事件,面临倒闭……"

"怎么会?陈氏餐饮怎么会有问题?"小师妹急忙收起手机,往镇上的火锅店赶去,她要去帮忙。可她刚走到门口便被蹲守在农庄外的阿闲拦住。

"你怎么还没走?"小师妹看着面前的阿闲无奈地翻了翻白眼,这家伙,居然还没有走。从昨天开始,他就一直蹲守在她家农庄门口,她赶都赶不走,这是要跟她杠上了啊。

阿闲看见小师妹,顿时喜笑颜开地迎了上去:"小师妹,你终于肯出来见我了啊。"

小师妹无奈地看着嘴里叼着棒棒糖的阿闲。昨天她就让这家伙回去,可是这家伙居然没听她的,还在她家门口蹲了一整夜,小师妹没好气地说:"你总是这样蹲在别人家门口,是很不礼貌的一种行为,你知道不知道?"

"是吗?可是,我觉得很好啊!"阿闲耸耸肩,一副无所谓的样子,气得小师妹胃都疼了。

"你真的是没救了,你让开,我还有事呢。"小师妹打算不跟这样的白痴说话,再跟这样的人对话,她的智商也会被拉低的。

况且,她还急着去找陈杰瑞,看看自己有什么可以帮到他们的。

小师妹刚跨开步子准备走,阿闲就跟黏皮糖一样地黏了上来:"你要去哪里,我和你一起去啊?"

"我不要,我才不要你跟着呢!"小师妹立刻拒绝。

"小师妹……"阿闲拽着小师妹的胳膊左右摇晃着。

"不需要,你快让开。"小师妹烦躁地推开挡在她面前的阿闲,继续往前走。可是还没走两步,又被黏上来的阿闲挡住了去路。

"小师妹,你就带我去嘛。我保证乖乖的,不捣乱。"阿闲乖乖地举起双手发誓,一副乖宝宝的模样。

追求女孩子到他这个地步,也可歌可泣了吧。

小师妹看看天,她如果不同意这家伙跟着,他一定能纠缠她到太阳下山,想想他在她家农庄门口守了一夜的事情,她绝对相信他有这个能力,到时候天都黑了,她还能去帮什么忙?

不过,同意归同意,约法三章还是不能忘的,免得这家伙到时候给她出什么乱子,她是去帮忙的,不是去捣乱的。

"我真是拿你没办法,你要跟着就跟着吧,但是我警告你,不许给我捣乱。我不同意,不许乱说话,听见没有?"

看见小师妹同意了,阿闲激动得双手拍起来,紧接着又将右手平齐自己的太阳穴,做了个敬礼的动作:"保证完成任务。"

"真是疯了……"小师妹再次没有忍住对天翻了个白眼,随即推开阿闲走了出去。

小师妹和阿闲站在火锅店门口没有立刻推门进去,小师妹正在酝酿着待会儿进去后,该怎么安慰陈杰瑞。

显然,站在一旁的阿闲并不给她这个机会,他从站在火锅店门口就聒噪开了。

"哇，小师妹，原来你要来的地方就是小小文家的火锅店啊。你怎么不早说，我最喜欢小小文了。他真的很聪明的，你知道吗，我特别崇拜他……"

他好喜欢小小文的，那个小家伙真的是个天才，智商超级高的，他的整个大脑就是个超级智囊，什么疑难杂症都能解决，而且，能解答出好多奇葩的问题，什么虫洞、多维空间、时空穿越，他都能说出个一二来。他真的好崇拜他，好想把他拐回家哦。

可是那小家伙，似乎对他并不感冒，阿闲想到小小文对他的冷淡态度，就懊恼地低下了脑袋。

不过，随即阿闲又像打了鸡血一般地抬起头。他相信，每次见面都是一个开始，而且，他觉得自己真的挺好的啊，一定是小小文还没有发现他的优点，对，一定是这样的。

想到这里，阿闲刚想开口和小师妹说话，便被小师妹一个凌厉的眼神制止了。

"你想回去吗？"

这家伙从刚才开始就一直在聒噪，她真的不应该相信他的，她居然脑残到相信他，还带他来到了这里。她还是太心软了啊。

"我知道了，我闭嘴！"阿闲一副委屈的模样，其实心里早已乐开了花儿，他今天可以见到两个他喜欢的人，真的是太幸福了。

小师妹看着阿闲无奈地摇了摇头，她决定不再理会他，自己推门进入火锅店。

"小师妹，你怎么来了？"陈杰瑞看见推门进来的小师妹问道。

小师妹却有片刻的迟疑，因为她竟然一拉开火锅店的门就看见了小志，一时之间，她竟然不知道怎么开口。

"我……"

细算起来，从上一次吵架到现在，她和他大概也有半个多月没有见面了。此时，猝不及防地和小志猛地撞了个正面，小师妹望着小志，整个人有着片刻的怔忡。

不过她承认，在看见小志的那一刹那，她的心底是浮上了一层喜悦的，她的唇角不自觉地微微勾起，下意识地想开口喊小志的名字，可是在想到上一次和小志为了莎莎吵架的事情后，话到嘴边，却还是咽了下去。她看着小志，眼神闪动。

她在等，等小志的主动道歉，只要小志对她道歉，解释清楚他和莎莎的关系，她便放下之前两人之间的不愉快，还像以前那样和他相处。

一旁的小志心里也是万千复杂的，这么多天，他真的很想念小师妹，他想上前去向小师妹解释清楚他和莎莎之间的事情，但是一想到她妈妈在她生日的那一晚，对他说的话，他便将自己的念头硬生生地压了下去。

小志用力握了握自己的手，直到指关节泛白，手掌逐渐麻木，才微微控制住心神。

恍神片刻，小志便恢复了理智，脸上又挂出了他一贯的温和笑容，冲着小师妹微微点了一下头，态度再客套不过。

漫天铺地的疏离感从小志那边向着小师妹袭来，小师妹有些许站不稳，她失望地收回眼神，根本没有回应小志的点头。

小师妹深吸了一口气，调整好自己的心情，转头看向一边的陈杰瑞："陈杰瑞，我是来帮忙的，你们火锅店发生的事情，我刚在手机上看到，你没事吧？"

陈杰瑞感激地道："小师妹，你真是个心地善良的姑娘，我很好，你放心吧，我不会被打倒的。现在，你和小志都来帮我，我怎么能够倒下呢？"

"还有我还有我，我也来帮忙了，你难道看不到我吗？"阿闲从小师妹后面跳了出来，他这么万众瞩目，怎么没人注意到他？

还有刚才小师妹和小志之间的气氛真的太诡异了。这个小志，不会成为他的情敌吧，阿闲默默地把小志归类为了自己的第一任情敌。

"闭嘴！"

"好吵！"小小文和小师妹异口同声。

"额……"阿闲委屈地闭嘴。

小志看了看阿闲，再看了看小师妹，心里有点不是滋味。傻子都看得出来，这个阿闲很喜欢小师妹，如果小师妹也喜欢阿闲，那后果，他不敢往后想。

"好了，现在既然大家都到齐了，那我们就谈谈接下来的计划吧。"小志招呼所有人坐下来，开始分工，作为小镇的书记官，他有责任调查出事情的真相。

"刚才经过小小文的分析，这两天发生的一切，都似乎太巧合了。小小文认为这是个人为的阴谋，所以，接下来，我们要去一一验证。"

他一定要找出真正的幕后黑手，还小镇一个宁静的生活环境。

"首先，陈杰瑞和小小文，你们去医院，调查一下，是不是真的有人煽风点火，而那个人和刚才来收购你们地皮的晟世地产公司总裁有没有什么联系。"

既然这是个人为的阴谋，那肯定是有利益出发点的，而目前看上去有利益出发点的就只有晟世地产公司。

"晟世地产公司？"阿闲猛地抬起头，一向玩世不恭的眼神中透露出一丝认真。

"怎么了，有异议吗？"小志抬头询问阿闲。

阿闲眼中的认真一闪而过，紧接着又是那种玩世不恭的表情："没有，我就是想问，我能不能去调查这个？"

"你确定？"小师妹不可置信地看着阿闲。这小子脑袋被门夹了吧，他这个样子，估计连晟世地产公司的大门都进不去吧。

"是的！哎呀，我就是想去看看大公司的办公区域都是什么样子的嘛！"

"好吧，那这个交给你，阿闲。"小志意味深长地说。他要的只是结果，谁去那里调查对他来说都一样。

"嗯！"阿闲坚定地点了点头。

小志又把头转向坐在一旁的小小文和陈杰瑞："既然调查医院和晟世地产公司的事情交给阿闲了，那汤底的事情就让小小文和陈杰瑞去吧，反正之前汤底也是陈杰瑞送去的，调查起来也更加方便，得心应手。"

"好的！"陈杰瑞和小小文应下。

"该去的地方你们都去了，那我呢，我干什么？"小师妹有些着急，她也是来帮忙的，小志不会因为和她吵过架，就公报私仇不给他安排活儿吧。

小志看都没看小师妹一眼，便直接说道："小师妹，你负责看店，把店里照顾好。"

"什么？我不要，我才不要呢！凭什么你们都出去，我就要在家里看家。"小师妹嘟着嘴，对小志的安排显然非常的不满。

小志抬头看向小师妹，眼睛里流露出不易察觉的温柔："看家很重要，万一那些坏人再找上门想使什么坏呢？况且，我也在店里，我会留在店里到后厨看看，看看能不能发现什么蛛丝马迹。"

其实小志把小师妹留在家里是有他的私心的。他觉得小师妹太过单纯，不明白人间险恶，很容易被坏人蒙蔽，更重要的是，他连对手是谁都不知道。对方既然能想到这么卑鄙的方法来对付陈杰瑞，那就说明此人肯定不是什么高尚的人，万一小师妹发现了他的什么问题，他要伤害小师妹怎么办？

他不能冒这个险，唯有把小师妹留在他的身边，他才觉得是安全的。

"真的吗？"小师妹有点犹豫。

"当然是真的，我什么时候骗过你？"小志一心想保护小师妹的安全，完全没有发现自己说出口的话是多么的暧昧温柔。

"嗯！"小师妹有点脸红，低头弱弱地同意了小志的提议。

小志在心里叹了口气，随即开口："大家分头行动吧，一有结果，大家立马在火锅店会合。"

"好的!"

众人很快就散了,只剩下小志和小师妹,气氛一下子变得有点尴尬。

"我去后厨看看。"小师妹刚想说什么,小志便找借口去了后厨。

其实,小志也害怕小师妹问他问题的。他怕自己一个冲动便把一切都说了出来,那样将会变成一个无法收拾的场面,他不想让小师妹为难。

小师妹看着小志的背影,心里满是失落,终究还是回不去了吗?

小师妹有点心不在焉,但是却又不想就这么放弃,于是她打定主意,跟着小志的脚步来到后厨。

看着在后厨到处认真排查的小志,小师妹小声地说:"小志,我想我们应该谈谈。"

小志淡淡地看了一眼小师妹,随即又开始继续排查后厨的每一个角落,看上去很认真的样子,其实,他的耳朵里都是小师妹的声音。

小师妹做事一向傲娇任性,要是换作别人,遇到这样的情况,她早就转身走人了,可对方是小志,情况就不一样了。小志的冷淡对待,更是激发了她心里的不满,她更加冲动地要把藏在心里的话都说出来,那些话堵在心里仿佛都要爆炸了。

小师妹气愤地拦在忙碌的小志面前,小志无法,只能停下来看着小师妹。小师妹一见小志这样,顿时气势矮了一截,但还是傲娇地大声道:"你不觉得,我们的关系现在变得很疏离吗?我们以前不是很好吗,现在为什么会变成这样了?到底是你变了还是我变了?"

"等等……"小志本来在很认真地听着小师妹的控诉,却无意中看见了汤锅旁边的细碎粉末。他越过小师妹直接来到了粉末旁,小心地捻了点粉末放在鼻端嗅。

随即吩咐小师妹道:"去帮我找个无污染的袋子。"

"啊?哦!"小师妹还没反应过来,但还是鬼使神差地听了小志的话,去找了个一次性的保鲜袋,然后看着小志小心翼翼地把这些粉末装了起来。

"这是什么？"小师妹好奇地问道，自己的委屈，她早已丢到了脑后，她还记得自己来火锅店的初衷。

小志摇摇头："我也不知道，但是很有可能，是这次事件的原因。"

虽然他不知道这是什么东西，但是隐隐约约地感觉，这有可能是解开火锅店那么多客人拉肚子的关键。

不管怎么样，先收集起来拿去检验，等检验报告出来，他再考虑别的。

"哦！"小师妹和小志小心翼翼地收起粉末，继续排查着厨房内的一切用具。

经过刚才这一打岔，小师妹似乎又失去了勇气般，不敢再向小志提刚才的问题了。她有点后怕，她不知道小志会给她怎样的回答，是解释还是拒绝？她不敢冒险。

夜色很快降临，陈杰瑞和阿闲他们都还没有回来，员工早已经下班了，而小志在后厨再也没发现什么，他和小师妹把火锅店的门关上，准备回家。

小镇的夜晚还是很冷的，冷风仿佛吹到了人的骨头里，小志看见小师妹瑟瑟发抖的肩膀，叹了口气，脱下自己的外套，披在了小师妹的肩上。

"我送你回去吧。"小志对小师妹淡淡地道。

小师妹听见小志这么说，本来是很喜悦地抬起头的，却在发现小志面无表情的冷淡样子后，傲娇地拒绝："不用了，我自己能回去。"

小志并没有勉强，只是淡淡地点点头，像是敷衍："那好，你自己回去吧。"

"嗯！"小师妹失望地低头，他果然是在敷衍她，既然这样，她才不要他的施舍，不就是回家吗？她自己能走，小师妹看也没看小志一眼，转身离开。

小志看着小师妹的背影，本能地伸出手想抓住小师妹，手伸到半空中却停住了,随即紧握成拳,慢慢地放了下来,见小师妹走得有些远了,他才悄悄地跟了上去,让她一个人回去,他还是不放心。

看着前面小师妹因为路边冲出的小狗而吓得尖叫,小志几次差点冲动地跑上前去安慰她,可是最后,他都忍住了,只是默默地藏在暗处,做个黑暗的护花使者,直到小师妹安全地到家。小志看见小师妹卧室的灯亮了,他看着那抹灯光,眼睛里满是柔情,他待了半个钟头后,才转身离开。

晟世地产公司内灯火辉煌,所有人都在紧张地忙碌着,没有人因为现在是深夜了而对工作有半刻懈怠。

阿闲站在公司大楼下,探手捏紧了黑色大衣外套的口袋,手下传来一阵突兀的感觉。口袋里面装的是一支录音笔。

稍稍咬紧了牙关,阿闲沉了眼眸,举步走进了公司。阿闲嘴里叼着一根棒棒糖,从大厅穿梭而过,直接乘坐总裁专梯来到了位于顶层的总裁办公室。

妈妈的公司他倒不是经常来,生意上的事情,他很少接触。但是今天,他需要来这里寻找一个很重要的答案。

电梯很快在顶楼停稳,阿闲出了电梯,穿过一条走廊,阿闲停在了一间写着总裁办公室的房间门口。

这里就是妈妈工作的地方了。

"小少爷!"准备进总裁办公室的助理看见阿闲,高兴地咧开了嘴,殷勤地把阿闲给让进了总裁办公室。

阿闲低头,深吸一口气,手伸进口袋悄悄地将录音笔打开……

金灿灿抬头发现是自己的儿子来了,脸上立刻露出温和的笑,将手中的一份文件递给助理,吩咐道:"按照我刚才说的去办。"

"是。"助理点了点头就出去了,走之前还不忘将门关上。

房间内一下就只剩下母子两人。

"阿闲?你还知道回来啊?这些天都跑哪儿疯去了?"金灿灿嘴

上是责备的话，可语气里完全听不出来一丝责备的味道，眼神里也尽是宠溺。

阿闲吊儿郎当地往沙发上一盘，嘴里含着棒棒糖玩世不恭地道："老妈，你还不知道我吗？这个小镇太漂亮了，我忍不住就到处逛了逛。"

金灿灿眼前一亮，很快便捕捉到了阿闲话里的重点："你喜欢小镇？"

"当然了，这么宁静安逸的地方，谁不喜欢啊。"阿闲想也没想便脱口而出。小镇确实很美，他第一次来就被这里的环境给深深吸引，小镇的一切都美得像幅画一样，让他不忍也不能去破坏。

金灿灿一副势在必得的模样，高兴地道："喜欢就好，再过不久，我就让你拥有它。"

从小到大，只要是儿子想要的，她都想方设法地满足他，这次他们母子难得同时喜欢一样东西，她当然不会放过。

"拥有它，什么意思？"阿闲瞬间变得警觉，放在口袋里的手也紧握成了拳。

"儿子，你不需要明白那么多，你只管安心地等着接手小镇吧。"金灿灿得意地对阿闲说着，对于自己的儿子，她从来都不防备着什么。

"可是……"阿闲还想追问，却被突然的敲门声给打断了。

"进来。"金灿灿让敲门的进来。

助理打开门对金灿灿道："金总，医院那边的人来了，您要过去看一下吗？"

"当然，你让他进来吧。"金灿灿吩咐道，儿子不是外人，她不需要瞒着他，况且，他迟早都要接手她的生意，早点学习也好。

"好的。"助理应声下去，不一会儿工夫便领了个人进来。

金灿灿对阿闲歉意地说："儿子，妈妈现在很忙，你坐在沙发上等我一下，过会儿我们一起回家。"

"嗯。"

金灿灿见儿子答应后,满意地看向刚进来的人,恢复了一贯的工作状态,她淡淡地对来人说:"有什么事情就说吧。"

那人似乎没有注意到沙发上的阿闲,自顾自地说道:"金总,你让我办的事情,我已经办完了。医院那边,我也演得绘声绘色,那些记者们已经相信了我说的话,认为中毒事件是因为陈氏餐饮的卫生问题才发生的,您答应给我的酬劳……"

阿闲仔细看着此人,此人衣衫褴褛,眼神飘离,整个人看上去就是一副游手好闲的市井混混模样,妈妈怎么会认识这样的人?而且,他刚才还提到了医院,这立马吸引了阿闲的注意力。

"很好,酬劳你不必担心,我会看着办的,你先回去吧。"金灿灿满意地点点头,鄙视地看了一眼那人,随即便转开了视线。对于这种人,她向来都是不屑为伍的,更别说对着他们多说一句话了,但是关键时刻,他们又能起到决定性的作用。

"是的,金总。"

金灿灿处理完事情后,笑眯眯地走到阿闲的面前,问道:"我的儿子,怎么今天想着过来了?"

阿闲也跟着笑起来:"反正也没事,过来看看你。"

金灿灿一听这话,立刻就眉飞色舞起来:"儿子真是长大了,知道心疼妈妈了!来,坐下跟妈说会儿话,跟妈说说,这些天你都跑哪儿去了,妈可想死你了。"

在阿闲面前,金灿灿完全就是一副慈母的样子,完全没有了在商场上的杀伐决断和果断英明。

金灿灿说着就拉着阿闲再一次地坐在了会客沙发上。

阿闲看见如此关心自己的金灿灿,再想想自己今天来的目的,内心有点内疚。他坐下之后,脸上的表情还是有些僵硬,不过他极力地克制住自己内心的激动,开始小心翼翼地和金灿灿对话。

"妈,刚才那个人……"

"哦,他是妈妈生意上的合作伙伴,妈妈请他帮忙做了点事情。"

金灿灿的脸上一直挂着微笑，听着自己的儿子这样关心自己，心情显然也是极好的。

"可是那样的人，怎么可能是妈妈的合作伙伴？"阿闲不动声色地问着。天知道，他是多么害怕自己的妈妈和火锅店的投毒事件有关啊。

为了掩饰自己眼底的紧张，阿闲顺手拿起桌上的一本杂志翻看了起来。没有人知道，此时此刻，他的手心早已经被汗水打湿。

他怕自己还没有问出来什么，就被妈妈察觉了。

"儿子，有的时候，一些无关紧要的人，也能成为你致命的武器的。你还小，还不懂这些，以后你就会懂的。"金灿灿点头，一点没有因为儿子的话题而起什么疑心。

阿闲觉得再这样问下去，也不会问出什么实质性的内容，索性放下杂志，直截了当地问："妈，你知道火锅店的事情吗？据说是被人投毒了？"

"……"听到阿闲这样的话，金灿灿终于皱了眉，有些警觉地看向儿子，"怎么忽然提起火锅店的事情？"

"听说是被人陷害的……"阿闲缓慢地说着，脸上的表情异常紧张，他真的希望这件事情和金灿灿一点关系都没有。

他试探性地对金灿灿问道："这个投毒的人，不会是您吧！"

"你胡说什么？当然不是，你想到哪里去了？"金灿灿连忙极力否认，她现在越来越想知道，儿子这些天都跑到哪里去了，居然会卷进这件事情里面来。

"那妈妈，刚才那个人，你怎么解释？"阿闲皱了皱眉梢，语气突然变得沉重起来。

"阿闲，你肯定是误会妈妈了，我承认，我是让人去医院煽动媒体和病人，把这次事件的矛头都指向火锅店的卫生问题。妈妈也承认，妈妈这么做是为了收购火锅店老板的小镇地皮，但是妈妈保证，那毒，真的不是妈妈投的。"

金灿灿转过头,脸上的笑容终于消失,虽然自己想让儿子阿闲尽快地涉及公司业务,但是私心里却不想这么快把商场丑陋的一面全部在儿子面前摊开,或许,她还有作为一个母亲的良知。

所以她隐瞒了让阿莱在汤底放泻药的事情。

看到金灿灿这个样子,阿闲有稍微的放心,还好,这投毒事件和妈妈无关,只是这煽动媒体和病人的事情……

"妈,你怎么能够这么做?"阿闲有点气愤。

"怎么能够?妈还不是为了公司,为了你?"金灿灿揉揉太阳穴,随即睁开眼睛,眼神锐利地看进了阿闲的心里。

"妈,你难道还不觉得自己做错了吗?"阿闲实在是心痛,他不明白,自己的妈妈何时就变成了这副模样。

金灿灿按捺住内心的狂躁,耐心地劝解着儿子:"儿子,这些事情你知道了也就算了,你就当作什么也不知道,什么都不要去管,你还照样跟以前一样,到处去游山玩水,不是挺好的吗?"

阿闲有点不可置信地看着金灿灿,他难以想象这些话竟然是从他妈妈的嘴里说出来的。他恨恨地说:"妈,我不知道这些事情也就算了,现在我知道了,你还让我怎么能够装作不知道?"

如果他真的装作不知道,那他怎么去面对他的那些朋友,面对自己的良心?

金灿灿再一次揉了揉自己的太阳穴,心里有些许的气愤,她已经开始烦躁起来:"你不装作不知道,你又能怎么样?难道你要去媒体揭穿妈妈吗?然后让妈妈身败名裂?"

金灿灿停顿了一会儿接着说,"儿子,你有证据吗?"

"难道就凭这个?"金灿灿把手伸进阿闲的口袋,拿出了阿闲的录音笔,然后按下了取消键。

"妈……"阿闲有些不可置信地看着金灿灿,他不明白,金灿灿是什么时候发现他的。

金灿灿慈爱地摸了摸阿闲的头:"你是我生的,我最能明白你心里在想什么，所以儿子，我们是血浓于水的关系，你注定不能把我怎么样！"

金灿灿把删掉了录音的录音笔又放进了阿闲的口袋后，接着说："况且，做生意就是这样，做生意就是要不择手段。你现在吃的用的穿的，每一样都是我靠卑鄙，靠不择手段赚来的。没有妈妈的这些不择手段，你能过上现在无忧无虑锦衣玉食的日子吗？"

儿子是她的，她相信，只要她晓以利害，他一定会明白过来。

"你！"阿闲深吸一口气，心里又是一阵抽痛，"如果可以选择，我宁愿不要这些东西！是，你是我妈妈，我是不能把你怎么样，但是你摸摸自己的良心，它同意你这么做吗？"

丢下这句话，阿闲气愤地起身就要离开！他现在，真的没有办法和妈妈在同一个房间待着，他感觉到窒息。

眼看着儿子就要离开这里，金灿灿厉声喝住阿闲："你站住！"

阿闲身体略微停顿，却并没有转身，而是嗓音低沉地对着金灿灿说："妈妈，我真没有想到你会是这样的人，你真的让我很失望……"

金灿灿的心犹如被重物撞击般，僵在原地，待阿闲走了很久后，她才反应过来，喃喃自语："我的良心，早就在很小的时候被她磨灭殆尽了……"

想到自己悲惨的童年，金灿灿的眼睛里浮现出了一层泪花。有谁能够明白，她现在做的这一切，到底是为了什么？

儿子不明白没有关系，她能明白吗？

第二天一大早，大家就都聚集到了陈杰瑞的火锅店。

火锅店的门口挂着停业整顿的牌子，显得十分萧条。

"大家都到齐了吗？"小志从门外进来，昨天的黑褐色粉末检验报告已经出来了，现在,他更加能够确定,这一切都是一场人为的阴谋。

"没有，阿闲似乎还没有来。"陈杰瑞环视一周大厅，对小志说道。

"那家伙本来就不靠谱，你们还把那么重要的事情交给他，他现在估计又不知道跑到哪里去玩了。"小师妹晃动着自己的小丸子头，一副她早就知道的模样。不过阿闲不来,她乐得轻松,这些天,她真的已经被他烦死了,好不容易可以清静清静,她求之不得。

可是事情好像不能如她所愿,随着门的再次拉开,一股微风迎面而来。

"我来了!"阿闲叼着棒棒糖,还是一副吊儿郎当的样子,整个人看上去和平时没有什么两样,只是,眼睛上两个黑色的大眼圈,实在太惹眼,瞬间引起了大家的注意。

"哦……阿闲,你昨晚做贼了?"陈杰瑞看着阿闲的两个黑眼圈,有点担心地问道。

阿闲不好意思地挠挠头,却发现头上戴着棒球帽,只好放下手作罢,他讷讷地对大家摆手:"不好意思,我来晚了。"

昨天他从晟世地产公司离开后,就没有回家,他不知不觉地在小镇逛了一夜,直到凌晨的一声鸡鸣,才把他从万千思绪中拉了回来。

同时,他也下定决心,不管对方是谁,做错了就是做错了,而他,一定要维持正义,不能让任何金钱污染小镇的美好。

"好了,既然大家都到齐了,就一起把调查的结果都说说看吧。"小志招呼大家坐下,好好说说昨天都调查到了什么,他会试着把调查结果一一串联,然后给大家一个真相。

"我们先说吧。"陈杰瑞拉着小小文的手看着小志,他已经迫不及待地想把昨天调查到的所有事情向大家倾诉,那些事情压在心里,都快让他憋死了。

"好!"小志点头。

陈杰瑞眼神虚渺,回忆起昨天他所调查的一切:"昨天,我们去检验单位,要求他们出具汤底失踪那天的监控视频,可是奇怪的是,那天的视频竟然不翼而飞,而其他时间的视频都完好无损。显然,这是一场人为的阴谋,对方抢在了我们前面一步,把视频提前删除了。"

"后来,我想到了问监控负责人,谁来删除了视频,那个负责人竟然什么都不知道。很显然,监控负责人不是被收买了,就是对方趁监控负责人不在的时候偷偷删掉了视频。那个监控负责人，我看着也不像说谎的样子，所以，视频一定是偷偷被人删除的，就连监控负责人都被瞒了过去。"小小文接着补充道。

想起昨天监控负责人一脸迷茫的表情，他就分析断定，监控负责人说的一切都是真的。他真的什么都不知道，怪只怪，对方太狡猾了，居然避开监控负责人，删除了视频。

"嗯，我知道了，阿闲呢？"小志又转头问坐在一旁的阿闲。从刚才开始，阿闲就一直没有说话，这根本不像阿闲的风格，他一直都是叽叽喳喳聒噪个不停的。

阿闲拿出嘴里的棒棒糖，难得认真地道："我目前只知道，中毒事件和晟世地产公司没有关系，但是晟世地产公司确实让人在媒体和病人面前煽风点火，而目的就是把这次的中毒事件矛头指向陈氏餐饮，从而好更快地收购陈氏餐饮在小镇上的地皮。"

对不起妈妈，我不能眼睁睁地放任你这么深陷下去，这个世界真的很简单，对的就是对的，错的就是错的，我不能忍受你做这些事情，我在替你赎罪，你知道吗？请你不要怪我。

阿闲在心里默默地道歉，希望妈妈不要怪他。

"行啊，阿闲，这你都调查得到，你是怎么知道这些的？"陈杰瑞赞许地拍了拍阿闲的肩膀，这孩子看上去吊儿郎当的，办事却挺牢靠的。

"这是秘密。"阿闲神神秘秘地道，立刻引来小师妹的一阵白眼。

"切，小气。"小师妹傲娇地转过头。他不说，她还不稀罕知道呢，有什么了不起的。

阿闲这次倒没有像以往一样，只要小师妹生气了，就什么都招了，他低下头有点惭愧地道："只可惜，我没有拿到证据，对不起大家。"

想到昨晚妈妈销毁他录音记录的事情，阿闲就觉得心里很痛，对大家也充满了内疚，如果妈妈没有销毁他的录音记录，他真的能够拿着语音记录来给大家吗？

他不敢想象，他觉得自己对错分明，可是还没大义凛然到这样的地步，其实昨天妈妈销毁他的录音记录的时候，他心里也是松了一口气的，不是吗？而这种松一口气的感觉，让他对在场的人家有了一份愧疚感。

"没关系，阿闲，你比我们好多了，我们这次什么都没有查到，这次真是太感谢你了。"

陈杰瑞非常感谢阿闲，觉得阿闲这次真的很厉害，帮了他很大的忙。他可是什么都没发现。

"没事，这是我应该做的。"阿闲低头，他只是想赎罪，而他们给了他这个机会。

"我这边也查出来一些东西，昨天我在后厨，看到汤锅旁边有些许黑褐色的粉末，我就收集起来拿去检验，今天检验报告出来了。"

小志打断两人的对话，说起正题，大家的注意力瞬间便被他的话给吸引了过去。

"那些黑褐色粉末是什么？"小师妹紧张地问道，那些黑褐色粉末还是他们一起发现的呢，希望它会是解开问题关键的所在。

所有人的注意力更加集中，希望可以听到什么有用处的消息。

"你们自己看吧。"小志看着众人，从怀中拿出了一份今天早上才收到的检验报告。

今天早上拿到检验单的时候，他也更加肯定了心中的想法。为了这份检验单，他在家里等了好久，拿到检验单后他一刻也没有停留便往火锅店出发了。

"这个是？"小师妹看着一大串的英文化学分析报告，有点蒙，她犯难地咬咬手指头。

"这是泻药？可以让人不停地跑厕所。"小小文推推鼻梁上的眼镜，淡定地说道。

"小小文，你好厉害啊，只扫了一眼就知道那些奇奇怪怪的字符，我太崇拜你了。"阿闲又恢复了一贯的聒噪本性，叽叽喳喳地蹭到了小小文的身边。

小小文眼皮都没抬，冷冷淡淡的，一副拒人于千里之外的表情。

"可恶，真是太可恶了，居然用这么卑劣的手段，啊，好痛。"小师妹忿忿地往桌上猛力一拍，立马疼得跳了起来。

"小师妹，你没事吧。"阿闲立马从小小文身边蹦跶到了小师妹身边，一把抓住小师妹的手，仔细地查看着。

小志担忧地看了一眼小师妹，努力克制住自己想冲过去的想法，看似波澜不惊，心里其实已是翻江倒海。

小师妹见小志淡然的表情，心里的委屈又涌了上来，连阿闲都知道跑过来关心她痛不痛，有没有受伤，而小志却看都不看一眼她，仿佛她是透明的一般，他就真的一点都不在乎她吗？

怎么办，感觉受伤的好像不是手，而是心，那里好痛啊。

小师妹咬咬嘴唇，恨恨地推开叽叽喳喳的阿闲，大声说道："不用你管，我没事，死不了。"

"所以说，那些人根本不是食物中毒，而是吃了泻药，所以才会拉肚子。"陈杰瑞追问道，他现在最关心的就是，那些人是不是因为吃了他们家的食物而拉肚子的，这很重要。

"是的。"小志收回情绪，轻轻点头。

"我就说，我们家的食材是最新鲜干净的，怎么会让人拉肚子呢！"陈杰瑞舒了一口气，心头的一块大石头总算是放下了。

"可是，下药的人究竟是谁呢？"小小文推了推鼻梁上的眼镜，道出了问题的关键所在。

"你的后厨一般都谁能进去？"小志问道。

"厨房重地，当然是非工作人员无法进入的，而且，进入后厨都需要有火锅店员工佩戴的工卡，外人没有卡，是无法进入的。"陈杰瑞道。

他知道一个饭店，厨房是多么重要的场所，所以不是厨房人员，其余人员是一律不得进入的,包括前台服务员,都是不得进入的。

"如果是这样,问题就很明显了!"小志点点头,锐利的眼神扫了一眼众人。

陈杰瑞瞬间有种醒悟的感觉,他看着小志,一字一句地道:"你的意思是,下药的人,是我们后厨自己的员工?"

小志点头,语气肯定:"虽然我也不想这么认为,可是事实好像真的是这样。"

陈杰瑞心里抽痛。他向来对手下员工极为宽容,只要不犯原则性的错误,他一般都不会说怎么,就连对他们大声说话都很少。过年过节的,公司的福利待遇也比别的公司强,甚至薪水都是别的公司的两倍多,他想不通,为什么还有人会对他嫉恨在心,这么陷害他。

陈杰瑞沉下脸,冷静地吩咐一旁的小小文:"小小文,去后厨,把所有的人都叫到大厅来。"

"好的,舅舅。"小小文应道。

不一会儿,后厨的人员就都到齐了,大家齐刷刷地站成一排,有点手足无措,他们不知道老板突然叫他们来这里,是为了什么事情,现在可是个敏感时期,老板该不会是想裁员吧。

"大家不要紧张,我就例行公事,问下大家,那天火锅店出事之前,大家都干了什么,人都到齐了吧?"陈杰瑞看着紧张的大家,温和地安慰道。

虽然他现在心里很气,但是这么多人中,毕竟大部分人都是无辜的,他不能冤枉了他们。

想到这里,陈杰瑞的声音更是温和:"大家都到齐了吧?"

"除了阿莱师傅,大家都到齐了。"一个高个子的帮工答道。

"阿莱没来吗?他没跟我请假啊,你们知道他去哪儿了吗?"陈杰瑞疑惑地抬起头。

小志和小小文听见这句话也抬起头,相互对视了一眼。

"我们也不知道,自从那天火锅店出事后,阿莱师傅就不见了。"

帮工摇头，那天之后，他就再也没有见过阿莱师傅了。

"那天出事后就不见了？"小志抬头询问帮工。

"是的，其实火锅店出事那天，阿莱师傅就有些不正常，冷冻羊肉平时都是下午送来的，可阿莱师傅那天早上就让我们所有人出去查看冷冻羊肉，我们说下午去，还被他骂了，我们就只好硬着头皮去了。后来我们回来，没拿到冷冻羊肉，他也没有责怪我们，我总觉得阿莱师傅那天是故意支开我们所有人的，至于他支开我们干吗，我就不得而知了。"

帮工现在回想起那天的事情还觉得奇怪，他总觉得阿莱师傅是故意支开他们所有人的，可是他又不敢乱说，但是老板既然问了，他就不能隐瞒了。况且老板平时对他们那么好，火锅店出了这么大的事情，他也应该出一份力。

陈杰瑞抬头看了一眼小志，小志点头示意让帮工们先下去。陈杰瑞会意，对帮工们说道："知道了，你们先下去吧。"

"是的老板。"帮工们都下去了。

"我觉得，真正的凶手，就是这个叫阿莱的，你们觉得呢？"阿闲开口，他心里着实松了一口气，还好，真的不是妈妈下的毒。

"不好说，现在我们还不能妄下定论。阿莱只是失踪了，我们并没有证据证明，他就是真正的凶手。"小志一向做事谨慎，他不能允许自己错冤枉一个好人。

"我同意小志的说法。"陈杰瑞点头，其他人也都一一点头。

"怪我太鲁莽了。"阿闲不好意思地挠挠头，他只是太心急了，想帮妈妈洗脱嫌疑。

"这样，你们在这里等我，我去阿莱家一趟，其他的，等我回来了，我们再从长计议。"陈杰瑞站起身，拿起椅子旁的外套，急匆匆地往门外走去，他想尽快搞清楚一切，公司已经不能再等下去了。

火锅店内，所有人都在焦急地等待着，大概两个小时后，陈杰瑞才开着车回来。一到火锅店门口，陈杰瑞就迅速地下了车，直奔店里。

"怎么样？找到人没有？"小志看见陈杰瑞，率先问道。

"没有。"陈杰瑞摇摇头。

所有人都失望地耷下肩膀，有一种希望又落空的感觉。

"不过，我找到了这个。"陈杰瑞从口袋里掏出一张纸在手上晃了晃。

众人都被这张纸吸引了注意力，小师妹好奇地问道："这是什么？"

"悔过书？"阿闲手快抢过陈杰瑞手上的纸看了看，顿时被里面的内容吸引了。

陈杰瑞点头："是的，泻药确实是阿莱放的，他欠下赌债，于是受人指使往我的火锅店汤底里投了泻药。他没想到事情会闹得那么大，他承受不住压力，扔下老婆孩子逃了。"

这份悔过书他早就看过了，就在刚才他去阿莱家的时候，阿莱的老婆哭着把这份悔过书给了他，并一再求他放过阿莱，不要告他，说他也不是故意的，他只是好赌了点，对老婆和孩子还是很好的。

看着缩在角落里的阿莱的孩子，他心里替阿莱惋惜，这么好的老婆和孩子，阿莱就这么扔下跑了。

可怜阿莱的老婆还为了阿莱这样的人，对他苦苦哀求，又是下跪又是道歉的。他不忍，只好答应了阿莱老婆的请求，安慰了阿莱家人后，他便拿着悔过书回来了。

"他悔过书上也没写是谁指使他的啊，这样我们就不知道那个坏人是谁了。"小师妹有点死脑筋，她就是想知道，这一切事情的幕后主使是谁，她总觉得，真相远远不止这一点点。

"没关系，只要有这封悔过书，陈杰瑞的火锅店就有救了。"相对于小师妹的激动，小志倒显得淡定很多。

世界上那么多对错，哪能都说得清楚？小师妹还是太单纯，什么事情都非要说出个子丑寅卯来，有的时候，也许真相对任何人都不好。

小志放下思绪，对众人道："我们现在要做的就是把事件的真相说给媒体知道，让火锅店乃至陈氏餐饮都获得重生。如果想要效果好，速度快，最简便的方法就是微博，我们把事情的真相来龙去脉都叙述一遍，贴在微博上。最后再把阿莱的悔过书截图一份作为附件，这样就有公众说服力了。"

"这个办法好，还是小志最聪明。"小师妹点头，她家的小志最聪明了，她短暂性地忘记了之前的那些不快。

"切！"阿闲不满地嘟嘟嘴，含着他的棒棒糖闪一边去了。现在只要确定妈妈不是下毒的人，他立马就无事一身轻了。

不过，这个叫小志的男生很奇怪啊，小师妹为什么那么支持他啊？他怎么有一种危险的感觉呢？

"大家有别的更好的建议吗？如果没有，我们就这么做。"小志没有注意到阿闲看他的目光，一心都在帮助陈氏餐饮洗白的事情上，他征询所有人的意见。

"行，我赞同。"陈杰瑞第一个举手赞同。

"我们也赞同。"紧接着小小文和小师妹也举手赞同。

"好，那就这么办。"小志点头确认。

确定要在微博公布真相后，小志先拟了个草稿，紧接着大家凑在一起，对文字主体进行改善，并附上了截图。

小师妹更是把火锅店的外景和餐厅以及厨房都拍了照片，经过筛选和美化后，挑选了几张也一并附在了内容后面。

"就让我这个专业摄影师给添加点美美的图片吧，这么好的宣传机会，可不能错过了哟。"

大家都被小师妹的奇招勾起了热情，他们怎么就没有想到，这次的危机也许也是一次成功的营销宣传机会，小师妹这招真的太出其不意了。

等一切整理好后，小志看了看众人，在众人期许的目光中点了确认发送键，令大家没有想到的是，消息发出后，点击量一直猛升，瞬间上升成了热门话题，而评论也是一边倒。

大家都在痛骂阿莱的同时，也在同情火锅店的遭遇。

三天后，小师妹来看火锅店找陈杰瑞，想问问陈杰瑞事情有没有完全解决，却发现火锅店内人山人海，好多人在等位子，队伍都排到了店门口了。

她找了半天，才在后厨门口找到陈杰瑞，把他给拦了下来。

"陈杰瑞，店里怎么这么忙啊？"小师妹看了看排到门口的队伍，这也太夸张了。

"小师妹，你来啦，真的太感谢你和小志了。你们发的那个宣传简直太厉害了，帮我洗脱了食物不干净的嫌疑，还帮我的小店带来了许多的新客人，我都忙不过来了。"

陈杰瑞的心情特别好，他开心地跟小师妹打着招呼，手上却一刻也没闲。

"哦……"原来这一切都是她做的，她怎么会知道，这几张照片的宣传效果会这么好啊。

"小师妹，你坐一会儿，我先忙了。店里客人太多了。"陈杰瑞实在没空和小师妹聊天，他歉意地看着小师妹，对她说。

"不了，我还是下次来找你吧。"小师妹摆摆手，她今天来就是看看陈杰瑞的事情有没有完全解决的，既然现在事情解决了，她也就放心了。

"也好，等我不忙了请你吃饭。"陈杰瑞歉意地冲着小师妹摆摆手，小师妹这次帮的忙，他一直记着呢。

"好的。"小师妹离去。

小师妹来到火锅店门口，抬头仰望天空，弯起唇角，开心地微笑着。事情似乎都在往好的一面出发，真希望小镇可以平静几天，不要再起什么波澜了。

远处的小志看着沐浴在阳光中的小师妹，心里涌起一股甜蜜的味道，原来就这样躲在角落里看着她也很好。

小师妹，你等我，等我能成为配得上你的小志。在那之前，请你不要爱上别人,一定要等我。

小志在心里默默地喊着小师妹……

晟世地产公司的前台小姐看到金灿灿进来,立刻规规矩矩地站起了身,急匆匆地喊了一声:"金总好!"

然后照常急急忙忙地跑向总裁专属电梯,替金灿灿按了电梯。

金灿灿站在电梯的正前方,抬起手腕看了看手表,随即习惯性地抬头直视着电梯的红色数字的跳动。

金灿灿刚到顶楼,助理就迎了上来:"金总。"

金灿灿并没有回头看一眼自己的助理,而是脱掉了外套,直接挂在了一旁的衣架上,然后优雅大方地坐在了真皮办公椅上,随手点了电脑的开关,开口问了一句:"我让你去找陈氏餐饮老板谈收购方案的事情,处理得怎么样了?今天已经是第三天了。"

在她看来,三天前的那次谈判,她已经谈得差不多了,所以她并没有放在心上,而是去参加另一座城市的大楼建成仪式去了。

仪式刚完成,她算算时间,助理应该把收购合同搞定了,所以她就来到了公司,想看看最终的合同定案。

"这个……"助理有些为难,他该怎么开口对金总说小镇发生的事情?她走的时候明明一切都那么顺利,就差最后一道签字,怎么一到他手里就搞砸了。

"怎么?遇到什么问题了吗?"金灿灿见助理支支吾吾的样子,追问道。

"我今天去找了陈老板,他说地皮不卖。"助理想到自己碰了一鼻子灰的事情就觉得郁闷,不知道那个火锅店老板是怎么知道金总让人煽动媒体闹事的事情的。

"什么?不卖?他的小店还能开下去?"金灿灿声音不自觉地提高了几个分贝。她不认为那个火锅店还有能继续开下去的资本,要知道,声誉对于一个饭店来说,是多么的重要。

"金总,你没有看微博吗?"助理好心提醒。

金灿灿听了助理的疑问，连忙掏出手机，查看这几天的微博，看见这几天的热门话题后，脸色越来越不好。

助理小心翼翼地解释："金总，火锅店已经化解了这次危机，而且，他们似乎知道了是您找人在医院和媒体面前闹事的。我去谈收购的时候，他们的态度非常不好，他们要是再调查下去，知道下泻药的人是……"

"胡说什么呢？泻药跟我们有什么关系？查清楚没有，这次的事情，他们是怎么解决的？是谁，胆敢来挡我金灿灿的财路？"助理的话还没说完便被金灿灿打断了，她忿忿地询问助理。

"是小镇的书记官小志和镇长的孙女小师妹，还有……"助理又开始支支吾吾起来。

"还有谁？"金灿灿抬头，眼神锐利地看着助理。

"还有您的儿子，阿闲小少爷。"当他知道还有阿闲小少爷的时候，心里也确实吃了一惊。他没有想到，这件事情把阿闲小少爷也牵扯了进来，事情似乎变得有些棘手。

"什么？可恶！"金灿灿的眼睛里立马像充了血一样的红了，整个人按着桌面站了起来，身体有些瑟瑟发抖，但是也只是片刻，她便安静下来。她慢慢地又坐了下去，整个人像虚脱了般。

最近发生的事情太多，她需要时间理一理，然后再来决定，接下来该怎么做。

"去查查那个书记官小志和镇长孙女小师妹的弱点，查到后，立马回来告诉我。"金灿灿干净利落地吩咐着助理。

随即像是想起了什么似的，接着吩咐道："还有，去查查阿闲这些天都在忙些什么，他已经很多天没有回家了。我想知道，他为什么会和那帮人在一起，卷进了这件事情里面去。"

"是的，金总。"

"没什么事情了，你出去吧。"金灿灿疲倦地摆了摆手，示意助理出去。

"是的，金总！"助理应了一声，同情地看了金灿灿一眼，便打开门出去了。

金灿灿见助理出去了，疲倦地闭上眼睛，靠在椅背上，想着阿闲小时候的点点滴滴。接着又想到现在的阿闲，无奈地摇了摇头。

虽然她不想承认，但是却是事实，儿子阿闲似乎离她越来越远了，而她，不觉得自己做错了什么。

阿闲，总有一天你会明白妈妈这么做的原因。

小镇农庄外面，一男一女正在纠缠着。

阿闲和小师妹各站一边，小师妹拦在农庄门口，而阿闲则想进入农庄内。

"小师妹，你就让我进去嘛，我都在外面蹲了好久了。"

阿闲装出一副可怜兮兮的模样，他都蹲守很久了。这小师妹就是铁石心肠啊，他又不要干吗，只是进去看看这小镇著名的农场而已，她干吗像防贼一样地防着他啊。

可惜，他这一招扮可怜，对小师妹来说一点用处都没有。哪有含着棒棒糖，全身上下都是名牌的可怜人？

而且，她是一个女生，随随便便带一个男生回家是怎么回事？万一爷爷问起来，她该怎么回答？不行，坚决不能放他进去。

想到这里，小师妹没好气地说道："谁让你在这儿蹲着了，你哪儿来的回哪儿去啊。"

阿闲一副可怜兮兮的表情，继续卖萌。

他已经想好了，他要扮可怜博取同情，先混进农庄再说。等他混进了农庄，他就再随便编个什么凄惨的故事，说不定就顺便住下了，呵呵呵。

阿闲脑海中正勾画着一幅巨大的美好蓝图，他死皮赖脸地对小师妹道："哎呀呀，你家农庄太漂亮了啊，让我进去看一眼嘛，就看一眼，我保证就一眼。"

"不行，一眼都不行，你赶快回去，现在立刻马上！"小师妹一口回绝。

"太绝情了!"阿闲一副深深受伤的模样,这小师妹太不好骗了,看来,他的行动计划要有点变化了。

"那好吧,既然这样我只有走了,不过……"阿闲故意说话停顿了下,以此来吸引小师妹的注意力。

"不过什么?"小师妹果然好奇地问道。

她好奇地看着阿闲,却放松了警惕,等她反应过来的时候,阿闲已经跑进了农庄内。

"不过也要等我进去看一眼之后再走,哈哈!"阿闲一副计谋得逞的模样,快速地往农庄内跑去。

小师妹发觉自己上当了,气得大叫:"喂,你站住!"

说着便往阿闲的方向跑了过去,看她抓住那小子怎么教训他。

"救命啊……"阿闲嬉笑着跑开了。

嬉闹的两人根本没有注意到,他们的一言一行已经被不远处的相机捕捉……

一直站在不远处的小志,脸色阴沉,拳头紧握,心里紧紧地绷着,他强迫自己不去乱想,可大脑怎么也不受控制。

他怕这个少年接近小师妹是另有目的的,他怕小师妹有危险。

突然有闪光灯在眼前划过,他下意识地去寻找光线的来源,却什么都没有发现。

夜幕降临,富丽堂皇的别墅内,音乐喷泉正伴随着七彩灯光飞舞,蔷薇花香正浓。别墅的主人金灿灿正坐在沙发上,端着红酒杯看着桌子上的照片。

怪不得阿闲在小镇的时间越来越长,怪不得阿闲会卷进收购事件中来,原来,罪魁祸首就是这个叫小师妹的女孩子。作为阿闲的妈妈她再清楚不过,阿闲这是情窦初开,喜欢上这个叫小师妹的少女了。

只是,这个叫小志的书记官是怎么回事?为什么他看见小师妹和阿闲嬉闹会流露出这样一种表情呢?

难道……

金灿灿的脸上难得地出现了笑容。

儿子，从小到大，你想得到什么，妈妈都想方设法地让你得到，这次，妈妈也一定全力帮你，让你得偿所愿。

至于小志，你多次与我金灿灿作对，也是时候给你点颜色看看了。金灿灿嘴角勾起一抹冷笑，随即将手中的红酒一饮而尽。

次日傍晚，小志回到家后被家里的景象吓到了，不知道的，还以为他家被打劫了，他查看了一番，却什么东西都没少。

正在小志疑惑的时候，手机响了起来，小志一看是个陌生号码，犹豫了一会儿后便接听了。

"你好，请问哪位？"

电话里传来一个低沉的女音，声音冰冷："你不用管我是哪位，想要你的日记本的话，现在立刻就来小镇河边……"

"你是谁？喂……"小志追问，电话里却没有回答他，传来嘟嘟嘟的忙音。

日记本！

突然的，小志像是如梦初醒，整个人扑向了床底下的收藏盒，果然，收藏盒里空空如也，笔记本已经不翼而飞。

小志有一种魂魄被抽走了的感觉，他感觉到，一张阴谋的大网正向他撒来，并把他整个人围困在了网中动弹不得，他无力反抗，只能任由对方盘剥。

小河边！

小志突然脑袋不能思考，只疯了一般地飞奔向镇上的小河，就连路上的熟人和他打招呼，他都似乎没有察觉。

此时的他，心里只剩下一个念头，那便是夺回日记本，夺回日记本……

很快，小志就来到了河边，河边的绿草长得很茂盛，河水在傍晚的夕阳下折射出莹莹的光点，可是现在的小志根本无暇顾及河边的景色，只是四处张望着。

河边不远处的豪华房车内，金灿灿看着这样焦急的小志，心里有一丝玩味。这个多次破坏了她收购计划的人，也有如此着急的一面，看来这次，自己是抓住他的弱点了啊。

"你们都在车里等着，我一个人下去就好。"金灿灿这样吩咐着助理，随即自己一个人拉开车门，走了下去。

小志正东张西望地寻找着，突然一个声音突兀地响起："小志先生，原来你也有如此焦急的一面啊。"

听见声音的小志猛地转身，看着眼前的金灿灿，愤怒道："你是谁？你想做什么？"

金灿灿看着一脸焦急的小志，心里舒坦极了，她故意地放慢语速，慢条斯理地对面前的小志说道：

"年轻人，不要紧张，我是来找你谈笔交易的，哦，对了，先自我介绍下，我是晟世地产公司的总裁金灿灿。"

"是你？"小志听完金灿灿的自我介绍后，立刻摆出一副全神戒备的模样。

对于金灿灿近来几次的所作所为，他无法不全神戒备。他总感觉这个叫金灿灿的女人，很危险。

金灿灿看见小志戒备的模样，忍不住轻笑出声："年轻人，怎么这么一副表情，看来，你不太喜欢我的身份啊。"

"哼，就是你为了逼迫哈尼家交出地皮，故意收买了哈尼家的水果收购商，差点让哈尼家血本无归的吧。"

小志从鼻子里冷哼一声,脸上一贯的温和笑容也消失得无影无踪,对于这样心存不轨的人，他无法喜欢得起来。

小镇在金灿灿没来之前是美好而宁静的,就是因为金灿灿的到来,出了一波又一波的闹剧，这次，不知道她找他，又要玩什么把戏。

不管怎么样，只要有他小志在的一天，他都不允许别人来破坏小镇的一分一毫。

难道……

金灿灿的脸上难得地出现了笑容。

儿子，从小到大，你想得到什么，妈妈都想方设法地让你得到，这次，妈妈也一定全力帮你，让你得偿所愿。

至于小志，你多次与我金灿灿作对，也是时候给你点颜色看看了。金灿灿嘴角勾起一抹冷笑，随即将手中的红酒一饮而尽。

次日傍晚，小志回到家后被家里的景象吓到了，不知道的，还以为他家被打劫了，他查看了一番，却什么东西都没少。

正在小志疑惑的时候，手机响了起来，小志一看是个陌生号码，犹豫了一会儿后便接听了。

"你好，请问哪位？"

电话里传来一个低沉的女音，声音冰冷："你不用管我是哪位，想要你的日记本的话，现在立刻就来小镇河边……"

"你是谁？喂……"小志追问，电话里却没有回答他，传来嘟嘟嘟的忙音。

日记本！

突然的，小志像是如梦初醒，整个人扑向了床底下的收藏盒，果然，收藏盒里空空如也，笔记本已经不翼而飞。

小志有一种魂魄被抽走了的感觉，他感觉到，一张阴谋的大网正向他撒来，并把他整个人围困在了网中动弹不得，他无力反抗，只能任由对方盘剥。

小河边！

小志突然脑袋不能思考，只疯了一般地飞奔向镇上的小河，就连路上的熟人和他打招呼，他都似乎没有察觉。

此时的他，心里只剩下一个念头，那便是夺回日记本，夺回日记本……

很快，小志就来到了河边，河边的绿草长得很茂盛，河水在傍晚的夕阳下折射出莹莹的光点，可是现在的小志根本无暇顾及河边的景色，只是四处张望着。

河边不远处的豪华房车内，金灿灿看着这样焦急的小志，心里有一丝玩味。这个多次破坏了她收购计划的人，也有如此着急的一面，看来这次，自己是抓住他的弱点了啊。

"你们都在车里等着，我一个人下去就好。"金灿灿这样吩咐着助理，随即自己一个人拉开车门，走了下去。

小志正东张西望地寻找着，突然一个声音突兀地响起："小志先生，原来你也有如此焦急的一面啊。"

听见声音的小志猛地转身，看着眼前的金灿灿，愤怒道："你是谁？你想做什么？"

金灿灿看着一脸焦急的小志，心里舒坦极了，她故意地放慢语速，慢条斯理地对面前的小志说道：

"年轻人，不要紧张，我是来找你谈笔交易的，哦，对了，先自我介绍下，我是晟世地产公司的总裁金灿灿。"

"是你？"小志听完金灿灿的自我介绍后，立刻摆出一副全神戒备的模样。

对于金灿灿近来几次的所作所为，他无法不全神戒备。他总感觉这个叫金灿灿的女人，很危险。

金灿灿看见小志戒备的模样，忍不住轻笑出声："年轻人，怎么这么一副表情，看来，你不太喜欢我的身份啊。"

"哼，就是你为了逼迫哈尼家交出地皮，故意收买了哈尼家的水果收购商，差点让哈尼家血本无归的吧。"

小志从鼻子里冷哼一声，脸上一贯的温和笑容也消失得无影无踪，对于这样心存不轨的人，他无法喜欢得起来。

小镇在金灿灿没来之前是美好而宁静的，就是因为金灿灿的到来，出了一波又一波的闹剧，这次，不知道她找他，又要玩什么把戏。

不管怎么样，只要有他小志在的一天，他都不允许别人来破坏小镇的一分一毫。

"嗯哼！"金灿灿点头，不置可否。

小志虽然早就知道这一切，但是听到金灿灿亲口承认后，心里还是有些气愤的，他故作平静地推了推鼻梁上的眼镜，继续道："如果我猜得没错的话，这次的火锅店中毒事件，你也是主谋，那个藏在后面的幕后主使就是你吧。"

小志想套出金灿灿的话，他想知道火锅店真正的幕后主使，虽然他心里已经猜得八九不离十了，但是他还是想亲自确认下。

听到刚过去不久的火锅店事件，金灿灿立马警觉起来，但是表面上还是一副云淡风轻的样子，她摆摆手，慢条斯理道："年轻人，饭可以乱吃，话可不能乱说，你有什么证据吗？"

"哼，做坏事的人，迟早都会败露，错的就是错的，对的就是对的，纸是包不住火的，如果事情真的是你做的，那么总有一天，真相会在世人面前公布于世。"

小志相信，这个世界是美好的，对错自有上天评判……

金灿灿看着小志的坚定眼神，心里有一丝的慌乱，但是很快地，就被她不动声色地掩饰了下去："是吗，但是小伙子，你要知道，什么事情，都要靠证据来说话的。没有证据的话，都是废话，是起不到任何作用的。"

"哼，快把我的日记本还给我。"小志实在不想再看见金灿灿一脸虚伪的样子。他只想赶快拿了日记本，离开这个地方。

金灿灿并不如他所愿，只慢慢道："别急，日记本当然会还给你，但是不是现在。"

"你什么意思？"小志敏感地抬起双眸，眼眸里尽是掩饰不住的怒火。

一切的怒火皆是因为，那个日记本里记载着许多他不为人知的秘密，虽然，他现在已经改变了很多想法，但是，那个日记本如果被别人看见，尤其是小师妹，那他……

他不敢想象。

金灿灿看着站在面前的小志，下巴微微地抬了一下，眼神变得有些冷："没什么意思，我也不跟你拐弯抹角的，你几次三番地破坏我的地皮收购计划，我都念在你年轻不懂事的分上，好心没有跟你计较，但是你好像并不知道感恩啊。所以现在，我改变主意了。"

小志有些嘲讽地看着面前的金灿灿，明明是她破坏了小镇的宁静与美好，现在她还来让他感恩吗？

这个女人，怎么如此的脸皮厚。

想到这里，小志没好气地冷声道："你想怎么样？"

"也不怎么样，今天我来就是要告诉你，离开小师妹，不要对小师妹有任何的非分之想。"金灿灿沉着声音，道出了自己今天来找小志的最终目的。

"你说什么？"小志有点难以消化金灿灿提出的要求。

这件事情，为什么和小师妹又扯上了关系？小志握拳，只要别人提到小师妹的事情，不管是谁，他都会很敏感，所以他又习惯性地确认了一遍。

"怎么我说得不清楚吗？离开小师妹，不要跟她有任何牵扯，不要藕断丝连。"金灿灿不满地皱眉，随即把自己的要求又重新对着小志说了一遍。

"你凭什么？"小志本能地有些愤怒。

这个女人凭什么命令他离开小师妹，凭什么那么自以为是，她有什么资格就那么贸然地出现在他和小师妹的感情里横加阻挠。

"凭什么？呵呵呵，我凭什么，你相不相信，如果你不照着我的话去做，你日记本里的内容就会立刻公布于天下？"金灿灿嚣张地亮出了自己的底牌。

她眼神锐利地盯着小志，眼睛里折射出逼人的光芒，嘴里说出来的话，再残忍不过："你想想，如果你的小师妹知道了日记本上的内容，会是怎样的心情呢？"

"你……"小志哑口无言。

是啊，如果小师妹知道了他日记本里的内容，怕是再也不会理他了吧？想到这里，小志像失去了所有的力气，一个没站稳，摇摆了下，差点没摔倒。

金灿灿看见小志这个模样，心里越发地痛快了，她接着对小志说："如果，小师妹知道你接近她，是为了报仇的话，她该怎么办？是难过得日日泪流满面，还是斩断情丝拔刀相向？我真的很好奇呢，你要不要试试？"

"你，卑鄙！"小志终于忍无可忍，对金灿灿大吼出声。他的脑子里都是小师妹知道日记本内容后对他失望的表情，他的精神已经快要崩溃了。

"我卑鄙，那么你呢？你靠近小师妹目的不纯，利用这样的手段复仇，你也比我高尚不了多少啊。"金灿灿见到小志崩溃的样子，继续道。

她并不打算就这样轻易地放过小志，她的收购计划，接二连三地都毁在他的手里。她对他恨之入骨，恨不得他立刻伤心欲绝，再也没有精神和力气去管别人的闲事。

小志并没有像金灿灿所预想的那样精神崩溃，而是经过一阵激烈的思想变化后，心绪渐渐平复下来，他抬起头，看着金灿灿一字一句道："你这样的人，不会明白。"

"呵！我也不想明白。"金灿灿冷笑，这种所谓的爱情，她根本不屑一顾，当然也就没有要明白的欲望。

平静后，小志就开始想到小师妹的安危，刚才金灿灿提到了小师妹，他想知道，小师妹到底和这件事情有什么别的关系，为什么，金灿灿就让他不要纠缠小师妹呢？

小师妹到底有没有危险？

想到这里，小志便问出了口。

"你这样做，到底是为了什么？不单单是为了报复我两次三番地破坏你的收购计划吧。"

"当然不是，我做这一切，都是为了我的儿子阿闲。"金灿灿也不怕小志知道阿闲和她的关系，她毫不隐瞒地对小志说出自己要求小志这么做的原因。

"阿闲？"小志抬头疑惑地看着金灿灿。

"不错！"金灿灿点头。

小志顿时醒悟了般，喃喃道："难道说，那个莫名其妙出现在小镇的阿闲，是你的儿子？"

说到儿子阿闲，金灿灿脸色柔和了许多，慈母心态表露无遗，她柔声道："虽然我也看不出来那个小师妹有哪里好，能让我的阿闲这么迷恋，但是，既然他喜欢，那么我就会无条件地帮他得到。"

"呵呵，这世界还真是讽刺。"听了金灿灿的话，小志不怒反笑。

他嘲讽地看着金灿灿道："阿闲是你的儿子，但是好像他并不赞同你做的这些事情啊。"

他当时还奇怪，晟世地产公司哪是那么容易就进出的，而阿闲居然轻而易举地就进入了晟世地产公司的大门，还打听到了那么重要的信息。

想到前几天阿闲还帮着众人一起寻找挽救火锅店的办法，小志就嘲讽了金灿灿几句。

金灿灿被小志嘲讽的话语说得脸上有些挂不住，但还是死鸭子嘴硬地对小志道："这个你不用管，你只要听我的，不再和小师妹有任何牵扯，否则……"

"否则，你就公布我要复仇的事情，对吧，金总，你现在这算是恼羞成怒吗？"小志嘴边嘲讽的意味更浓，浓到金灿灿有些在原地站不住了。

她极力掩饰住脸上的慌乱，嘴角勉强地弯成一个弧度，尽量控制住自己的语速和声调："知道就好，我话已至此，你自己好好想想吧。"说完便转身离开。

转身的那一刹那，金灿灿嘴角的笑意消失，整张脸都垮了下来。

她从这个男孩子身上感受到了一股很强大的气息，就连久经商场的她都难以招架，她很庆幸这孩子没有和她生在一个年代，否则，她很难是他的对手。

金灿灿走了很久后，小志还站在河边，身影看上去有些许落寞，直到夕阳西下，四周陷入一片黑暗，小志才转身朝家里走去。

小志回到家后，心情异常沉重，想起刚才小河边和金灿灿的对话，他心里就一阵一阵地抽痛。

他回想起第一次见到小师妹时候的样子……

那时候他因为太饿了，而昏倒在路边，迷迷糊糊中，他感觉有人在推他，他勉强地睁开眼睛，小师妹那双清澈纯洁的大眼睛便映入了他的眼帘，同时也映入了他的心里。

小师妹把他带回家，照顾他，给他温饱，他本该感激她，而且，小师妹的爷爷也说好了要收养他，他本该开心的。

可就是在那天，他知道了小师妹的爷爷原来就是镇长，那个间接害死他父母的仇人。

他私心里觉得，如果不是镇长收购了小镇的地皮，他的父亲也不会外出打工，最后意外而死。母亲也不会因为父亲的死而郁郁寡欢，最终撒手人寰，留下他一个人，成了孤儿。

他承认，当他知道小师妹的爷爷是镇长的时候，他的心里是开心的，他认为是老天有眼，给了他一个复仇的机会，于是他留在了小镇。

镇长和小师妹都对他很好，每个月都按时地给予他生活费，让他在私塾念书，而他也努力地学习着。他相信只要自己努力，学有所成，就一定有办法给父母报仇。

可是渐渐地，他看见小师妹的爷爷为村民们所做的一切，他的心境开始发生变化。他甚至有的时候会觉得，也许他放弃了报仇，镇长就能把小镇建设成为一个美好的世外桃源。

仇恨的种子一旦遗失，便再也不会回来了，渐渐地他也认为，自己过去太偏激了，父母的死真的和镇长一点关系都没有，而且，他还发现自己喜欢上了小师妹。

因为不想离开小师妹，他甚至放弃了去国外念书的机会，他回到小镇，在镇上成为了一名普通的书记官。

本来一切都向着美好出发，只要他找个合适的机会对小师妹表白，那么他们就能永远幸福地在一起了。

只是千算万算，他没有算到，小师妹的妈妈会找他，还对他说了那样的话，他本来打算制作完了这款游戏，做一个能配得上小师妹的人的，可是现在……

小志默默地打开"全民小镇"的游戏界面，游戏制作已经到了最后收尾阶段……

小志越看越悲伤，他的眼眶有些湿润，心里默默地念着小师妹的名字。

小师妹，你可知道，那日记本里的话，都是过去的想法，我现在早就改变想法了，我不恨镇长，更不恨你，你知道吗？

小师妹，你可知道，我的游戏已经快完成了，就差那么一点，我就可以牵起你的手了？

小师妹，你可知道，我的心意和你的心意是一样的？

小师妹，难道我们以后真的不能在一起了吗？我本来，是想拿着游戏去跟你解除误会的啊，可是现在……

看着游戏界面中美丽的环境，优良的用户体验，小志竟然对自己做的游戏产生了一丝羡慕感。

如果能够抛开一切烦琐的事情，和小师妹一起生活在这里，该有多好？